mtb

Zum Buch:

Sanft klappern die Flügel der Mühle im Wind. Line ist auf die malerische Insel Strynø gekommen, um mehr über ihre Familie zu erfahren. Die Mühle am Meer ist alles, was sie mit ihrer Mutter verbindet. Doch als Line sie aufsucht, weist deren Bewohner sie zunächst mürrisch ab. Umso überraschter ist sie, dass ausgerechnet die Begegnung mit Adam ihr Leben so einschneidend verändert. Denn er legt ihr nicht nur die magische Welt der Bücher zu Füßen, sondern schleicht sich auch in ihr Herz. Plötzlich erfüllen Liebe, Literatur, Freunde und ihre wiedergefundene Großmutter Lines bisher so einsames Dasein. Line ist so glücklich wie nie – bis sie erkennt, dass sie alles verlieren könnte.

Zu den Autorinnen:

Kim Henry ist das Pseudonym des deutsch-dänischen Autorinnen-Duos Nicole Wellemin und Corinna Vexborg. Corinna und Nicole lernten sich 2011 in einem Hobby-Schriftstellerforum kennen und stellten bald fest, dass sie die Leidenschaft für romantische Geschichten mit Happy End teilen. Seither lassen sie das Internet zwischen der dänischen Insel Fünen und dem bayerischen München glühen. Über eine Entfernung von über tausend Kilometern hinweg entstanden auf diese Weise zahlreiche Romane, von denen einige es bereits auf die BILD-Bestsellerliste geschafft haben.

Kim Henry

Mühle mit Meerblick

Roman

MIRA® TASCHENBUCH

FSC
MIX
Papier
FSC® C014496

1. Auflage: März 2019
Originalausgabe

Umschlaggestaltung: UNIMAK GmbH, Hamburg
Umschlagabbildung: topotishka / GettyImages, Dimitri V.P / Shutterstock,
pixabay, unsplash
Lektorat: Mareike Müller
Satz: GGP Media GmbH, Pößneck
Printed in Germany
Dieses Buch wurde auf FSC®-zertifiziertem Papier gedruckt.
ISBN 978-3-95649-850-3

www.mira-taschenbuch.de

1. Kapitel

Endlich da! Line warf den schweren Rucksack von sich, der mit einem dumpfen Plopp auf den Asphalt fiel. Nur wenige Schritte entfernt plätscherten leise Wellen an den schmalen sandigen Strand und raschelten im trockenen Seegras.

Line ließ den Blick schweifen. Eine gefühlte Ewigkeit hatte sie gebraucht, um von Kopenhagen hierherzukommen. Erst mit dem Zug, dann mit dem Überlandbus und zum Schluss noch mal einige Kilometer zu Fuß. Ihre Schultern schmerzten von den Riemen des Rucksacks, ihr Rücken war vom langen Sitzen ganz steif. Doch dieser Ausblick entschädigte für vieles.

Es war genau wie auf den Bildern im Fernsehen, wie in der Reportage, die Line zufällig gesehen und die sie hierhergetrieben hatte. Wie hatte der Moderator der Sendung die Gegend genannt? Die Dänische Südsee. Line erinnerte sich, dass sie darüber gegrinst hatte. Bei dem Wort Südsee dachte man unwillkürlich an knappe Bikinis, Waschbrettbäuche, Cocktailschirmchen und Palmen. Alles nicht gerade das Erste, was einem in den Sinn kam, wenn man die Wörter dänische Küste hörte.

Und jetzt?

Da waren die kleinen Pfützen aus Silber, die auf den Wellen tanzten. Die unversperrte Aussicht auf diese ganz eigene Welt aus flachen, teilweise winzig kleinen Inseln, die auf dem Silberpfützenmeer schwammen. Das Blau des Himmels war ein paar Nuancen heller als das Blau des Wassers, und die paar zerteilten Wattebäuschchen, die reglos am Himmel ruhten, gingen kaum als Wolken durch. Segelboote ließen sich vom Wind auf dem Meer zwischen der Inselwelt treiben, und hier und da schaukelte ein kleines Fischerboot auf dem Wasser.

Eine dieser Inseln war Strynø. Strynø, ein Ort, von dem sie bis vor einigen Tagen noch nie etwas gehört hatte, der jetzt aber für so viel stand. Ihr Herz machte einen Satz. Plötzlich schien nicht einmal mehr die Sonne unerträglich stechend, sondern angenehm warm. Langsam wischte sie sich den Schweiß von der Stirn. Sie hätte Sonnencreme einpacken müssen, aber wer dachte daran, wenn er Mitte Mai in Skandinavien unterwegs war?

»Ganz schön heiß heute, nicht wahr?« Line war so vertieft in ihre Gedanken gewesen, dass sie nicht gemerkt hatte, wie sich eine Spaziergängerin zu ihr gesellt hatte. In der Hand der Frau baumelte eine kurze braune Lederleine. Etwas abseits, in der Nähe der sichtlich in die Jahre gekommenen Hafengebäude, schnüffelte ein kniehoher Fellball im Seetang.

»Ja.« Line lächelte. »Ich war noch nie hier in der Gegend, doch ich hätte nicht geglaubt, dass es so anders ist als Kopenhagen. Dort haben wir immerhin auch reichlich Meer. Aber das hier? Die Farben. Das Licht, alles wirkt viel geheimnisvoller.«

Der Blick der Frau fiel auf den Rucksack zu Lines Füßen. »Dann machst du Urlaub hier? Hast du Verwandte in der Gegend?«

Bei dem Wort Verwandte zog sich alles in Line zusammen. »Ich ...« Sie schüttelte den Kopf und zögerte. Es auszusprechen, würde bedeuten, Hoffnung zuzulassen. Sich einzugestehen, dass sie wieder einmal wagte zu träumen. »Ich habe im Fernsehen eine Reportage über Strynø gesehen, da gab es auch Bilder von der Mühle, und da musste ich einfach hierher.« Das war zumindest nicht gelogen, auch wenn es nicht ganz der Wahrheit entsprach. Dass sie ein paar Details ausließ, konnte ihr schließlich niemand vorwerfen. Sie kannte die Frau nicht mal, wieso hätte sie ihr ihr ganzes Herz ausschütten sollen? Obwohl die Fremde durchaus nett wirkte mit ihrem Hund und den verwaschenen Espadrilles. Doch Line fürchtete, dass die Frau sie für durchgeknallt halten würde, sobald sie erfuhr, dass Line innerhalb weniger Tage ihr komplettes Leben umgekrempelt hatte, nur um einer vagen Hoffnung nachzuspüren. So etwas taten schließlich nur Verrückte. Oder Träumer, die nicht mehr viel zu verlieren hatten. Line wischte ihre Bedenken beiseite. Sie hatte es so weit geschafft, jetzt würde sie es auch durchziehen.

Irgendwo, zwischen hier und der Insel, näherte sich ein silberner Punkt auf dem Wasser und wurde immer größer. Das musste die Fähre sein. Bei ihrem Eintreffen im Hafen hatte Line laut dem Fahrplan, den sie aus dem Internet heruntergeladen hatte, noch gut zwanzig Minuten bis zur nächsten Abfahrt gehabt.

»Ja, die Mühle.« Die Frau lachte. »Kein Strynø-Besuch ist komplett ohne mindestens ein Foto von dem alten Ding. Dabei drehen sich die Flügelblätter nicht einmal mehr. Es ist schon Ewigkeiten her, dass da Mehl drinnen gemahlen wurde. Mittlerweile ist der alte Klotz seit Jahren in Privatbesitz.«

»In Privatbesitz?« Erneut machte Lines Herz einen Satz. Diesmal noch heftiger als vorhin beim Anblick der Insel. Konnte es womöglich so einfach sein? »Weißt du, wer da jetzt drinnen wohnt? Ich suche nämlich jemanden auf der Insel. Eine Frau. Sie müsste jetzt ungefähr …«

Hinter ihr wurde es lauter. Eltern riefen ihre Kinder zu sich, Wagentüren wurden geschlossen, Motoren sprangen an. Die Fähre näherte sich viel schneller, als Line es einem so behäbig wirkenden Schiff zugetraut hätte, und plötzlich musste sie sich sputen.

Die Gassigängerin schüttelte den Kopf. »Nein, tut mir leid. Ich hab keine Ahnung. Ich wohne hier in Rudkøbing, und obwohl das nur ein Katzensprung von Strynø liegt, ist es dort wie in einer anderen Welt. Warte nur ab, bis du da bist, dann wirst du das verstehen. Auf Strynø ticken die Uhren einfach anders.«

Um darüber nachzudenken, was die Fremde mit dieser kryptischen Bemerkung meinte, fehlte Line die Zeit. »Ich muss dann los«, meinte sie zu der Frau und wuchtete sich ihren Rucksack auf den Rücken. Als hätte sie zu ihm gesprochen, hob der Hund den Kopf. Seine Ohren standen frech in zwei verschiedene Richtungen ab. Viel Glück, schien er ihr zu sagen, und Himmel, Glück war wirklich das, was Line brauchte. Kluges Tier.

Auch die Besitzerin des Mischlings verabschiedete sich von Line. Sie wünschte ihr einen schönen Aufenthalt auf der Insel und viel Erfolg bei der Suche, dann gab sie ihrem Hund ein Kommando, dass es weiterging. Seite an Seite stapften die beiden den schmalen Sandstreifen entlang, um ein paar wahllos verstreute Steine herum und auf einen uralt anmutenden Holzsteg zu, ehe sie zwischen zwei der halb verfallenen Hafenkontore verschwanden. Seufzend rückte Line die Riemen ihres Rucksacks zurecht. Um ein Haar wäre sie unter dem Ding zusammengebrochen. Aber jetzt war es ja nicht mehr weit. Endspurt!

Mit leisem Poltern und Rumpeln legte die Fähre am Kai an. Quietschend senkte sich die Laderampe. Ein paar Autos rollten von der Fähre herunter und schienen es sehr eilig zu haben, den Hafenbereich zu verlassen. Während sie auf die Fähre zusteuerte, beobachtete Line die anderen Passagiere, die genauso zügig nun auf dem Kahn verschwanden. Manch einer wechselte noch das eine oder andere Wort mit dem Mann in der dunkelblauen Sicherheitshose mit den Reflexstreifen, der am Geländer stand und alle zwei Sekunden auf seine Uhr starrte. Keiner schien was zu bezahlen.

Vorsichtig näherte sie sich dem Mann. »Hej.«

Aus seinen dunklen Augen schaute er sie an, als würde ihr eine zweite Nase aus der Stirn wachsen. Vielleicht war es aber auch der kurz geschnittene weiße Vollbart, der seiner Miene etwas Brummiges verlieh. Er trug ein dunkelblaues Sweatshirt mit dem Logo der Kommunalverwaltung von Langeland über seiner Hose, die an der Hüfte deutlich zu eng saß. Die Kapitänsmütze, unter der seine Ohren zur Seite wegknickten, war ganz sicher kein Teil seiner Uniform. »Auf die Insel?«, erkundigte er sich nuschelnd.

»Kommt drauf an, wo dieses Schiff hinfährt«, antwortete sie. Was für eine seltsame Frage.

»Nicht nach nirgendwo«, erwiderte er. Auf einmal war da ein Blitzen in seinen Augen. So als amüsiere er sich tatsächlich über ihre Nachfrage.

»Ich hab kein Ticket«, meinte sie. Da sie nicht gewusst hatte, wann genau sie am Hafen sein würde, hatte sie keins im Internet gebucht. Ihre Annahme, dass es leichter sein würde, dann direkt am Hafen eins zu kaufen, erwies sich als Trugschluss.

»Was du nicht sagst.«

Sie wartete, dass er weitersprach, doch er nickte einem aufs Schiff auffahrenden schwarzen Kombi zu und schaute wieder einmal auf seine Uhr.

»Soll das heißen, es macht nichts, wenn ich keinen Fahrschein habe?« Sie verstand gar nichts mehr. Warum spielte es eine Rolle, wohin sie wollte mit einer Fähre, die nur ein Ziel hatte, aber keine, dass sie keine Möglichkeit gefunden hatte, die Überfahrt zu bezahlen?

»Egal.« Er winkte ab. »Also willst du nun auf die Insel oder nicht?«

»Ja, natürlich, was sollte ich sonst hier? Ich hab nur keinen Automaten oder Schalter gefunden, wo ich ein Ticket lösen kann.«

»Kasper kommt nachher rum, wenn wir unterwegs sind.«

»Mit einem Klingelbeutel?«

»Bar, Dankort oder MobilePay. Uns ist das ziemlich egal, doch ich warne dich. Der Bengel weiß, wer auf der Insel wohnt und wer nicht.«

»Und das macht einen Unterschied, weil …«, entgegnete sie.

Er allerdings winkte erneut und rief in ein heruntergelassenes Autofenster: »Nächstes Mal sagst du vorher Bescheid, wenn du den Anhänger dran hast, Jakob. Hast Glück, dass wir nicht ausgebucht sind.«

Der Mann namens Jakob tat diese Bemerkung grinsend ab und parkte seinen Kleinwagen mit vollgepacktem Anhänger in einer der beiden Autoreihen. Der Brummbär unter der Kapitänsmütze wandte sich wieder Line zu. »Weil die Einheimischen als Fußpassagiere nicht zu zahlen brauchen. Staatliche Förderung.«

»Die Glücklichen«, murmelte sie und folgte den anderen Passagieren nach hinten zu einer schmalen weiß gestrichenen Metallstiege, die aufs Sonnendeck führte. Sie hatte es noch nicht einmal bis auf die Insel geschafft, allerdings ahnte sie jetzt schon, was die Frau mit dem Hund damit gemeint hatte, dass die Uhren auf Strynø ein wenig anders tickten. Unter dem Rucksack rann ein Tropfen Schweiß ihr Rückgrat entlang. Sie setzte einen Fuß auf die unterste Stufe der Metalltreppe.

Das Bescheuerte an Rucksäcken, die den kompletten Hausstand enthielten, war, dass sie breiter sein konnten, als man sich erinnerte. Irgendwo steckte sie fest. Sie zog, um endlich diese Stiege hinaufzugelangen. Da sie immer noch nicht vorwärtskam, riss sie stärker und stemmte sich mit ihrem ganzen Gewicht in die Schulterträger. Halb hinter, halb unter ihr erklang ein ominöses Knacken und Splittern. Lines Herz setzte für einen Schlag aus. Ihr Körper erstarrte mitten in der Bewegung.

Sie wagte kaum, sich umzusehen und den Schaden zu begutachten, den sie angerichtet hatte.

Schwer schluckte sie, blinzelte zweimal, dann richtete sie ihren Blick auf das Malheur.

Mist, der schwarze 2005er VW Passat B5 GP war dank ihr und ihrem dämlichen Rucksack nun um einen Seitenspiegel schmaler. Das Teil hing traurig an ein paar Kabeln hinunter. Und Line wusste, dass Ersatzteile für dieses Modell schwerer zu kriegen waren als gemeinhin für VWs üblich. Opa Ole aus einer ihrer Pflegefamilien drehte sich mit Sicherheit gerade im Grab um. Ihm hatte es immer beinah körperliche Schmerzen bereitet, wenn einem Auto Schaden zugefügt wurde. Insbesondere wenn es sich um einen Wagen handelte, der nicht mehr der jüngste war und der dennoch tapfer seinen Dienst verrichtete. Der Passat, den sie beschädigt hatte, hatte bestimmt schon einiges erlebt. Und trotzdem sah das Gefährt aus, als würde es jemandem gehören, der Wert auf ordentliche Pflege legte.

Der Typ, der vor Line lief, sah erst sie über die Schulter an und richtete danach den Blick auf das Auto. Schließlich zuckte er bloß die Achseln und ging weiter.

Sie schaute sich um. Mit etwas Glück hatte der Fahrer so wie alle anderen den Wagen verlassen und sie könnte behaupten, nicht für das Missgeschick mit seinem Seitenspiegel verantwortlich zu sein.

Aber sie hatte kein Glück. Nicht mal ein bisschen.

Der Mann saß hinter dem Lenkrad seines Autos und sah sie an. Das Fenster war geschlossen, und er machte nicht den Eindruck, als ob er es herunterlassen wollte, um sie für den Schaden zur Rechenschaft zu ziehen. Entweder zerfloss der da unter der Tonne schwarzen Metalls, oder er hatte eine Mörder-Klimaanlage, die dann aber nachgerüstet sein dürfte. Auf jeden Fall rührte er sich keinen Deut.

Line wartete darauf, dass er ausstieg, dass er anfing herumzubrüllen, dass er irgendwas tat. Doch er hockte einfach nur da und starrte sie an. Hinter der Glasscheibe erkannte sie ein schmales Gesicht, eingerahmt von einem kurzen dunklen Bart und dunklen Haaren. Er trug ein hellgraues Hemd. Schlanke Hände lagen auf dem Lenkrad, mit zwei Fingern trommelte er darauf herum. Das war die einzige Regung, die er zeigte. Noch immer schlug ihr das Herz bis zum Hals, und das Blut rauschte in ihren Ohren. Irgendetwas an dem Mann hypnotisierte sie, während sie dastand. Wahrscheinlich die Angst vor seiner Reaktion, vielleicht verwirrte sie aber auch die Art, wie er einfach nur in seinem Auto saß. So als wäre sein Wagen eine ganz eigene Welt. Eine, in die er niemanden hineinließ.

»Gehst du jetzt weiter?« Eine fremde Männerstimme ließ sie zusammenzucken. Ein kräftig gebauter junger Typ war hinter sie getreten. Um den Hals hing ihm ein Kartenzahlgerät und ein tragbarer Fahrkartendrucker. An seiner Hose blitzte eine silberne Kette, an der ein Portemonnaie hing. Er trug den gleichen Pullover wie der Kapitän. Das musste dann wohl der Ticketverkäufer sein.

»Ich hab den Spiegel …«

Der Junge unterbrach sie. »Der meldet sich, wenn der Schadenersatz haben will, keine Angst. Lauf einfach weiter.«

Bei wem meldet der sich? wollte sie fragen. *Wie denn? Und wo? Und Fotos vom Schaden macht er auch keine?* Das Rauschen in ihren Ohren wurde immer lauter. Wenn sie nicht achtgab, würde sie gleich umkippen.

»Du hast noch kein Ticket, ja?«, wollte der Matrose – hieß das überhaupt so? – wissen. »Sagt mein Vater.«

Sie hatte gerade einen Schaden über mehrere Hundert Kronen angerichtet, und noch kein Ticket zu haben, war momentan die größte Sorge? *War das Ticket teurer als der Außenspiegel? Wie viel Geld habe ich überhaupt noch in der Tasche?*

Weil sie nicht ewig wie versteinert den Weg blockieren konnte, gab sie sich einen Ruck. Sie schüttelte den Kopf, hoffend, sie könnte damit auch ihre Benommenheit abschütteln. Während sie in ihrem Rucksack nach der Geldbörse kramte, knurrte laut vernehmlich ihr Magen. Missmutig blickte sie in die hellgrünen Augen des Ticketverkäufers. »Snacks oder so was verkauft ihr nicht auf der Fähre, oder?«

»Nee, das lohnt sich nicht. Es ist ja nur eine halbe Stunde bis auf die Insel. Aber der Kaufmannsladen hat bis um sieben auf, da bekommst du sicher noch was.«

»Ah gut, fährt da ein Bus bis dorthin? Zu dem Laden, meine ich?«

Er zog eine Braue hoch, zu der sich nur sehr langsam die andere gesellte, und seine Augen blitzten dabei, als würde er sich ein bisschen über sie lustig machen. »Bus?« Er betonte es auf eine Weise, als hätte sie Spaceshuttle gesagt. »Du warst noch nie auf der Insel, oder?«

Sie schüttelte den Kopf.

»Da geht man zu Fuß«, erklärte er und zwinkerte ihr zu. »Zwanzig Minuten, höchstens, und schon bist du mitten im Dorf, dort, wo das Leben tobt.«

Klar, er amüsierte sich auf ihre Kosten. Eine halbstündige Überfahrt, zwanzig Minuten bis zum Kaufmannsladen, und wenn sie sich an die Bilder von dem Eiland erinnerte, konnte sie sich ausmalen, wie das mit dem tobenden Leben gemeint war. Ihr Magen meldete sich erneut.

Es war ein verdammt langer Tag gewesen bisher.

Der Junge verdrehte die Augen. »Am besten lässt du deinen Rucksack hier unten stehen. Nicht, dass noch etwas passiert.«

»Kann man den hier irgendwo einschließen?«

Wieder machte er diesen Stunt mit seinen Augenbrauen, erst eine, dann die andere. »Und wer soll den klauen?«

»Vielleicht holt sich der Mann mit dem Außenspiegel ja Schadenersatz«, erwiderte sie schnell. Dass in ihrem Rucksack kaum etwas war, womit sie das angerichtete Unglück bezahlen könnte, mussten weder der Ticketverkäufer noch der Kombimann wissen. Mist! Das alles lief nicht wie geplant. Sie kramte ein paar Münzen aus ihrer Geldbörse und reichte sie dem Jungen. »Genug?«

»Das wird reichen.« Seelenruhig ließ er sein Maschinchen einen Fahrschein ausdrucken und überreichte ihr den, als seien es die britischen Kronjuwelen.

»Willkommen auf Strynø«, meinte er noch, dann griff er in die kleine Ledertasche, die neben dem Portemonnaie an seinem Gürtel hing, und legte einen Schokoriegel neben den

Fahrschein in ihre geöffnete Hand. »Ein Willkommensgeschenk. Mit vollem Magen hast du sicher auch gleich wieder bessere Laune. Ich bin übrigens Kasper.«

Kannte er sie?

Adam beobachtete, wie der Sohn des Fährkapitäns der jungen Fremden einen Schokoriegel schenkte.

Weiterhin verfolgte er, wie die zierliche Frau sich an die Fersen von Kasper hängte. Kaum dass Kasper in den Maschinenraum kletterte, kroch sie ihm durch die schmale Tür hinterher, und nachdem beide wieder herauskamen, entspann sich eine angeregte Diskussion zwischen ihnen. Wie es aussah, vergaß die Fremde darüber sogar ihre Besorgnis wegen seines Seitenspiegels.

Kannte Kasper die junge Frau? Adam hatte keine Ahnung, warum, aber irgendetwas an der Vorstellung irritierte ihn. Diese Frau gehörte nicht auf dieses Schiff. Er schätzte sie auf Mitte zwanzig, höchstens. Sie trug ihre Haare in einem kinnlangen Bob, dessen pechschwarze Farbe unmöglich ihre Naturhaarfarbe sein konnte, von der vorwitzigen pinkfarbenen Strähne ganz zu schweigen. Ihr kleiner, drahtiger Körper steckte in Kleidung, die so durcheinandergewürfelt wirkte, dass es ihn nicht wundern würde, wenn sie die Sachen auf Flohmärkten zusammengekauft oder sogar selbst genäht hätte. So wie sie ihre Sachen trug, wirkten jedoch weder die bunten Flicken auf dem Top noch der ausgefranste Saum der Jeans-Shorts zerschlissen, sondern wie etwas, für das die Töchter gut betuchter Eltern in den Vintage-Boutiquen in Kopenhagen viel Geld ausgegeben hätten. Andererseits war da dieser Rucksack! Die halb zerfledderte Monstrosität, der sein Seitenspiegel zum Opfer gefallen war, sah aus, als würde jemand darin seinen ganzen Hausstand transportieren, und das wiederum passte ganz und gar nicht zu seiner Theorie mit der Tochter aus gutem Hause.

Kasper schwankte ein wenig, während er auf seinem Kartenlesegerät herumtippte. Adam trommelte statt mit den üblichen zwei nun mit vier Fingern auf dem Lenkrad herum, während er sich den seltsamen Gedanken um einen Schokoriegel hingab. Er hätte aussteigen und fragen können. Er hätte, sobald die Frau die Stiege hinauf verschwand und Kasper die Nummernschilder der Autos kontrollierte, beim Bezahlen einfach den Jungen darauf ansprechen können.

»Hej«, hätte er sagen können, »kennst du sie? Was macht sie auf der Insel? Besuch oder Touristin?«

Aber manche Schatten waren zu lang, um einfach so darüberzuspringen.

Natürlich wurmte ihn der Scitenspiegel. Mehr, als er sich eingestehen wollte und vor irgendjemandem zugegeben hätte. Mehr noch allerdings interessierte ihn die Frage, wer die Frau war und warum Kasper ihr den Maschinenraum zeigte …

Himmel, es ging ihn nichts an. Er hob die Finger vom Lenkrad, streckte sie aus und betrachtete seine kurz geschnittenen Fingernägel. Unter ihm röhrte der Dieselmotor, das Schiff erreichte die Fahrrinne und beschleunigte.

Wenn Adam Steinbach nach Strynø fuhr, hatte er noch nie oben auf dem Sonnendeck die Nähe der anderen Passagiere gesucht und sich den Wind um die Nase wehen lassen.

Er blieb in seinem Kombi sitzen, wo er allein war, abgeschottet vor zu viel Gesellschaft oder gar Vertrautheit. Jedes verdammte Mal.

Er nahm die Hände ganz vom Lenkrad, beobachtete noch, wie Kasper nach oben kletterte, schließlich lehnte er sich zurück und schloss die Augen. Vielleicht eines Tages …

Um die eineinhalb Kilometer trennten sie noch von Strynø, als die Insel plötzlich verschwand. Von jetzt auf gleich zogen finstere Wolken auf und tauchten den azurblauen Himmel in schwärzeste Nacht. Ein Blitz durchzuckte die Dunkelheit, irgendwo weit hinter Strynø, dann folgte ein Donner, zum Glück noch immer weit entfernt.

»Das wird ein ordentlicher Regenguss.« Kasper hatte sich so unauffällig an Line herangeschlichen, dass sie zusammenzuckte, sowie sie seine Stimme hörte. »Ich liebe das ja, wenn die Luft sich vor einem Gewitter so auflädt. Man kann den Regen schon richtig riechen.« Er hob die Schultern. »Aber wenn du Angst hast: Sicher ankommen werden wir dennoch. Mein Vater ist der beste Kapitän der Welt.«

»Und deshalb sitzt er hier auf einer Fähre, die nur zwischen Rudkøbing und Strynø hin und her fährt? Klingt ja nach einem echt abenteuerlichen Job. So für den besten Kapitän der Welt, meine ich.« Obwohl der fast schon kindliche Stolz von Kasper auf seinen Vater süß war, konnte Line nicht widerstehen, ihn ein klein wenig damit zu necken.

Doch statt sich auf den Schlips getreten zu fühlen, lachte ihr Gegenüber aus vollstem Herzen, was ihn gleich noch hundertmal sympathischer machte. Vielleicht, dachte Line, könnte sie sich sogar mit ihm anfreunden. Sie schob den Gedanken beiseite. Niemand konnte ihr versprechen, dass sie auf Strynø fand, was sie suchte, und womöglich wäre sie gar nicht lang genug hier, um Freundschaften zu schließen.

Mit der Schulter stieß Kasper sie an. »Was ist? Hast du Lust, noch mal mit runter in den Maschinenraum zu kommen? Ich muss die Stabilisatoren bereitmachen, für den Fall der Fälle.« Als sie ihm vorhin einfach gefolgt war, hatte es ihn zuerst irritiert, dann allerdings hatte er ihr doch einiges unten gezeigt.

»Ihr habt hier auf einer Fähre in der Dänischen Südsee Stabilisatoren?«, fragte sie ehrlich interessiert. Motoren hatten sie schon immer begeistert. Was würde sie nicht dafür geben, wie Kasper tagtäglich mit ihnen zu tun zu haben. »Ich dachte, die gibt es nur auf den großen Kanalfähren zwischen Frankreich und England?« Sie konnte praktisch spüren, wie ihre Augen aufleuchteten bei der Aussicht, sich tatsächlich noch mal da unten umschauen zu können. Und wenn sie ehrlich war, lenkte es sie auch von dem nervösen Gefühl in ihrem Bauch ab.

»Na los«, forderte Kasper sie auf.

Die ersten Tropfen schlugen ihr ins Gesicht, kaum dass die Fähre anlegte. Der Inselhafen ähnelte stark seinem Gegenstück auf der anderen Seite, nur minus das gelbe Hafengebäude und die Querstraße mit den halb verrotteten Industriebrachen. Der schmale Streifen Sandstrand und die Stadt im Hintergrund fehlten auch. So betrachtet, blieben eigentlich nur die wenigen wartenden Autos, die Passagiere und der Anleger selbst, dann hörte die Gemeinsamkeit schon wieder auf. Es gab noch ein paar niedrige, in gedecktem Schwedenrot gestrichene Holzschuppen, ein paar im Hafen liegende Jachten und Fischerkähne und eine einzige schmale Straße, die ins

Inselinnere führte. Das war dann wohl der Weg, den sie im Regen nehmen musste. Sie seufzte, schulterte ihren Rucksack und lief über die wacklige Laderampe an Land.

Eine alte dänische Telefonzelle fiel ihr auf, etwas abseits vom asphaltierten Warteplatz vor dem Anleger. Hätte jemand Line gefragt, wie Telefonzellen in Dänemark einmal ausgesehen hatten, als Leute noch auf sie angewiesen gewesen waren, sie hätte nicht antworten können. Das war so lange her, dass sie sich beim besten Willen nicht erinnern konnte. Doch hier, auf dieser weltvergessenen Insel, stand ein perfekt gepflegtes Exemplar. Ein bisschen wie die alten Londoner Telefonzellen, aber statt des dortigen Rots war sie in Rennfahrergrün gestrichen und die Butzenscheiben leicht blind. Kein Fleckchen Rost zeigte sich zwischen dem Metall und dem Glas. Beeindruckend. Wer kümmerte sich um das Ding, dass es trotz der salzigen Seeluft so gut in Schuss blieb?

Kurz überlegte sie, sich dort unterzustellen, doch was sollte das bringen? Es war mittlerweile schon nach fünf Uhr am Nachmittag, und sie hatte sich noch nicht um eine Unterkunft für die Nacht gekümmert. Besser also, sie beeilte sich, ins Dorf zu kommen.

Ich bin ja nicht aus Zucker und zerfließe im Regen, redete sie sich selbst gut zu. Mit ein wenig Glück würde sie sich bald schon irgendwo aufwärmen können.

Zwei Minuten später bereute sie ihren Entschluss, einfach losmarschiert zu sein, zutiefst. Der Himmel öffnete seine Schleusen, und für das, was er auf Line niedergehen ließ, war das Wort *Regen* eine totale Untertreibung. Drei Schritte, und sie war durchnässt bis auf die Knochen. Ihr Rucksack wog Tonnen, und ob die Welt rechts und links der schmalen Straße noch existierte, ließ sich nicht erkennen. Denn der Tropfenvorhang fiel so dicht, dass er die Umgebung komplett verschluckte.

Ein oder zwei Mal überholten sie Autos, die nach ihr von der Fähre heruntergekommen oder im Hafen gewartet haben dürften, um jemanden abzuholen. Obwohl die abbremsten, hatte sich in kürzester Zeit so viel Wasser auf der Fahrbahn gesammelt, dass Line jedes Mal nass gespritzt wurde. Beim dritten Mal unterdrückte sie ihr Fluchen nicht mehr. Es hörte ja niemand.

Sie war so versunken in ihre miese Stimmung, dass ihr zuerst nicht auffiel, wie das nächste Auto nicht an ihr vorbei-, sondern im Schritttempo neben ihr herfuhr.

»Hej!« Durch den Regen hindurch klang der Ruf von so weit weg, dass sie eine Weile brauchte, um zu bemerken, dass er ihr galt. »Willst du ins Dorf?«

Nein, zum Schwimmen! Im letzten Augenblick erinnerte sie sich glücklicherweise daran, dass sie sich in ihrer blöden und nassen Lage Zickigkeit nicht leisten konnte. Sie schaute in die Richtung, aus der die Stimme kam, und erkannte nicht nur den schwarzen Passat, der seit Kurzem einen Seitenspiegel weniger besaß, sondern auch, dass der Mann das Beifahrerfenster heruntergelassen hatte. Ausgerechnet jetzt fiel ihr wieder der Fernsehbericht über die Insel ein, in dem eine monotone Stimme aus dem Off über einen hier passierten Mordfall berichtet hatte. Vor ein paar Jahren war ein Mann von der Insel mit Leuten, die sein Boot hatten kaufen wollen, zu einer Testfahrt aufgebrochen und nie mehr zurückgekehrt. Damals hatte sie das Gerede über die Tat nicht weiter interessiert. Es war die Mühle im Hintergrund der Aufnahmen gewesen, die ihren Blick gefesselt hatte, doch nun erinnerte Line sich daran, dass unerwünschte Leute auf Strynø offensichtlich gerne mal ertränkt wurden. Sollte sie wirklich in diesen Wagen steigen? Immerhin könnte dies so was wie Dänemarks gefährlichste Insel sein. Andererseits hatte sie zuletzt in der Kopenhagener Lundtoftegade gelebt und entgegen dem Ruf dieser Straße sogar sehr gut. Die meisten Menschen machten einen Bogen um die Gegend. Line jedoch hatte sich wohlgefühlt und das eine oder andere dabei gelernt. Zur Not könnte sie den möglichen Inselmörder mit ihrem durchnässten Rucksack erschlagen. Oder aber sie redete ihn einfach zu Tode. Erika, die Mitbewohnerin ihrer letzten WG in Kopenhagen, sagte immer, dafür hätte sie ein unglaubliches Talent.

Sie nickte. »Ja. Kasper meinte, das ganze Leben spielt sich am Kaufmannsladen ab. Darf ich mitfahren?«

Statt zu antworten, ließ der Fahrer das Fenster wieder hoch. Nicht im Ernst, oder? Line konnte sich nicht entscheiden, was schlimmer wäre: Ein Insel-Ripper oder ein Scherzkeks, der extra neben ihr anhielt, um ihr Hoffnung auf eine Mitfahrgelegenheit zu machen, nur um dann Gas zu geben und sie in der nächsten Wolke Brackwasser zurückzulassen. Will er sich rächen für den kaputten Außenspiegel? schoss es ihr durch den Kopf.

Zum Glück stellte sich heraus, dass Mr. Schwarzer-Kombi keines von beidem war. Die Beifahrertür öffnete sich.

»Steig ein«, sagte er, und weil Line zuerst den Rucksack runternehmen musste, ehe sie auf den Beifahrersitz klettern konnte, hatte er genügend Zeit, sein Gesicht wieder teilnahmslos nach vorn zu richten.

»Oh, Mann, danke, das ist echt total nett! Ich triefe schon. Und … äh … wegen des Spiegels … das tut mir echt leid.« Mit einem übertriebenen Schaudern klemmte sie sich das Gepäck zwischen die Knie und zog die Tür zu, was mit einem blechernen Scheppern geschah. Das Auto war schon etwas älter. Diese Eigenschaft teilte es mit seinem Besitzer, wie es aussah.

»Hm«, gab der Fahrer von sich und beschleunigte. Wobei das relativ war, denn bei der schlechten Sicht konnte er nur vorwärtskriechen.

Von der Seite her betrachtete Line ihn. Vorhin, durch die Windschutzscheibe, hätte sie ihn auf vielleicht Mitte dreißig geschätzt. Aus der Nähe wirkte er älter. Seine Haare waren über den Schläfen von einigen grauen Strähnen durchzogen und machten nicht den Eindruck, dass sie regelmäßig geschnitten wurden. Er schien nicht oft zu lächeln. Das graue Hemd sah aus, als hätte der Wind daran gezerrt.

Stürmisch, genau, das war der richtige Ausdruck. Alles an diesem Mann wirkte, als wäre er in einen Sturm geraten, der ihn überallhin verfolgte. Das sollte nicht heißen, dass er selbst ungepflegt wirkte. Hätte jemand sie gefragt, würde sie sein Aussehen am ehesten wohl piratenhaft nennen.

Aber sie fragte sowieso niemand.

Obwohl es nicht weit war bis zum Dorf, dessen Dächer sie schon hinter den im Gewittersturm schwankenden Bäumen erkennen konnte, reichte die Zeit aus, damit Line das Schweigen unangenehm wurde. »Also«, meinte sie, »du wohnst auf Strynø, ja? Sicher ein tolles Fleckchen.« Im selben Moment fuhr ein Blitz nieder, und der sofort darauf folgende Donner verschluckte eine Antwort – so es denn eine gegeben hatte. »Und so gemütlich.« Mittlerweile musste Line schreien, um über das Regentrommeln auf dem Autodach noch gehört zu werden. »Ich bin zum ersten Mal hier, übrigens. Weißt du vielleicht, wo ich ein trockenes Plätzchen finde? Nur bis der Regen aufgehört hat.«

»Der dauert noch bis morgen früh um zwei.«

Ehrlich jetzt? Die ganze Fahrt über versuchte sie ein Gespräch anzufangen, und das war das Erste, was er zu ihr sagte? War der Typ ein Wetterforscher oder so? Wie üblich fiel ihr die korrekte Bezeichnung nicht ein. Langsam, aber sicher war von ihrem Geduldsfaden nicht viel mehr übrig als ein dünner Zwirn. »Ah. Bist du ein Metronom oder wie das heißt? Ich meine, weil du das mit dem Regen so genau weißt.«

Der Wagen hielt an. »Siehst du das gelbe Haus da? Das ist der Kaufmannsladen. Viel Spaß auf der Insel.«

Für die Dauer eines Herzschlags war Line zu perplex, um reagieren zu können. Warf dieser Kerl sie wirklich einfach raus? Ja gut, sie hatte den Laden erwähnt, aber es schüttete wie aus Eimern. Ein rücksichtsvoller Mensch hätte sich wenigstens vergewissert, dass sie einen richtigen Unterschlupf hatte.

Sie griff nach ihrem Rucksack, öffnete die Beifahrertür und stieg rasch aus dem Auto.

Der kleine Laden sah nicht anders aus als Hunderte anderer Dorfläden in Dänemark. In den Jahren, in denen Line als Teenager wie eine Besessene nach ihrer Mutter gesucht hatte, war sie an einigen vorbeigekommen. Bei dem Versuch, dem davonbrausenden Passat nicht hinterherzustarren, ließ sie ihren Blick schweifen. Da war ein gläserner Schaukasten neben der Eingangstür, ein vom Sturm umgewehtes Reklameschild für Eiswaffeln, einer dieser Picknicktische, wo auf jeder Längsseite eine Bank angeschraubt war. Oben am Maibaum rissen Wind und Regen an den Kränzen. Und dann waren da noch die drei Gestalten, die sich unter das Vordach des Geschäfts kauerten und anscheinend ihre gesamte Willenskraft aufbringen mussten, um Line nicht mit unverhohlener Neugier zu mustern. Alle drei scheiterten kläglich. Wie kleine Nadeln spürte Line ihre Blicke auf ihrer regenkalten Haut.

Darum bemüht, sich nicht anmerken zu lassen, wie nervös ihre Zuschauer sie machten, stieg sie die beiden Holzstufen zur Eingangstür hinauf. Jetzt erkannte sie auch, dass es drei alte Männer waren, die dort standen. Nein, nicht ältere, sondern alte. Sie könnten als Brüder durchgehen, wie sie da schön gleichzeitig an ihren im Mundwinkel hängenden Pfeifen saugten. Sogar ihre Klamotten waren identisch, abgewetzte Cordhosen und verblichene Arbeitshemden unter mehrfach geflickten einstmals dunkelblauen Arbeitsjacken. Aber einer war lang und dürr, ein anderer kurz und rund, und der dritte im Bunde war irgendwas dazwischen.

Line hatte das Gefühl, in eine Comedyshow geraten zu sein. Jeden Moment würde jemand mit einer versteckten Kamera aus dem Gebüsch gegenüber stürzen und sich über Line Henriksens dämliches Gesicht halb tot lachen.

Das also war das tobende Leben, von dem Kasper gesprochen hatte? Gut, sie musste Abstriche machen wegen des Wetters, aber selbst bei Sonnenschein würde hier vermutlich kaum der Bär steppen.

Der kleine Runde stand halb vor dem Schaukasten mit den Anschlägen und versperrte ihr den Weg. »Darf ich mal?«, fragte Line mit einer für sie selbst ungewohnten Schüchternheit. Vermutlich hatte das Verhalten des Kombi-Fahrers die letzten Tröpfchen Schlagfertigkeit aus ihr herausgesogen.

Der Mann trat ein wenig zur Seite. Interessanterweise konnte sie keinen Pfeifenrauch riechen, nicht mal kalten Tabak. Nuckelten die drei an leeren Pfeifen? Was war das? Kaugummi-Ersatz?

»Was suchst du denn, Mädchen?«, fragte der lange Dürre.

»So was wie ein Zimmer oder so«, murmelte sie und fügte, noch leiser, hinzu: »Bezahlbar.«

»Die *Mejeri* hat noch zu«, erklärte der Runde. Da er Lines verständnislosen Blick sah, ergänzte er: »Das war früher 'ne Molkerei, jetzt ist da eine Pension drin. Und Arne renoviert gerade die beiden Gästezimmer in der Kneipe.« Er sprach das Wort *renoviert* aus, als sei es das exotischste Fremdwort, das er je von sich gegeben hatte. Line konnte das nur zu gut nachvollziehen. Sie kniff die Augen zusammen, um die Aushänge im Schaukasten besser entziffern zu können.

»Da findest du so was auch nicht«, nuschelte der Dürre und folgte ihrem Blick mit der Pfeife.

»Maria Jansen ist doch im Laden«, sagte der in der Mitte. »Soll sie die mal fragen. Die hat doch gerade keine Feriengäste.«

»Warum sprichst du über mich, Lauge?« Eine breit gebaute Frau stand plötzlich in der Tür des Ladens und starrte die drei Männer mit einem Blick an, aus dem selbst Line herauslas, dass die schlechte Laune gespielt war. Ihre Haare sahen aus, als sei in ihnen eine alte Dauerwelle wild weitergewachsen und als würden sie eher selten Bekanntschaft mit einer Bürste machen. »Was treibt ihr drei eigentlich hier unterm Dach?«, fragte sie, wobei sie die Einkaufstüte in ihren Händen zurechtrückte.

»Es regnet«, erläuterte der Runde, dabei konnte jeder beobachten, wie vom Vordach das Wasser wie eine Flutwelle herunterstürzte.

Die Dauerwelle verschränkte die Arme vor dem voluminösen Busen. »Und ihr seid aus Zucker? Sonst vertreibt euch doch auch nichts und niemand von eurem Platz.« Augenzwinkernd wies sie auf den Picknicktisch. Erst dann schien sie Line zu bemerken. »Wie bist du denn zwischen unseren Dorffunk gekommen?«

Line versuchte ein schmales Lächeln. »Ich suche nach einem Zimmer für ein paar Nächte.«

Langsam zog die Frau eine Augenbraue hoch. »Wie lange? Mein Standardpreis sind fünfhundert Kronen die Nacht.«

Line schluckte schwer. Einen solchen Preis hatte sie sich nicht mal in ihren schwärzesten Träumen ausgemalt.

»Jetzt mach aber mal halblang, Maria«, murmelte der Dürre und zeigte auf Line. »Das sehe sogar ich, dass das Mädel nicht so viel bezahlen kann wie diese Yuppies aus Kopenhagen, die hier bei uns ihren Urlaub verbringen und sich für ganz wichtig halten, während sie nichts anderes tun, als sich die Sonne auf den Bauch scheinen zu lassen.«

Es lag Line auf der Zunge zu fragen, welche Sonne der Mann meinte. Doch sie verbiss sich den Kommentar in der Hoffnung, es würde ihm tatsächlich gelingen, den Preis zu drücken.

»Sehe ich aus wie ein Wohlfahrtsunternehmen?«, fragte Maria empört.

Das alles hier wäre so viel einfacher gewesen, wenn Line gewusst hätte, wann Maria Spaß machte und wann es ihr ernst war. Das Zwinkern zumindest gehörte der Vergangenheit an. »Gleicher Preis für alle.« Maria blickte auf die Uhr. »Na gut. Es ist noch Nebensaison, und das war schon die vorletzte Fähre. Vierhundertfünfzig, und morgen verhandeln wir neu. Wenn du mindestens fünf Nächte bleibst, gehe ich runter auf vierhundert, aber es gibt nicht jeden Tag ein frisches Handtuch.« Jetzt zwinkerte sie doch wieder.

Line war so erleichtert, dass sie schon drauf und dran war zuzusagen, als sie einen leichten Stoß in den Rippen verspürte.

»Handeln, Mädel«, raunte der Runde so laut, dass man es vermutlich noch unter dem üppigen Reetdach des Hauses auf der anderen Straßenseite hören konnte.

»Vierhundert wegen der Nebensaison und der Uhrzeit«, sagte Line piepsig, während ihr trotz Sintflut der Schweiß ausbrach. »Und dreihundertfünfzig pro Nacht, falls ich länger bleibe.« Viel mehr als vierhundert könnte sie sich ohnehin nicht leisten, und wenn sie länger bleiben wollte, brauchte sie dringend einen Job. Doch sie ahnte bereits, dass es mit Jobs hier alles andere als rosig aussah.

Maria presste die Lippen zusammen, die Augen wurden noch schmaler. »Du erinnerst mich an mich selbst, als ich so alt war wie du, Mädchen«, meinte sie amüsiert. »Und dann hab ich Peder kennengelernt. Also nimm dich in Acht, Männer können das Leben von uns Frauen manchmal ganz schön durcheinanderbringen. Aber ich weiß noch ganz gut, wie das damals war, also komm mal mit. Ich will mal nicht so sein.« Sie wies mit ihrer Einkaufstüte auf die Straße, durch die Line im Kombi gekommen war. »Ist nicht weit.«

Innerhalb weniger Schritte klebten die wilden Locken glatt wie Schnittlauch am Kopf ihrer Trägerin, die es allerdings nicht im Geringsten zu stören schien. Ergeben trottete Line hinterher, froh, dass die Frau tatsächlich gleich in die schmale Einfahrt des dritten Hauses einbog und ihre Besucherin die kurze Steintreppe hinaufscheuchte.

Im Korridor des Hauses stand ein Bär von einem Mann und starrte Line an, als wäre sie das siebte Weltwunder. »Bist du von der Fähre heraufgelaufen?«, wollte er wissen, ohne sich vorzustellen. »Maria, nimm doch dem Kind mal den Rucksack ab, die bricht ja gleich zusammen.«

Kind?

Maria drückte dem Mann ihren Einkauf in die Hand. »Kühlschrank«, wies sie ihn an, ehe sie resolut zugriff und Line eigenhändig vom Rucksack befreite.

»Danke«, meinte Line erleichtert, auch wenn sie immer noch nicht sicher war, was sie von den beiden halten sollte. Nachdem der Mann aus der Küche zurückgekehrt war, drückte Maria ihm das schwere Gepäckstück in die Hände, als wöge es nicht mehr als eine Feder. »Sie kriegt das Zimmer nach hinten raus.«

»Ich bin …« Line schüttelte sich. *Wie hatte ich so blöd sein können, meine Jacke im Gepäck zu verstauen? Seit wann war dänischer Sonnenschein im Mai jemals von Dauer gewesen?* »… mit einem Mann mitgefahren von der Fähre bis hierher«, beantwortete sie mit etwas Verspätung dann die Frage ihres Gastgebers.

»Welcher Mann?« Unverhohlene Neugier klang aus den Worten heraus, und dass die Frage gleichzeitig von Maria und ihrem Mann ertönte, machte es nicht besser.

»Keine Ahnung, wie der heißt, ich kenne ja niemanden hier. War ein schwarzer Kombi.« Mit neuerdings einem verdammten halb abgeschlagenen Spiegel.

Der Mann warf seiner Frau einen undeutbaren Blick zu. »Steinbach«, sagte diese und legte missbilligend den Kopf zur Seite. »Besser, du hältst dich von dem fern.«

Line seufzte schaudernd. Hatte sie mit ihrer Vermutung hinsichtlich des Insel-Rippers doch nicht so danebengelegen? Momentan wollte sie es lieber nicht so genau wissen. Ihre Schultern schmerzten, ihre Füße taten weh, und sie fror erbärmlich. Wenn sie nicht bald die nassen Klamotten auszog, würde sie sich noch eine Erkältung holen. »Ist es in Ordnung, wenn ich mich im Bad ein wenig frisch mache und mir die Haare föhne?«

Warm und freundlich tätschelte Maria, deren Haarspitzen sich zu kringeln begannen, Lines Arm. »Natürlich kannst du das, Herzchen. Willst du was essen?«

Selten in ihrem Leben hatte sich ein einfacher Satz in Lines Ohren so sehr zu Musik gewandelt.

2. Kapitel

In dieser Nacht schlief Line wie ein Stein. Vielleicht lag es an der Meeresluft, vielleicht auch an der Ruhe, die nur unterbrochen wurde vom gleichmäßigen Prasseln des Regens auf dem Fensterglas des winzigen Zimmers unter dem Dach in der Pension von Maria Jansen. Jedenfalls schlief sie ein, kaum dass ihr Kopf die Matratze berührte. Einmal wachte sie auf. Noch immer war es stockduster draußen. Aber der Regen hatte aufgehört, und die Stille war …

Irritiert tastete sie nach ihrem Handy, das sie zum Aufladen auf den Nachttisch gelegt hatte, und deaktivierte die Bildschirmsperre. Auf dem Display stand 02:07 Uhr. Das durfte doch nicht wahr sein! Hatte der Inselripper nicht vorausgesagt, dass der Regen um Punkt zwei aufhören würde? Immer noch irritiert von so viel Besserwisserei schlief Line wieder ein.

Zum Frühstück am nächsten Morgen stellte Maria Line eine Schale Vanille-Skyr mit Brot auf den Tisch. Mitten in der Bewegung stockte die Pensionswirtin. Ihre Pupillen weiteten sich, während ihr Blick Lines Aufzug erfasste. »Na, wenn du dich so in Schale geschmissen hast, musst du ja Großes vorhaben. Greif also besser zu. Zur Stärkung.« Marias rechtes Augenlid zuckte. War das ein Zwinkern?

Kurz überlegte Line, ob sie nach dem Preis für das Essen fragen sollte, entschied sich dann allerdings dagegen. Was in ihrem Bauch war, konnte ihr nicht mehr weggenommen werden, und wenn Maria darauf bestand, dass sie im Nachhinein das Frühstück abarbeitete, indem sie Rasen mähte oder Geschirr spülte, wäre das immer noch ein guter Deal.

Auch Maria schien das Thema nicht zu interessieren, denn alles, was sie meinte, war: »Wenn du aus dem Haus gehst, zieh einfach die Türe hinter dir zu. Hier gibt es keine Einbrecher. Niemand sperrt ab.«

Einbrecher nicht, nur Bootmörder, aber das verkniff Line sich. Leider sagte sie auch sonst nichts, wie zum Beispiel, dass sie nach Strynø gekommen war, um ihre Mutter zu finden. Doch das fiel ihr erst auf, als Maria für eine erleuchtende Erkenntnis nicht länger zur Verfügung stand. Sich die Hände an der Hose reibend, war die Pensionswirtin bereits aus der Küche verschwunden.

Eine Viertelstunde später, ausgeschlafen und gestärkt von dem leckeren Frühstück, machte Line sich auf den Weg zur Mühle. Bereits während ihrer Anreise hatte sie beschlossen, dass sie dort mit ihrer Suche beginnen müsste. Immerhin war die Mühle ihr einziger Anhaltspunkt und darüber hinaus leicht zu finden. Und wer wusste schon, vielleicht hatte sie einmal in ihrem Leben Glück. Alles, was ihre leibliche Mutter ihr hinterlassen hatte, nachdem sie sie in einem Kopenhagener Krankenhaus anonym zur Welt gebracht hatte, war ein Foto. Eine junge Frau, fast noch ein Mädchen, vor dem Hintergrund dieser Mühle direkt am Strand. Seit Line halbwegs auf eigenen Beinen stehen konnte, war sie auf der Suche nach dieser jungen Frau. Jetzt, da sie wusste, wo sich diese Mühle befand, hatte sie das Gefühl, ihrer Mutter so nah zu sein wie nie zuvor.

Vom Hauptplatz aus ging es immer geradeaus. Nach dem Regen der letzten Nacht atmete Line wunderbar klare und reine Luft ein, während sie die bunte Ansammlung winziger Häuschen passierte, die das Dorf bildete. Weiß getünchte Fachwerkhäuser mit dunklen Balken und Reetdächern wechselten sich mit Gebäuden in dem für Dänemark typischen Ockerfarbton ab, deren rote Dachziegel in der Sonne leuchteten. Immer mal wieder kam sie an kleinen Teichen vorbei. Fast alle waren über und über bewachsen mit Seerosen. Der Flieder schlug gerade aus, prall blühende Blaukissen wuchsen über niedrige, aus Sandstein gestapelte Gartenmäuerchen hinweg. Von Zeit zu Zeit traf Line eine süße und üppige Wolke aus Blumenduft. An einem etwas größeren Teich in einer Straßenbiegung hörte sie ein lautes Quaken und hielt nach der Ente Ausschau. Aber außer den Wildgänsen, die laut schnatternd über die Insel flogen, entdeckte sie weit und breit keinen Vogel.

Neugierig trat sie näher. Sie bildete sich dieses Quaken doch nicht ein! Sie machte noch einen Schritt zur Wasserkante hin. Plötzlich verstummte das Quaken und wurde von mehreren dicht aufeinanderfolgenden Platschgeräuschen abgelöst.

Line lachte. Das waren keine Enten gewesen, die diesen Radau veranstalteten, sondern Frösche. Mutanten-Frösche, dem Lärm nach zu urteilen. Strynø gefiel ihr immer besser.

Vom Froschteich aus konnte sie die Mühle schon erblicken, vielleicht einen Kilometer die schnurgerade Straße hinab. Sie zögerte nur kurz. Sie gehörte nicht zu den Menschen, die lange zauderten. Wenn sie sich etwas vornahm, zog sie es durch.

Als sie das Dorf hinter sich ließ, frischte der Wind auf. Obwohl es nicht mehr so stechend heiß wie gestern vor dem Gewitter war, empfand sie die Meeresbrise als angenehm warm. Rechts des Weges standen dieselben braun-weißen Kühe, wie sie sie in der Fernsehreportage gesehen hatte, die sie auch auf die Mühle aufmerksam gemacht hatte. Eines der Kälbchen hatte einen lustigen Fleck auf der ansonsten ganz weißen Nase und trank gerade bei seiner Mutter. Links des Weges blökten Schafe, und über ihren Köpfen, in einer kunstvollen Formation, flogen die Krach machenden weißbraunen Gänse. Line hatte sich immer für ein Stadtkind gehalten. Himmel, die Aktion mit den Mutanten-Fröschen hatte bewiesen, wie wenig sie in die Natur passte. Aber irgendwas an dieser Umgebung rührte sie. Es war, als würde sich etwas in ihrem Herzen öffnen. Nicht weit, nur einen kleinen Spalt, mehr wie ein Versprechen auf etwas, das noch kommen würde. Ob sich so Heimat anfühlte? Zu Hause?

Sie schüttelte den Kopf und lief weiter. Eins nach dem anderen. Noch konnte ihr niemand sagen, ob es ihr überhaupt gelingen würde, die Frau auf dem Foto zu finden.

Adam stand, das Fernglas in der Hand, am dem Meer zugewandten Fenster im kreisrunden Raum im Bauch der Mühle. Es gab nur dieses eine Zimmer. In die Wände der Mühle hatte er im Laufe der Zeit Bücherregale hineingebaut. Dazu zierten den Raum ein paar bequeme Sitzmöbel, jedes davon mit einer Stehlampe ausgerüstet, und ein niedriger Tisch, auf dem sich weitere Bücher stapelten. Auf der Galerie über ihm, die zum Teil auf hölzernen Säulen ruhte, befand sich das Schlafzimmer. Direkt unter dieser Galerie hatte er seinen Schreibtisch hingestellt, auf dem der Laptop aufgeklappt und arbeitsbereit auf ihn wartete. Dahinter summte unternehmungslustig der Drucker. Zwei dicke Stöße Ausdrucke lagen rechts und links des Computers, der Stifteköcher war voll. Die paar Sachen, die er sein Eigen nannte, abgesehen von den Büchern und seiner Arbeit, befanden sich in Truhen, verborgen in Ecken, die das Licht aus den winzigen Halogenstrahlern in der Zimmerdecke nicht erreichte. Küche und Bad hatte er sich in dem kleinen ehemaligen Schuppen eingerichtet, einem niedrig gemauerten weiß gestrichenen Bau an der Rückseite der Mühle, den ein kurzer Flur mit dem Hauptgebäude verband. Er wollte weder einen Brand in seiner Mühle riskieren noch einen Wasserschaden.

Langsam nahm er das Fernglas hoch und schaute hinaus. Wie üblich nach einem Regenguss stachen von Marstal auf der gegenüberliegenden Insel Ærø die Hobbysegler schon früh am Morgen in See. Das Herz wurde ihm schwer, wenn er daran dachte, wie lange sein eigenes kleines Boot schon ungenutzt im Garten hinter der Mühle auf hölzernen Böcken stand und Wasser höchstens von oben in Form von Regen gesehen hatte. Das Segel lag ordentlich gefaltet im Regal unter der Spüle in der Waschküche, und den Motor hatte er nicht ersetzt, seit der alte nur wenige Monate nach seiner Ankunft hier den Geist aufgegeben hatte.

Kaum etwas auf dieser Welt war schöner als ein vom Regen frischer Morgen auf diesem Teil der Ostsee. Das Morgenlicht spiegelte sich auf dem Wasser. Unter ihm am Bootsanleger hantierte einer der Fischer aus dem Dorf mit Reusen und seinem kleinen Motorboot. Irgendwo rief eine Kuh nach ihrem Kalb.

Dass jemand an die Tür der Mühle klopfte, wurde ihm erst bewusst, als das Geräusch zum dritten Mal erklang. Es war einfach zu ungewohnt, und auch jetzt irritierte es ihn. Niemand aus dem Dorf würde ihn besuchen. Er hatte einen Ruf: der Einsiedler und Menschenfeind. Der Deutsche, der sich für zu gut hielt, um mit den Einheimischen Kontakt zu pflegen, und von dem niemand einen Schimmer hatte, was er wirklich machte oder warum er überhaupt hier war. Für dreiste Touristen, die an den deutlich sichtbaren, wenn auch etwas verwitterten *Privat*-Schildern an den beiden Zugängen vorbeikletterten, war es noch viel zu früh. Diese pflegten mit der zweiten oder dritten Fähre des Tages einzutreffen und brauchten eine Weile auf den am Hafen geliehenen Fahrrädern, bis sie hierher vordrangen.

Erneut klopft es. Da war jemand sehr penetrant. Er stellte das Fernglas aufs Fensterbrett und ging von der hölzernen Empore die sechs Stufen hinunter zur Eingangstür.

Auf der anderen Seite stand die junge Frau, die am vergangenen Abend wie eine nasse Katze in seinem Auto gesessen hatte. Die Seitenspiegelkillerin. Völlig schockiert starrte sie ihn an.

»Du verfolgst mich!«, stieß sie schließlich hervor. Mit der bunten Strähne in ihren schwarzen Haaren, mit den grell lackierten Fingernägeln und den ausgefallenen Klamotten war sie auch heute wieder eine Erscheinung. Wäre sie direkt aus einem seiner Bücher geklettert, hätte ihn das nicht gewundert. Vielleicht aus der modernen Adaption eines Edgar-Allen-Poe-Klassikers. Das schwarze Spitzentop, das sie trug, und der kurze schwarze Rock mit den vielen Volants erinnerten vage an Kleidung aus dem neunzehnten Jahrhundert. Auch die Schnürstiefel passten irgendwie dazu. Unter dem dicken schwarzen Eyeliner wirkten ihre fliederblauen Augen riesengroß. Adam musste schlucken, dann fing er sich.

»Tut mir leid, dir das sagen zu müssen, aber du bist diejenige, die ständig *mir* über den Weg läuft.«

War ja klar. Wahrscheinlich hätte ich die ganze Zeit damit rechnen müssen.

Schließlich kam ein Unglück niemals allein, und dieses ganz spezielle Unglück hatte sie immerhin schon zweimal eingeholt. Oder sie das Unglück, je nachdem, wie man es betrachtete. Im Grunde war es auch egal, wer nun wen verfolgte, doch das galt offenbar nicht für den schweigsamen Inselripper. Natürlich musste der die Gelegenheit beim Schopf ergreifen und sie in Verlegenheit bringen. Ein Blick aus seinen sturmgrauen Augen und die zu langen, verwuschelten Piratenhaare, und jeder vernünftige Gedanke war wie weggeblasen.

»Entschuldigung«, stammelte sie und stürmte dann davon, als wäre der Leibhaftige hinter ihr her.

Was hatte dieser Mann an sich, dass er sie derart nervös machte? Der Insel-Ripper-Sturm war auf sie niedergegangen, und prompt hatte sie vergessen, ihm das Foto zu zeigen. Großartig!

Auf dem Weg zurück hatte Line kein Auge für die Natur. Sie war frustriert, und außerdem bekam sie eine Blase am rechten kleinen Zeh. Kein Wunder, dass sie die Suche nach ihrer Mutter bereits vor Jahren aufgegeben hatte. Für derlei Abenteuer war sie einfach nicht geschaffen.

Weil sie nicht wusste, was sie sonst tun sollte, steuerte sie wieder den Dorfladen an. Als hätten Statler und Waldorf aus der *Muppet Show* auf ihre alten Tage noch einen Bruder bekommen, saßen die drei Alten auf der Bank vor dem Laden, auf die Maria sie am Tag zuvor hatte verbannen wollen. Heute stieg sogar Rauch aus ihren Pfeifen auf.

Na gut. Wenn schon, denn schon. Da die drei sie ohnehin beobachteten, konnte sie sich genauso gut ein Herz fassen. Immerhin war sie aus einem ganz bestimmten Grund auf Strynø.

Während sie auf die drei zutrat und die alte Fotografie aus ihrer Rocktasche zog, zitterten ihre Finger.

»Ähm«, begann sie, weil das immer ein guter Anfang zu sein schien.

»Und, Mädel?« Da hieß es, alte Menschen hätten viel Geduld. Der lange Dünne fiel ihr bereits ins Wort, noch ehe sie sich überhaupt entschieden hatte, was sie sagen wollte. »Hast du gut geschlafen bei Maria?« Den Kopf schräg gelegt, erinnerte er sie ein wenig an einen Falken auf der Jagd. »Irgendwie wirkst du mir immer noch ein wenig mitgenommen. Hat sie dir nichts zu essen gegeben?«

»Mensch, Anton, muss doch nicht jeder so aussehen wie du und ich«, mischte sich Klein-und-Rund ein. Lachend klopfte er sich auf den Fassbauch. »Eine Figur wie diese hier muss man sich über Jahre hinweg erarbeiten. Und außerdem, das Mädel ist doch richtig schick. Selten genug, dass wir hier mal eine sehen, die sich ein bisschen für uns herausputzt.«

»Ähm«, probierte es Line noch einmal. Diesmal war es der in der Mitte, der sie unterbrach.

»Jaja«, sinnierte er und klang dabei, als würde die Last der ganzen Welt auf seinen Schultern liegen. »Das waren noch Zeiten, als man so viel essen und trinken konnte, wie man wollte, ohne dass einem am nächsten Tag schlecht davon wurde. Könnt ihr euch erinnern? Die Dorffeste damals. Wenn danach dein Liebchen gesagt hat: Komm, Schatz, lass uns nach oben gehen und Liebe machen, und du musstest noch nicht antworten: ›Tut mir leid, Liebes, aber ich schaff nur eines von beiden.‹«

»Also, ich hätte da eine Frage.« Wenn sie jemals die Gelegenheit haben wollte, ihr Anliegen vorzutragen, musste Line ihre Taktik ändern. Der einzige Weg, Aufmerksamkeit zu erringen, schien der zu sein, wie sie einfach dazwischenzureden.

Die drei Alten hielten von ihrer geänderten Taktik genauso wenig wie vom ersten Versuch. Sie sprachen einfach weiter. Über alte Zeiten, Arthritis, den Zug der Wildgänse und ob es sich lohnen würde, Cannabis anzubauen, um daraus eine Salbe herzustellen, die gegen Rückenschmerzen half.

Irgendwann hatte Line genug. Sie entfaltete das Foto und knallte es dem großen Dürren förmlich vor die Nase. »Hier!« Fast schrie sie jetzt. »Kennt ihr die Frau auf dem Bild? Ich muss sie finden.«

Abrupt verstummte das Geplapper der drei Alten. Sechs Augen richteten sich auf Line wie Laserstrahlen.

Sie schluckte. »Es wäre wirklich sehr wichtig für mich«, fügte sie dann hinzu, diesmal deutlich leiser.

»Hm«, machte der kleine Dicke und kratzte sich mit der Pfeife am Kinn.

In den Blick, mit dem der Mittlere der drei sie bedachte, trat ein kritischer Ausdruck. »Ich nehme an, irgendwann musste es ja so kommen.«

»Das heißt, ihr kennt sie?« Ihr Herz raste. Alles Blut stürzte ihr aus dem Kopf, und für einen Moment fürchtete sie, ohnmächtig zu werden. Sollte das wirklich wahr sein? Kaum ein Tag auf der Insel, und eine zwanzig Jahre währende Suche fand ein Ende? Wäre das nicht viel zu einfach gewesen?

»Du solltest zu Louise gehen.« Der Mittlere hörte gar nicht mehr auf, den Kopf zu schütteln. »Dort runter.« Mit der Pfeife wies er auf eine kleine Straße, die links vom Dorfplatz abging. »Den Kirkevej hinunter. Kurz vor dem Kærligheds-stien steht *Akvarellen*. Das ist das Haus von Louise. Sie malt, aber um diese Zeit und bei diesem Wetter ist sie vielleicht im Garten. Sie wird dir helfen können.«

»Okay. Danke.« Lines Finger fühlten sich noch immer ganz taub an, während sie das Foto in der Mitte knickte. Eigentlich hatte sie vor, es zurück in ihre Hosentasche zu stecken, doch aus irgendeinem Grund brachte sie das nicht fertig. Sie musste es in der Hand halten, sich daran klammern. Auf eine seltsame, fremde Art verlieh das Bild ihr auf einmal Mut, statt sie wie sonst üblich an etwas zu erinnern, das sie verloren hatte, ehe sie sich überhaupt daran hätte erinnern können. »Ich mach mich dann mal auf den Weg.«

So praktisch es war, dass die Insel wirklich klein und die Entfernungen überschaubar waren, plötzlich ging Line alles zu schnell. Bei jedem Schritt hämmerte ihr Herz wie wild, in ihren Ohren rauschte der Puls lauter als der Wind im Laub der weit ausladenden Linde mit dem Gedenkstein für die im Deutsch-Dänischen Krieg von 1864 gefallenen jungen Männer von Strynø darunter. Was, wenn die drei Alten sich täuschten? Was, wenn sie nicht willkommen wäre? Was, wenn sie weggeschoben werden würde, so wie sie immer weggeschoben worden war, sobald die Pflegefamilien merkten, was für eine herbe Enttäuschung sie war? Ein Teil von ihr verlangte, sich umzudrehen und so schnell wie nur möglich von dieser Insel zu fliehen. Ein anderer Teil schalt sie, dass das die dümmste Idee ihres Lebens sein würde, und das wollte etwas heißen. Denn immerhin hatte Line Henriksen schon allerhand wirklich dumme Ideen gehabt. Der Rest von ihr war vollkommen damit beschäftigt, immer nur einen Fuß vor den anderen zu setzen, ohne dabei eine Panikattacke zu kriegen.

Links, rechts. Links, rechts. Und schon war sie da.

Das Haus *Akvarellen* stellte sich als niedliches ockergelbes Gebäude heraus, dass Line an einen Schuhkarton erinnerte. Ein winziges schmiedeeisernes Treppengeländer führte drei Natursteinstufen hinauf zu einem ebenso winzigen schmiedeeisernen Tor. Rechts und links der Haustür standen zwei Hocker aus Holzblöcken, deren natürlich gewachsene pilzähnliche Form jemand betont hatte, indem er sie in Rot mit weißen Punkten bemalt hatte. Um die Pilze herum öffnete ein Meer gelber, roter und weißer Tulpen im Vorgarten einladend die Kelche. Ein aus Keramik gearbeitetes Schild mit der Aufschrift des Hausnamens hing direkt unter dem putzigen Giebel, und alle Fenster waren weiß abgesetzt. Wenn im nächsten Augenblick sieben Zwerge aus dem Garten marschieren und Line auf dem Weg zur Arbeit zuwinken würden, hätte sie sich nicht darüber gewundert. Bedeutete das, dass die Frau namens Louise Schneewittchen war? Nun, es gab nur einen Weg, das herauszufinden.

Tief Luft holend öffnete Line das Tor, erklomm die drei Stufen dahinter und betätigte den altmodischen Klingelknopf rechts der Eingangstür. Durch das geschlossene Türblatt hörte sie das Schrillen im Haus. Danach nichts, nur das Klopfen ihres eigenen Herzens.

Im Stillen zählte sie bis zwanzig, dann probierte sie es erneut. Diesmal ertönten Schritte im Inneren des Hauses.

»Moment! Ich komme schon. Himmel, ihr wisst doch, dass ich um diese Zeit immer im At…« Die Tür flog auf, und die Frau, die im Rahmen erschien, erstarrte innerhalb eines Sekundenbruchteils zur Salzsäule.

Eindrücke prasselten auf Line nieder. Zu viele, um sie zu verarbeiten. Louise hatte weiße Haare, die wahrscheinlich einmal blond gewesen waren, und trug einen kaum befleckten Malerkittel. Die Falten nahmen dem herzförmigen Gesicht nicht die Schönheit, sondern verliehen den Zügen Charakter. Ihre Augen hatten dieselbe fliederblaue Farbe wie die von Line. Doch sie sprach kein Wort. Nur ihre Hände ballten sich zu Fäusten. So heftig, dass ihre Fingerknöchel selbst unter den Farbklecksen, die die Haut besprenkelten, noch weiß hervortraten.

»Sind Sie Louise?« Line traute ihrer Stimme nicht. Alles an ihr zitterte. Oh Gott, dachte sie. *Oh Gott!* Fahrig entfaltete sie die Fotografie in ihrer Hand und hielt sie Louise hin. »Die drei Alten von dem Krämerladen meinten, Sie könnten mir vielleicht sagen, wer das ist. Die Frau auf dem Foto, meine ich. Wissen Sie, ich glaube nämlich, also, das heißt eigentlich, ich bin mir ziemlich sicher. Ich glaube, ich bin ihre Tochter.«

»Das …« Der Laut, der aus Louises Kehle kam, erinnerte nur vage an ein Wort. Wäre Line nicht so beschäftigt damit gewesen, ihre eigenen Nerven unter Kontrolle zu halten, womöglich wäre ihr aufgefallen, wie Louise blass wurde und zu schwanken begann.

So aber kam Line erst wieder zu sich, während die ältere Frau bereits auf halbem Weg Richtung Boden war. Mit einem atemlosen Wimmern wurde Louise ohnmächtig.

Der Teelöffel klirrte gegen den Tassenrand, als Line Honig in das heiße Getränk einrührte. Eine Frau, die sich Line kurz zuvor mit dem Namen Kirstine vorgestellt hatte, drehte das Honigglas wieder zu und verstaute es im Regal neben dem

Kühlschrank. Mittlerweile wusste Line, dass die schlanke dunkelhaarige Frau mittleren Alters die Wirtin des Gasthauses war, das die drei Alten als Kneipe bezeichnet hatten. Das Gasthaus stand zwar ganz in der Nähe des Dorfladens, aber wegen der winzigen verwinkelten Gässchen, aus denen sich die Mitte des Dorfes zusammensetzte, hatte Line es am Tag ihrer Ankunft gar nicht bemerkt.

Kirstine war nicht die Einzige, die wie aus dem Nichts aufgetaucht war, kaum dass Louise Kvist auf der Schwelle ihres eigenen Hauses zusammengebrochen war. Auch Maria, Lines Gastgeberin, war herbeigeeilt. Innerhalb von Minuten schien das halbe Dorf in und um *Akvarellen* herumzustehen und Louise auf die Beine helfen zu wollen. Line hatte nicht einmal um Hilfe rufen müssen. Die Geschwindigkeit, mit der alle zusammengekommen waren, erschien geradezu beängstigend. Beinahe bereute sie es schon, ausgerechnet hier fündig zu werden. Hätte ihre Mutter nicht aus einer anonymen, halbwegs großen Stadt stammen können? Einem Ort, an dem man trotz aller Fehler und Schwächen unterging. In dieser Dorfbrühe hier würde Line immer an der Oberfläche schwimmen wie ungewollte Fettaugen.

Vorsichtig reichte Line der immer noch ein wenig zittrigen Louise den Becher mit heißem, süßem Tee, während Maria Louise mit einer Kaffeefiltertüte resolut Luft zufächelte und dabei ununterbrochen redete. Das Geschwätz rauschte über Line hinweg. Sie warf einen Blick aus dem Wohnzimmerfenster. Ungeniert standen dort die *Drei vom Krämerladen* und schauen herein. Niemand schien es für nötig zu erachten, sie zu verjagen. Vermutlich erfüllten sie den Zweck eines lokalen Tageblattes. Irgendwie mussten die Insulaner ja darüber auf dem Laufenden bleiben, was gerade auf ihrem Eiland geschah.

»Danke, Kindchen«, meinte Louise seufzend und schloss die Hände um den warmen Becher. »Du musst entschuldigen. Ich bin normalerweise wirklich nicht so wacklig auf den Beinen. Du hast mich auf dem falschen Fuß erwischt.«

»Jetzt erzähl aber endlich, was los ist, Lou«, verlangte Maria. Vermutlich lag der Grund für ihre Neugier weniger darin, abschätzen zu können, wie sie der anderen Frau helfen konnte, als vielmehr darin, als Erste über den neuesten Skandal informiert zu sein.

Louise trank einen großen Schluck Tee, winkte ab und sah an Line vorbei zu Kirstine. »Tust du mir einen Gefallen und holst das Bild aus dem Arbeitszimmer? Das über dem Klavier.«

»Soll ich es einfach von der Wand nehmen?«, fragte Kirstine.

Louise nickte.

»Sie spielen Klavier?«, fragte Line, um auch etwas beizutragen und weil sie nicht wusste, was sie sonst sagen sollte. Dabei tat sie immer noch das, was sie noch nie getan hatte: Sie verwendete die gnadenlos unzeitgemäße höfliche Anrede *Sie*. Nicht einmal bei älteren Menschen war ihr das je notwendig erschienen, doch hier und heute passte nichts anderes.

»Wenn ich es auch nur halbwegs könnte, Kindchen, würde das Klavier nicht abseits im Arbeitszimmer, sondern hier im Wohnzimmer stehen, oder? Mein Mann hat gespielt. Dein Morfar. Aber er ist schon eine ganze Weile tot.«

Bei dem Wort Morfar weiteten sich Marias Augen, und Kirstine drehte sich in der Tür um und starrte erst Louise, dann Line entsetzt an.

»Jetzt hol endlich das Bild!«, verlangte Louise, während Line die Optionen ausgingen, wohin sie noch schauen konnte. Auf Maria ganz sicher nicht.

»Louise, bist du sicher, dass du dir nicht am Geländer den Kopf gestoßen hast?«, wollte Maria wissen.

»Mein Kopf war nicht mal in der Nähe des Geländers«, erwiderte Louise. Mit jedem Schluck Tee festigte sich ihre Stimme. Die Stimme ihrer … Großmutter. Plötzlich wünschte Line sich, irgendetwas zu haben, woran sie sich festhalten könnte. Keine noch so lange Suche hatte sie auf diesen Augenblick vorbereiten können. Noch immer konnte sie nicht wirklich glauben, dass das hier tatsächlich geschah.

»Dann am Türrahmen«, schlug Maria vor.

»Ich bin so klar im Kopf wie selten zuvor«, wies Louise sie zurecht und setzte sich ganz auf, sobald Kirstine mit einem großen vergoldeten Bilderrahmen zurückkehrte. Louise stellte ihre Tasse aufs Fensterbrett und nahm der anderen den Rahmen ab. Als sie das Bild in den Raum drehte, erkannte Line es. Das farbenfrohe Gemälde war ganz eindeutig nach dem Motiv des Fotos in ihrer Tasche gemalt worden. Die Mühle am Meer, die schlanke junge Frau daneben. Der Hintergrund war verändert, geschmückt mit Kindern, die von der Fischermole ins Wasser sprangen oder im Meer plantschten. Sonnenlichtflecken betonten die vorgelagerten Inseln, ein paar Segelboote schaukelten auf den silbergekrönten Wellen, und Möwen stürzten sich aus einem wilden Wolkenspiel am Himmel herab. Plötzlich erkannte Line, woher sie ihre künstlerische Ader hatte. Für die Schule hatte sie sich nie viel interessiert, doch sie hatte den Kunst- und Werkunterricht geliebt. Sobald es etwas für ihre Hände zu tun gab, hatte ihr Schule Spaß gemacht. Bis heute nähte sie den Großteil ihrer Kleidung selbst, und beinah das ganze Mobiliar in ihrer Kopenhagener Wohnung waren Eigenbauten aus Europaletten, Obstkisten und Fundstücken vom Recyclinghof. Wann immer jemand das erste Mal zu ihr nach Hause kam, konnten die Leute gar nicht glauben, was mit ein bisschen Farbe und handwerklichem Geschick alles möglich war.

»Du kannst die Ähnlichkeit ja wohl nicht leugnen, oder, Maria?« Herausfordernd sah Louise die Pensionswirtin an.

Maria schürzte die Lippen. »Du meinst, wir finden endlich heraus, wohin es Klara geweht hat?«, fragte sie, immer noch misstrauisch.

Klara. Der Name versetzte Line einen Stich. Plötzlich hatte jene Frau, der sie ihr Leben verdankte, einen Namen.

»Ich fürchte, nein«, beantwortete sie leise die Frage, die nicht an sie gerichtet gewesen war. »Ich kenne meine Mutter nicht. Das Foto …« Es steckte wieder in ihrer Hosentasche, und auf einmal hatte sie Angst davor, es immer wieder herauszunehmen und wieder zu falten und … was, wenn es kaputtging? Dass die Frau auf dem Bild jetzt einen Namen hatte, machte sie um so vieles greifbarer.

Als könnte Louise diese Furcht spüren, lächelte sie Line Zuversicht heischend an. »Ich hab davon noch Abzüge, Kindchen. Und das Negativ. Und Ebbe hat es mir schon vor Jahren eingescannt, damit es nicht irgendwann verloren geht.«

Vielleicht hätte Line nachhaken sollen, wer Ebbe war, aber im Grunde war das unwichtig. Sie blickte auf die Frau hinunter, die immer noch den Bilderrahmen hielt, und ihr Herz tanzte förmlich. Weil auf einmal ein Gefühl in ihr auflebte, als sei sie nach Hause gekommen.

Sie hatte eine Großmutter. Und einen Großvater, auch wenn er nicht mehr lebte. Dinge, die sie noch nie gehabt hatte. Dinge, von denen sie längst aufgehört hatte zu hoffen, sie jemals zu haben.

Familie.

Schwer schluckte sie.

Louise räusperte sich. »Du ... du hast mich gesucht?« Auch ihre Großmutter schien tief berührt von der Situation.

Line nickte. Ihr fehlten die Worte.

»Und du willst bleiben? Zumindest für eine Weile?«

Erneut ein Nicken, aber schließlich meldete sich doch die Vernunft in Line. »Natürlich kann ich nicht erwarten, dass Sie mich aufnehmen«, meinte sie schnell. Das Letzte, was sie wollte, war, dass Louise dachte, Line sei hier aufgetaucht, um sie auszunutzen. »Im Grunde bin ich ja eine Fremde für Sie.«

Durchdringend musterte Louise sie, und Line hatte das Gefühl, die Ältere sähe direkt durch sie durch, bis an den Ort tief in Line, wo alle höflichen Halbwahrheiten vergessen und nur noch Lines Sehnsucht sichtbar war.

»Also gut.« Noch einmal räusperte sich Louise, danach stand es um ihre Fassung offenbar schon deutlich besser als um die von Line. »Kindchen, wenn du die Treppe hinaufgehst, ist auf der linken Seite ein leeres Schlafzimmer. Seit Jahren habe ich mir gewünscht zurückzubekommen, was mir der Streit mit Klara genommen hat. Jetzt bist du da, und ich werde nicht anfangen, mit dem Schicksal zu hadern, weil sich alles anders entwickelt hat, als ich es mir vorgestellt habe.«

»Aber dann bestehe ich auf vierhundert für die eine Nacht«, warf Maria mit einem Gesichtsausdruck ein, bei dem Line erneut nicht wusste, ob es ernst gemeint war oder nicht. »Kein Mehrtagesrabatt.«

Lines Wange zuckte.

»Maria, meine Liebe«, sagte Louise behutsam, ohne die Pensionsbesitzerin auch nur anzuschauen. »Wir wissen doch beide, dass du diesem Mädchen nicht auch nur eine einzige weitere Krone aus der Tasche ziehen wirst. Line ist neu auf der Insel und kennt deinen Sinn für Humor und deine gespielte Brummigkeit nicht, also sei ein bisschen sanfter zu ihr, verstanden? Und es wäre schön, wenn Peder Lines Gepäck herbringt, damit ich so viel Zeit wie möglich habe, mich mit meiner Enkeltochter zu unterhalten.«

Es dauerte geschlagene sieben Stunden, bis es Louise endlich gelang, den immerwährenden Strom an Menschen zu stoppen, die an diesem Tag in dem kleinen Häschen namens *Akvarellen* ein und aus gingen. Auf Strynø, so schien es, verbreiteten sich Neuigkeiten noch schneller als im Internet. Einer nach dem anderen tauchten sie auf, brachten Æblekage, ein traditionelles Apfeldessert, oder die Zeitung. Angeblich wollten sie sich nach dem Termin für den kommenden Malkurs von Louise erkundigen oder Bescheid geben, dass die Plätze für das jährliche Hot-Dog-Essen bei Arne schon fast ausgebucht waren. Irgendwann gab Line einfach auf, sich merken zu wollen, wie all die Leute hießen, die kamen, um sie zu betrachten wie einen seltenen Schmetterling. Sie saß einfach in dem Sessel im Wohnzimmer, in den Louise sie sanft bugsiert hatte, und beantwortete gefühlte dreihundertfünfzig Mal die immer selben Fragen. Weniger als zweihundert Einwohner hat die Insel, klingelten ihr Louises Worte in den Ohren. Also waren die dreihundertfünfzig Mal wirklich nur gefühlt.

Ihre Kehle wurde immer trockener, auch wenn sich alle darum rissen, ihr das Limonadenglas immer wieder aufzufüllen.

Aus Kopenhagen – das war die Antwort auf die Frage, woher sie kam.

Sechsundzwanzig – ihr Alter.

Keine – wie viele Geschwister sie hatte.

Gegen Mittag spielte sie das erste Mal mit dem Gedanken, ein Plakat zu malen und vor sich hinzustellen. Die Aufschrift würde lauten:

Ich heiße Line Henriksen, bin sechsundzwanzig Jahre alt, lebe in Kopenhagen und habe keine weiteren Familienmitglieder. Das hat seine Gründe, aber die will ich mit euch nicht teilen. Meine Mutter Karla habe ich nie kennengelernt, deshalb bin ich hierhergefahren, und ja, ich freue mich sehr, meine Großmutter kennenzulernen.

Doch dann erinnerte sie sich daran, dass wahrscheinlich ohnehin keiner ihr Geschreibsel würde lesen können. Also biss sie die Zähne zusammen und beantwortete weiter brav immer dieselben Fragen.

Als die Tür hinter dem letzten Besucher zufiel, faltete Louise die Hände vor der Brust und blickte vielsagend gen Himmel. »Halleluja!«, rief sie aus. »Wenn jetzt noch mal jemand klingelt, tun wir so, als seien wir nicht da.«

Line verkniff sich die Frage, wohin sie denn verschwunden sein sollten. Ihr dröhnte der Kopf von zu viel Gastfreundschaft und Neugier.

»Danke, wirklich, dass du mich hier so einfach aufgenommen hast.« Die vertrauliche Anrede fühlte sich noch etwas fremd auf ihrer Zunge an, aber Line benutzte sie bewusst. Das *Du* war ein erster Schritt, um aus zwei Fremden Vertraute zu machen. »Ich hätte auch in der Pension bleiben können, es ist dort sehr hübsch. Natürlich habe ich mir gewünscht …«

»Ach was.« Louise winkte ab. »Hast du schon mal in den Spiegel geschaut? Du siehst genauso aus wie meine Karla. Nur dass Karla noch jünger war, damals.« Nicht einmal direkt nach ihrer Ohnmacht hatte Louise so tief aus der Brust geseufzt wie jetzt. »Du glaubst gar nicht, wie oft ich mir gewünscht habe, die Zeit zurückzudrehen und alles anders machen zu können. Besser. War es mein Fehler? Ich wollte so gerne wissen, was so falsch gelaufen ist, dass sie nie mehr zurückgekommen ist. Ich habe sogar einen Privatdetektiv engagiert. Aber der war nutzlos. Der hat nicht einmal herausgefunden, dass es dich gibt.«

»Ich hab auch lange gesucht.« Plötzlich, ohne all die fremden Menschen in dem kleinen Haus, war es gar nicht mehr so einfach, mit dieser Frau zu reden, die ihre Großmutter war. Line erkannte Züge von sich selbst im Gesicht der anderen. Das, was das Auge sehen konnte, war ihr durchaus vertraut. Doch das änderte nichts daran, dass alles, was nicht das Äußere betraf, ihr fremd war. »Ich war bei vielen Pflegefamilien.« Hilflos zuckte sie mit den Schultern. »Einige waren ziemlich nett. Die Vasbos haben sich scheiden lassen, deshalb musste ich weg. Und bei den Martensens hat Peer seinen Job verloren, und dann hat das Geld nicht mehr gereicht. Die Bødkers waren liebe Leute, aber sie waren schon recht alt, und da wurde ihnen ein Teenager im Haus bald zu viel. Ich hab mir immer eingeredet, dass ich meiner echten Mutter nicht zu viel werden würde.«

Aus dem Augenwinkel sah Line, wie Louises Finger zuckten. Einen kurzen Moment lang wirkte es, als wollte die ältere Dame Lines Hand streicheln, tat es dann jedoch nicht.

»Karla hat es hier auf der Insel gehasst. Sie hat sich eingeengt gefühlt. Sie wollte mehr. Und dann, sie war gerade mal siebzehn, kam dieser Mann. Er war älter als sie, um die zwanzig, und auch er hatte Hoffnungen. Er wäre Maler, sagte er.« Als Louise diesmal schnaubte, war deutlich, was sie von der

Kunst des Fremden hielt. »Und er liebte Karlas Gesicht. Leider liebte er sonst nichts an ihr. Er wollte sie malen. Sie wollte geliebt werden. Sie träumten beide so große Träume, doch leider nicht dieselben.«

»Sie ist mit ihm durchgebrannt?«

Louise nickte. »Warte, ich glaube, ich habe sogar noch ein Bild von ihm.« Die Hände auf die Knie gestützt, stand Louise auf. Den ganzen Tag über hatte Line beobachten können, dass ihre Großmutter vielleicht schon älter, aber ganz sicher nicht schlecht zu Fuß war. Es waren nicht die Knochen, die Louise in diesem Moment zu schaffen machten, sondern die Erinnerungen. »Bin gleich wieder da.«

Line hörte Louise im Schlafzimmer kramen, und weil noch immer Kaffeetassen und Kuchenteller auf dem Wohnzimmertisch standen, machte sie sich daran abzuräumen. Sorgfältig fing sie an, die Teller und Tassen abzuspülen. Sie hatte gerade erst die Hälfte des Geschirrbergs geschafft, da tauchte Louise im Türrahmen auf. »Hier bist du.«

»Ich habe nur schon mal mit dem Abwasch angefangen«, meinte sie. Warum fühlte sie sich plötzlich verlegen? Line Henriksen war nie verlegen.

»Das ist wirklich lieb von dir. Aber lass den Rest ruhig stehen, ich erledige das morgen früh. Jetzt komm, ich hab die Alben.«

Sie gingen nicht zurück ins Wohnzimmer, sondern setzten sich zusammen an den Küchentisch. Louise nahm den Platz an der Kopfseite, Line den links davon. Gemeinsam blätterten sie in den Alben, als würden die Fotos in den Lederbänden das Leben anderer zeigen. Da waren Hochzeitsbilder von Louise und ihrem Mann Ewald, Lines Morfar. Strandbilder von einem tapsigen Kleinkind, das mit dicker Windel im Sand herumtollte und in einem Eimerchen Steine und Muscheln sammelte. Weihnachtsfeste waren auf diesen Bildern festgehalten, Geburtstagsfeiern und Johannisfeuer.

Manchmal wurden Louises Augen feucht, wenn sie erzählte. Manchmal lachten sie gemeinsam. Vor dem Fenster wurde es dunkler und dunkler, bis sie eine Kerze anzünden mussten, um noch etwas auf den Fotos erkennen zu können. Heimeligkeit hüllte Line ein, eine Art von Geborgenheit, wie sie sie noch nie im Leben empfunden hatte. Am Ende des Abends, nachdem alle Bilder angesehen und alle Geschichten erzählt waren, kurz ehe Louise Lines Hand an den Mund zog, um ihr mit trockenen Lippen einen Kuss auf die Handfläche zu drücken, war aus zwei Fremden eine Gemeinschaft geworden. Und in Line, die von Kopenhagen nach Strynø gekommen war, um Antworten zu finden, hatte ein kleines Pflänzchen angefangen, Wurzeln zu bilden. Ein Pflänzchen, das Hoffnung hieß.

3. Kapitel

Der nächste Tag war ein Sonntag. Line wachte erschrocken auf, als es an die Tür ihres – *ihres!* – Zimmers im Haus ihrer – *ihrer!* – Großmutter klopfte. Durch das Fenster konnte sie erkennen, dass die Sonne bereits schien. Sie hatte den Rollladen nicht heruntergezogen, um einen freien Blick in den von zahllosen Sternen übersäten Himmel zu haben. Aus Kopenhagen kannte sie es, dass die Nacht über der Stadt durch all die Straßenbeleuchtungen und den Verkehr rund um die Uhr fast so hell war wie der Tag. Für die Sterne und meistens sogar für das Mondlicht war es schwer, dagegen anzukommen. Hier auf Strynø herrschte die ganze Nacht hindurch Stille, selbst im Dorf. Am Ende der Straße, wenn man den schmalen asphaltierten Pfad überhaupt so nennen wollte, stand eine funzelige Straßenlampe, niedrig und mit einem nicht sehr hellen orangefarbenen Licht. Dagegen hatten Mond und Sterne leichtes Spiel, und Line musste sich zügeln, nicht die ganze Nacht an der Fensterschräge zu stehen und in das Blinken im tiefsten Dunkelblau hinauszublicken.

Doch jetzt strahlte die Sonne an einem glasklaren frühlingsblauen Himmel, und längst hatten Lerchen und das kurze Trillern tief fliegender Schwalben den Morgengesang der Amseln abgelöst. Wie spät war es? Sie schaute auf ihr Handy.

Halb neun.

Nicht ihre Zeit. Ganz und gar nicht. Es klopfte erneut.

»Line, Kindchen, der Laden hat sonntags nur bis elf auf, und ich brauche das eine oder andere. Ich dachte, dass du vielleicht mitkommen willst? Mir Gesellschaft leisten und ein paar Leute kennenlernen?«

Nur bis elf? Das war zwar tatsächlich ein *nur*, denn sie war es gewohnt, auch sonntagabends noch kurz in den Supermarkt hüpfen zu können, um schnell noch Milch oder Aufschnitt zu besorgen. Trotzdem war der Ladenschluss noch zweieinhalb Stunden entfernt, und der Weg zum Krämer dauerte keine zwei Minuten! Inklusive Schuhe anziehen, also warum die Eile?

»Gib mir einen Moment, Lou«, bat sie und schwang die Beine aus dem Bett. Sie hatten sich am vergangenen Abend darauf geeinigt, dass Line ihre Großmutter mit Lou anreden sollte. Die verschiedenen Möglichkeiten, wie ein Kind seine Oma nannte, kamen ihr einfach zu schwer über die Lippen. Vielleicht legte sich das irgendwann. Line hoffte es, für sich, aber auch für Lou, die sich über die plötzliche Existenz einer Enkeltochter genauso sehr zu freuen schien wie die Enkeltochter über die plötzlich gefundene Großmutter.

Während sie sich ein Spaghettiträger-Top über den Kopf zog und in eine Jeans stieg, an deren unteren Saum sie einen bunten Schlag aus vielfarbigen Flicken genäht hatte, hörte Line das Knarren der Treppenstufen unter Lous Füßen. Was das mit dem Kennenlernen betraf, mit dem die Großmutter sie zu locken versuchte … sie hatte in den letzten beiden Tagen mehr Leute getroffen als sonst in einem Jahr. Wenn es nach ihr ging, reichte das erst mal. Schon jetzt fiel es ihr schwer, sich all die Namen zu merken. Möglicherweise war Lous Ziel auch eher, dass die Menschen auf der Insel Line kennenlernten. Die berüchtigte Enkeltochter, von der noch nicht einmal Lou etwas geahnt hatte. Etwas von Karla, das irgendwie den Weg zurück auf die Insel gefunden hatte. Line fragte sich, ob die Neuigkeiten schon bis in den letzten Winkel der verschiedenen Sackgassen gedrungen waren.

Als gestern immer wieder Leute bei Louise ein und aus gegangen waren, hatte Line sich mit einem Flyer über Strynø in einer Ecke verkrochen und vorgegeben zu lesen. In Wirklichkeit hatte sie sich lediglich die blassen, nicht sehr professionellen Fotos angesehen und stattdessen auf die Gespräche gelauscht. Und weil die Menschen hier stolz auf ihre Insel waren und sich alle darum rissen, sich mit Louises neuer Enkeltochter zu unterhalten, hatte jeder von ihnen etwas über ihre Heimat erzählt, von dem sie behaupteten, dass es im Flyer nicht erwähnt würde. Darum war Line nun bestens informiert. Sie wusste, dass sie auf etwa fünfhundert Hektar Land stand, das von ungefähr zweihundert Einwohnern eifrig genutzt wurde. Es wurde Getreide angebaut, mehrere Ökobauern nutzten die vielen Sonnenstunden für alle möglichen lichthungrigen Obstsorten, ein paar Schafe und Kühe gab es auch. Danach wurde es allerdings bereits dünn.

Natürlich war auch die Mühle zur Sprache gekommen. Die war fast zweihundert Jahre alt und damit die älteste erhaltene Windmühle auf den Inseln südlich von Fünen. Von ringsumher war früher das Getreide mit Booten hierhergeschifft und als Mehl und Schrot wieder abgeholt worden.

Das war alles schön und gut, aber in Wahrheit interessierte Line an der Mühle vielmehr der Mann, der darin wohnte, nicht ihre Geschichte. Doch den hatte niemand erwähnt. Im Grunde ging er sie ja auch nichts an, da hatten die Leute schon recht. Alles, was sie und den Kombi-Piraten verband, war ein kaputter Autospiegel. Sobald sie den ersetzt hatte, waren sie quitt. Nicht zum ersten Mal wünschte sie sich, das Thema bereits während der kurzen Autofahrt geklärt zu haben. Allerdings hatte der schweigsame Mann alle Versuche abgeblockt, und obwohl sie das Gefühl hatte, sämtliche Insulaner bereits kennengelernt zu haben, der Kombifahrer war bisher nicht bei Lou aufgetaucht. Maria hatte Line vor dem Mann gewarnt. Vielleicht funktionierte das ja in beide Richtungen, und jemand hatte dem Inselripper gesteckt, dass er sich besser aus dem Dorf fernhalten sollte. Mal ganz davon abgesehen davon, dass er sowieso nicht in die gesellige, fröhliche Runde gepasst hätte.

Louise wartete unten an der Tür auf sie, Einkaufsbeutel in der Hand. Sowie sie auf die Straße hinaustraten, hakte sich Lou bei Line unter, als sei es das Normalste der Welt.

»Schließt du gar nicht zu?«, fragte Line besorgt.

Lou winkte ab. »Da geht doch keiner rein. Und wenn doch, dann nehmen sie sich ein Stück Schokolade vom Teller in der Diele und verschwinden wieder, wenn sie merken, dass ich nicht da bin. Wer wirklich was Dringendes will, sucht mich bei Vigga im Laden oder kommt einfach später wieder.« Sie tätschelte Lines Oberarm. »Du musst eine Menge lernen, Kindchen.«

»Ich hab im Fernsehen eine Reportage über die Insel gesehen, in der auch über einen Mord hier berichtet wurde. So bin ich überhaupt erst auf die Mühle gekommen. Weil ich sie von dem Foto erkannt habe.«

»Ach je, das ist ja Ewigkeiten her.« Louise klang, als würde sie schöne Erinnerungen heraufbeschwören und nicht solche, die man lieber vergaß. »Doch der Mord war ja nicht mal *auf* der Insel, sondern auf dem Wasser zwischen dem Eiland und

Langeland. Das zählt nicht. Ach ja, damals war Ewald noch da. Aber wie kommst du jetzt darauf? Das hat doch nichts mit dem Zuschließen von Haustüren zu tun.«

Line zuckte mit den Schultern. Richtig, sie hatte viel zu lernen.

Der Laden war fast leer, sodass Louise schnell zusammensuchen konnte, was sie brauchte, und während eines kurzen Schwatzes mit der Kassiererin Vigga bezahlte. Kaum dass sie wieder hinaus in die Sonne traten, wimmelte es dort plötzlich von Menschen, anscheinend mussten sie auch alle dringend was besorgen, nachdem sich herumgesprochen hatte, dass Line im Krämerladen war.

Lou tat, als sei das völlig normal, und hakte sich wieder unter. »Es war gerade Maibaumfest«, schnatterte sie. Line nahm ihr die Einkaufstasche ab. Dass die Leute sie bestaunten wie eine Zirkusattraktion, störte Louise offensichtlich überhaupt nicht. »Deswegen sind viele von denen, die seit Jahren von der Insel weggezogen sind, im Moment noch hier, weil die Feier jeden zurücklockt. Schade, dass du das verpasst hast, aber du hast dir trotzdem eine gute Zeit ausgesucht herzukommen, Kindchen. Es sind im Moment so viele Leute hier, dass man dich kaum wahrnehmen wird.«

Beinahe hätte Line laut aufgelacht. Ja, dass niemand sie beachtete, war ganz genau ihr Eindruck.

»Wie lange kannst du denn eigentlich bleiben?«, fragte Louise. Zwei Frauen machten Platz, damit sie in die enge Gasse einbiegen konnten, in der *Akvarellen* stand. »In deinem großen Rucksack müssen Sachen für mehrere Wochen drin sein.«

Line hörte den abwartenden Unterton. »Wie lange *könnte* ich denn bleiben?«, entgegnete sie vorsichtig.

Stirnrunzelnd blickte Lou sie an. »Wie lange hast du denn Urlaub, und musst du nicht bald wieder arbeiten?«

»Nicht im Moment.« Es würde nicht einfach zu erklären sein, dass sie in ihrem Leben wenige Jobs gehabt hatte und von den wenigen eigentlich gar keinen, der es wert gewesen wäre, ihn unbedingt behalten zu wollen.

»Und eine Wohnung?«, hakte Louise nun nach, blieb stehen und drehte sich ihrer Enkelin zu, um die Frage zu betonen.

Beinahe unglücklich schüttelte Line den Kopf. »Nicht mehr«, flüsterte sie und starrte den Boden an.

Eine Weile herrschte Schweigen, nur unterbrochen vom Zirpen der Vögel in der riesigen Kastanie auf dem Kirchplatz.

»Du hast alles aufgegeben wegen eines Fotos und einer Fernsehsendung, bei der du die Mühle erkannt hast?«

»Meine Wohnung schon«, murmelte Line. »Vorerst zumindest. Die habe ich für ein paar Wochen an die Bekannte einer Freundin untervermietet, die wegen ihres Jobs gerade in Kopenhagen ist. Wenn es nötig wird, finde ich schon wieder ein Dach über dem Kopf, bis die wieder auszieht. Eine Arbeit hatte ich schon vorher nicht.« Noch nie war es ihr so schwergefallen, jemandem gegenüber einzugestehen, wie chaotisch ihr Leben wirklich war.

Erneut schwieg Louise, und irgendwann hob Line ein wenig den Kopf, um sie anzuschauen.

»Dann sag ich dir jetzt was, Kindchen. Das mit der Wohnung war ziemlich unklug von dir. Du hättest genauso gut hier auf der Insel niemanden finden können und stattdessen feststellen, dass du dich wegen der Mühle geirrt hast. Dann müsstest du jetzt wochenlang auf irgendeiner Couch von Freunden schlafen. Aber nun denn. Du hast dich nicht geirrt, und du hast mich gefunden. Und ich hab einen Platz für dich. Auch freue ich mich, dass wir uns kennenlernen dürfen, Mädchen, aber wenn du länger bei mir bleiben willst als für einen Urlaub, möchte ich, dass du dir einen Job suchst. Auf der Insel wirst du zwar kaum was finden, doch auf Langeland oder Fünen gibt es bestimmt Arbeit für dich. Du wärst nicht die Einzige, die jeden Tag pendelt. Wenn du deinen Wohnsitz hier anmeldest, kannst du die Fähre als Fußpassagier umsonst benutzen. Ja, das solltest du tun, denn sonst wird das auf Zeit ziemlich teuer. Bis du dich umgemeldet hast, zahl ich dir die Fährtickets. Und wenn du einen Job hast und der ist erst mal nur halbtags oder so, verdopple ich dir jede verdiente Krone, damit du ein bisschen was für später zurücklegen kannst. Ich nehme mal an, du hast kein Sparbuch, Altersvorsorge oder so was.«

»Nicht mal ein Sparschwein«, murmelte Line. Vermutlich hatte Louise mit prüfendem Blick und Menschenkenntnis längst durchschaut, dass ihre Enkelin nicht besonders gut bei Kasse war. Aber dass sie ihr auf so großzügige Weise helfen wollte, empfand Line dann doch als unangenehm. »Lou …«, begann sie.

Mit einer Handbewegung schnitt Louise ihr das Wort ab. »Keine Widerrede. Enkelkinder kriegen ständig was zugesteckt. Das hattest du nicht. Du warst bisher eine sehr preiswerte Enkeltochter. Aber du bist kein Kind mehr, also machen wir einen Kompromiss, und den hab ich dir gerade gesagt. Du brauchst nur einzuschlagen.«

Line machte etwas ganz anderes.

»Mormor!« Sie fiel ihrer Großmutter um den Hals und drückte sie fest an sich.

Was sich theoretisch wie ein brillanter Plan angehört hatte, stellte sich bei genauerer Betrachtung als ziemlich knifflig dar. Kurz vor Ladenschluss am selben Tag kehrte Line noch einmal in den Kaufladen zurück. Vigga war nicht nur Kassiererin, ihr gehörte der Laden. Wohl aufgrund der Öffnungszeiten war sie eine der wenigen gewesen, die gestern nicht Lous Haus gestürmt hatten.

Sie nahm all ihren Mut zusammen und trat auf Vigga zu.

»Hast du was vergessen?« Ah, offenbar erinnerte die Verkäuferin sich daran, dass Line am Morgen schon mit Louise hier gewesen war.

»Nein, das ist es nicht. Ich wollte fragen … Also, ich wollte fragen, ob du vielleicht Hilfe brauchst. Ich könnte Regale einräumen oder abends putzen. Aber ich möchte eine Weile bei Louise bleiben, und dafür brauche ich einen Job.«

»Ach, ihr Festländer.« Vigga schüttelte vehement den Kopf. »Was meinst du, warum die meisten Strynboer rüberfahren, um zu arbeiten? Der Letzte, der hierhergezogen ist, hat es auch erst mal bei mir versucht. Aber ich muss schon froh sein, dass der Laden mich selbst über Wasser hält.« Nichts in Viggas Tonfall deutete darauf hin, dass die Krämerin sauer war, dennoch fühlte sich Line plötzlich schrecklich dumm, immerhin hatte Louise gesagt, dass sie auf der Insel keine Arbeit kriegen würde. Wie konnte sie vor irgendwem, nicht zuletzt sich selbst, rechtfertigen, dass ausgerechnet sie es dennoch versuchen wollte? Der Spruch von der Hoffnung, die zuletzt stirbt, kam ihr in den Sinn.

Sie blickte zu Boden. Der Laden könnte durchaus mal eine Generalüberholung gebrauchen. Aber sicher würde sie sich keine Freunde damit machen, das auch anzusprechen. Wenn sie ganz ehrlich war, gehörte der alte Boden außerdem auch irgendwie zum Charme der Örtlichkeit. Zu viel Tatendrang von Neu-Insulanern würde da wohl mehr kaputt als gutmachen. Bei dem Gedanken fiel Line das andere auf, was Vigga erzählt hatte, und sie hob den Kopf. »Wer war denn der Letzte, der neu hierherzog? Hat der dann eine Arbeit gefunden?« Vielleicht könnte sie sich ja davon was abgucken.

»Pffft.« Vigga machte eine wegwerfende Bewegung mit der Hand. »Ach je. Das muss auch schon an die zehn Jahre her sein. Das war dieser Verrückte aus der Mühle. Und nein, natürlich hat er keinen Job gefunden. Jedenfalls weiß niemand etwas davon. Wenn du mich fragst, dann wollte der gar nicht wirklich. Keine Ahnung, wovon der lebt und was für Geschäfte der betreibt.«

Der Verrückte aus der Mühle. Obwohl es ein wirklich schöner Tag war, schauderte Line plötzlich. Der Insel-Ripper, den sein privater Sturm überallhin verfolgte. »Findest du es nicht unfair, ihm das zu unterstellen? Dass er nicht arbeiten will oder irgendwelche krummen Dinge dreht, meine ich. Man weiß doch nie, was die Gründe sind, wenn einer keinen Job findet.« Niemand konnte davon besser ein Lied singen als Line. Wobei es schon eine berechtigte Frage war, wovon der Mann lebte. Wie ein reicher Erbe wirkte er auch nicht gerade.

»Ach was. Warum verkriecht er sich dann seit Jahren in der Mühle? Der kommt nur nachts aus dem Haus und wandert dann die Straßen entlang. Unheimlich ist das, sag ich dir. Und dann fährt er manchmal auf der Fähre mit, aber spricht mit keinem ein Wort. Nee, nee, der ist ein Sturkopf. Ich spür so was. Ich hab das im Blut.« Und weil sie jetzt wohl doch merkte, wie unpassend das war, was sie sagte, lenkte sie schnell von dem Mann aus der Mühle ab. »Bei dir ist das was anderes. Du bist ja Louises Enkelin. Nur leider kann ich dir trotzdem nicht helfen.«

»Danke«, sagte Line, obwohl sie eigentlich gar nicht so wirklich wusste, wofür sie sich bedankte.

Als sie den Laden verließ, ging sie entschlossen zum Muppet-Show-Trio. Verzweifelte Situationen verlangten nach verzweifelten Maßnahmen. Zu Maria würde sie nachher noch gehen, um nachzufragen, aber große Hoffnungen machte sie sich nicht. Dann war da das Gasthaus, allerdings wurde dort noch renoviert, außerdem konnte Line nicht kochen und war jetzt auch nicht das, was sie eine begnadete Kellnerin nannte. Wie es aussah, konnte sie es sich nicht leisten, auch nur die kleinste Möglichkeit von vornherein auszuschließen.

Ächzend setzte sie sich zu den drei Alten auf die Bank, und noch ehe die etwas sagen konnten, ergriff Line das Wort.

»Also«, fing sie an. Im Moment fiel ihr tatsächlich nichts Besseres ein, um das Gespräch zu begingen. »Darf ich mal?« Sie deutete auf die Pfeife, die vor dem langen Dürren auf dem Tisch lag. Zwar hatte sie eigentlich schon vor zwei Jahren mit dem Rauchen aufgehört, aber das hier diente einem guten Zweck.

Keiner der drei Alten rührte sich. Sie blinzelten nicht einmal.

Line nahm die Dinge selbst in die Hand und griff nach der Pfeife. Sie war kalt. Mist. Doch sie war gestopft, und daneben lag ein Feuerzeug. Kurz entschlossen zündete sie die Pfeife an und nahm einen tiefen Zug. Den Rauch ließ sie in Kringeln gen Himmel steigen.

»Ich bin Line«, sagte sie dann zu niemandem im Speziellen. »Aber das wisst ihr ja sicher schon. Ich allerdings kenne eure Namen noch nicht. Jetzt, wo wir schon ein Friedenspfeifchen zusammen rauchen, meint ihr nicht, es wäre an der Zeit, dass ihr mir verratet, wie ihr heißt?«

»Lauge.« Der jetzt pfeifenlose Dürre antwortete als Erster.

»Aksel«, sagte der Mann in der Mitte.

»Anton.« Der Dicke nuschelte das Wort am Mundstück vorbei, an dem er hingebungsvoll nuckelte.

»Schön, euch kennenzulernen, Lauge, Aksel und Anton.« Sie zog noch einmal an der Pfeife, dann reichte sie sie zurück an Lauge. Das Zeug schmeckte gar nicht so schlecht, aber sie erinnerte sich plötzlich wieder an das Gespräch über die wunderheilsame Rückensalbe am Tag ihrer Ankunft, und das Letzte, was sie wollte, war, von Mormor Louise mit Grasatem überrascht zu werden. Sie hatte eine Vorahnung, dass Louise das durchaus erkennen würde. »Ich hab da ein Problem. Und so wie ich euch einschätze, wisst ihr alles auf der Insel, oder?«

»Ja«, stimmte Aksel zu.

»Schon«, pflichtete Lauge bei. »Was brauchst du denn?«

Anton war zu sehr damit beschäftigt, an seiner Pfeife zu nuckeln, um antworten zu können.

»Einen Job.«

»Hm«, machte Lauge. Das ging auch mit Pfeife im Mund.

»Was kannst du denn?«, hakte Aksel nach.

»Nägel lackieren zum Beispiel.« Sie ließ ihre Finger mit den petrolfarbenen Nägeln in der Luft zwischen sich und den drei Männern tanzen.

»Ich glaube, damit kommst du hier nicht weit.« Anton klang wie ein Orakel.

»Gerade hab ich bei Vigga gefragt. Die meinte aber, sie braucht keine Hilfe.«

»Wärst auch die Erste, die bei ihr Glück hätte. Was ist mit dem Verrückten von der Mühle?« Die Frage kam von Aksel und ließ Line aufhorchen. »Der ist doch von weit her und lebt auch von irgendwas. Vielleicht hat der eine Idee, wie du dich nützlich machen kannst.« Line fiel auf, dass Lauge fast mit so etwas wie Respekt von dem Mann in der Mühle sprach. Und immerhin, Lauge, Anton und Aksel wussten wahrscheinlich besser als irgendwer sonst auf der Insel, wem man trauen konnte und wem nicht. Sie ahnte, dass es eine Geschichte um den Mann in der Mühle gab und vielleicht sogar eine Möglichkeit. Ihr Herz hüpfte plötzlich ganz seltsam, so, als ob sie zu viel Kaffee getrunken hätte. Möglichkeit wozu? Ihre Spiegelschuld zu begleichen? Oder doch eher den geheimnisvollen Mann kennenzulernen?

»Dazu müsste er sich erst mal selbst nützlich machen.« Aksel zertrat die Hoffnung wie ein lästiges Insekt. »Er mag mal ein netter Kerl gewesen sein. Aber die Zeiten scheinen lange vorbei zu sein, oder er versteckt es sehr gut. Nein, nein, da ist unsere Line nicht gut aufgehoben.«

Interessant. Jetzt war sie also schon *unsere* Line.

»Und wo bin ich gut aufgehoben, meint ihr? Ich möchte Lou nicht ewig auf der Tasche liegen. Ehrlich gesagt habe ich jetzt schon ein schlechtes Gewissen, dabei bin ich gerade erst ein paar Tage hier. Wie soll das in vier Wochen aussehen?«

»Warum versuchst du es nicht mal bei Årgård?«

Himmel, noch ein Name. Wie um alles in der Welt sollte sie da je den Überblick behalten? Zum Glück schien ihr Blick Bände zu sprechen, denn Aksel fügte erklärend hinzu: »Das ist der Kapitän von der Fähre. Der wohnt in Rudkøbing und kennt jeden. Wenn einer was Wissenswertes erfährt, dann der. Vielleicht hat er von einem Job gehört.«

Na, das war doch mal einen Versuch wert. Die Fähre musste sie ohnehin benutzen, wenn sie aufs Festland fuhr, um ihren Wohnsitz anzumelden. Mit mehr Elan als noch vor wenigen

Minuten stand Line auf und zwinkerte dem Dreigestirn zu. »Danke, Jungs. Und wenn ihr mal jemanden braucht, der euch die Fingernägel lackiert, dann wisst ihr jetzt, an wen ihr euch wenden müsst. Ich geb Treuerabatt.«

Am frühen Montagmorgen teilte sich Line das Schiff mit Strynøs Schulkindern und ein paar Pendlern. Die Überfahrt ließ sich viel besser genießen, wenn man keinen schweren Rucksack dabeihatte und sich am Horizont keine unheilverkündende Wolkenwand zusammenbraute. Line fühlte sich geradezu euphorisch. In der hoffnungslos unmodernen Schultertasche, die Lou ihr geliehen hatte, schlugen zwei Halbliterflaschen aneinander, für die sie in den Kaufladen marschiert war, kaum dass Vigga die Tür aufgeschlossen hatte. Jetzt stand sie oben auf dem Sonnendeck, lehnte sich weit über die Reling und ließ sich den Fahrtwind um die Nase wehen. Die Schulkinder saßen fast alle unten im Passagierraum, vermutlich nutzten sie die Überfahrt, um noch schnell Hausaufgaben zu erledigen. Auf dem Autodeck standen lediglich drei Wagen mit leeren Anhängern. Außer Line saß nur noch eine Frau mit zwei kleinen Kindern oben.

Als Kasper auftauchte, holte Line die beiden Flaschen aus der Tasche. Sie wartete, bis Kasper neben ihr stand, dann reichte sie ihm die Cola. »Hier. Als Dankeschön für den Schokoriegel und die Maschinenraumführung.«

Er grinste sie an. »Super, kann ich heute gut gebrauchen.« Ohne zu zögern, schraubte er die Flasche auf und trank einen tiefen Schluck. Dann schauten sie, dicht nebeneinanderstehend, zur näher kommenden Stadt hinüber.

»An Tagen wie heute ist dein Job sicher langweilig«, meinte Line und nippte an dem Getränk.

»Nicht nur an Tagen wie diesem. Der Job ist immer stinklangweilig.«

»Bei ordentlich Seegang auch?«

»Dann ist er eher ekelig, weil sich die Hälfte der Passagiere übergibt«, antwortete er lachend.

»Du nimmst mich auf den Arm.«

»Nur ein bisschen.«

Lächelnd schloss sie für einen Moment die Augen. Unter sich fühlte sie das gleichmäßige Brummen der Maschine. Sie klangen tiefer als Automotoren, als hätten sie ihre ganz eigene Stimme. Wenn sie tief die Luft einsog, mischte sich in ihrer Nase der stark verdünnte Geruch nach Dieseltreibstoff mit der salzigen Brise, die vom Meer heraufstob. Der Wind zerzauste ihr die Haare, die Möwen kreischten über ihrem Kopf. Und auch wenn die See heute sehr ruhig war, erinnerte sie sich nur zu gut daran, dass am Tag ihrer Ankunft Tropfen von Gischt auf ihren Wangen gelandet waren. Es war einfach perfekt. »Ich glaube dir keine Sekunde. Es ist so schön hier. Bestimmt bekommst du hin und wieder sogar einen Blick auf die großen Maschinen. Ich würde auf jeden Fall alles dafür geben, diesen Job zu haben«, verkündete sie und verstaute die leere Colaflasche in der Tasche.

In dem Blick, den er ihr zuwarf, als er sich umdrehte und sich mit dem Rücken an die Reling lehnte, lagen Verwirrung und Erstaunen. »Jetzt machst du dich über mich lustig, oder? Ich schwindle nicht, wenn ich sage, dass der Job ätzend ist. Es gibt Schichtdienst, an manchen Tagen auch von der ersten bis zur letzten Fähre durch, wenn jemand aus der zweiten Mannschaft sich krankmeldet. Das heißt morgens um fünf an

Bord, mittags kriegst du die Nachricht, dass dein Feierabend hinüber ist, und erst um acht darfst du endlich von dem Kahn runter. Außerdem hat ständig irgendwer eine Frage, aber ein Trinkgeld für deine Touristenführerdienste kannst du in den Wind schreiben. Sonn- und Feiertage musst du auch arbeiten.« Vielsagend schaute er an sich herab. »Und die Uniform ist auch dämlich.«

»Warum machst du das dann hier, wenn du es gar nicht magst?«

»Weil mein Vater der erste Kapitän hier ist und darauf besteht, dass ich sein Nachfolger werde. Die Årgårds fahren zur See, solange irgendwer zurückdenken kann.« Er schnaubte unglücklich. »Gott bewahre, dass einer von uns seine Berufung nicht am Steuer eines Schiffs finden würde.«

»Das klingt nicht gerade, als ob du begeistert von deiner Zukunftsaussicht wärst.«

»Das kannst du laut sagen«, erwiderte er und reichte ihr seine ausgetrunkene Colaflasche, die sie zu ihrer in die Tasche packte.

»Und was bedeutet erster Kapitän? Wäre es besser für dich, wenn du nur zweiter Mann werden könntest oder so? Oder gibt es auch schon einen zweiten?«

»Kjeld hat das Kommando, wenn Vater frei hat, das ist dann aber kein Vollzeitjob mehr. Die Schichten als Schiffsassistent, die ich nicht besetzen kann, teilen sich zwei Teilzeitstellen und ein Springer im Krankheitsfall.« Er sagte es, als könnte er kaum abwarten, das Thema abzuschließen. Nach einigen Sekunden fügte er, deutlich leiser jetzt, hinzu: »Hast du das ernst gemeint, was du vorhin gesagt hast? Dass du alles dafür geben würdest, auf der Fähre arbeiten zu können?«

»Sicher. Aber ich weiß ja noch nicht einmal, mit wem ich reden müsste für eine von diesen Teilzeitstellen oder wenigstens als Springer.«

»Die Jobs vergibt die Kreisverwaltung in Rudkøbing.«

»Das passt ja, da will ich sowieso gerade hin. Denkst du, ich hätte eine Chance?«

Er kratzte sich am Kopf. »Schon möglich. Probieren schadet nichts. Im Moment sind wohl alle Vollzeitstellen besetzt, doch einer von den Teilzeitlern will von Langeland weg und hat sich wohl um Arbeit bei den Fähren nach Norwegen beworben. Wenn du Glück hast …«

»Meinst du, dein Vater kann ein gutes Wort für mich einlegen, wenn ich eine Bewerbung abgebe? Ich meine, ich hab noch nie was in der Richtung gemacht und hab dafür keine Ausbil…«

Kasper ließ sie gar nicht ausreden und winkte nur ab. »Das wäre für die Teilzeitstellen vielleicht ein Problem, aber für den Job als Springer kommst du auch als ungelernte Kraft infrage. Da sind andere Dinge wichtig. Du musst … oh verflucht!«

Plötzlich schoss Kasper von der Reling weg und rannte quer übers Sonnendeck zu der schmalen Treppe. Erst dann sah Line, dass eines der beiden kleinen Kinder, die zu der Frau gehörten, beim Herumlaufen der Treppe gefährlich nahe gekommen war, während die Mutter mit seinem schreienden Geschwisterchen alle Hände voll zu tun hatte. Kasper fing den kleinen Ausreißer ein, hob ihn sich auf den Arm und nahm ihn nach einem kurzen Wortwechsel mit der Mutter mit auf seinen Aussichtspunkt neben Line. Voller Staunen beobachtete Line, wie Kasper mit dem Kleinen redete, auf Langeland zeigte, die Bäume, die verwaiste Badeanstalt, ein Segelboot und ein Kajak, die in der Nähe der Schwimmbrücke auf den Wellen schaukelten. Der Junge steckte sich die halbe Faust in den Mund und lauschte andächtig. »Seine Mutter ist mit seinem kleinen Bruder auf dem Weg zum Arzt«, erklärte Kasper leise Line. »Ist immer ein bisschen problematisch, auf der Insel krank zu werden. Die Erstversorgung ist zwar durch eine Gemeindeschwester gedeckt, aber wenn dann ein Arztbesuch nötig wird, ohne dass man als Notfall eingestuft wird, ist man doch auf die Fähre angewiesen.« Wieder grinste er den kleinen Jungen an und erzählte ihm etwas von Delfinen und Meerjungfrauen. Was er beim Erzählen über seine Arbeit auf der Fähre an Freude hatte vermissen lassen, zeigte sich jetzt im Umgang mit dem Kind. Der große und der kleine Junge strahlten beide. Kasper schien ein richtiges Händchen für Kinder zu haben.

»So, ich muss«, sagte Kasper, als der Anleger so nah war, dass Line meinte, den Pfosten mit dem Rettungsring berühren zu können, wenn sie sich nur ein wenig streckte. »Kümmerst du dich um ihn, oder soll ich ihn zu seiner Mutter bringen?«

»Bring ihn mal zu ihr«, sagte Line halb entsetzt. »Mit Kindern kann ich nicht halb so gut wie du.«

Verständnisvoll nickte er. »Eben, darum interessierst du dich für diesen Höllenjob, den ich am liebsten loswerden möchte. Wenn ich gleich die neuen Passagiere einweise, hat mein Vater ein paar Minuten Zeit unten an der Laderampe. Dann ist ein guter Zeitpunkt. Obwohl er nicht über die Stelle entscheidet, kann er bestimmt ein gutes Wort einlegen.«

Zögernd und ungewohnt scheu näherte sich Line dem Kapitän, während die anderen Passagiere das Schiff verließen und Kasper begann, die Autos für die nächste Überfahrt an Bord zu lassen. Da konnte Kasper ihr noch so sehr versichern, dass andere Dinge wichtig waren … noch nie hatte ihr die Tatsache, keine Ausbildung gemacht zu haben, so schwer im Magen gelegen. Denn das Verrückte war: Sie wollte diesen Job. Mehr, als sie je zuvor einen gewollt hätte. Die Vorstellung, sich diese Chance zu vergeigen, war unerträglich.

Der alte Seebär mit der unpassenden Kapitänsmütze musterte Line von oben bis unten, während sie ihr Anliegen vorbrachte, und kratzte sich im Nacken. »Es sind eigentlich alle Schichten besetzt«, erklärte er. »Andererseits ist ein zusätzlicher Springer auch nicht schlecht, wenn mal jemand ausfällt. Und bist du sicher, dass du dir das zutraust? So ein Schiffsassistent muss auch mal im Maschinenraum ran.«

Bei diesen Worten kribbelte etwas in Lines Nacken. Jetzt, als der Kapitän bestätigte, was zuvor nur eine vage Hoffnung gewesen war, wurde ihr Wunsch nach dieser Stelle noch zigmal größer. Sie musste mit einem feinen Stich im Herzen an Opa Ole, den Vater eines ihrer Pflegeväter, denken, der in ihr die Liebe zur Technik geweckt hatte. Himmel, seit wie vielen Jahren war Ole nun schon kein Teil ihres Lebens mehr?

»Wenn die in der Stadtverwaltung Referenzen haben wollen …«, begann Line, der Kapitän hob allerdings abwehrend beide Hände.

»Ich weiß ja nicht, was du kannst, Mädchen. Aber meinetwegen erzähl ihnen, dass du mit mir gesprochen hast und ich bereit bin, dich auf Probe unter meine Fittiche zu nehmen. Auf Probe, verstanden? Die können mich gerne anrufen, wenn sie dir nicht glauben wollen.«

Gut gelaunt ging Line in Rudkøbing von Bord der Fähre. Als sie erfuhr, dass Sarah, die Frau mit den beiden Kindern, zu einer Arztpraxis wollte, die sich fast direkt neben den Gebäuden der Stadtverwaltung befand, sprang sie über ihren eigenen Schatten und fragte, ob sie sich der kleinen Familie anschließen könne. Vor dem Verwaltungsportal angekommen, winkten alle drei Line noch einmal zu, und Sarah wünschte Line viel Glück.

»Dann sind wir jetzt also bald eine Metropole«, sagte sie augenzwinkernd.

»Was?«

»Mit dir wächst unsere Einwohnerzahl, und wir nähern uns der magischen Zweihundert. Wir sind kurz davor, eine Großstadt zu werden.« Lachend winkte Line ihr nach und betrat das Gebäude, um ihre Ummeldung zu erledigen und sich zum ersten Mal in ihrem Leben um einen Job zu bewerben, den sie wirklich haben wollte.

Nachdem sie in der Stadt in einem Schreibwarengeschäft noch ein paar Keilrahmen für Louise und bei einem Autozubehörhändler einen Seitenspiegel für den Insel-Ripper besorgt hatte, stellte Line fest, dass die Schicht im Hafen gewechselt hatte. Das Geld für den Außenspiegel hatte sie sich von Lou geliehen. Es war ihr unangenehm gewesen, von ihrem Missgeschick zu berichten, aber ihre Großmutter hatte das Unglück mit einer einzigen Handbewegung vom Tisch gewischt.

»So was passiert«, hatte sie Line mit auf den Weg gegeben. »Im Hafen ist ein Schrotthändler, dort findest du bestimmt was Passendes. Ist ja nicht so, als ob der Wagen irgendwas ganz Neues, Exklusives wäre.«

Es war ein 2005er VW Passat, wie Line schon bei ihrem ersten Blick auf ihr Malheur erkannt hatte. Bisher hatte ihr dieses Wissen zwar nicht den geringsten Vorteil verschafft, aber bei der Beschaffung des Autospiegels hatte sich ihr Blick für

Autos schließlich doch als nützlich erwiesen. Und sie hatte einmal wirklich Glück gehabt und einen intakten Spiegel gefunden, obwohl für dieses Modell Ersatzteile normalerweise kaum zu kriegen waren.

Jetzt teilte sich der Spiegel, eingewickelt in ein paar Lagen grobes Packpapier, weil kein passender Pappkarton aufzutreiben gewesen war, den Platz in der Umhängetasche mit einer Regenjacke – nur für den Fall – und einer halb vollen Tüte Kekswaffeln sowie den leeren Flaschen. Blieb nur zu hoffen, dass der Insel-Ripper ihr nicht den Kopf abriss, sobald sie mit dem Ersatzteil bei ihm an der Mühle auftauchte. Schließlich hatte sie keine Ahnung von den Ansprüchen, die er an das Flickwerk seines Oldtimers stellte. Aber nach dem zu urteilen, was sie auf dem Schiff und dann später, als er sie mitgenommen hatte ins Dorf, gesehen hatte, pflegte er sein Auto sehr gewissenhaft.

Die Fähre lag am Anleger, allerdings war der Zugang mit einer Kette versperrt, und der Kombi einer Reinigungsfirma stand auf dem Autodeck. Niemand durfte auf die Fähre, solange geputzt wurde. Sie blickte zur Uhr, dann hinüber zur Insel. Lange konnte es nicht mehr dauern. Dennoch konnte sie weder Kasper noch seinen Vater entdecken, stattdessen schien der Ersatzkapitän diese Tour zu übernehmen. Ein anderer Assistent prüfte die Riemen, an denen unterwegs Fahrräder und Postkarren festgezurrt wurden. Schade, sie hätte gern wenigstens mit Kasper geteilt, dass sie tatsächlich bei der Verwaltung gewesen war und sie sich problemlos umgemeldet hatte.

Sie nahm das Handy aus der Tasche. Die Rahmen waren schwer, vielleicht könnte Lou sie mit dem Fahrrad am Anleger auf der Insel abholen, damit sie die nicht bis ins Dorf schleppen musste. Im selben Augenblick, als das Display aufleuchtete, erlosch es auch wieder.

Der Akku war leer.

»Typisch«, grummelte Line, verärgert über sich selbst.

Vierzig Minuten später stieg sie auf der Insel von der Fähre, und auch wenn sie nach wie vor bester Laune war, wurden die Holzrahmen nicht leichter. Sie betrachtete die Telefonzelle neben dem Unterstand für Fahrräder. Sie könnte Lou anrufen. Wenn die Großmutter ihr wenigstens auf halbem Wege entgegenkam, wäre ihr schon mal geholfen. Wenn nicht, hätte sie bei ihrer Ankunft in *Akvarellen* Arme, die so lang waren wie bei einem Schimpansen. Kurz entschlossen riss sie die Tür der Telefonzelle auf.

Fünf oder sechs dick eingebundene, alles andere als taufrische Bücher polterten ihr vor die Füße. Sie taumelte zurück. Das ganze Ding war vollgestopft mit Büchern.

Was für eine Ironie, dachte sie. Ausgerechnet *ihr* einen Stapel Bücher vor die Füße zu werfen, war ein absolut missratener Wink des Schicksals.

Sie nahm einen der Bände in die Hand und versuchte, den Titel zu entziffern. Irgendwas über Seefahrt. Ein Bildband? Sie blätterte darin. Vergilbte Fotografien von Segelschiffen und Häfen, an den Rändern hatte jemand sich Notizen gemacht, die sie noch weniger lesen konnte als die Druckschrift des eigentlichen Textes. Line stellte das Buch in die Lücke im Regal, die beim Herausfallen der Bände entstanden war, und bückte sich nach den anderen.

Plötzlich fühlte sie sich beobachtet. Als sie sich wieder aufrichtete, die Bücher in den Händen, blickte sie sich um.

Keine zwanzig Schritte entfernt stand der Kombi, dessen Seitenspiegel immer noch kaputt an ein paar Kabeln baumelte. Der Mann saß hinter dem Lenkrad und sah sie aus der offenen Tür heraus mit einem nicht zu deutenden Ausdruck an. Dann zog er geräuschvoll die Tür zu, ließ den Wagen an und gab Gas.

Wie es schien, gab es bei trockenem Wetter keinen Grund, ihr anzubieten, sie mit ins Dorf zu nehmen. Keilrahmen hin oder her.

Line schürzte die Lippen und stellte die Bücher an ihren Platz zurück. Sie wäre sowieso nicht eingestiegen. Allerdings sorgte dieses Wiedersehen dafür, dass der Spiegel in ihrer Umhängetasche mit einem Mal mindestens fünf Mal so viel wog wie zuvor. Sie musste diese Sache ein für alle Mal aus der Welt schaffen. Immerhin wohnten sie beide jetzt auf der Insel, da konnte es doch nicht so schwer sein, den Mann in der Mühle aufzusuchen und ihm das blöde Ersatzteil in die Hand zu drücken. Dann wären sie endlich quitt, und sie müsste nicht jedes Mal von einem schlechten Gewissen geplagt werden, wenn sie ihn sah. Auf der anderen Seite wusste sie, dass sie es auch heute wieder nicht machen würde.

Erst nachdem sie schon fast zu Hause war, fiel ihr ein, dass sie den schwarzen Passat nicht auf der Fähre gesehen hatte. Dennoch war er dort im Hafenbereich gewesen. Warum?

Als Line an dem Bauernhof auf halber Strecke zwischen dem Hafen und dem Dorf vorbeikam, hielt in dessen Einfahrt ein kleiner Traktor rumpelnd an. Sie wollte weitergehen, weil sie die Leute nicht kannte, denen der Hof gehörte. Jedenfalls nicht zu kennen glaubte, aber eine fröhliche Stimme hielt sie auf.

»Hey, Nagellack-Line!«

Sie blickte hoch und erkannte, dass der Trecker, der größtenteils nur noch von Rost zusammengehalten wurde, keine Türen mehr hatte. Es war Aksel, der halb aus dem Führerhaus heraushing und ihr grinsend zuwinkte. »Warst du in der Stadt?«

Sie winkte zurück, nicht ganz so euphorisch. Auf die Dauer waren diese verdammten Keilrahmen nicht nur schwer, sondern auch wirklich unhandlich, und sie wusste schon längst nicht mehr, wohin mit den Teilen. »Ich gehöre jetzt zu euch«, erklärte sie. »Ich wohne nun offiziell hier.«

Aksel kletterte auf den Boden herunter, ohne den knatternden Motor abzustellen, und kam zu ihr. »Und was hast du da?«

»Rahmen für Lou.«

»Die sehen ganz schön unhandlich aus. Soll ich die mit ins Dorf nehmen? Ich bin auf dem Weg zur Schmiede.«

Line konnte praktisch spüren, wie ihre eigene Miene sich aufhellte. Abgesehen von der Bestätigung des Sachbearbeiters in der Kommunalverwaltung, dass sie jetzt als Einwohnerin von Strynø registriert sei, waren dies die segensreichsten Worte, die an diesem Tag jemand zu ihr gesagt hatte. »Aksel, ich glaube, ich habe mich soeben in dich verliebt.« Sie hielt ihm die Keilrahmen hin, die er kritisch betrachtete.

»Ich hab dreckige Hände«, sagte er entschuldigend. »Tu die doch einfach selbst in das Führerhaus rein, und Lou holt sie sich dann raus. Dich kann ich leider nicht mitnehmen, es sei denn …« Fragend wies er auf die brandgefährlich aussehende Gabel an der Vorderseite des kleinen Traktors, auf der man Heckenschnitt oder auch Heuballen transportieren konnte.

Dankend winkte Line ab. »Lass mal, die paar Schritte schaffe ich noch. Dass du mir die Rahmen abnimmst, ist schon super hilfreich.« An ihm vorbei blickte sie in die Einfahrt. Dort stand ein überdachter Verkaufstisch, wo die Vorbeikommenden im Sommer frisches Gemüse und vielleicht sogar Eier kaufen konnten. Eine kurze Allee sauber zurückgeschnittener Birken säumte den Kiesweg. Weiter hinten erkannte Line ein paar Holzschuppen und die Ecke eines weiß getünchten traditionellen Bauernhauses. »Ich wusste gar nicht, dass du hier wohnst.« Wie auch, sie kannte ihn nur von der Bank vor dem Laden oder aber aus Louises Wohnzimmer.

»Nicht ich«, erwiderte er. »Anton wohnt hier mit seiner Frau. Am Trecker muss unten was geschweißt werden, aber er musste mit seiner Frau in die Stadt, also bring ich den in die Schmiede.«

»Ihr helft einander immer, oder?«

Er zuckte mit den Schultern. »Kennen wir nicht anders. Wir können ja nicht ständig auf der Bank sitzen, und ehe Anton wieder da ist, ist der Jakob von der Schmiede vielleicht weg, und das wird nie was mit dem Trecker. Hat die Lou denn kein Fahrrad?«

»Doch, wieso?«

»Ich meine für dich.«

Verständnislos blickte Line ihn an, dann verstand sie, was er meinte. »Ach so. Na, noch kann ich laufen. Die Strecken hier sind ja nicht so weit. Wenn ich Arbeit habe und Geld verdiene, kaufe ich mir eins. Lou braucht ihres selber.«

Er machte sich auf den Weg hinauf ins Führerhäuschen. »Ich wohne draußen am Ringvej«, rief er ihr noch von der Leiter aus zu. »Hinter der Hecke gegenüber vom Ferienhaus der Jeppesens, das ist so ein Fachwerkbau mit Lavendel davor und heißt *Onkel Emils Hus*. Besuch mich doch nachher mal. In einer Stunde oder so, dann sollte ich auf jeden Fall wieder zurück sein. Ich hab da vielleicht was für dich.«

»Aksel, ehrlich …« Sie musste schreien, damit er sie über das Getöse des Motors noch hören konnte. »Das ist nett, aber ich hab aktuell keine Kohle, um dir ein Fahrrad abzukaufen.«

»Kein Fahrrad.« Er grinste breit. »Was Besseres.«

Als Line anderthalb Stunden später den Ringvej entlangschlenderte, der sich wie ein Schal um die Südseite des Dorfes schlang und von kleinen Gehöften mit hübschen gepflegten Gärten gesäumt war, musste sie sich eingestehen, dass es pure Neugier war, die sie hertrieb. Sie war noch nicht lange genug hier, um zu wissen, wie die Leute wohnten, die sie bei Louise kennengelernt hatte. Klar, sie kannte Marias Pension, und sie wusste, dass Kirstine und ihr Mann Arne das Gasthaus neben dem Krämerladen bewirtschafteten und mit ihren zwei Kindern im Hinterhaus wohnten. Sie hatte herausgefunden, dass Vigga zwei Häuser neben *Akvarellen* lebte, in einem niedrigen Fachwerkbau, dessen Wände in hellem und die Balken in dunklem Orange gestrichen waren.

Das beschriebene Ferienhaus war nicht schwer zu finden. Gegenüber wuchs direkt am Straßenrand tatsächlich eine undurchdringlich dichte Hecke mit fleischigen dunkelgrünen Blättern. Sie hatte keine Ahnung von Pflanzen, aber die kleinen Vögel, die emsig in die Hecke hinein- und wieder herauszischten, wirkten lustig. Line fand einen schmalen Durchgang. Offensichtlich hatte Aksel zumindest kein Auto, es sei denn, es gab irgendwo noch eine versteckte Zufahrt zum Anwesen.

Das Haus war ein einstöckiger Bau, wie sie typisch waren für Strynø. Falls das Gebäude mal ein Reetdach gehabt haben sollte, war diese Zeit lange vorbei, denn das Dach, das jetzt auf den Giebeln lag, war auch schon sehr betagt. Die Ziegel waren von Wind und Wetter nachgedunkelt, an den Rändern moosig, und an mehreren Stellen war das Dach mit Plastik ausgebessert. Das Haus war einmal weiß getüncht gewesen, doch auch hier wuchs Moos an den Ecken, und die Wände waren mit der Zeit grau geworden.

Aksel winkte von der Tür eines Schuppens, der hinten ans Haus angebaut war, sowie er Line kommen sah.

»Guck dich nicht so genau um«, erklärte er. »Es ist nicht viel und nichts Besonderes, aber hey, es ist abbezahlt. Und innen trocken und gemütlich.«

»Wohnst du allein hier?«, fragte sie und hoffte, dass sie nicht zu neugierig klang.

»Seit sieben Jahren«, antwortete er bereitwillig und trat einen Schritt zur Seite. Hinter ihm stand etwas, das Line auf den ersten Blick als eine Vespa erkannte. Wie lange schon hatte sie sich einen eigenen Motorroller gewünscht? »Nachdem die Kinder aus dem Haus waren, hat auch meine Frau nichts mehr hier gehalten. Wer nicht auf der Insel geboren ist oder aus eigenen Stücken hierherzieht, bleibt selten ein Leben lang.«

Fragend blickte sie ihn an. »Soll das eine Warnung sein?«

Gutmütig lachte Aksel. »Du hast Inselblut, kleine Line, und deine Mormor ist ein Urgestein. Ich würde meine Socken drauf verwetten, dass du uns erhalten bleibst.«

»Tut mir leid, das mit deiner Frau«, sagte sie und versuchte, nicht zu sehnsüchtig auf die Vespa zu blicken.

Er winkte ab. »Manch einer gehört hierher, manch einer eben nicht. Waren gute Jahre mit ihr, aber es hat nicht sollen sein, dass es bis ins Grab hält. Ich überleb's.« Er zwinkerte und machte eine einladende Handbewegung. »Und, was sagst du?«

Sie runzelte die Stirn. »Wozu?«

»Zu dem Motorroller? Hat meiner Tochter gehört, aber die hatte keine Verwendung dafür, als sie zum Studium nach Kopenhagen zog. Und nachdem sie fertig war, wollte sie ihn auch nicht wiederhaben. Jetzt steht er seit etwas mehr als zehn Jahren hier rum, und jeder meint, das Ding sei zu schade zum Wegwerfen. Doch kümmern will sich auch niemand drum. Um rüber aufs Festland zu fahren, ist ein Auto bequemer. Und dann ist hier keine Tankstelle, und die Leute vergessen, Benzin für das alte Ding vom Festland mitzubringen, egal, wie sehr sie es bewundern. Also kann es gar nicht laufen. Überhaupt fürchte ich, es muss erst mal generalüberholt werden, aber …«

Fassungslos starrte Line von Aksel zu der Vespa und wieder hinauf in Aksels Gesicht. »Wie bitte?« Sie konnte nicht glauben, was sie hörte.

»Also wenn du willst, gehört die Vespa dir.«

Mit einem Aufschrei sprang Line Aksel an den Hals. »Wahnsinn, Aksel, doch das ist nur geborgt, ja? Ich bring sie in Schuss, aber wenn deine Tochter sie wiederhaben will … ich meine …«

»Behalte sie«, sagte er, und seine Stimme bebte vor Rührung, während sie sich von ihm löste.

»Das kann ich nicht annehmen. Sie ist eine absolute Schönheit. Du könntest sie ohne Weiteres an Liebhaber verkaufen, die bezahlen für so was viel Geld.«

»Na, solche haben wir hier nicht. Dafür haben wir jetzt dich, und wenn du jemanden findest, der sie dir zum Laufen bringt …«

Line lachte, das Herz ganz leicht, ihre Augen brannten vor Freudentränen, und sie schaffte es nicht, ihn ausreden zu lassen. »Denk nur nicht, ich lass irgendeinen anderen an dieses Prachtstück. Um die kümmere ich mich selbst!«

Sie hockte in Louises Carport, der neben dem Fahrrad ihrer Großmutter nun auch noch den auseinandergenommenen Motorroller enthielt, umgeben von Wassereimern, Politur und Baumwolltüchern, und putzte, was das Zeug hielt.

Am ersten Tag hatte sie Stunden damit zugebracht, liebevoll auch noch die letzte Spur von Spinnweben von dem Motorroller zu entfernen. Am zweiten Tag hatte sie ihn gewaschen und die zauberhafte lindgrüne Farbe freigelegt. Seit dem dritten Tag baute sie nacheinander alle Teile ab, reinigte sie gründlich und rieb sie wenn nötig mit Öl ein und setzte alles wieder zusammen. Mittlerweile war Tag fünf. Obwohl sie sich nicht traute, die Vespa komplett zu zerlegen – zu groß war ihre Angst, am Ende mit ein paar Schrauben oder Dichtungen zu viel dazustehen, von denen sie sich nicht erinnerte, wohin sie gehörten –, kam sie gut voran.

Von Zeit zu Zeit tauchte jemand im Carport auf und sah ihr für eine Weile bei der Arbeit zu, aber offensichtlich schien sie in Gedanken weit genug entfernt, dass niemand sie störte, ansprach oder sich auch nur länger aufhielt.

Als Louise am sechsten Tag abends um sieben ein Sandwich zu ihr herausbrachte, hatte sie einen Stapel Servietten dabei, in denen sie das Brot einwickeln konnte. Lines Finger waren verdreckt mit Öl und Politur.

»Du siehst glücklich aus«, stellte Louise fest.

Verträumt betrachtete Line die Vespa, die beinahe wieder wie brandneu funkelte. »Es macht Spaß.«

»So viel Spaß, dass du sogar vergisst, zum Abendessen reinzukommen. Vielleicht sollte ich Aksel den Kopf waschen, dass er dir dieses Ding überhaupt geschenkt hat.«

»Ich bin fast fertig.«

»Hast du den Motor eigentlich schon mal ausprobiert? Vielleicht ist die ganze Arbeit umsonst.«

»Die ist nicht umsonst. Der Motor funktioniert. Ich hab ihn auseinandergenommen. Jakob hatte passende Benzinschläuche, die habe ich ersetzt, und er hat mir das Loch im Auspuff geschweißt.«

Louise schnalzte mit der Zunge und schüttelte den Kopf. »Woher weißt du so viel darüber?«

Seufzend schloss Line die Augen. »Von Ole«, antwortete sie. »Ole Vasbo. Er hatte früher mal ein Geschäft nur für Motorroller und Motorräder. Er hat die Dinger geliebt. Als ich ihn kennenlernte, war er schon Rentner gewesen und hatte den Laden längst verkauft. Doch die Leute aus der Straße standen immer noch bei ihm auf der Matte, wenn was klapperte oder ruckelte. Ich durfte ihm über die Schulter schauen, und irgendwann hat er mir zum ersten Mal einen Schraubenzieher in die Hand gedrückt und mir gezeigt, wie es geht. Ich hab zwei Jahre lang mit ihm zusammen Roller repariert. Manchmal Motorräder. Ganz selten sogar Oldtimer.« Noch ein sehnsüchtiges Seufzen.

»Er war ein Nachbar?«

»Er war der Opa einer der Pflegefamilien, in denen ich eine Zeit lang war. Die einzige Familie, in der ich gern gewesen bin. Seinetwegen. Aber auch der Sohn und die Tochter waren nett und der Vater und die Mutter. Ich hab mich dort wohlgefühlt.«

»Doch du bist nicht geblieben?«

Hinter ihrer Stirn brannte es. »Sie haben sich scheiden lassen. Sie waren beide sehr nette Menschen, hatten allerdings wegen ihrer Arbeit wenig Zeit. Füreinander, für die Familie. Für mich. Dennoch habe ich mich dort nie wie das fünfte Rad am Wagen gefühlt. Denn es gab Ole, dem ich helfen durfte, und wenn sie sich Zeit nahmen, dann behandelten sie mich nicht anders als ihre Kinder. Das Problem war nur, sie nahmen sich immer seltener Zeit. Und irgendwann stand ihre Ehe vor dem Aus.«

»Und was wurde aus dir?« Lous Stimme war sehr ruhig, sehr gefasst, sie fragte einfach nur, ohne zu urteilen. »Wie alt warst du?«

»Mit neun bin ich zu ihnen gekommen. Zwölf, als das Sozialamt mich wieder wegholte. Schlimm genug für leibliche Kinder, wenn eine Ehe in die Brüche geht und der Streit ums Sorgerecht losgeht. Unnötig, das auf ein Pflegekind auszuweiten.«

»Und du wurdest wieder woandershin geschoben.«

»Ab da wohnte ich dann in einer Einrichtung, in der Waisenkinder und Kinder aus zerrütteten Familien unter Beaufsichtigung des Sozialamtes zusammenlebten. Meine letzten Pflegeeltern habe ich nie mehr wiedergesehen, auch deren Kinder nicht. Ich bin ab und zu noch zu Ole gegangen, um mit ihm Motorroller zu reparieren wie früher.« Sie brach ab.

»Und?«

Bitter schnaubte Line. »Niemand ist unsterblich, oder? Bei ihm war es ein Schlaganfall. Er war alleine in der Werkstatt.

Wenn ich zu der Zeit noch bei den Vasbos gewohnt hätte …« Line wischte sich mit dem Handrücken über das Gesicht und spürte, dass sie eine dreckige Ölspur hinterließ. Dieser Teil der Erinnerung war das Schlimmste. »Egal, wie oft mir mein Verstand sagt, dass es nicht meine Schuld war, es fühlt sich immer noch an, als hätte ich ihn in Stich gelassen.«

Louise betrachtete Line, dann die Vespa. Auf ihrer Stirn kräuselten sich feine Fältchen. »Das Leben ist manchmal unfair und gemein«, sagte sie schließlich. »Aber jetzt hoffe ich umso mehr, dass dieses Gefährt wirklich läuft, wenn du damit fertig bist. Ich denke, das wäre der beste Beweis dafür, was Ole in deinem Leben bedeutet hat. Dass er immer noch da ist, bei dir. Weil es Ole gab, kannst du das schaffen. Ganz allein.«

»Mithilfe von Jakob von der Schmiede«, warf Line mit tränenerstickter Stimme ein.

»Wenn ich einen Schweißkolben hätte, hättest du das Loch im Auspuff sicher auch selber geflickt, richtig?« Louise lächelte sie an.

»Darauf kannst du wetten«, antwortete Line.

»Iss dein Sandwich. Und hier.« Louise legte einen Brief auf den Sattel der Vespa. »Mach den besser erst dann auf, nachdem du dir die Hände gewaschen hast. Könnte wichtig sein.«

Auf den ersten Blick erkannte Line das Logo von der Kommunalverwaltung Langeland. Blitzschnell kam sie auf die Füße. »Mormor! Ist das wirklich das, was ich denke?«

»Hände waschen!«, wiederholte Louise leise lachend und drehte sich um, um ins Haus zu gehen.

4. Kapitel

In den sechsundzwanzig Jahren ihres Lebens hatte Line schon viele Jobs gehabt. Sie hatte Schulen und Büroräume geputzt, am Drive-in-Schalter eines Fast-Food-Restaurants Bestellungen aufgenommen und in einem Supermarkt Leergut sortiert. Irgendwie hatte sie immer wieder eine Anstellung gefunden, doch schon nach kurzer Zeit war sie jedes Mal als ungeeignet eingestuft und vor die Tür gesetzt worden. Auf Dauer hatte ihre Haut allergisch auf die Putzmittel reagiert, im Schnellrestaurant hatte sie Probleme mit dem Computer gehabt, da der nur Zahlen und Buchstaben verstand. Bei dem Supermarkt-Job war nicht nur das Leergut, sondern vor allem auch ihr Chef eine Flasche gewesen, der die Finger nicht bei sich behalten konnte, und weil sie sich das nicht gefallen ließ, war es natürlich wie üblich ihre Schuld gewesen und sie hatte alles falsch verstanden.

All diese Erfahrungen trugen dazu bei, dass sie sich nicht erlaubte, euphorisch zu sein. Nicht, als sie am Montag wieder einmal hinüber nach Langeland fuhr, um den Arbeitsvertrag zu unterschreiben. Nicht, als sie am Dienstag zum ersten Mal in die nicht ganz passende Arbeitsuniform aus dunkelblauer Twillhose, grauem T-Shirt und Warnweste schlüpfte und Lou es sich nicht nehmen ließ, den Moment mit der Kamera festzuhalten. Nicht, als sie eine Woche nach Vertragsunterschrift aus heiterem Himmel einen Anruf erhielt, dass Martin, einer der Teilzeit-Schiffsassistenten, sich beim Basketball den

Knöchel gebrochen hatte und vorläufig seine Schichten anderweitig abgedeckt werden müssten. Ob sie bereit wäre, bis zu zwanzig Wochenstunden zu übernehmen, vor allem am Wochenende? Und auch nicht, als sie nach ein paar Tagen auf der Fähre bemerkte, dass sie begann, die See zwischen Rudkøbing und Strynø lesen zu können.

Das Meer brauchte keine Buchstaben und Zahlen. Leise erst, aber dann immer deutlicher begannen die Wellen und das Glitzern zu Line zu sprechen. Wenn das Meer Nebelschleier trug, in der Früh, ehe die Sonne sie vertreiben konnte, dann musste Kapitän Årgård den Motor aufröhren lassen und die Maschinen höher aufdrehen, damit die Fähre nicht schwankte. Wenn allerdings die Sonne schien und kein Wind die Wellen peitschte, schaukelten neben dem Schiff Möwen auf dem Wasser, schnatterten sich gegenseitig Neuigkeiten zu, und das Meer war so ruhig, als hätte eine höhere Macht ein silberdurchwirktes Tuch über die Welt gebreitet.

Was sie sah, berührte etwas in Line. Der Job war gefühlte zwanzig Mal besser, als sie ihn sich ausgemalt hatte, denn es war nicht nur irgendeine Arbeit, sondern eine Aufgabe. Es war nicht schwer, die Runde mit dem Kartenlesegerät zu machen und die Passagiere zu fragen, ob sie bereits übers Internet ein Ticket bestellt hatten. Zuerst wunderte sie sich, wieso sie mit diesem Gerät so viel weniger Probleme hatte als damals mit der Computerkasse im Restaurant. Doch irgendwann begriff sie, dass es einen großen Unterschied machte, ob man einen Job wirklich wollte oder nicht. Sie wollte dieses Gerät beherrschen. Aus demselben Grund gelang es ihr ohne große Probleme, die Nummernschilder mit den Reservierungen abzugleichen, und auch die verschiedenen Bezahlmöglichkeiten waren nichts, was sie überforderte. Die meisten Gesichter erkannte sie spätestens am dritten Tag, denn es waren immer dieselben Menschen, die aufs Festland pendelten, um ihrer Arbeit nachzugehen, und wen sie nicht kannte, der brauchte ein Ticket.

So wie das Meer begannen auch die Fahrgäste nach wenigen Tagen mit ihr zu sprechen. Sie fragten: »Und, kleine Line, heute schon ein Seeungeheuer gesehen?«

Dann lachte sie und antwortete: »Nicht im Wasser, Mads.«

Eine ältere Dame lief auf sie zu, deren Gesicht ihr vom Tag ihrer Ankunft vage bekannt vorkam, und steckte ihr einen Schal aus Schafwolle zu. »Für Lou«, meinte die Dame. »Den hab ich ihr versprochen, aber ich komme derzeit nicht dazu, zu den Malkursen zu gehen, und hab sie auch bei Vigga schon länger nicht gesehen. Die Wolle der Schafe hier auf unserer Insel ist die beste von allen, musst du wissen.«

»Und wer schenkt Lou diesen wunderschönen Schal?«, fragte Line zurück. Die Dame lachte.

»Na wer wohl? Die alte Spinnerin natürlich. Als ob Lou das nicht wissen würde.«

Lou freute sich über den Schal, und als Line am nächsten Tag auf dem Weg zum Anleger an der Wiese mit den Schafen und Lämmern vorbeikam, die, wie sie jetzt wusste, Anton gehörten, wurde ihr ganz warm ums Herz. Die Spinnerin war dann wohl Antons Frau? Das sind die Schafe mit der besten Wolle der Welt, schoss es ihr durch den Kopf. Sie sehen aus wie kleine flauschige Wölkchen, die vom Himmel auf die Erde gefallen sind, kein Wunder also, dass ihre Wolle überirdisch weich und doch einmalig robust ist. Noch während sie das dachte, begriff sie, dass es passiert war.

Line Henriksen hatte sich verliebt. Das, was sie ihr Leben lang zu verhindern gewusst hatte, war geschehen. Nicht ein Mann mit schönen Augen und tollen Bauchmuskeln war ihr zum Verhängnis geworden, sondern eine Insel mit Schafen und Kühen, mit einer Fähre, wo sie sich nützlich fühlte, und Menschen, die sie bei sich aufgenommen hatten, als hätten sie auf sie gewartet.

Während ihrer ganzen Schicht verfolgte sie diese Erkenntnis. Zweimal verkaufte sie fast ein falsches Ticket, und einmal verträumte sie um ein Haar, beim Anlegen zu helfen. Irgendetwas stimmte nicht an dem Gedanken, aber da war kein Mann. Keiner mit schönen Augen und Bauchmuskeln zumindest. Die Augen von dem einzigen Mann, der ihr immer wieder durch den Kopf ging, waren nicht schön, sondern wirkten verstürmt und gleichzeitig traurig. Und Bauchmuskeln hatte er sicher auch keine, dafür war er viel zu schlank. Der Mann vor ihrem inneren Auge wirkte immer ein bisschen wild, und seine Haare waren von Silbersträhnen durchzogen, sodass es wirkte, als hätte sich der morgendliche Seenebel darin verfangen.

Innerlich gab sie sich einen Ruck. Er war der Insel-Ripper, und Line schuldete ihm noch immer einen Seitenspiegel! Das war der einzige, der allereinzige Grund, warum er ihr überhaupt im Kopf herumspukte. Und auch damit war jetzt Schluss. Ein für alle Mal. Er musste wissen, wo er sie finden konnte, und hatte dennoch nichts getan, um ihre Schuld einzufordern. Dann lag ihm wohl nichts daran. Und damit war sie aus dem Schneider. Der Ersatzspiegel lag in Lous Schuppen und würde dort scheinbar auch bleiben. Vielleicht konnte den ja irgendwann mal irgendwer gebrauchen.

Sie war so beschäftigt damit, nicht an den Mühlenmann zu denken, dass ihr der schwarze Passat im Hafen von Strynø nicht auffiel, während sie nach ihrer letzten Fahrt von der Fähre stieg. Kapitän Årgård rief ihr einen Abschiedsgruß zu.

Die letzte Fahrt zurück nach Rudkøbing unternahm er mit Kasper und nicht mehr als einer Handvoll Fußpassagieren. Außer Line war nur noch ein Auto auf dem Schiff gewesen, und das gab Gas, kaum, dass es auf der Insel festen Boden unter den Reifen hatte.

Die Hand flach über die Augen gelegt, schaute sie der Fähre nach, wie sie sich langsam vom Anleger entfernte. Vorbei. Ihre erste Arbeitswoche war vorbei, und so, wie es schien, sprach nichts dagegen, warum sie nicht auch noch eine zweite, dritte und vierte Woche hier arbeiten sollte. Ihr Mut, Kapitän Årgård zu fragen, hatte sich bezahlt gemacht.

Ihr Blick fiel auf die Telefonzelle mit den Büchern. Ebenso wie den Mühlenmann, konnte sie einfach nicht vergessen, was sie darin gesehen hatte. Womöglich war es an der Zeit, noch einmal mutig zu sein. Sie könnte mit einem Bildband anfangen. Mit etwas, das wenig Schrift hatte und wo die Buchstaben groß waren. Sie könnte sich Zeit lassen und niemandem von ihrem Vorhaben erzählen.

Immer noch ein wenig zögernd, machte sie sich auf den Weg. *Entschlossen sein, tapfer, etwas Neues probieren.* Wieder und wieder sagte sie sich die Worte vor. Dennoch raste ihr Herz, rauschte der Puls in ihren Ohren. Sie hatte sich geschworen, sich von Büchern fernzuhalten. Wer nichts wagte, der wurde zumindest auch nicht enttäuscht. Ein Schritt, dann der nächste. Weit war es ja nicht. Nur ein paar Meter. Wenn sie die Augen schloss …

Wie aus dem Nichts prallte sie gegen ein Hindernis.

»Au!«

»Fanden!«

Line hob die Lider, sprang zurück, etwas Schweres, Kantiges knallte ihr auf den Fuß, und sie jaulte auf. Ihr Jaulen wurde begleitet von den Flüchen eines Mannes und dem Gepolter von Gegenständen, die auf dem Asphalt landeten.

Die Gegenstände waren Bücher, und der Mann, der fluchte …

»Du?«, stieß sie schrill hervor. »Was tust *du* schon wieder hier? Du treibst dich häufig im Hafen rum.«

»Das geht dich gar nichts an.« Zum ersten Mal fiel ihr sein Akzent auf. Kantig und rau, wie der ganze Kerl. Seine Haare standen in alle Richtungen vom Kopf ab, als er sich eifrig daranmachte, die Bücher wieder aufzuheben.

Neben ihm fiel sie auf die Knie. »Hier. Ich packe mit an.« Sie half ihm, einige der Bücher aufzusammeln, und schichtete sie zu einem Turm vor ihrer Brust auf. »Was hast du denn damit vor? Hast du die aus der komischen Zelle da geklaut?«

»Ich bin kein Dieb.« Vier Worte, und sie klangen bedrohlich wie ein Gewitter. Line fühlte zwischen ihnen sogar die Spannung, die bei Sturm in der Luft lag.

»Das habe ich nicht behauptet. Ich bin aber diese Woche jeden Tag ständig hier unten und frag mich jedes Mal, wenn ich die Zelle sehe, warum jemand das tun sollte. Ich meine, da diese Telefonzelle hinzustellen und seine alten Schinken darin zu entsorgen. Wofür gibt es Papiermüll? Die Container stehen nur ein paar Schritte da die Straße rauf.«

Mit einem Bücherstapel vor der Brust, der ihr vom Bauchnabel bis zum Kinn reichte, kam sie wieder auf die Füße. Auch der Mühlenmann stand auf, wobei er sich Bücher unter die Arme geklemmt hatte. Er warf ihr einen Blick zu, als wolle er sie töten, und hätte er nicht beide Arme voll gehabt, hätte er das vielleicht auch getan. Insel-Ripper eben.

»Natürlich verstehst du das nicht. Ich habe nichts anderes erwartet. Darf ich?« Er wandte ihr die Schulter zu, während er sich an ihr vorbeidrängte. In ihren Ohren hallten seine letzten Worte nach. *Ich habe nichts anderes erwartet.*

»Weißt du was? Dann mach deinen Mist doch alleine! Ich wollte nur nett sein.« Line ließ die Bücher zurück auf den noch sonnenwarmen Asphalt fallen und drehte sich um. Sie fühlte sich, als hätte ihr jemand einen Tritt in den Magen verpasst. Vielleicht hätte sie mit dem Tiefschlag rechnen müssen. Denn schon ihr ganzes Leben hörte sie Sprüche wie diesen von Mitarbeitern beim Jugend- oder Sozialamt oder auch von einigen ihrer Pflegeeltern. Und diese Woche war einfach zu perfekt gewesen. Etwas Gutes, das passierte, musste immer durch etwas Schlechtes ausgeglichen werden, sonst geriet die Welt aus dem Gleichgewicht.

Was auch immer. Der Angriff des Mühlenmanns hatte ihren wunden Punkt getroffen. Hinter ihren Augen brannte es, aber im Leben nicht würde sie diesem Kerl zeigen, wie gut sein Seitenhieb platziert gewesen war.

Schweigend sammelte Adam die Bücher auf. Er wollte sich nicht nachsehen, wohin die junge Frau verschwand, tat es aber dann doch. Verstohlen, als beginge er ein Verbrechen, schaute er ihr nach.

Verflucht noch mal. Die von dieser jungen Frau vergossenen Tränen waren das Letzte, was er gewollt hatte.

Aber wer lief denn schon mit geschlossenen Augen zu einer Telefonzelle voller Bücher? Und würde sie, ohne mit der Wimper zu zucken, in den Müll werfen?

Doch Tränen? Er war zu weit gegangen.

Ihr nachlaufen, um sie um Verzeihung zu bitten, war allerdings auch keine Option. Er konnte sich nicht mal mehr daran erinnern, wann er zum letzten Mal jemanden um Verzeihung gebeten hatte.

Dennoch. Tränen? Von einer jungen Frau, die eigentlich nichts falsch gemacht hatte? Das ertrug er schlecht.

Mit zusammengebissenen Zähnen sortierte er die Bücher ein, und selbst seine Freude darüber, dass in der obersten Reihe zwei dicke Bände fehlten, konnte den schalen Geschmack im Mund nicht vertreiben. Er hatte keine Ahnung, wer im Dorf die Bücher auslieh, und wollte es auch nicht wissen. Doch dass sie es taten, dass sie sein Geschenk annahmen, obwohl sie ihn nicht ausstehen konnten, berührte ihn. Ein anderes Buch, das bei seinem letzten Auffüllen der Regale gefehlt hatte, war wieder da. Flüchtig blätterte er es auf, aber es waren auf den ersten Blick keine neuen Notizen dazugekommen. Wer auch immer sich an den Regalen bediente, hinterließ keine Spuren und behandelte die Bücher pfleglich.

Mehr verlangte Adam nicht.

Er packte das zuletzt zurückgegebene Buch ein, stieg in seinen Wagen und ließ den Motor an. Dabei fiel ihm auf, dass der Kilometerstand nach einer Inspektion verlangte. Bei der Gelegenheit konnte er auch endlich den Spiegel ersetzen. Nach dem, was er sich hier gerade geleistet hatte, stand endgültig außer Frage, dass er die Frau jemals wegen des Spiegels ansprechen würde, den sie ihm schuldete. Besser wäre, wenn er sich einredete, sie seien nun quitt.

Die junge Fremde hatte das Dorf schon fast erreicht, als Adam gerade erst auf die lange, schnurgerade Straße einbog. Er nannte sie immer noch die Fremde, hatte allerdings den Eindruck, dass sie mittlerweile weniger fremd auf der Insel war als er.

Wenn die Dinge anders lägen, würde ganz sicher auch er bereits ihren Namen kennen. Sie hatte sich nicht in einem halb verfallenen Bau, vor dessen Renovierungs- und Instandhaltungskosten das ganze Eiland zurückschreckte, verkrochen und die Welt ausgesperrt. Wenn er nach all den Jahren, die er bereits auf der Insel war, doch noch versuchen würde, Anschluss zu finden, würde es wirken wie eine Verzweiflungstat.

Sie war auf die Menschen zugegangen. Obwohl sie nicht dazu passte mit ihren gefärbten Haaren, den bunten Klamotten und dem ganzen Drum und Dran, hatte sie Mut bewiesen und hatte einen Platz in der Dorfgemeinschaft gefunden. Er wünschte, er hätte das damals auch gekonnt.

Auf Höhe von Antons Hofladen kurz vor dem Ortsschild erreichte er sie und bremste scharf.

Nein, sie würde nicht den Kopf drehen. Da unten am Anleger hatte nur noch ein einziges Auto gestanden, und auch in dem Freizeit- und Wassersportzentrum, an dem sie auf dem Weg ins Dorf immer vorbeikam, war um diese Zeit schon niemand mehr. Diese Bremsen konnten nur *einem* Wagen gehören, und sie weigerte sich, ihn anzusehen. Stur schaute sie geradeaus und stapfte weiter am äußersten rechten Rand der Fahrbahn hinauf.

»Wenn ich mich entschuldige, akzeptierst du das dann?« Im Schritttempo hielt er sich an ihrer linken Seite, das Fahrerfenster heruntergekurbelt, und stellte ihr diese seltsame Frage. Sie überlegte, in die erste Straße nach rechts einzubiegen und ihm damit ein Schnippchen zu schlagen. »Eine ehrliche

Entschuldigung meinst du?«, erwiderte sie und ärgerte sich, überhaupt etwas gesagt zu haben.

»Ich bin nicht so gut im Umgang mit Menschen«, erklärte er. »Sozusagen aus der Übung. Steigst du ein? Ich bring dich nach Hause und entschuldige mich dafür, dass ich dich so angeschnauzt habe.«

»Ich bin zu Hause, bevor ich überhaupt deine Beifahrertür öffnen kann«, entgegnete sie.

»Du bist eine ganz schön harte Nuss«, sagte er.

»Und stolz darauf«, stieß sie hervor. Als sie ihn ansah, wollte sie ihren Augen nicht trauen: Er grinste! Dieses Grinsen war so unerwartet und sympathisch, dass jeder Gedanke an einen Insel-Ripper darunter schmolz.

»Darf ich dich trotzdem fragen, warum du neulich an der Mühle aufgetaucht bist? Nur wegen des Spiegels? Du konntest doch gar nicht wissen, dass ich da wohne.«

»Musst du nicht weiterfahren?«

»Ich habe alle Zeit der Welt, und es ist ja niemand unterwegs, dem ich im Wege wäre. Wie heißt du?«

»Für jemanden, von dem behauptet wird, dass er in all den Jahren mit niemandem mehr als zwei Worte gewechselt hat, fragst du ganz schön viel.«

»Zwei? Die Menschen überraschen mich immer wieder. Ich hatte geglaubt, dass die wenigsten hier von mir auch nur ein einziges Wort gehört hätten.«

Sie hatte genug. Mit ein paar schnellen Schritten umrundete sie das Heck des Wagens, riss die Beifahrertür auf und ließ sich in den Sitz fallen.

»Tür zu«, befahl er, wobei er ihr leicht zuzwinkerte.

Sie zog die Tür zu, und er fuhr an, in den Kirkevej hinein, allerdings an Lous Haus vorbei und weiter bis zum Kirchplatz. Im abendlich langen Schatten der Kastanie hatte er Platz, den Passat zu parken und sich Line zuzuwenden. »Ich heiße Adam«, stellte er sich vor.

»Line«, sagte sie.

»Line?«

»Caroline«, berichtigte sie und spürte ein leises Prickeln am Hals, da sie errötete. »Aber so nennt mich keiner.« Wenn er lächelte, hatte dies eine seltsame Wirkung auf sie.

»Schade eigentlich«, bemerkte er, und sie bemerkte, dass er eigentlich richtig schöne Augen hatte. Grau wie die Wände der Kirche, aber mit Silbersprenkeln darin.

»Und du bestückst diese Telefonzelle da unten am Hafen?«, fragte sie, um irgendwas zu sagen, damit sie nicht an seine Augen denken musste.

»Bücher sollten gelesen werden, und wenn sie nur in der Mühle stehen, hat niemand außer mir etwas davon.«

»Das ist aber weder die Schuld der Bücher noch die Schuld der Mühle«, gab sie zu bedenken.

Ganz kurz schien er zu überlegen, dann meinte er: »Du nimmst kein Blatt vor den Mund, Caroline.« Er sprach ihren Namen aus, als würde er ihn sich auf der Zunge zergehen lassen. Sie erschauerte, und das kam ganz sicher nicht von der frischen Brise, die abends immer wehte.

Sie riss sich zusammen. »Warum sollte ich? Ich finde es gerecht, wenn jeder weiß, woran er ist. Du dagegen hast vermutlich ein Blatt zu viel vor dem Mund. Sonst würde nicht die halbe Insel glauben, dass du gar kein Dänisch kannst.«

»Messerscharf beobachtet, aber wenn man Blätter zu lange an einer Stelle liegen lässt, werden sie alt und klebrig und lassen sich schlecht entfernen.«

»Sind solche Analgien typisch für Büchermenschen?«, fragte sie.

Er runzelte die Stirn und schaute sie eindringlich an. Dann zuckte sein Mundwinkel. »Analogien«, sagte er, und Line wollte schon wieder sauer werden, bemerkte aber gerade noch rechtzeitig, dass er nicht lachte. Er machte sich nicht über sie lustig, nur seine Augen schienen zu viel zu sehen. »Hast du ein Lieblingsbuch?«, wollte er wissen.

»Meinen Reisepass finde ich ganz brauchbar. Und meine Großmutter wird mir ein Sparbuch einrichten.«

Immer noch weigerte er sich, über ihre Bemerkungen zu lachen, und immer noch blickte er sie sehr aufmerksam an. »Nicht mal Winnie Puh, als du noch ein Kind warst? Die unendliche Geschichte? Auch nicht Cecil Bødkers Silas? Oder die Märchen von Hans Christian Andersen?«

Sie presste die Lippen zu einem schmalen Strich zusammen und schüttelte den Kopf. »Ich glaube, Silas hat mir eine Pflegemutter vorgelesen. Ich bin nicht sicher, aber ich glaube, das war Silas.«

Seine Nasenflügel bebten ein bisschen. Sie erkannte, dass die feinen grauen Strähnen ihn mehr attraktiv als alt wirken ließen.

»Woher stammst du, Adam?«, fragte sie, weil sie es leid war, ihre Neugier verbergen zu müssen.

»Ich dachte, das könnte man hören. Aus Deutschland. Als Kind habe ich Silas bei uns im Fernsehen gesehen. Vielleicht wollte ich deshalb unbedingt nach Dänemark. Michel konnte ich nicht leiden, sonst wäre es vielleicht eine Mühle in Schweden geworden.«

»Michel?« Verständnislos sah sie ihn an.

»Aus Lönneberga. Oh, entschuldige. Ihr hier sagt Emil.«

Sie zuckte mit den Schultern. »Kann sein.«

Für einen Moment wirkte etwas an ihm traurig, und Line hatte zum ersten Mal in ihrem Leben das Gefühl, dass sie in ihrer Kindheit mehr als nur eine liebende Familie und sonnenreiche Urlaube verpasst hatte. Scheinbar gab es ein ganzes Meer an Kindergeschichten da draußen, von denen sie keine Ahnung hatte. »Und warum bist du nun bei der Mühle gewesen?«, brachte er das Thema auf die Ausgangsfrage zurück.

»Oh. Wegen … ich habe jemanden gesucht.«

»In der Mühle?«

»*Die* Mühle«, betonte sie. »Ich habe die Mühle gesucht.«

»Die hast du ja nun gefunden.«

»Ja. Und alles andere auch.«

»Bleibst du deswegen länger auf Strynø? Weil du hier gefunden hast, was du suchst? Ich habe gesehen, dass du auf der Fähre arbeitest.«

»Probeweise ein paar Stunden die Woche«, erklärte sie. »Der Kapitän sagt, es gibt eigentlich keinen freien Job. Es ist nur jemand krank geworden, und ich bin jetzt ein Springer.«

»Wenn dir das wichtig ist, bleib dran. Årgård will nur niemanden außer seinem Sohn einstellen, und damit macht er mindestens gleich zwei Menschen unglücklich.«

Leise lachte sie. »Ist mir aufgefallen. Kasper und den, der den Job nicht kriegt, oder?«

»Du kommst direkter zum Punkt als ich.«

»Und du siehst mehr, als die meisten Leute hier dir zutrauen. Dafür, dass du mit niemandem hier sprichst, weißt du nämlich verdammt viel.« Line öffnete die Wagentür. »War nett, mit dir zu plaudern, Adam«, sagte sie und war überrascht, wie ehrlich sie das meinte. Er nickte ihr zu, ehe sie die Tür wieder schloss. Dann umkurvte er das Kriegerdenkmal, einen ungleichmäßig geformten Findling, auf dem die einstmals in Schwarz eingravierten Namen der Gefallenen schon fast ganz verwittert waren. Sie schaute Adam nach, wie er den schmalen Weg an der Schmiede vorbei hinunterfuhr. Erst als seine Bremslichter ein letztes Mal verloschen waren, fiel ihr ein, dass sie gerade im Auto des Insel-Rippers gesessen hatte und immer noch am Leben war.

Natürlich war es nur eine Frage der Zeit gewesen, bis Line jener Teil ihrer Vergangenheit einholte, für den sie sich am meisten schämte. Mit schweißfeuchten Händen stand sie am Fährhafen von Rudkøbing auf der Verladerampe und versuchte krampfhaft, ihren Job zu erledigen. Ausgerechnet diesmal war die Fähre ausgebucht. Am schlimmsten jedoch war der schwarze Kombi, der an vierter oder fünfter Stelle in der Schlange stand und darauf wartete, dass es endlich weiterging und er auf die Fähre konnte. Im Nacken fühlte Line den Schweiß prickeln. Es würde sie nicht wundern, wenn auf dem blöden Schreiben in ihren Händen bald Fingerabdrücke glänzten.

Der erste Autofahrer hinter dem, den sie gerade prüfte, verlor die Geduld und ließ seine Hupe ertönen. Zwei weitere Hupen folgten.

»Zum Teufel noch mal, ich weiß wirklich nicht, was dein Problem ist, Frøken. Hier steht doch groß und breit, dass ich eine Sondergenehmigung habe. Ich brauche die Chemikalien zum Reinigen der Generatoren.«

Schmerzhaft ballte sich Lines Magen zusammen. Auf dem blöden Zettel stand gar nichts groß und breit. Das war ja das

Problem. Da war nur ein Salat von winzigen Buchstaben, einige schon halb verblasst, andere von Knicken durchbrochen, und je mehr sie sich anstrengte, desto mehr tanzten diese verdammten Buchstaben aus der Reihe und weigerten sich, Line zu verraten, was sie aussagen wollten. Gott, wie sie das hasste!

Ihr Blick irrte von dem Schreiben zu den vier riesigen Kanistern auf dem Anhänger hinter dem Auto. Die schwarzen Totenköpfe auf gelben Grund zu entziffern, machte ihr keine Probleme. Und auch das Wort *Fare* kannte sie. Es bedeutete *Gefahr*, und sie erinnerte sich noch genau daran, wie Kasper ihr während der Einarbeitung eingebläut hatte, dass Gefahrengüter nicht ohne gültige Genehmigung verladen werden durften.

»Ich …« Sie schluckte. Eine Schweißperle lief langsam über ihren Nacken und dann unter dem T-Shirt ihre Wirbelsäule hinab. Die Blicke der anderen Autofahrer bohrten sich ihr förmlich wie Dolche in den verknoteten Magen. »Ist die Genehmigung denn aktuell?«

»Kannst du nicht lesen, oder was? Da steht es doch klar und deutlich: ausgestellt von der Gemeinde Langeland am dreizehnten Mai. Das ist gerade einmal ein paar Wochen her. Ich wollte mein Ferienhaus ja nicht vor drei Jahren renovieren, sondern jetzt, kapiert?«

»Okay. Dann fahren Sie durch.« Sie reichte das Schreiben durchs Fahrerfenster zurück und wandte sich so schnell um, dass sie niemandem mehr in die Augen schauen musste.

Kapitän Årgård warf ihr einen fragenden Blick zu, als sie geschäftig tat und vorgab, irgendwas an der Laderampe zu überprüfen. Sie ignorierte ihn.

Das Gerede klingelte schon in ihren Ohren. Die bissigen Kommentare, die mit Sicherheit beginnen würden, kaum dass sich herumgesprochen hatte, was gerade passiert war. Line Henriksen, die unbedingt auf der Fähre anheuern wollte, war zu blöd, ein einfaches Schreiben zu entziffern. *Hej hej* und *farvel*, Probezeit. Genauso gut könnte sie direkt das Handtuch werfen. Zum Glück war das wenigstens ihre letzte Fahrt, ehe Kasper für heute übernahm. Sie wollte einfach nur noch nach Hause. Ach, was sagte sie. Nicht nach Hause. Zu Lou. Ihren Rucksack packen, weg hier. Weg von Strynø, wo sie das erste Mal seit Langem gewagt hatte zu hoffen. Als ob eine wie sie nicht überall herausstechen würde wie ein fauliger Zahn im Gebiss eines Supermodels. In einer Großstadt konnte sie wenigstens halbwegs unerkannt bleiben, und nur der engste Kreis kannte ihr Problem. Auf Strynø? Noch am Abend würden es *alle* wissen.

Es war ihre letzte Überfahrt für diesen Tag, und sie erledigte die Übergabe an Kasper mit ungewohnt wenigen Worten. Hastig entschuldigte sie sich bei ihm, dass sie schnell losmüsse, weil Louise angeblich noch etwas vorhabe. Line fühlte sich mies wegen der Lüge, aber sie war heute einfach nicht zum Schwatzen aufgelegt. Sie ärgerte sich, dass ihre Vespa noch immer nicht fahrtüchtig war, weil zwei Ersatzteile fehlten, die sie im Internet hatte bestellen müssen. Je länger sich der Verkäufer mit der Lieferung Zeit ließ, desto mehr begann Line zu zweifeln, ob sie bei der Bestellung alles richtig gemacht hatte. Immerhin hatte er den Betrag aber von Lines neuem Bankkonto abgebucht. So aber musste sie einmal mehr zu Fuß ins Dorf hinauf.

Hinter einem der umgedrehten Fischerboote am Straßenrand parkte mit laufendem Motor der ihr nur allzu bekannte schwarze Passat. Na wunderbar. Eine Standpauke von Bücherwurm Adam war das Letzte, was sie jetzt noch brauchte.

Sie zog die Schultern zu den Ohren, als könnte sie sich so dazwischen verstecken, doch in genau diesem Moment fuhr der Kombi an, und Adam ließ das Fenster runterfahren.

»Steig ein«, sagte er.

»Heute ist kein Gewitter.«

»Nein. Nur in deinem Kopf. Ich kann die dunklen Regenwolken über deiner Stirn kreisen sehen.« Abrupt blieb sie stehen. Der Kombi auch.

»Wie kommst du darauf, mir sagen zu wollen, wie es mir geht?« Sie verschränkte die Arme. Sie klang bissig und wusste es. Nicht nur das. Sie hasste es, aber um sich zu beißen, war die einzige Form von Verteidigung, die sie jemals gelernt hatte. Und selten hatte sich Line so verletzlich gefühlt wie in diesem Augenblick.

»Weil ich mich selbst oft genug so fühle.« Sein Geständnis traf sie vollkommen unvorbereitet. Sie ließ die Arme sinken und suchte seinen Blick durch das geöffnete Beifahrerfenster. Tatsächlich, seine Miene spiegelte nur Ehrlichkeit wider und eine Spur Verletzlichkeit. So als hätte ihre schlechte Laune eine Tür geöffnet, und durch die schmale Ritze gewährte ihr der Mühlenmann einen Blick auf den echten Adam.

»Der Unterschied ist nur: Gegen dein Problem kannst du bestimmt was tun. Meine Gewitterwolken bleiben für immer.«

Wieder lag ihr die schnippische Antwort bereits auf der Zunge. Sie wollte ihn anschnauzen, dass er keine Ahnung hatte. Dass er ja nicht einmal wusste, was es war, das dafür sorgte, dass sie sich immer dumm fühlte. Einer wie er würde ohnehin niemals begreifen, wie es war, sich wie eine Ausgestoßene vorzukommen. Nicht, weil man sich selbst abkapselte, wie er es tat, eine Isolation aus freiem Willen. Sondern weil der Rest der Welt um sich herum eine Mauer aus verdammten Buchstaben hatte, die sie niemals würde erklimmen können, um wenigstens mal auf die andere Seite gucken zu können. Doch irgendetwas hielt sie ab, all das zu sagen. Vielleicht stand auch er auf der anderen Seite dieser Mauer, aber er hatte eine Tür gefunden und diese einen Spalt weit geöffnet. Um die garstigen Worte nicht aus Versehen doch auszusprechen, biss sie sich auf die Unterlippe und schaute auf den Boden. Sie brachte es nicht mehr fertig, seinen Blick zu erwidern.

»Ich war Lehrer, Caroline. Früher in Deutschland. Hab ich dir das gesagt? Deutsch und Geschichte für Realschule. Deshalb die vielen Bücher. Außerdem hab ich auch Alphabetisierungskurse für Erwachsene geleitet. Tut mir leid, wenn dir das unangenehm ist, Caroline, aber ich hab dich beobachtet, vorhin mit dem Kerl mit dem Anhänger. Ich hab deine Reaktion auf ihn und das Schreiben bemerkt, und ich erinnere mich an unser Gespräch über die Bücher. Du hast selbst gesagt, ich sehe zu viel, ich kann das nicht abstellen.«

Oh Mann, wie sie das hasste! Warum hatte sie ausgerechnet diesem Kerl den Spiegel abgerissen? Offenbar war es unmöglich, vor ihm etwas zu verbergen. »Also gut, ich kann nicht lesen. Und? Zufrieden?« Wenigstens würde er nicht ausplaudern, was er herausgefunden hatte. Denn dazu brauchte man Gesprächspartner, und er hatte keine. Außer ihr, wie es schien. Mit etwas Glück würde die ganze Angelegenheit im Sand verlaufen.

»Es gibt viele Gründe, warum Menschen nicht gut lesen können«, sagte Adam ruhig. »Keiner dieser Gründe lautet, dass sie dumm sind. Du musst nur einsteigen, und ich sage dir, wie ich dir helfen kann. Ich kann warten, bis du dich entschieden hast, denn den ersten Schritt musst du tun.«

Sie biss die Zähne zusammen, so fest, dass es im Kiefer knackte. Er hatte sie durchschaut. Sie hasste es, durchschaut zu werden, und dieser Mann brachte sie mit einem wissenden Blick und wenigen Worten sogar noch dazu, den ausgelegten Köder zu schlucken und seine Vermutung zu bestätigen. Sie sollte sich wohl besser von ihm fernhalten.

Andererseits hatte er gesagt, dass er sie nicht für dumm halte. Und er wollte ihr helfen. Hatte ihr jemals jemand angeboten, ihr zu helfen? Wirklich zu helfen, statt sie einfach nur *irgendwo unterzubringen*? Im Stillen zählte sie bis zehn. Sie wollte nicht einsteigen. Sie wollte nicht der erste hoffnungslose Fall sein, der ihm unterkam. Doch sie erinnerte sich auch an seinen Blick. Er hatte sie angeschaut, auf *diese* Weise. So, als würde er sie wirklich gern ansehen, wenn sie gerade einmal nicht stritten.

Fernhalten war auf dieser Insel sowieso unmöglich, entschied sie. Dafür gab es hier nicht genug Platz. Ohne den Blick zu heben, griff sie nach der Türklinke, öffnete die Beifahrertür und stieg ein.

»Guten Morgen, Line«, begrüßte Vigga sie, als sie am nächsten Tag kurz nach acht den Krämerladen betrat. Außer ihr waren zwei Kunden an den hinteren Regalen zugange, wo Putzmittel und Ähnliches standen. »Heute keinen Dienst?«

»Ich hatte gestern Abend noch eine Mail.« Ob Vigga hören konnte, wie sehr ihr das Herz klopfte, wenn sie an diese E-Mail dachte? Wie gut, dass ihr Handy eine Text-to-Speech-Funktion hatte. So blieb es ihr meistens erspart, sich Buchstabe für Buchstabe durch den Salat fressen zu müssen, um den Inhalt einer Nachricht zu begreifen. »Ich soll morgen

Mittag in die Stadtverwaltung kommen wegen meines Fährjobs. Deswegen macht Kasper die ganze Schicht. Offenbar ist meine Probezeit vorbei.« Zum Glück war es in dem Laden schummrig genug, um zu verbergen, wie schwer es ihr fiel, nicht in Tränen auszubrechen. Nicht einmal einen Tag hatte es von dem Vorfall mit dem Chemikalientransport gedauert, und schon war ihr Traum ausgeträumt. Wenn es nach ihr ginge, würde sie gar nicht mehr nach Langeland fahren, um sich die inhaltslosen Floskeln persönlich anzuhören. Eine hässliche Wahrheit wurde nicht schöner, nur weil man sie in Zuckerwatte packte.

Es war Kirstine, die von den hinteren Regalen hervorgestürmt kam, als sie diese Worte hörte. In beiden Händen Packungen mit Windeln. »Hej, dann wünsche ich dir viel Erfolg und toi toi toi.«

»Na ja, viel tun kann ich ja nun nicht mehr«, murmelte Line. »Die sagen mir nur, ob ja oder nein.« Auszusprechen, dass sie sich ziemlich sicher war, wie die Antwort lauten würde, verkniff sie sich. Zu viel Pessimismus am Morgen war schlecht für den Teint.

»Die werden schon Ja sagen, glaub mir«, versicherte Vigga und blickte Kirstine an. »Kaufst du die alle?«

Als wüsste sie nicht, was sie aus dem Regal gezogen hatte, blickte Kirstine auf ihre Hände. »Hoppla. Nein, nur die hier.« Sie legte eine der Packungen auf den Verkaufstresen und trug die andere schnell an ihren Platz zurück. Doch der zweite Kunde von dort hinten drängelte sich inzwischen davor.

»Ich brauche Teppichschaum«, verlangte er maulend.

»Godmorgen!«, erwiderte Vigga deutlich kühler. »Ich kann Teppichschaum bestellen, der wäre dann morgen ab Mittag hier.«

»Bis morgen Mittag kann ich ihn mir selber in Rudkøbing besorgen«, grummelte der Mann, und jetzt erkannte Line ihn. Es war der Fahrer des Wagens, der die Chemikalien auf die Insel geschafft hatte.

Viggas Lippen wurden schmal. »Lass dich nicht aufhalten. Welches Ferienhaus hast du denn gemietet? Vielleicht solltest du dich beim Vermieter beschweren, wenn das Haus nicht sauber ist.«

»Ich habe ein Haus auf der Insel gekauft und renoviere es.«

»Oh.« Vigga zog beide Augenbrauen hoch. »Du bist das? Du hast das Haus am Korsvejen gekauft?«

»Allerdings«, antwortete der Mann keinen Deut freundlicher. »Doch das ändert nichts daran, dass ich den Schaum brauche.«

Im Nachhinein war Line klar, dass sie den Mund hätte halten sollen. Aber sie konnte nicht. »Ich bin schon oft umgezogen, und aus meiner Erfahrung kann ich Ihnen sagen, Putzaktionen bei ruinierten Teppichen bringen nichts. Rausreißen und einen neuen verlegen ist immer die bessere Alternative.« Sie hätte noch etwas anfügen können von Haustieren und ihren Pinkelgewohnheiten oder von Hundeflöhen und ähnlichem Ungeziefer, doch sie zog es vor, sich auf die Zunge zu beißen.

Er musterte sie von oben bis unten. »Vermutlich ist das so, wenn man die Etiketten auf den Spraydosen nicht lesen kann«, stichelte er unfreundlich, und Line blieb für einen Moment die Luft weg.

Kirstine mischte sich ein. »Dürfte ich bitte bezahlen? Du drängelst dich vor, das ist sehr unhöflich. Und außerdem, wie kommst du dazu, unserer Line zu unterstellen, sie könnte nicht lesen?«

Stumm schüttelte Line den Kopf und presste die Lippen zusammen, allerdings war es schon zu spät. Das Lachen des Unsympathen schallte durch den kleinen Laden.

»Na, das musst du die da fragen. Hat sich angestellt, als wäre sie nicht ganz richtig im Kopf, dabei sollte sie nur lesen, was auf meiner Erlaubnis steht.«

Sosehr Line auch suchte, sie fand einfach kein Loch im Boden, in dem sie versinken konnte. Aufzuschauen und Vigga und Kirstine in die Augen zu blicken, schaffte sie aber auch nicht. Es würde einfach zu weh tun, wenn die beiden Frauen sie plötzlich abschätzend und missbilligend ansehen würden.

Umso überraschter war sie, als sie aus dem Augenwinkel eine Bewegung wahrnahm. Kirstine hatte ihre Einkäufe beiseitegelegt und schlang resolut einen Arm um Lines Schulter.

»Und wenn schon. Jemand, der Schwierigkeiten mit dem Lesen hat, kann es immer noch lernen. Dafür gibt es schließlich Schulen und so was alles. Aber was macht jemand, der einfach nur unfreundlich ist und sich nur dann gut fühlen kann, wenn er andere runtermacht? Einen guten Charakter gibt es weder zu kaufen noch kann man so etwas als Schulfach belegen. Und jetzt guten Tag. Ich fürchte nämlich, gerade ist die Internetleitung von Vigga zusammengebrochen, sodass du deinen Teppichschaum woanders bestellen musst.«

Es dauerte eine Weile, bis Line den Worten wirklich traute, die sie da gehört hatte. Konnte das wirklich sein? Im Leben nicht hatte sie geahnt, dass ein Dienstagmorgen im Dorfladen von Strynø der perfekte Ort für eine Lebenslektion sein konnte.

»Der wurde weiß wie ein Blatt Papier.« Vigga lachte laut und stieß Kirstine den Ellenbogen in die Seite, während der Teelöffel ans Porzellan klingelte. »Line, Schatz, kann ich noch ein Stück?« Sie wies auf die große Kuchenplatte, auf der noch ein paar Stücke Brunsviger lagen. Erstaunlich, dass die noch nicht alle waren, immerhin schien Louises Wohnzimmer bis unter die Decke vollgestopft mit Menschen.

»Nimm dir«, sagte Lou eilig. »Line, holst du noch mal die Kaffeekanne? Und was ist das für ein Mann, Vigga?«

»Der hat das Haus vom alten Bjørn am Korsvejen gekauft, das seit drei Jahren keiner haben wollte. Dessen Kinder hatten doch gar keine Zeit, das in Schuss zu halten, darum dürfte es ziemlich heruntergekommen sein. Ist seine eigene Schuld, wenn der Typ sich das aufhalst, deswegen braucht er doch nicht unsere Line so dumm anzufahren.«

Immer noch versetzte es Line einen Stich, wenn sie als *unsere* Line bezeichnet wurde. Aber sie fühlte nicht mehr den Drang, das zu berichtigen. Lou war, wie Aksel das sehr richtig festgestellt hatte, ein Urgestein der Insel, und als deren Enkeltochter wurde Line praktisch von allen adoptiert. Dabei war es egal, wie ihre Vorgeschichte war. Niemand hatte je erfahren, was aus Karla geworden war, und dass die anfängliche Hoffnung, Lines Auftauchen könnte Licht ins Dunkel bringen, sich nicht erfüllte, nahm ihr niemand übel. Sie konnte nicht einmal offiziell nachweisen, dass sie tatsächlich Louise Kvists Enkeltochter war. Es gab ja keine Papiere. Auf ihrer Geburtsurkunde stand kein Name einer Mutter vermerkt, gar nichts. Ihren Namen hatte sie bekommen, weil der Kinderarzt, der sie direkt nach der Geburt untersucht hatte, Hendrik hieß und der Pfleger, der sich auf der Säuglingsstation vorrangig um sie gekümmert hatte, Carl. So wurde das ungewollte Bündel Mensch zu Caroline Henriksen, einer Frau ohne Wurzeln. Aber hier auf dieser kleinen Insel mit ihren fest zueinanderhaltenden Einwohnern reichte es, dass jeder ein Stück Karla in ihr wiederzuerkennen meinte.

Ob man irgendwo offiziell von einer Großmutter als Enkelin adoptiert werden konnte? Sie hatte sich damit noch nie befasst, plötzlich jedoch war der Gedanke da.

»Und was hat der dann gesagt?«, bohrte Louise eben nach, während Line mit dem Kaffee aus der Küche zurückkehrte. Sie schenkte zuerst dem Dreigestirn ein, weil die der Tür am nächsten saßen. Noch ehe sie bei Kirstine ankam, war die Kanne leer.

»Ich setz noch einen an«, sagte sie entschuldigend.

»Lass dir Zeit, Schatz, ich hab heute nichts mehr vor.«

Der ganze Raum brach in Gelächter aus. »Arne wird sich bedanken, wenn er sich noch länger alleine um die Zwillinge kümmern muss.«

»Einer Mutter steht auch ihre Freizeit zu«, dozierte Kirstine im Brustton der Überzeugung, und das Lachen wurde noch lauter. Kirstine tätschelte Lines Hand. »Lass dich nicht verunsichern, Schatz. Diese Leute hier haben keine Ahnung von einer modernen Familie.«

»Arne ist da vielleicht anderer Meinung, fürchte ich«, johlte Anton und hatte die Lacher auf seiner Seite.

Kirstine war die Ruhe selbst. »Bestehe auf deine Rechte, wenn es bei dir mal so weit ist, Line«, erklärte sie. »Aber bis es so weit ist, interessiert mich etwas ganz anderes brennend. Hab ich dich wirklich gestern auf dem Majtræsplads aus dem Wagen von Mühlen-Adam steigen sehen?«

Dass man sie dabei beobachtet hatte, wunderte Line überhaupt nicht. Dass irgendwer im Dorf den Namen des Mannes in der Mühle kannte, dafür umso mehr.

»Er war nett und hat mich vom Hafen aus mitgenommen.«

»Und das nicht zum ersten Mal«, bemerkte Aksel wichtig und tauschte die Kaffeetasse an seinen Lippen gegen seine kalte Pfeife.

»Hier wird nicht geraucht«, wies Lou ihn zurecht.

»Ist doch nicht mal Tabak drin, du Spaßverderberin.«

»Iss ein Stück Kuchen, wenn du was zwischen den Lippen haben musst, oder geh draußen auf deine Bank. In meinem Wohnzimmer hat deine eklige Pfeife nichts zu suchen.«

Murrend schob er sich das Ding in die Hosentasche. »Du bist auch nicht mehr das, was du früher mal warst, Lou«, grummelte er und stopfte sich Kuchen in den Mund.

»Stimmt, ich bin etwa fünfzig Jahre älter, als ich früher mal war, Aksel, mein Schatz. Aber jetzt zu dir.« Sie wandte sich an Line, das Gesicht ernst. »Er nimmt dich also öfter mit? Muss ich mir Sorgen machen?«

»Warum solltest du? Er will einfach nur freundlich sein, Lou. Er hat mich … er hat gesagt, ich kann ihn besuchen kommen. In der Mühle.«

»Warst du schon mal drin?«, fragte Vigga über das einsetzende neugierige Schweigen hinweg. »In der Mühle? Die hat er vor ein paar Jahren von Claas Nielsen gekauft, als der plötzlich den großen Durchbruch mit seinen Büchern hatte. Jahrelang hat der Claas den einsamen Poeten gespielt, und plötzlich war er als Bestsellerautor in jeder Talkshow zu sehen. Da wurde es ihm auf unserer Insel natürlich zu klein. Keine Ahnung, warum der die Mühle ausgerechnet an diesen Adam verkauft hat.«

Oh, da hatte Line schon so eine Ahnung. Wenn dieser Claas auch ein Büchermensch gewesen war, wunderte es sie kein bisschen, dass er die Mühlenschlüssel anschließend in

Adams Hände gelegt hatte. Von einem Bücherwurm zum anderen sozusagen. Sie schüttelte den Kopf. »Noch nie. Von euch jemand?«

Sie blickte in die Runde und erntete nur Kopfschütteln.

»Meint ihr also, ich sollte nicht hingehen?«

»Das hab ich so nicht gesagt«, meinte Vigga.

»Aber wenn du gehst«, warf Aksel mit vollem Mund ein, »dann sag uns hinterher Bescheid, wie es jetzt da drin aussieht. Ich will das schon gerne wissen.«

»Weiß überhaupt jemand hier etwas über ihn?« Sie dachte daran, noch einmal den Mord zu erwähnen, um den es in der Fernsehsendung gegangen war, aber entschied sich dagegen. Es war einfach abwegig, Adam mit so etwas in Verbindung zu bringen. Es ließ sich nicht bestreiten, dass er ein Geheimnis mit sich herumtrug, doch jemanden umzubringen, traute sie ihm wirklich nicht zu, jetzt, wo sie ihn kennenzulernen begann. Und ein wenig schämte sie sich für den Spitznamen, den sie ihm bei der ersten Begegnung verpasst hatte.

»Er spricht ja mit niemandem«, regte Maria sich auf, und Vigga schlug sofort in dieselbe Kerbe.

»Einkaufen tut er auch meistens drüben auf Langeland, so selten, wie ich den vor mir habe. Wenn der einmal im Monat vor mir an der Kasse auftaucht, ist das schon viel, und dann scheint es ihm auch noch fast unmöglich zu sein, *bitte* und *danke* zu sagen, geschweige denn das eine oder andere Wort darüber hinaus. Wir sind ihm offenbar nicht gut genug.«

Zustimmendes Gemurmel von allen Seiten, Porzellan, das gegen dritte Zähne klapperte. Auch hinter Louise klapperte etwas. Da saß Charlotte, eine Neunzigjährige aus dem Haus neben der Kirche, die man nirgends ohne ihre Stricknadeln antraf.

»Vielleicht war er bisher einfach nicht bereit, mit jemandem zu reden«, gab Line zu bedenken. »Er könnte hierhergekommen sein, um einen Schicksalsschlag oder so was zu verarbeiten, und hat deshalb die Einsamkeit gesucht.«

»Schätzchen, einen viel einsameren Ort als Strynø findest du in Dänemark selten, aber deswegen muss einer doch nicht alleine seine Seele schaukeln. Wozu gibt es denn uns?« Kirstine machte eine Handbewegung in den Raum hinein.

Ja, genau das meine ich, dachte Line, schwieg allerdings.

Später stand sie neben Lou in der Küche und trocknete die Kuchenteller ab, die ihre Großmutter emsig mit der Hand spülte. »Hast du mal daran gedacht, dir einen Geschirrspüler anzuschaffen?«, fragte sie und stellte die Teller in den Küchenschrank.

»Mein Geschirrspüler hieß Ewald und ist vor sieben Jahren gestorben«, erwiderte Louise und lächelte sie an. »Jetzt mache ich das eben selbst. Das bisschen, was ich alleine brauche, und selbst jetzt zu zweit mit dir … das wäre doch die reinste Wasser- und Stromverschwendung, dafür so einen Spülkasten anzuschaffen.«

»Wasser gibt es ja genug«, bemerkte Line, und Louises Grinsen wurde breiter.

»Das Abspülen hinterher gehört zu einem *hyggeligen* Kaffeenachmittag wie das Amen in der Kirche, Kind. Normalerweise würden Kirstine, Vigga und Sarah hierbleiben, bis auch der letzte Teller wieder im Schrank steht und der letzte Löffel auf Hochglanz poliert ist. Die sind nur deshalb schon gegangen, weil sie gemerkt haben, dass ich mit dir reden will.«

»Oh«, entfuhr es Line. Sie schaffte es nicht, ihre Großmutter anzusehen. Wenn Erwachsene verkündeten, dass sie etwas zu bereden hatten, dann war das nie ein gutes Zeichen.

Am besten, sie packte den Stier direkt bei den Hörnern, war ja nicht schwer zu erraten, was es war, über das Lou mit ihr reden wollte. »Tut mir leid, dass ich dir das mit dem Lesen nicht gesagt habe.«

»Engelchen.« Mit einer nassen Hand, von der Spülmittelbläschen tropften, tätschelte Lou Lines Wange. »Meinst du, ich hätte das nicht längst gemerkt? Wir leben seit Wochen unter einem Dach! Glaubst du, ich sehe nicht, wie lange du krampfhaft auf dein Handy starrst, um eine Mail zu lesen, nur um heimlich dann doch die Vorlesefunktion zu nutzen? Mir tut es leid, dass die anderen es durch so einen Idioten erfahren mussten, der hierherkommt und denkt, ihm gehört die Welt. Aber mit etwas Glück glaubt sowieso keiner, dass es so schlimm ist, wie er tut.«

»Und du?«, fragte Line kleinlaut. »Glaubst du, dass es so schlimm ist?«

»Gehst du deswegen zu dem Mann in der Mühle?«, wollte Louise wissen. »Ich glaube, er ist es, der diese komische Bücherzelle im Hafen betreibt. Und wenn ich mich richtig erinnere, hieß es früher einmal, er sei Lehrer. Seine Eltern haben einige Jahre lang jeden Sommer Urlaub auf Langeland gemacht.«

»Ich hab zuerst gefragt«, beharrte Line. »Glaubst du, dass es so schlimm ist mit mir? Dass ich schlimm bin?«

»Kindchen, ich bin deine Großmutter, mein Urteil wird also kaum sehr objektiv sein. Doch schau auf die Tatsachen, sieh dich an. Auf einer Insel, wo kaum Stellen vorhanden sind, hast du eine Arbeit gekriegt, und es ist eine gute Arbeit. Du hast Freunde gefunden, und du hältst den Kopf hoch und lässt dich nicht kleinkriegen. Selbst wenn ich nicht deine Mormor wäre, würde ich dich für das bewundern, was du trotz deines

Problems schaffst. Und jetzt holst du dir sogar Hilfe, um das in den Griff zu bekommen. Du bist ein gutes Mädchen, und ich bin sehr stolz darauf, sagen zu können, dass du meine Enkelin bist.«

»Dann rätst du mir nicht ab, dorthin zu gehen?«

»Warum sollte ich?«

»Na, wenn niemand etwas über ihn weiß …«

Wieder bekam sie zart die Wange getätschelt. Wie konnte es sein, dass es ihr nichts ausmachte? Weil niemand je zärtlich zu dir gewesen ist, maulte ein Stimmchen in ihrem Innern, und weil du keine Kindheit hattest und weil es dir ans Herz geht, dass diese Frau, die dich erst seit ein paar Wochen kennt, dir wiedergeben will, was dir nie zugestanden worden ist. Line hatte plötzlich einen dicken Kloß im Hals und hielt Louises Hand an ihrer Wange für einen Moment fest.

»Kind, der Mann wohnt seit fast zehn Jahren hier bei uns, und er hat in dieser Zeit niemandem etwas zuleide getan. Und wenn er dir helfen kann, dann gehst du mit meinen allerbesten Wünschen dorthin. Pack das Leben beim Schopf, Line, doch denk dran: Wir hier im Dorf wollen alles darüber erfahren, was er aus unserer Mühle gemacht hat.«

5. Kapitel

Mit Einladung sah das *Betreten-Verboten*-Schild an der rostigen Kette vor der Mühle nicht weniger abweisend aus als ohne. Line überlegte kurz, ob sie tun sollte, was das Schild nahelegte. Umkehren und weggehen. Aufgeben, ehe sie sich blamierte und Adam begriff, wie wenig sie wirklich mit Buchstaben anfangen konnte. Aber dann erinnerte sie sich an den Seitenspiegel, den sie, inzwischen dick in Luftpolsterfolie eingepackt, in der Umhängetasche dabeihatte, um ihn jetzt doch loszuwerden und zu übergeben, und atmete einmal tief durch.

Probeweise legte sie eine Hand auf die Kette. Vielleicht machte sie das aber auch, um sich festzuhalten. Ich muss nur kurz Mut sammeln, sagte sie sich. Nur einmal diese Schwelle überwinden. Deshalb hatte sie auch den Außenspiegel mitgenommen. Damit sie noch einen anderen Grund hatte, hier zu sein. Etwas Handfestes, Greifbares, etwas, womit sie ihr Kommen relativieren könnte, falls das mit den Buchstaben einfach lächerlich wurde.

Eine Tür quietschte, und wenig später tauchte Adams hochgewachsene Gestalt zwischen zwei Heckenrosenbüschen auf. Er trug sein graues T-Shirt wie ein Markenzeichen, aber irgendetwas wirkte heute farbiger an ihm. Nicht mehr ganz so stürmisch wie sonst.

Er lächelte sie an. »Du bist da. Komm, ich habe uns einen Tee gekocht.«

Kurz überlegte Line, ob sie protestieren sollte. Das war

kein Date, richtig? Sie war hier, weil Adam ihr das Lesen beibringen wollte. Er war Lehrer gewesen, hatte er erzählt.

»Magst du keinen Tee?« Er bemerkte ihr Zögern und hielt inne. Hinter ihm spiegelte sich die Sonne in den kleinen Fenstern der Mühle und des angrenzenden niedrigen Anbaus, der halb hinter den Heckenrosen versank.

Sie gab sich einen Ruck. »Doch, klar.« Mit fahrigen Händen zog sie ihre Tasche vor die Brust und tastete im Inneren nach dem Seitenspiegel für seinen Kombi. »Ich hab dir auch das hier mitgebracht.« Wie eine Opfergabe überreichte sie ihm das Ersatzteil. »Der Spiegel. Du weißt schon. Der am Tag meiner Ankunft meinem Rucksack zum Opfer gefallen ist. Ich … also, entschuldige.« Sie hasste es zu stottern, aber die ganze Situation machte sie nervös. Sie fühlte sich linkisch und dumm. Als würde alles schiefgehen, was sie anfasste. Nicht klug genug, um Kleingedrucktes zu lesen, zu blöd, mit einem Rucksack auf dem Rücken an einer Reihe Autos vorbeizulaufen, ohne irgendetwas abzureißen. Es passte alles zusammen.

Einen kurzen Moment lang blickte Adam verwirrt auf das Päckchen in Lines Händen, dann hob sich sein Mundwinkel zu einem kleinen Lächeln, und Adam umfasste das Päckchen.

»Danke«, meinte er nur. In einem Tonfall, in dem er sich genauso gut für einen Strauß Blumen oder eine Packung Pralinen hätte bedanken können.

»Ich kann ihn auch anbringen.« Die Worte platzten aus Line heraus, noch ehe sie darüber nachdachte. »Ich hab so was schon öfter getan. Du musst also keine Angst haben, dass ich dein Auto noch mehr zerstöre, wenn ich einen Schraubenzieher in die Hand nehme.«

Geradezu überrascht zog er eine Braue hoch. »Ist das so? Wir werden sehen, das finde ich spannend. Heute bist du aber für was anderes da.« Seine Stimme klang freundlich und einladend.

Durch eine niedrige Tür mit rostrot gestrichenem Rahmen folgte sie Adam ins Innere der Mühle. Neugierig schaute sie sich um. Die Insulaner hatten einen solchen Aufriss um die Mühle gemacht, dass sie sich irgendwas wirklich Besonderes vorgestellt hatte.

Was sie sah, war wohltuend normal. Ein einziger, hoher achteckiger Raum mit einem Teppichboden, der schon einmal bessere Zeiten erlebt hatte, und Möbeln, die geschmackvoll waren, doch schon ein wenig angeschlagen. In der Mitte des Raumes befand sich ein kleiner runder Tisch, in Ecken und auf Stühlen stapelten sich Bücher. Hinter dem Schreibtisch zwischen zwei Holzsäulen hatte Adam eine Schiefertafel aufgestellt. Es roch nach Zitrusreiniger. Adam hatte nicht nur mit ihr gerechnet, er hatte sogar für sie geputzt. Die Erkenntnis ließ sie lächeln. Nur auf dem Schreibtisch herrschte ein bisschen Chaos aus Papierstapeln, Stifteköchern und einem aufgeklappten Laptop. Dorthin legte er auch das Folienpäckchen mit dem Spiegel.

»Ich würde dir ja eine Hausführung geben«, sagte er und machte eine vage Handbewegung in den Raum hinein. »Oder eine Mühlenführung. Aber besonders viel zu sehen gibt es nicht. Es ist nur das hier. Oben auf der Galerie schlafe ich.« Sie folgte mit den Augen der Richtung, in die seine Hand wies, an einer der beiden Holzsäulen neben dem Schreibtisch hinauf zu einer Art Zwischendecke auf halber Höhe des Raumes. Line stand halb darunter und konnte nicht erkennen, was sich oben befand, vermutete allerdings, dass der Platz gerade mal für ein Doppelbett reichte. An der Seite führte eine ausgetretene Holzstiege hinauf, die reichlich halsbrecherisch aussah.

»Und, ach ja, wenn du das Bad brauchst, dort entlang geht es in den Anbau mit Bad und Küche.« Sein Finger zeigte auf die einzige Tür mit Ausnahme der Haustür.

»Schön hast du es.« Irgendwie fühlte sie sich beklommen, ohne genau benennen zu können, wieso. »Gemütlich. Hier arbeitest du?« Sie wies auf Schreibtisch und Laptop, aber ihre Hoffnung, er möge ein Fünkchen Auskunft darüber geben, womit er sein Geld verdiente, erfüllt sich nicht.

»Setzen wir uns doch.« Auch er schien befangen. Er rückte ihr den Stuhl zurecht und rückte ein paar der Papierstapel an die Kante des Schreibtisches. Den Laptop klappte er zu und schob ihn in ein Regal unter dem Tisch.

Line nahm Platz. »Ich will dich wirklich nicht bei der Arbeit stören …«

»Tust du nicht«, erwiderte er. »Ein bisschen Pause tut gut.«

Sie bezweifelte, dass er es als Pause empfinden würde, wenn er versuchte, ihr das Lesen beizubringen. Zielstrebig zog er eine Schublade auf und holte eine Mappe heraus. Als er sie aufschlug, rutschten ein paar Blätter heraus. Line erkannte, dass das nicht nur einfache weiße Zettel waren, sondern Arbeitsblätter. Vordrucke, an die sie sich aus ihrer Schulzeit erinnerte. Bilder waren darauf zu sehen, Schrift und leere Zeilen, zweifellos, um darauf etwas schreiben zu können.

»Ich kann lesen«, platzte es plötzlich aus ihr heraus. Sie fand es wichtig, das klarzustellen. »Ich bin nicht dumm. Ich kann mir viel merken, und ich schau im Fernsehen gerne Dokus und so. Und wenn ich mir Zeit lasse, dann kann ich auch fast alles entziffern. Aber sobald ich nervös bin oder unter Druck stehe oder müde bin, wird alles schwerer. Dann tanzen die Buchstaben vor meinen Augen, und nichts ergibt mehr Sinn.«

Als würde ihr Ausbruch ihn überhaupt nicht beeindrucken, nahm Adam ihr halb gegenüber am Tisch Platz. »Ich dachte, wir hatten schon gestern festgehalten, dass du nicht dumm bist. Jemand, der sein Leben meistert, ohne gut lesen zu können, kann niemals dumm sein.« Er schob ihr einen der Zettel über die Tischplatte zu. »Kannst du mir sagen, welche von diesen Buchstaben richtig und welche falsch sind? Falls du Fehler findest, kringle sie ein, ja? Und lass dir alle Zeit, die du brauchst.« Er nickte zu einem der Stifteköcher.

Zaghaft griff sie nach einem Bleistift. Ihr Blick flog von Adam zum Blatt und zurück. Der ganze Zettel war mit demselben Buchstaben bedruckt. Die ersten Zeilen waren richtig groß geschrieben, doch je weiter nach unten sie schaute, desto kleiner wurden die Buchstaben. »Ist das eine Falle?« Die Frage kam ihr über die Lippen, ehe Line sie hinunterschlucken konnte. Das war nicht, was sie erwartet hatte. Sie hatte damit gerechnet, dass er sie zwingen würde, laut vorzulesen, dass er irgendetwas tun oder sagen würde, wodurch sie sich dämlich und unbeholfen fühlen würde. So war es bisher immer gewesen, wenn wieder mal jemand die Idee hatte, einen Einstufungstest mit ihr machen zu wollen. Egal wie oft Adam betonte, dass er sie nicht für dumm hielt, Line hatte zu viele schlechte Erfahrungen auf diesem Gebiet gemacht, um noch vertrauen zu können.

Aber das hier war etwas anderes. Er gab ihr etwas zu tun, eine Aufgabe, die sie für sich erledigen konnte. Ohne sich blamieren zu müssen.

»Ganz und gar nicht. Es ist auch kein Test. Aufgaben wie diese trainieren deine Augen und dein Gehirn. Lesen ist ein bisschen wie Sport. Um erfolgreich darin sein zu können, braucht man Muskeln, und schwache Muskeln brauchen ganz besonderes Training. Aufbautraining, damit man eine Grundkraft entwickelt. Nenn das, was wir zusammen machen, Fitnesstraining für die Augen, wenn du willst. Kannst du mir sagen, welcher Buchstabe das ist?«

»Ein B«, antwortete sie. Sie war sich absolut sicher.

»In Ordnung. Und sind das wirklich alles Bs?«

Sie schaute genauer hin, und tatsächlich: Wenn sie sich sehr konzentrierte, erkannte sie, dass einige der Bs in die falsche Richtung wiesen. Die Bögen zeigten nach links. Sie kringelte das erste falsche B ein, las weiter, fand ein zweites und ein drittes. Je mehr Aus-der-Reihe-Tänzer sie fand, desto mehr regte sich ihr Ehrgeiz. Sie wollte das schaffen. Sie wollte es richtig machen. Vor allem, weil sie aus dem Augenwinkel Adam jedes Mal lächeln sah, wenn sie wieder einen Fehler gefunden hatte. Je kleiner die Schrift wurde, desto schwieriger wurde es. Doch Line gab nicht auf, bis sie alle falschen Bs entdeckt hatte.

»Geschafft!« Sie streckte die Hand mit dem Bleistift hoch in die Luft wie ein Krieger das Breitschwert, nachdem die Schlacht gewonnen war. Lachend schlug Adam ein. Sie tranken den Tee, der inzwischen nur noch lauwarm war, aber es störte sie beide nicht. Dann nahm Adam das zweite Blatt und erklärte ihr die neue Aufgabe. Diesmal ging es um ganze Sätze. Line sollte sie lesen und entscheiden, wo ein Satz aufhörte und ein anderer anfing. Zum Glück war die Schrift groß, und als Adam merkte, wie schwer ihr diese Aufgabe fiel, brachte er ihr ein Lineal, das aber nicht nur gerade war, sondern links in einem rechten Winkel endete. Er zeigte ihr, wie sie mit dem Lineal die Stelle markieren konnte, an der sie gerade war, und plötzlich war alles viel einfacher. Die Sätze ergaben tatsächlich Sinn. Sie hatten einen logischen Anfang und ein Ende. Am liebsten hätte sie laut aufgelacht.

»Ich kann es!«

»Du bist auf dem richtigen Weg.« Sanft nahm er ihr das Lineal ab und schob die Arbeitsblätter aufeinander, die sie bearbeitet hatten. »Das war sehr gut, Caroline«, lobte er, und plötzlich konnte sie sich sehr gut vorstellen, wie er als Lehrer gewesen war. Zugewandt und geradeheraus. Ein Lehrer, der seine Schüler forderte, ohne sie zu überfordern, der Lob und Kritik einsetzte wie ein Koch seine Gewürzpalette. So viel wie nötig, so wenig wie möglich.

»Meinst du, ich werde mal richtig lesen können? Ein ganzes Buch, meine ich. Oder so ein Formular wie dieses Schreiben gestern von dem ätzenden Kerl auf der Fähre.« Sie wagte es nicht, ihm bei ihrer Frage in die Augen zu schauen. Gott, sie hatte sich so lange verboten zu hoffen. Wenn man immer wieder hörte, dass man ein hoffnungsloser Fall war, fügte man sich irgendwann einfach seinem Schicksal.

»Ich weiß es nicht«, gab er ehrlich zu, und obwohl seine Antwort ein bisschen wehtat, wäre sie ihm am liebsten um den Hals gefallen. Hätte er ihr das Blaue vom Himmel versprochen, hätte sie ihm nicht glauben können. »Aber ich weiß, dass Menschen vieles lernen können. Auch Dinge, die sie sich nie zugetraut hätten. Sie müssen es nur wirklich wollen.«

Was ist es, das *du* willst, wollte sie ihn fragen, doch instinktiv erkannte sie, dass er dafür noch nicht bereit war. Darum war sie froh, als er aufstand und ihr mit der Hand bedeutete, ihm zu folgen.

»Komm mit, ich will dir noch etwas zeigen.«

Für die Dauer eines Wimpernschlags stockte sie. Was sollte denn hier noch zu sehen sein? Das Schlafzimmer?

Er öffnete die Haustür und führte sie von dort aus in den

an die Mühle angrenzenden unscheinbaren Schuppen. Wobei, die Bezeichnung Schuppen wurde diesem Raum ganz und gar nicht gerecht. Das wurde ihr klar, kaum dass sie hinter Adam durch die schmale knarzende Tür trat. In Schuppen bewahrten Menschen Gartengeräte auf, alte Fahrräder oder ihretwegen auch ausrangierte Möbel. Das hier war was anderes.

Im ersten Augenblick meinte sie, direkt in Disneys *Die Schöne und das Biest* gestolpert zu sein. In die Szene, als das Biest Belle die Schlossbibliothek zeigt. Statt Gartengerät und Krimskrams enthielt der Anbau Bücher. Bücher, Bücher und noch mehr Bücher. Einsortiert in Regale, in Stapeln auf dem Boden, sogar die Fensterbretter waren voll mit Büchern. Das Licht drang durch zwei Dachfenster und die offene Tür in den Raum, und außer einem zerschlissenen Ohrensessel direkt unter einem der Dachfenster und einer altmodischen Stehlampe gab es keine weiteren Möbel. Abgesehen natürlich von den Regalen.

Line stand mit offenem Mund da. Buchläden sahen so aus oder öffentliche Bibliotheken. Nie zuvor hatte sie das Haus eines Menschen besucht, der so viele Bücher besaß.

»Ich kann dir nicht sagen, warum du dir die Mühe machen sollst, die es dich zweifellos kosten wird, deiner Lesestörung den Kampf anzusagen«, erklärte Adam ruhig. »Aber das hier … Das hier ist mein Grund, Bücher zu lieben. Wer nicht liest, lebt sein Leben. Manche mögen dabei sogar glücklich sein. Doch der, der liest, lebt tausend Leben, und er kann jeden Tag von Neuem entscheiden, was er sein will. Was willst du sein, Caroline? Wolltest du schon mal auf andere Kontinente reisen? Oder in den Weltraum? Wolltest du dich unsterblich verlieben oder ein Verbrechen aufklären? Hast du dich schon mal gefragt, wie es in vergangenen Epochen gewesen ist oder wie die Menschen in der Zukunft leben werden? Ich habe mir diese Fragen oft gestellt. Und ich bin vielen Fragen begegnet, von denen ich vorher nicht wusste, dass ich sie hatte. Ich habe gelernt, dass, wenn ich mir eine Frage öfter stelle, die Antwort nicht immer dieselbe ist. Doch wann immer ich wieder ein anderer sein möchte als Adam der Mühlenmann, hat eines meiner Bücher die perfekte Antwort auf meine Sehnsucht.«

Gebannt lauschte sie seinen Worten, blickte auf die Unmengen von Büchern in diesem Raum, auf die Vielzahl von Möglichkeiten, die in diesem Schuppen auf sie warteten. Wenn sie denn wollte.

Ohne dass sie ihren Beinen den Befehl dazu gegeben hatte, ging sie auf eines der Regale zu. Mit dem Zeigefinger strich sie über die Bücherrücken, versuchte zu entziffern, was dort stand. Manchmal gelang es ihr, manchmal nicht.

Dann erregte ein Einband ihre Aufmerksamkeit. Fragend blickte sie Adam über die Schulter hinweg an, und er nickte. Vorsichtig, fast ehrfürchtig nahm sie das Büchlein in die Hand. Der Einband war aus unlackiertem Papier und zeigte einen Jungen mit blonden Haaren, der eine grüne Hose und ein grünes Hemd trug. Er stand auf einem komischen hell lilafarbenen Ball, und um ihn herum flogen Sterne.

»D… er k… kllll… kleine Priiinz«, entzifferte sie den Titel. »Ist das ein Kinderbuch?« Fast schämte sie sich, dass es ausgerechnet ein Kinderbuch war, das ihr Interesse geweckt hatte.

Lächelnd hob Adam die Schultern. »Manche sagen das. Ob du der Meinung bist, nur Kinder sollten es lesen, kannst nur du entscheiden. Wenn du willst, nimm es mit. Beim nächsten Unterricht können wir darüber sprechen.« Er sagte es sanft und ohne jeden Spott in der Stimme, doch Line erkannte eine

Herausforderung, wenn sie ihr vor die Füße fiel. Um über das Buch reden zu können, müsste sie es lesen. Fertig lesen sogar, und bei allen Tugenden, die sie womöglich hatte, Dinge zu Ende zu bringen, gehörte nicht dazu.

Sie schluckte schwer, doch dann stimmte sie zu: »Okay.«

»Bücher?« Fassungslos blickte Kasper sie an, während sie sich zur Feier des Tages eine Dose Cider teilten. Denn Line hatte den Springer-Job bekommen, wie sich bei ihrem Besuch in der Verwaltung herausgestellt hatte. Kasper hatte sich so über die Nachricht gefreut, dass er sie um die Taille gepackt und im Kreis herumgewirbelt hatte.

»Ja. Die ganze Mühle ist voll davon, aber die meisten sind in dem weißen Anbau daneben.«

»Wenn die ganze Mühle voll davon ist, wie können dann in dem Schuppen noch mehr drin sein?« Er schüttelte den Kopf. Ganz offensichtlich war er überzeugt, dass sie Unsinn redete. Er war wie sie. Er konnte sich nicht vorstellen, was ein Mensch mit so vielen Büchern wollte. In Adams Mühle hatte sie keinen Fernseher entdecken können. Sie hatte nicht mal ein Radio gesehen, aber sie war ja auch nicht bis in die Küche vorgedrungen. Oder vielleicht hörte er im Bad Radio? Nein, entschied sie, vermutlich lagen auch dort auf jeder waagerechten Oberfläche Bücher.

»Glaub mir.« Line leerte die Getränkedose und warf sie in einen nahen Mülleimer. Anschließend nahm sie Kasper das Kartenlesegerät aus der Hand, klappte die Rückseite auf und prüfte, ob noch genug Papier zum Ausdrucken der Belege drin war. Die letzten Ausdrucke waren schon bedenklich kringelig gewesen, und die rote Markierung, die das Ende der Rolle ankündigte, würde nicht mehr lange auf sich warten lassen. »Es können. Wo sind die Papierrollen?«

»Weiß nicht, frag Kjeld.« Kjeld war der zweite Kapitän, der Dienst schob, wenn Kaspers Vater frei hatte. Sie befanden sich auf der Rücktour von Rudkøbing zur Insel, was Line überraschte, denn Kasper hatte Feierabend, und er wohnte noch bei seiner Familie in der Stadt.

Weil Kjeld telefonierte, kramte sie selbst in dem kleinen Raum herum, in dem alles Mögliche gelagert wurde. Unter Poliertüchern, Fensterputzmitteln, einem Schraubenzieher-Set und halb verborgen hinter einem Fünfliterkanister mit Öl fand sie schließlich den Pappkarton mit den Papierrollen für das Kartengerät. »Wann hat hier eigentlich zuletzt jemand aufgeräumt?«

»Aufgeräumt?«, fragte Kasper, als wäre das ein ihm gänzlich unverständliches Konzept.

»Hier findet man ja gar nichts wieder.« Sie fummelte die Rolle ins Gerät und sah ihn dabei immer mal wieder von unten herauf am Deck an. »Was hast du eigentlich noch auf der Insel vor?«

»Veranstaltung im *Øhavets Smakkecenter*, dem Freizeit- und Wassersportzentrum am Hafen. Ich mach Freiwilligendienst.«

»Veranstaltung? Da hängen Plakate mit der Einladung zu einer Wikinger-Party für die Pfadfindergruppen, die seit ein paar Tagen dort campen, aber …«

»Eben«, unterbrach er sie. »Da helfe ich heute aus.«

»Würstchen auf den Grill schmeißen?«

»Nein, die Kinder bespaßen.«

Sie ließ das Lesegerät sinken. Du? wollte sie fragen, doch

dann erinnerte sie sich an jene Überfahrt vor ein paar Tagen, als er das Kind vor dem Sturz die Treppe hinunter bewahrt und sich anschließend rührend um den Kleinen gekümmert hatte.

»Machst du so was öfter?«, fragte sie deshalb, während sie wieder hoch zu Kasper ans Deck ging.

»Wann immer es zeitlich passt. Manchmal arbeite ich auch im Kindergarten oder in der Vorschule der Insel.«

»Und warum weiß ich das nicht?«

Kaspers Ohren färbten sich bedenklich rot. »Vielleicht, weil ich es dir nicht gesagt habe und du dort nicht ein und aus gehst?«

»Und warum erzählst du mir so was nicht? Ist doch 'ne tolle Sache. Warum solltest du dich dafür schämen?«

»Vielleicht, weil jeder, dem ich je davon erzählt habe, dass ich oft die Gesellschaft von Kindern der Gesellschaft Erwachsener vorziehe, sich über mich lustig gemacht hat? Ein Mann, der Kinder mag, oh Gott! Glaub mir, wenn sie mir dann unterstellen, ich sei schwul, ist das noch die freundlichste Alternative.«

Line zuckte mit den Schultern. »Ist ja auch nichts Schlimmes dran, schwul zu sein.«

»Nicht, wenn man es wirklich ist!« Kaspers Ausbruch erschreckte sie. Bisher kannte sie ihren Freund immer nur als sanft wie ein Lamm, freundlich und liebenswert. Wenn ihn etwas dazu brachte, die Fassung zu verlieren, musste der Stachel ganz schön tief sitzen. »Aber ich bin es nicht. Und ich bin auch kein Weichei oder ein Mädchen, nur weil ich finde, Dieselmotoren stinken, und weil ich lieber einen süßen Apfelwein trinke statt ein herbes Pils. Ist das wirklich so schwer zu verstehen? Doch wann immer ich zu Hause das Thema anschneide, hört mein Vater gar nicht zu. Ich will eine Ausbildung als Kindergärtner machen. Doch dafür müsste ich immer für ein paar Wochen Blockunterricht von daheim weg. Aber Vater meint, alleine schafft er den Haushalt nicht, und außerdem brauchen wir auch das Geld von meinem Job hier auf der Fähre. Kinder bespaßen kann ich ja immer noch nebenbei, meint er. Das sei keine Arbeit für einen richtigen Kerl, und schließlich hat er sich so ins Zeug gelegt, um mir die Möglichkeiten hier auf dem Schiff zu schaffen.« Kasper schnaubte ein bisschen, und für einen kurzen Moment fürchtete Line, er machte das, um Tränen zu überspielen.

»Es geht doch nichts über wohldosierte emotionale Erpressung«, fuhr Kasper voller Bitterkeit fort. »Du musst nämlich wissen, das Glück der Familie Årgård hängt daran, dass sie einen Seefahrer in der Familie haben. Wehe mir, wenn ich, Isak Årgårds einziger Sohn und Nachfolger, diese Tradition breche. Sicher geht dann direkt am nächsten Tag die Fähre unter, das wollen wir doch nicht riskieren.«

Weil Line nichts darauf zu antworten wusste, schwiegen sie eine Weile, dann schnaufte Kasper einmal tief durch, ließ die Reling los und richtete sich gerade auf.

»Du siehst also, das Thema ist nicht unbedingt etwas, was ich anschneide, wenn ich ein Mädchen beeindrucken will.«

Froh über den Themenwechsel, stieß sie ihn mit dem Ellenbogen in die Seite. »Du wolltest mich beeindrucken?«

Auch das war nicht die richtige Reaktion, denn wieder schaute er sie verlegen an. Er rieb sich mit dem Handrücken unter der Nase lang und blickte verstohlen von ihr weg, ohne zu antworten. Mist. Line Henriksen mochte ein Problem mit Buchstaben und Zahlen haben, aber zwischenmenschliche Töne verstand sie umso besser. Ganz sicher hatte sie ihrem

Freund nicht gleich den nächsten Schlag verpassen wollen, jetzt, wo er gerade erst sein Herz ausgeschüttet hatte. Doch manche Dinge sollten besser sofort gesagt werden.

»Kasper, ich mag dich wirklich gern. Du bist ein klasse Kumpel, und ich finde es voll genial, dass du so gut mit Kindern umgehen kannst. Ich bin wahnsinnig gern mit dir befreundet. Du brauchst mich nicht noch mehr zu beeindrucken. So wie du bist, finde ich dich als Freund perfekt.«

Um das Gespräch endlich abzuschließen, verstaute sie das Lesegerät in der Halterung unter der Stiege und zog dafür das Buch vom *Kleinen Prinzen* aus ihrer Tasche, die ebenfalls dort stand. Damit setzte sie sich auf eine Bank neben dem Autodeck, wo ein Streifen Sonne die Haut wärmte. Es dauerte länger als sonst, bis sich Kasper zu ihr gesellte, schließlich machte er es aber doch. Im Endeffekt war er wahrscheinlich ebenso froh wie sie, wenn sie ein anderes Gesprächsthema finden würden.

»Was machst du denn da?«

»Lesen, siehst du doch. Zu Hause komme ich so schlecht dazu, bei Lou geht ja ständig irgendwer ein und aus, auch dann, wenn sie nicht gerade einen ihrer Kurse gibt.«

»Das ist ein Kinderbuch.«

»Adam sagt, es ist sehr interessant und eines seiner Lieblingsbücher. Voller Lebensweisheiten. Ich bin neugierig.«

Kasper setzte sich neben sie. An seiner Schulter vorbei konnte sie beobachten, wie die Insel immer näher kam. Viel Zeit blieb ihr also nicht, ehe sie wieder an die Arbeit musste.

»Ich hab das schon als Kind gelesen«, meinte er. »Und so ungern ich das zugebe, aber dieser Adam hat recht. Man sollte es gelesen haben.«

»Liest du viel?«

Er lachte. »Ich will Kindergärtner werden, Line«, erwiderte er. »Da gehört Vorlesen dazu.«

Vermutlich würden Kasper und Adam sich richtig gut verstehen, wenn sie sich erst einmal kennenlernen würden.

Line beendete den *Kleinen Prinzen* an einem Dienstag. Die kommende Unterrichtsstunde, ihre fünfte in der Mühle, hatten sie erst für den Freitag ausgemacht, weil Adam irgendetwas auf dem Festland besorgen musste und Line Lou versprochen hatte, ihr im Garten zu helfen. Die Sache mit dem Außenspiegel hatte sie in der vergangenen Woche auch hinter sich gebracht. Zu ihrer dritten Nachhilfestunde war sie mit Werkzeugkoffer auf dem Gepäckträger der Vespa, die endlich fahrtüchtig war, erschienen und hatte darauf bestanden, die Mühle erst wieder zu verlassen, sobald Adams Wagen wieder zwei Seitenspiegel besaß. Der Einbau war ein Kinderspiel gewesen, und nun gingen ihr die Ausreden aus, um sich vor der Gartenarbeit zu drücken. Das vergilbende Laub der Frühblüher musste entfernt und der Lavendel gestutzt werden, der Rasen verlangte nach einem ersten Schnitt, und weil sich Sonne und Feuchtigkeit schon seit Wochen stets die Waage hielten, sprossen nicht nur die Blumen, sondern auch das Unkraut. Unter Louises behutsamer Anleitung begann sich sogar Lines sonst eher brauner Daumen langsam grün zu färben.

Line hatte länger für das eher dünne Büchlein gebraucht, als sie gehofft hatte. Aber nachdem sie es zugeklappt hatte und die letzten Worte noch in ihr nachhallten, war sie stolz auf das, was sie geschafft hatte. Sie zog ein Notizbuch zu sich heran und schaute sich noch einmal an, wie viele Seiten sie pro Tag gelesen hatte. Es war Adams Idee gewesen, das Lesetagebuch zu führen. Er hatte es ihr vorgeschlagen, da sie sich einmal darüber beschwert hatte, wie langsam sie Fortschritte machte. Versonnen blätterte sie in dem Heftchen. Ordentlich untereinander aufgereiht standen dort die Zahlen, und tatsächlich, während sie jetzt die Daten betrachtete, stellte sie fest, dass sie immer mehr Seiten in immer kürzerer Zeit schaffte. Je länger sie übte und je mehr Tricks ihr Adam beibrachte, wie sie die störrischen kleinen Biester, die sich Buchstaben nannten, überlisten konnte, desto flüssiger las sie und desto mehr Spaß machte es.

Still lächelte sie in sich hinein. Wie der kleine Prinz den Fuchs gezähmt hatte, so war sie auf dem besten Weg, die Buchstaben zu zähmen. Doch wenn sie weiter solche Fortschritte machen wollte, brauchte sie Nachschub. Wie gut, dass sie wusste, wo sie neuen Lesestoff herbekommen konnte.

Sie klemmte sich den Roman unter den Arm und warf sich im Flur eine dünne Jacke über. Zwar war es einer der trockenen, warmen Frühlingstage, die auf der Insel den Grundstein legten für die außergewöhnliche Obsternte, aber seit sie mit der Vespa unterwegs war, lernte Line eine neue Art von Fahrtwind kennen. Den Duft der Freiheit. Louise brütete über den Probeausdrucken von Flyern, die ihre Malkurse bewarben.

»Ich geh noch mal raus«, informierte Line ihre Großmutter. Es fühlte sich immer noch seltsam an, Rechenschaft darüber ablegen zu müssen, wo sie wann war. Nicht, dass Louise das von ihr verlangte, aber Line fand es nur fair, es dennoch zu tun. Auch wenn sie sich manchmal beobachtet und eingeschränkt fühlte, viel öfter schenkte ihr Lous Sorge ein warmes Gefühl im Bauch. Es fühlte sich gut an, dass da plötzlich jemand war, der sich dafür interessierte, wo sie sich herumtrieb.

»Oh? Triffst du dich mit Kasper?« Louise blickte von ihren Flyern auf. War das etwa ein Zwinkern im Augenwinkel ihrer Großmutter?

Line spürte, wie ihr Hitze in die Wangen stieg. »Ähm, nein. Ich wollte zu Adam.« Sie hielt das Büchlein in die Höhe. »Mir neuen Lesestoff besorgen.«

»Soso. Lesestoff.«

»Mhm.« Sie sollte einfach gehen. Das hier war lächerlich. Aber etwas an Lous *Soso* klang falsch. Als würden sich zwischen den Silben Bedeutungen verstecken, von denen Line nicht wusste, ob sie ihr gefielen.

»Wusstest du, dass er geschieden ist?«

»Was? Woher weißt du das?«

»Claas hat es mir erzählt. Als er Adam die Mühle verkauft hat, musste er doch die Personalien überprüfen und so.«

»Und das darf er dir so einfach weitererzählen?« Line wusste nicht, was sie daran so störte. Die Neuigkeit, dass Adam einmal verheiratet gewesen war, oder dass die Insulaner darüber tratschten? Was ging es die Menschen auf der Insel an, dass Adam eine Frau gehabt hatte? Und was ging es sie selbst an, und warum ärgerte sie sich so darüber, dass es sie störte? Er war alt genug, ein oder zwei Mal verheiratet gewesen zu sein, Himmel noch mal. Und sie? Sie war seine Schülerin, sonst gar nichts. »Wie auch immer.« Sie wollte nicht weiter darüber reden. »Ich bin dann weg. Bis später.«

»Bis später«, rief ihr Lou in einem unangebrachten Singsang nach.

Während sie den kleinen alten Motorroller den Weg zur Mühle hinuntersteuerte, ging Line nicht aus dem Kopf, was Lou ihr gesagt hatte. Warum überraschte es sie so sehr, dass ein Mann wie Adam mal geliebt hatte? Sicher, hier auf Strynø gab er sich spröde und eigenbrötlerisch, aber für sie war klar, dass mehr in ihm steckte. Spätestens seit sie mit dem Lesen begonnen hatten und Line mehr über ihn erfuhr, erkannte sie, dass er nicht der war, als den die meisten anderen hier ihn sahen. Wenn er mit ihr über Bücher sprach, darüber, was sie ihm bedeuteten, glühte Leidenschaft in ihm. Inzwischen wusste sie auch, dass er jeden Tag mit Büchern arbeitete.

Für verschiedene Verlage in Deutschland war er als freiberuflicher Lektor tätig. Dabei war er gründlich und leidenschaftlich. Meistens, wenn sie ihn aufsuchte, widmete er sich ganz ihr und ihrem Problem und ließ sich nicht ablenken, aber manchmal gab er ihr eine Übung, und während sie beschäftigt war, saß er an seinem Laptop. Mehr als einmal hatte sie ihn dann verstohlen beobachtet und ein Funkeln in seinen Augen gesehen oder wie sich eine Furche in seiner Stirn vertiefte oder wie sein Mundwinkel zuckte. Er liebte seine Arbeit. Egal, ob die nun gerade darin bestand, einer Erwachsenen dabei zu helfen, Lesen und Schreiben zu lernen, oder ob er an einem Manuskript oder einer Übersetzung feilte, aus der irgendwann mal ein Buch entstehen würde.

Wieso sollte einer, der es in sich hatte, so viel Begeisterung zu empfinden, nicht auch von einer Frau und der Idee eines gemeinsamen Lebens begeistert sein? Und außerdem, es ging sie nichts an. Er war ihr Lehrer, zum Teufel noch mal. Er war mit Leichtigkeit fünfzehn Jahre älter als sie. In seinen Augen musste sie ein Kind sein. Ein Sozialhilfeprojekt, mit dem er sich ein wenig Abwechslung gönnte. Sie sollte ihm das Buch einfach zurückgeben und nicht länger zu den Unterrichtsstunden kommen. Das wäre zumindest das Vernünftigste. Schließlich hatte er ihr genug Tipps und Tricks erklärt, sodass sie von nun an allein weitermachen und sich das Lesen im Alleingang beibringen könnte. Wenn die Leute jetzt schon begannen, über sie und ihn zu tuscheln, würde es nicht lange dauern und die ersten Gerüchte wären im Umlauf. Einer, der sich so zurückgezogen hatte wie Adam, konnte unmöglich wollen, dass über ihn getratscht wurde. Und sie wollte nicht dafür verantwortlich sein, dass seine Welt zusammenstürzte.

Bedauerlicherweise wehte eine sanfte Brise vom Meer her ihr jede Vernunft aus dem Kopf, als sie die Vespa neben der Kette vor seinem Anwesen aufbockte und den Helm abnahm. Sie fand Adam im Garten hinter der Mühle. Noch nie hatte sie ihn in Shorts gesehen, und, zugegeben, wirklich kurz waren die abgeschnittenen Jogginghosen, die er trug, auch nicht. Sie reichten etwas über seine Knie. Aber das war kurz genug, um muskulöse Waden zu enthüllen, die es Line wirklich, wirklich erschwerten, sich an den Altersunterschied zu erinnern, den sie sich gerade noch vor Augen geführt hatte. Er sah sexy aus, wie er mit der großen Heckenschere den wild wuchernden Strandrosen den Kampf ansagte. Zwischen der Mühle und einer Kuhweide wuchs das Gesträuch so hoch und dicht, dass selbst mit schwerem Gerät kaum ein Durchkommen war.

Er war so vertieft in seine Arbeit, dass er nicht merkte, wie sie sich näherte. »Da drinnen ist keine Prinzessin, die schon seit hundert Jahren schläft«, meinte sie und wies auf die Mühle, die geradezu aus dem Dickicht herauszuwachsen schien. »Ich hab nachgesehen. Du kannst dir die Mühe sparen.«

Erst ihre Stimme drang zu ihm durch. Sie erkannte, wie sich für einen winzigen Augenblick die Muskeln in seinem Rücken versteiften, wie sein Nacken ganz steif wurde, als wäre er erschrocken. Aber dann hob er den Kopf, drehte sich zu ihr um, und in seiner Miene war der Sturm verschwunden und machte der Sonne Platz. Hinter Lines Brust wurde es ganz warm.

Noch immer erschreckte es ihn, wenn sie kam. Noch immer verbrachte er seine Tage damit, davon auszugehen, dass er – abgesehen von den Erholungsuchenden und ein paar einheimischen Fischern, die ihre Reusen im Wasser vor der Mühle auslegten – niemanden zu Gesicht kriegen würde. Manchmal war er unvorsichtig genug, sich zu zeigen, wenn wieder ein paar Touristen den Møllevej herunterradelten, abstiegen, die Füße kurz ins glasklare Wasser tauchten und sich dann auf den Picknickbänken, die die Kreisverwaltung für die Rasenfläche unterhalb der Mühle spendiert hatte, entspannten. Wenn man sie nicht schon im Dorf vorgewarnt hatte, dass er ein kauziger Kerl war, um den man besser einen Bogen machte, konnte es dann passieren, dass ihn jemand ansprach.

Beinahe täglich war Caroline in letzter Zeit zur Mühle gekommen. Vormittags oder spätestens um die Mittagszeit. Nach wenigen Stunden verschwand sie dann wieder, um auf ihrer liebevoll wiederhergerichteten Vespa zur Arbeit zu brummen, und etwas fehlte.

Dennoch zuckte er auch heute wieder zusammen, kaum dass er ihre Stimme hörte. Erst als er realisierte, wer es war, legte sich Frieden auf seine angespannten Nerven, und er schaute sie an. Dafür, dass er nur ihr Lehrer sein sollte, sah er sie viel zu gerne an. Aber da war das Licht in ihren Augen. Ihre Haut schimmerte vor Vorfreude darauf, etwas Neues zu lernen, und etwas in ihm regte sich, das er lange für tot gehalten hatte. Gestorben mit denen, die er nicht hatte retten können.

Das hatte er zuerst bemerkt. Ihre Neugier, die sie förmlich strahlen ließ. Ihre Wissbegier, die sich kaum zügeln ließ. Es war kein Wunder, dass sie die Welt der Bücher wie einen Ozean zu betrachten schien, in den einzutauchen sie kaum erwarten konnte. In ihrem bisherigen Leben war dieser Ozean wie die zugefrorene Arktis gewesen, und weil ihr ein Eisbrecher gefehlt hatte, war ihr das Eintauchen verwehrt geblieben.

Er war ihr Eisbrecher. Die Bücher waren wie der Dreimaster, dessen Takelage sie mit gieriger Sehnsucht betrachtete, und irgendwann würde sie den Mut finden, wirklich an Bord zu gehen und hinauszusegeln.

Dieses Wissen erfüllte ihn mit Stolz. Und machte ihn glücklich. Und es schmolz so vieles dahin, was er um sich herum aufgebaut hatte. Weil er plötzlich spürte, dass er all die Barrieren nicht brauchte. Egal, wie sehr er enttäuscht worden war, er war ein Mensch, und Menschen waren nicht fürs Alleinsein geschaffen. Das hatte er in all den Jahren zu verdrängen versucht, doch Caroline erinnerte ihn wieder daran.

Er zerbrach für Caroline das Eis, das über der Welt der Bücher lag, und sie zog ihn zurück in die Welt der Menschen.

»Übrigens ist Heckenschneiden um diese Jahreszeit gar nicht gut«, sagte sie in seine Gedanken hinein. Es klang, als würde sie aus einem Lehrbuch für Gartenbau dozieren, und er musste lächeln. »Wegen der brütenden Vögel, die könnten da Nester drin haben.«

Er ging zwei Schritte auf sie zu und streckte ihr seine zerkratzten Arme entgegen. »Womit, glaubst du, habe ich die Zeit seit Sonnenaufgang verbracht? Ich bin im Gesträuch herumgekrochen und habe mich vergewissert, dass ich keine noch nicht flügge gewordene Wildgans und kein zerzaustes Möwenbaby schreddern werde.«

Ihre Augen funkelten. »Du bist ein Held«, meinte sie, und dann lachten sie beide.

Als ihrer beider Lachen verklang und sich eine Stille zwischen sie legte, die viel zu intim war, wedelte sie triumphierend mit dem *Kleinen Prinzen*. »Fertig!«

Er antwortete nicht, ließ nur die Heckenschere sinken und lehnte das Gerät gegen sein Bein, dann klatschte er langsam und gründlich in die Hände. Sie biss sich, plötzlich scheinbar verlegen, zaghaft auf die Unterlippe. »Darf ich reingehen? Mir was anderes aussuchen?« Sie fragte es in einem Ton, als befürchtete sie, dass er es ihr verbieten könnte.

»Ich hab Eistee im Kühlschrank«, meinte er. »Selbst gemacht. Warte in der Mühle, ich hole den schnell, dann reden wir über den *Prinzen*. Ich muss überprüfen, dass du ihn auch wirklich gelesen und nicht geschummelt hast.«

Entrüstet blickte sie zu ihm auf. »Die ewig lange Liste mit Fremdwörtern, die ich herausgeschrieben habe, zählt nicht?«

Er musste lachen. »Bin gleich bei dir. Geh rein, drin ist es kühl.«

Als er mit der Karaffe und zwei Gläsern den Innenraum der Mühle betrat, hatte Line diejenige der vier alten, originalen Türen aufgestoßen, die aufs Meer hinausging. Die Sonne schien gerade auf die andere Seite der Mühle, sodass sich die beiden Türflügel im Schatten öffneten. Eben war Line dabei, dort zwei Decken im Türstock auf dem Boden zu drapieren. »Hier ist es luftiger als da in deiner Sitzecke«, erklärte sie auf seinen fragenden Blick. Während sie ihre Softshell-Jacke auszog, beäugte sie schon den Stapel Bücher, der der offenen Tür am nächsten lag.

Dünne Bücher.

Was er auch an Caroline mochte, war, dass sie nicht dazu neigte, sich zu überschätzen. Sie machte schnell Fortschritte, weil sie klug war und motiviert, aber es würde noch eine Weile dauern, ehe sie die dicken Schinken in Angriff nehmen könnte. Sie war clever genug, einschätzen zu können, dass sie an einem *Robinson Crusoe* verzweifeln und schnell ihre Begeisterung verlieren könnte.

Adam stellte Karaffe und Gläser auf den Boden und ließ sich auf eine der Decken nieder. Den *Kleinen Prinzen* vor der Brust, kniete Caroline auf der anderen Decke. Himmel, er hoffte, dass sie sich diese Begeisterung noch lange bewahrte und hierherkam, um sie mit ihm zu teilen.

Die Einsamkeit hatte ihren Reiz verloren, seit Caroline Henriksen in der Mühle ein und aus ging. Doch er war kein Idiot. Er wusste, dass eine Frau wie sie viel zu gut für ihn war. Was sollte eine junge, lebenshungrige Frau an einem alten Griesgram wie ihm interessieren?

Er schenkte ihnen ein. »Musst du heute wieder arbeiten?« Am liebsten hätte er sich für die Frage geohrfeigt. Es klang voller Sehnsucht. Er wollte nicht wie ein verliebter Schuljunge daherreden. Er genoss die Zeit, die sie hier bei ihm war, weil sie in die Eintönigkeit seines Lebens eindrang und ihm zeigte, wie wohltuend es war, Gesellschaft zu haben und mit einem anderen Menschen reden zu können. Mehr nicht. Weniger aber auch nicht.

»Ab der Nachmittagsfähre. Hab nicht viel Zeit. Eigentlich müsste ich den Rasen in Lous Garten mähen, aber ich wollte dann doch lieber herkommen. In einer halben Stunde muss ich schon wieder los.«

»Willst du mir trotzdem sagen, wie das Buch für dich war?«

Sie griff in die Tasche ihrer abgerissenen Shorts und zog einen Zettel heraus, der mit großen ungelenken Buchstaben beschrieben war. Eine Weile hielt sie den Zettel unschlüssig in der Hand. Als sie ihm schließlich das Stück Papier reichte, färbten sich gleichzeitig ihre Wangen und Ohren pink. Schnell griff sie sich ihr Glas und trank einen Schluck.

Er brauchte nicht mehr als zwei Blicke, bis er erkannte, was sie getan hatte. »Du hast Zitate herausgeschrieben?«

»Blöd, oder?«

Er hätte ihr sagen können, dass sie das leichter hätte haben können. Ein Computer mit Internetverbindung und ein Drucker, und sie konnte so viele Zitate aus dem *Kleinen Prinzen* in der Hand halten, dass es für ein Menschenleben reichte.

Aber der Lehrer in ihm war viel zu stolz auf sie. Er zwinkerte sie an. »Ich sollte dir das hier um die Ohren hauen, junge Dame«, sagte er gespielt streng.

Sie hob die Brauen. »Warum?«

»Schreiben kommt erst dran, wenn das mit dem Lesen fließender geht.«

Sie lächelte. »Ich konnte nicht anders. Da waren so viele schöne Sachen drin.«

»Ich weiß.« Er las ein paar der Zeilen, die sie herausgeschrieben hatte. Bemüht, ungelenk, krakelig. An ihrer Handschrift würden sie noch arbeiten müssen. Aber zu den Textstellen gehörten auch solche, die ihm immer wieder ans Herz gingen, wenn er in dem Büchlein blätterte.

»Das ist sehr hübsch«, murmelte er.

»Tust du das manchmal?«, wollte sie wissen.

»Was?« Fragend hob er den Kopf. »Zitate herausschreiben?«

»Die Sterne beobachten.«

Immer und immer wieder, wollte er ihr sagen. Über seinem Bett, das auf der handgezimmerten Galerie hoch oben im Mühlenraum stand, öffnete sich ein Fenster direkt in den Himmel. In sternenklaren Nächten ließ er es weit offen, starrte hinaus und fragte sich, auf welchen dieser Sterne die Seelen derer als Blumen wohnten, die er nie hatte kennenlernen dürfen.

Doch es gab Dinge, an die er nicht rühren wollte. Dinge, die in seinem Herzen verschlossen waren und bleiben sollten, weil sie niemanden hier betrafen. Weil sie *seine* Vergangenheit waren, und die gehörte nur ihm.

Er faltete ihren Zettel zusammen. »Du bist ganz zapplig«, stellte er lächelnd fest. »Also such dir endlich was aus.«

Wie eine Ertrinkende stürzte sie sich auf den Stapel mit dünnen, teilweise sehr zerlesenen Büchern, der direkt neben ihr lag. Sie kramte eine Weile, dann zog sie ein Büchlein heraus, das besonders schmal war. Eine Erstausgabe, nicht zuletzt deshalb, weil es danach wenige weitere Auflagen gegeben hatte. Ein Zufallsfund von einem Flohmarkt in Svendborg vor sechs Jahren, er erinnerte sich genau an jenen Tag. An das unbändige Glücksgefühl, eine dänische Übersetzung gefunden zu haben. Der Umschlag war abgegriffen, das Motiv eine schlecht erkennbare Zeichnung von zwei aneinandergedrängten Gestalten vor einem Getreidefeld.

»Wie ist das?« Caroline hielt es hoch, ihr Gesicht ein Fragezeichen.

Adam spürte einen kalten Schauder über seine Schultern rinnen. »Es ist sehr gut.« Er war als Lügner nicht gut genug, etwas anderes behaupten zu können. »Aber ich weiß nicht, ob es für dich schon das Richtige ist.«

»Den Namen vom Autor kann ich schon mal nicht aussprechen«, lenkte sie ein. »Doch das Cover sieht interessant aus.«

Er stellte sich vor, wie Caroline *Djamila* las. Und wie viel sie daraus über Adam Steinbach erfahren könnte, wenn sie verstand, warum es zu seinen Lieblingsbüchern gehörte. Ein Teil von ihm wollte es ihr entreißen. Sagen, es sei zu wertvoll und er hätte Angst um das Buch. Hatte er aber nicht. Es wäre geflunkert. Bücher sollten gelesen werden, und da machte es keinen Unterschied, ob es eine Erstausgabe war oder ein Buch vom Flohmarkt. Ein anderer, sehnsüchtiger Teil von ihm wollte es ihr in beide Hände drücken, es ihr schenken und sie bitten, öffne dich und lies das. Finde einen Weg in meine Welt.

»Der Autor ist Kirgise«, sagte er ruhig. »Den Namen musst du nicht aussprechen können. Es ist eine Liebesgeschichte. Ich kann dir aber auch einen Thriller empfehlen, wenn du willst.«

»Ich mag Liebesgeschichten«, erklärte sie. »Hab die eine oder andere im Kino gesehen.«

»Dann wünsche ich dir viel Spaß damit, aber erwarte nicht so etwas wie das, was du im Kino gesehen hast.«

»Du machst es sehr spannend«, stellte sie fest und drückte das Buch an ihre Brust. Etwas in Adam spannte sich an.

Dann ließ er sie gehen. Er blickte ihr auf ihrer Vespa hinterher und verschwand erst wieder in seiner Mühle, als ein klappriges Auto den Weg herunterkam und er es vorzog, um die beiden Fischer aus dem Dorf einen Bogen zu machen.

6. Kapitel

Seit Line vor fünf Wochen auf Strynø angekommen war, hatte sie vieles über die Insel gelernt. Sie erkannte die Kälbchen auf den Weiden an ihren Zeichnungen, konnte das Fiepsen der Schwalben von dem der Stare unterscheiden, und dass sie das Quaken eines Frosches für das einer Ente halten könnte, wäre ihr schon am dritten oder vierten Tag nicht mehr passiert. Aber das Geräusch, das sie an diesem Donnerstag weckte, hatte sie noch nie gehört. Es gehörte weder zur Müllabfuhr, die alle zwei Wochen über die Insel tuckerte und die Tonnen leerte, noch machte einer der Traktoren oder Düngefahrzeuge so einen Lärm. Sie rieb sich den Schlaf aus den Augen und stand auf. Ein Blick auf ihr Handy bestätigte ihre schlimmste Befürchtung. Es war gerade einmal kurz nach sechs. Da nahm es jemand sehr ernst mit dem Frühaufstehen. Welcher Irre kam auf die Idee, noch vor dem Wachwerden …

Ein Blick aus dem Fenster beantwortete diese Frage. Der Irre war niemand anders als Adam Steinbach, der mit einem uralt wirkenden Benzinrasenmäher im Garten hinter Louises Häuschen seine Bahnen zog.

Was zur Hölle?

So schnell wie an diesem Tag hatte sie sich wahrscheinlich noch nie angezogen. Sie musste wissen, was das zu bedeuten hatte. Sicher, sie hatte ihm gestern erzählt, dass sie versprochen hatte, Lous Rasen zu mähen. Doch nachdem sie sich das neue Buch ausgesucht hatte, hatte ein Wort das nächste gegeben, und aus einem Glas Eistee waren vier oder fünf geworden. Anschließend hatte sie die arme Vespa ganz schön treten müssen, um überhaupt noch rechtzeitig bei der Arbeit zu sein. An Gartenarbeit war gar nicht zu denken gewesen.

Dass Adam von ihr wusste, dass die Wiese einen Schnitt benötigte, erklärte allerdings noch lange nicht, warum er mitten in der Nacht in Bermudashorts in ihrem Garten auftauchte. Na gut, in Lous Garten, aber das war nicht der springende Punkt. Der springende Punkt war, dass dieser Adam, der sich in ebendiesem Augenblick mit dem vorsintflutlichen Rasenmäher abmühte, angeblich derselbe Adam war, der seit Jahren kaum zehn Worte mit den Inselbewohnern gewechselt hatte.

»Lou! Lou?« Line stürmte so aus ihrem Zimmer, dass die Wände wackelten. Sicher konnte ihre Großmutter ihr sagen, was das hier zu bedeuten hatte. »Was macht Adam in unserem Garten? Und überhaupt, wo kommt dieser Rasenmäher …« Sie stockte mitten im Satz. Offenbar war sie nicht die Einzige, die von dem Lärm geweckt worden war. Ebenso wenig wie sie die Einzige war, die unbedingt wissen wollte, was Adam dazu getrieben hatte.

Die kleine Wohnküche ihrer Großmutter quoll über vor Leuten. Morgens sechs Uhr. Lous Tür stand immer offen, sie und Line waren selten allein, aber so voll wie jetzt hatte Line Lous Zwergenhäuschen bisher nur am Tag ihrer Ankunft erlebt.

»Ich …« Sie schluckte, als sich mindestens acht Augenpaare auf sie richteten. »Kann mir jemand sagen, was hier los ist?«

Für eine kurze Weile verstummten alle Gespräche. Selbst Maria, die durchgedrehte Dauerwelle, schien die Luft anzuhalten und wandte, wenn auch nur mit Mühe, den Blick vom

Fenster ab und Line zu. Außer Maria waren natürlich Aksel, Anton und Lauge da. Kirstine stand an der Spüle und half Lou beim Abwasch, Vigga vom Dorfladen stand hinter Maria und betrachtete Adam ganz ungeniert beim Arbeiten, während Marias Mann Peder so tat, als würde er einen von Lous Flyern durchblättern. Als hätten sie sich ein unsichtbares Zeichen gegeben, fingen kurz nach Lines Eintreten alle gleichzeitig an zu reden.

In dem ganzen Durcheinander hatte Line nicht den Hauch einer Chance auf eine Antwort. Sie gesellte sich zu Lou. Die rieb mit einem Spülschwamm über eine Untertasse, als hinge ihr Leben davon ab. Line hob eine Augenbraue.

»Ich war heute schon ganz früh Laufen«, meinte Lou, als würde das alles erklären.

»Und?«

»Bei schönem Wetter laufe ich immer zur Mühle. Ich mag die Luft und das Licht so früh, wenn alles noch schläft. Und da war er, im Garten, und hat so an einem alten Boot herumgewerkelt. Er hat mich gegrüßt.«

Na gut. Allerdings war es von einem Gruß bis zum männlichen Dorf-Pin-up ein ziemlich weiter Weg. Weil Lou keine Anstalten machte weiterzureden, stupste Line den Ellenbogen in die Seite ihrer Mormor. »Raus mit der Sprache! Ich denke mal nicht, dass du ihn in Ketten hierher geschleift hast, um für uns diese lästige Arbeit zu erledigen.«

»Um Himmels willen, nein!« Lou schien ehrlich entsetzt. »Ich habe nur gegrüßt. Und ihm gedankt, dass er dir hilft. Du weißt schon, mit dem Lesen. Und da meinte er, er hätte eher damit gerechnet, dass ich ihm eine Standpauke halte, weil du doch gestern nach dem Unterricht keine Zeit mehr gehabt hast, den Rasen zu mähen. Und dass er es sehr bereuen würde, wenn du wegen dieses kleinen Fauxpas nicht mehr zum Unterricht kommen könntest, und dass er das gerne für uns erledigen kann. ›Ich kann gleich mitkommen‹, hat er gesagt. Was hätte ich denn darauf antworten sollen?«

Nein danke, zum Beispiel. Es lag Line auf der Zunge. Sie fand es unfair, dass jahrelang Adam von allen gemieden wurde, aber kaum stellte er sich als nützlich heraus, war er mit einem Mal willkommen. Aber noch während sie das dachte, merkte sie, dass etwas an dem Gedanken falsch war. Niemand hatte Adam gezwungen, irgendetwas zu tun. Vielleicht half er mit seinem Angebot sich selbst genauso viel wie Louise.

An ihrer Großmutter vorbei griff sie nach einem der frisch gespülten Kaffeebecher. Der Kaffee auf der Wärmeplatte sah aus, als würde er dort noch nicht allzu lange stehen. »Ich bringe ihm einen Kaffee«, verkündete Line und achtete darauf, dass sie laut genug sprach, dass alle sie hörten. »Und ich werde ihn fragen, ob er zum Frühstück bleiben will. Wenn er das tut, werdet ihr nett sein, hört ihr? Wenn einer von euch auch nur ein böses Wort zu ihm sagt oder ungebührlich neugierig ist, werde ich mir künftig jedes Mal extra viel Zeit lassen, um euch vom Festland aus auf der Fähre einzuchecken. Dann wird euer Heimweg nicht eine halbe Stunde dauern, sondern mindestens vierzig Minuten.« Sie hatte keine Ahnung, ob sie diese Drohung wirklich würde durchziehen können, dennoch war sie stolz auf sich. Seit ihrer Ankunft in Strynø hatte sie wirklich einiges gelernt.

Der Kaffee schwappte im Becher, während sie die vier Stufen von der hinteren Terrasse in den Garten hinunterging.

Adam drehte eben den Rasenmäher um und sah sie deshalb kommen. Einen Moment schien er zu zögern, dann ließ er den Griff los, und der Motor erstarb. Line trat auf ihn zu.

»Warum machst du das?«, fragte sie geradeheraus.

Er sah auf den Rasen und zuckte mit den Schultern. Dabei berührte er einen der weit aufgeblühten Holunderbüsche, und betörender Duft breitete sich um sie beide aus. Die Amsel, die im Kastanienbaum auf dem Kirchplatz lebte, entschied, dass das Verstummen des Rasenmonsters Grund genug war, wieder mit dem Singen zu beginnen.

»Vielleicht bin ich ja ein Exhibitionist und mag es, wenn mir die halbe Welt dabei zusieht, wie ich mich zum Affen mache.«

Line blickte auf seine Knie hinunter. »Ich weiß zwar nicht, was das ist, aber egal, was es ist, ich glaube, du bist auf dem Holzweg. Würdest du die abgeschnittenen Laufhosen von gestern tragen, wäre das mit dem Sich-zum-Affen-Machen schon realistischer.«

Er grinste und zeigte auf den Becher. »Für mich?«

»Kommt drauf an. Ich mag Louises Kaffee auch.«

»Ich hatte noch nie das Vergnügen. Wir könnten teilen. Hast du das Buch angefangen?«

»Es ist langweilig. Über und über Beschreibungen von Landschaft und vom Leben in einem russischen Dorf während des Zweiten Weltkriegs.«

»Kirgisisch. Ich hatte dich gewarnt«, erwiderte er und nahm ihr den Becher ab. »Doch es lohnt sich. Bleib dran. Die Geschichte ist langsam, aber sehr intensiv.«

»Du magst das Buch.«

»Sehr.«

»Warum?«

»Weil ich ein unverbesserlicher Romantiker bin.« Bei diesen Worten sah er ihr über den Tassenrand hinweg direkt in die Augen. Ihr Herz machte einen Satz, doch sie zwang es zur Ruhe. Sie wusste nicht, was das zu bedeuten hatte. Bei Adam konnte sie oft nicht sagen, was er mit seinen Worten oder Gesten bezweckte. Sie hatte noch nie einen Mann erlebt, der so undurchsichtig war.

»Jetzt müssen wir hoffen, dass bei den Zuschauern in Mormors Wohnzimmer niemand dabei ist, der Lippen lesen kann. Die fallen doch alle vom Glauben ab, wenn sie ihren Insel-Ripper so reden hören.«

»Ihren was?« Aber er lachte leise, während er das fragte. Vermutlich überraschte es ihn nicht, das Wort zu hören. Line hätte ihm sagen können, dass es im Grunde ihre Eigenkreation war, aber sie winkte ab. Sie hatte nur gedacht, was vermutlich jeder hier dachte.

Adam zeigte auf eine schmiedeeiserne Bank im Schatten unter der weit ausladenden Buche, die den Garten beherrschte. »Wollen wir uns einen Moment setzen? Ich kann eine Pause brauchen. Der Rasen ist scheinbar lange nicht gemäht worden.«

Line blickte zum Fenster hinauf und seufzte. »Eigentlich wollte ich dich zum Frühstücken einladen, aber das ist auch eine gute Idee. Nur lass mich erst reingehen und Mikrofasertücher verteilen. Ich hab keine Lust, die ganzen Finger- und Nasenabdrücke nachher selber wegmachen zu müssen.«

Erneut lachte er, und Line stellte fest, dass sie sein Lachen mochte. Sehr sogar. Fast so sehr wie seine Augen. Die feinen Fältchen in den Augenwinkeln, die nicht alle vom Lachen kamen. Die hohen Wangenknochen und das energische, von dunklem Fünftagebart bedeckte Kinn. Die langen, schlanken

Finger, wenn sie ein Buch oder eine Kaffeetasse hielten oder über die Tastatur seines Computers glitten. Sie folgte ihm zur Bank.

»Übrigens«, meinte sie, während sie neben ihm Platz nahm. »Du hättest das nicht machen müssen. Heute hätte ich das Mähen geschafft und hätte trotzdem viel Zeit für Unterricht gehabt. Ich habe frei.«

»Gut zu wissen.«

»Kasper bleibt heute Abend wieder auf der Insel«, sagte sie dann. »Weißt du, der Sohn vom Kapitän?«

»Ja, ich weiß, wer Kasper ist.« Wenn sie gehofft hatte, eine Gefühlsregung bei ihm zu bemerken, wurde sie enttäuscht. Was auch immer sie sich erwartet hatte? Er klang absolut neutral, lehnte sich nur gemütlich zurück und trank seinen Kaffee. Von der anderen Seite des Hauses klangen Stimmen herüber. Wie es sich anhörte, machten sich einige der Neugierigen auf den Heimweg, weil es weniger als erhofft zu sehen gab.

»Kasper und ich und noch ein paar andere Leute von hier gehen heute Abend zu Jens oben an der Kreuzung Nørrevej und Krydsvej«, sagte sie, vorsichtig, weil sie sich nicht vorstellen konnte, wie er reagieren würde. »Jens ist fertig mit dem Einbau der Bar im Schuppen. Das muss natürlich gefeiert werden. Als ich ihn das letzte Mal auf der Fähre gesehen habe, hat er gesagt, jeder, der Lust hat, ist eingeladen. Es gibt gekühltes Bier vom Fass, und Kirstine liefert belegte Brote für die Party. Du könntest auch kommen.«

»Dass Jens gesagt hat, jeder, der will, sei willkommen, heißt aber ja noch nicht, dass du herumlaufen und Wildfremde einladen kannst. Er kennt mich doch gar nicht. Ich bin nicht so sicher, ob der begeistert ist, wenn ich da plötzlich auftauche.«

»Wir sind doch unter uns, und du gehörst zu uns Insulanern. Ganz sicher rümpft da niemand die Nase, wenn du mitkommst.«

Er schaute sie an, sein Lächeln ein bisschen schwach. »Lass mal. Der Gedanke ist nett, aber ich denke, das ist noch zu früh.«

Sie seufzte. »Ich würde einfach gern was für dich tun, weil du das hier …« Sie schloss den Garten mit einer Handbewegung ein. »… tust.«

Er hob die Hand mit der Tasse. »Ich hab doch Kaffee.«

Sie blickte in den Becher hinein. »Nicht mehr viel.« Sie sprang auf. »Gib her, ich fülle noch mal auf.«

Als sie ihm den Becher aus der Hand nahm, berührten ihre Fingerspitzen seine. Ein Prickeln überlief sie, und sie blinzelte. Da passierte was, merkte sie. Etwas, das sie sich wünschen ließ, die Hand nicht wegziehen zu müssen. Die Berührung hinauszuzögern. Seine Finger zu berühren. Ihre Finger über seinen Handrücken gleiten zu lassen, zu seinem Handgelenk. Die Innenseite des Handgelenks war bei ihr ein wunder Punkt. Ob auch Adam zerschmelzen würde wie Butter in der Sonne, wenn sie das tat?

Er nahm seine Hand weg, und da war nur noch der Becher zwischen ihren Fingern. »Ich mach das schnell fertig«, sagte er, seine Stimme eine Spur kratziger als zuvor.

Sowie sie wiederkam, jonglierte er mit dem röhrenden Rasenmäher um eine Stelle am hinteren Zaun herum. Es kostete ihn Anstrengung, das Uralt-Monster um ein paar besonders zierliche Blumen herumzuführen, ohne etwas zu beschädigen.

»Ich glaub, die können weg«, sagte sie, als sie dicht hinter ihm stand. »Das macht nichts, wenn du die niedermähst. Lou sagt, die wachsen da wild.«

Adam stellte den Rasenmäher aus und sah sie beinahe entsetzt an. »Das sind Akeleien«, sagte er. »Die mäht man nicht um.«

Line runzelte die Stirn. »Mit Bot… Baton… mit Pflanzen kenne ich mich nicht aus.«

Das wohlbekannte Glitzern trat in seine Augen, das humorvoll war, ohne zu verspotten. »Botanik«, sagte er. »Akeleien sind Symbole der Fruchtbarkeitsgöttin Freya.« Er nahm ihr den Kaffee ab und trank einen Schluck mit geschlossenen Augen, ehe er sie wieder anschaute. Etwas Dunkles lag in seinem Blick. »In vergangenen Zeiten sagte man, dass ein Mann nur eine Akelei zwischen den Handflächen zerreiben und dann mit seinen Händen eine Frau berühren musste, und sie war sofort sexuell erregt.«

Line spürte, wie ihre Ohren rot wurden. Seine Worte waren einen Hauch zu nah an ihren Gedanken mit den Handgelenken.

Viel schneller als den ersten Becher trank Adam seinen Kaffee aus. »Ich bin hier gleich fertig. Ich rede zu viel. Tut mir leid.« Er gab ihr den Becher zurück, und ehe sie etwas sagen konnte, röhrte der Mäher schon wieder auf. Aber jetzt waren da nur noch zwei schmale Streifen hohen Grases, und dann hatte Adam keine Ausrede mehr, weiter Krach zu machen. Er hockte sich auf die Fersen, um den Benzinpegel im Mäher zu prüfen, stellte etwas an der Schnittlänge ein, aber schließlich stand er doch auf und sah sie wieder an.

»Ich hätte eine Idee, was du für mich tun könntest, wenn du das willst, aber …«

»Ja?«, fragte sie neugierig.

»Ich denke nicht, dass du nach meinem Spruch eben noch wirst mitkommen wollen.«

»Mitkommen wohin?«

»Du hast ja das Segelboot im Gras hinter der Mühle schon gesehen.«

Ihr Herz raste. Das Segelboot war eine kleine Hülle aus Planken, die schon lange in keinem Wasser mehr gelegen hatten, vielleicht so groß wie zwei Familienbadewannen, mehr nicht. »Ja, hab ich.«

»Ich fahre nicht so gern allein damit raus, doch ich müsste mal testen, ob es den Winter über Schaden genommen hat. Dazu mache ich jedes Frühjahr einen kleinen Segeltörn um die Insel herum. Ich hatte gedacht, dass du mich vielleicht morgen begleiten könntest.«

Mit offenem Mund starrte sie ihn an, dann grinste sie übers ganze Gesicht. »Keine zehn Pferde könnten mich aufhalten.« Seewind um die Nase, das Flattern des Segels, das Kreischen der Vögel, Schwäne so nah, dass man sie anfassen konnte, und Adam? Was gab es da lange nachzudenken?

»Trotz dieses Ausrutschers eben?«

Sie trat einen Schritt näher und schaute ihm in die Augen. »Gibt es an Bord von deinem Segelboot Alkaline?«

Er lachte. »Akeleien. Nein.«

»Na, dann bin ich dort absolut sicher.« Dass ein Teil von ihr das bereute, behielt sie für sich. Sie wollte nicht, dass er sich das mit dem Segeltörn womöglich noch einmal überlegte.

Nach mehreren Wochen, in denen sie jeden Tag mehrere Stunden auf einer Fähre verbrachte, hatte Line eigentlich geglaubt, seefest zu sein. Schon sehr bald musste sie jedoch feststellen, dass zwischen einer Autofähre und einer kleinen Jolle Welten lagen.

Sie stachen bei wundervollem Wetter in See. Line hatte sich das Gesicht dick mit Sonnencreme eingeschmiert und trug auf Adams Rat hin Klamotten, die ruhig nass und etwas dreckig werden konnten. Noch am Anleger, direkt vor der Mühle, machte er sie mit den Grundkommandos vertraut.

»Auf einem Schiff heißt rechts steuerbord und links backbord.«

»Hast du vergessen, wo ich arbeite?« Sie grinste ihn an. Sie hatte in der Nacht von Alkalinen, oder wie auch immer diese Blumen nun hießen, geträumt und auch davon, wie es wäre, wenn er doch welche mit an Bord nehmen würde. Schade nur, dass sie sich nicht einmal erinnerte, wie die aussahen. Für ihre Augen war das, was in Louises Garten grünte und blühte, immer noch alles eins, egal, wie oft ihre Mormor ihr erklärte, was was war. Der Mann könnte ihr jeden Bären aufbinden, wenn er wollte. Noch ein Grund mehr, das mit den Büchern endlich in den Griff zu kriegen.

»Wenn ich rufe: ›Klar zum Ablegen‹, dann antwortest du: ›Ist klar‹, und wenn ich rufe: ›Klar zur Wende‹, dann bedeutet das, dass wir das Boot durch den Wind hindurch drehen müssen. Das kann ziemlich schaukelig werden, und pass bloß auf, dass du dann den Baum nicht an den Kopf bekommst oder ins Wasser fällst. Du sollst mir helfen, das Boot zu segeln, und wenn du im Wasser liegst, bist du nicht besonders hilfreich für mich.«

»Ich sehe keinen Baum.«

Grinsend deutete Adam auf das, was Line den Mast genannt hätte. Ah, wieder etwas gelernt.

»Du machst mir die Sache gerade wirklich schmackhaft. Vielleicht sollte ich doch auf einen Motor bestehen? Was ist, wenn der Wind aufhört, sobald wir auf dem Meer sind? Müssen wir dann in dieser Nussschale übernachten?«

Er holte ein Handy aus der Hosentasche und hielt es ihr unter die Nase, die Augenbrauen hochgezogen. »Dein Leben wäre nicht möglich ohne das hier, oder? War ja klar, ihr jungen Leute wisst gar nicht mehr, dass man auch im internetfreien Zeitalter überleben konnte. Die Wahrscheinlichkeit, dass uns der Wind einschläft, ist heute nicht besonders hoch. Doch verzweifle nicht, meine Holde. Die moderne Zeit hat Hilfen für Landratten bereit.« Er tippte das Display an, und eine Wetter-App öffnete sich. »Ich hab nachgesehen. Heute ist es bis in die Nachtstunden hinein windig.«

Übertrieben riss sie die Augen auf. »Es gab Zeiten ohne Internet? Das hast du erlebt? Hast du dann auch noch die Wikingerangriffe miterlebt oder gesehen, wie die Mammuts ausgestorben sind?«

Lachend knuffte er sie in die Seite. »Sei nicht frech, ich bin dein Lehrer.«

Als sie an Bord ging, reichte er ihr die Hand, und es passierte wieder genau das Gleiche wie in Louises Garten, während sie ihm den Kaffeebecher abgenommen hatte. Der Hautkontakt löste ein wohliges Prickeln aus, und obwohl die Berührung nur ganz kurz war, meinte Line, seine Hand überall zu spüren.

»Klar zum Ablegen«, rief er, scheinbar vollkommen ungerührt, nachdem er auf der Seitenbank rechts des Ruders Platz genommen hatte. Steuerbord, korrigierte sich Line im Stillen und setzte sich ihm gegenüber. Es wurmte sie, dass er das Knistern nicht mal zu bemerken schien. Ließ sie ihn wirklich so kalt, während er ihr mit jeder Stunde, die sie zusammen verbrachten, tiefer unter die Haut zu gehen begann?

»Ist klar«, rief sie zurück, und einfach nur, weil es Spaß machte, fügte sie hinzu: »Aye, aye, Käpt'n.«

Die mangelnde Größe des Schiffes schmälerte nicht die Kompetenz, mit der Adam Line beeindruckte. Als hätte er nie etwas anderes getan, hantierte er mit den Tauen und dem Segel, umkurvte in der Nähe des Anlegers angepflockte Fischerboote und Bojen. Auf dem offenen Wasser nahm das kleine Boot mehr Fahrt auf, als sie für möglich gehalten hätte. Unter ärgerlichen Protesten stob ein Schwan vor dem Bug auf und hob schwerfällig ab, doch schon bald durchschnitt der riesige Vogel anmutig die Luft. Robben sonnten sich auf einer Sandbank, die sich bei Ebbe aus dem Wasser hob, und blickten neugierig zu ihnen herüber.

Immer wieder rief Adam ihr eines der Kommandos zu, die er ihr beigebracht hatte, und dann stolperten sie lachend über- und untereinander. Wenn sie gerade eine ruhige Minute hatten, erklärte er ihr, was er warum tat, und die Art und Weise, wie er das tat, beeindruckte sie noch mehr als seine kräftigen Unterarme. Sie hätte nie erwartet, dass so viel Kraft in diesen schlanken Fingern steckte. Wie auch dann, wenn er mit ihr Lesen übte, verlor er nie die Geduld. Er wählte eingängige, klare Worte, ermutigte sie, Fragen zu stellen, und gab ihr nie das Gefühl, dumm zu sein, weil sie etwas nicht wusste.

Sie hatten Strynø einmal umrundet, da steuerte Adam die Jolle in eine der vielen kleinen Buchten. So dicht an den Küsten gab es keine Häuser mehr, nur Felder, deren sattes Grün von Schwärmen wilder Gänse gefleckt war. Adam holte das Segel ein, warf den Anker und kramte dann unter dem Vorschiff einen Rucksack hervor, den er dort deponiert haben musste, bevor sie überhaupt an Bord gekommen war.

»Picknick?«, fragte er. »Seeluft macht hungrig.«

Tatsächlich knurrte ihr Magen, kaum, dass Adam Essen erwähnte. Lachend griff sie nach einem der angebotenen Sandwiches. Es war mit Roastbeef, Senf und Eiern belegt.

»Mmmm«, gab sie von sich. »Ein guter Koch bist du also auch noch.«

»Um ein paar Scheiben Brot zu belegen, braucht es nicht viel kulinarische Finesse. Wasser? Oder lieber ein Bier?«

»Wasser ist in Ordnung. Wenn ich in dieser Hitze ein Bier trinke, bin ich sofort betrunken.«

Ein Ausdruck huschte über seine Miene, ganz ähnlich wie gestern, als er ihr von den Blumen erzählt hatte, doch diesmal wich er ihrem Blick nicht aus.

Sie biss sich auf die Unterlippe, wusste nicht, wie sie auf seinen Blick reagieren sollte. Also beschäftigte sie sich damit, eine Halbliterflasche Wasser in einem Zug zur Hälfte zu leeren, und hoffte genauso sehr, dass danach der Moment vorbei wäre, wie sie hoffte, dass er niemals verging.

Obwohl die Jolle jetzt nicht mehr im Wind stand, schaukelte sie immer noch sanft auf und ab. Es war, als würde auch in Line etwas ins Schaukeln kommen, als würde der Walzer des kleinen Bootes auf den Wellen Worte in ihr freischaukeln, die an Land, wo es andere Menschen gab, tief in ihr festsaßen und sich weigerten auszubrechen.

»Auf jeden Fall bist du ein toller Lehrer. Ich war an vielen Schulen, aber das Lernen hat mir nie Spaß gemacht. Egal, was du mir zeigst, dir gelingt es immer, es so hinzudrehen, dass ich denke, ich war es, die dich darum gebeten hat, mir etwas zu erklären. Und dann fühlt es sich gar nicht mehr an wie Lernen.«

»Nur der ist ein geborener Lehrer, welcher die Begeisterung seiner Schüler erwecken kann.« Er sprach nicht direkt zu ihr, sondern in die Luft zwischen ihnen, die erfüllt war von Salz und Meer und Versprechen.

»Das hast du schön gesagt.«

»Ist nicht von mir.« Jetzt wandte er sich ihr doch wieder zu. Unter seinem Bart schimmerte sachtes Rot auf seinen Wangen, und für ein paar Momente gab Line sich der Vorstellung hin, diese Röte kam weder vom Wind noch von der Sonne, sondern weil *sie* hier war. Mit ihm. »Ich habe es mal irgendwo gelesen.«

»Du mit deinen Büchern.« Sie lachte. »Sicher wärst du auch ein toller Vater. Du würdest jeden Abend bei deinen Kindern am Bett sitzen und ihnen vorlesen. Und sicher wärst du auch einer von den Vätern, die für jede Figur in dem Buch eine andere Stimme hätten und die ein Kinderbuch mit genauso viel Ernst vorlesen würden wie irgend so einen Schinken der Weltliteratur.« Sie lachte. »Ich glaube, da wäre ich gerne dabei. Eigentlich schade, dass die Mühle so klein ist, da passt gar keine ganze Familie hinein.«

Zuerst dachte sie, sie hätte ihn mit ihrem sentimentalen Geschwätz gerührt, weil er nicht antwortete. Doch als sie es wagte, ihn anzuschauen, wusste sie sofort, dass sie etwas Falsches gesagt hatte. Wo zuvor seine Miene offen und voller unausgesprochener Möglichkeiten gewesen war, starrte sie jetzt gegen eine Wand. Er presste die Lippen so fest aufeinander, dass sie als blutleere Linien vollkommen in seinem Bart verschwanden. Plötzlich glich sein Gesicht einer Maske aus Schmerz und Eis.

»Sorry. Ich … magst du keine Kinder?« Die Frage war ungelenk und unbeholfen. Aber eigentlich fragte sie ja auch etwas anderes. In Wahrheit hieß das, was sie fragte: *Komm zurück zu mir. Entferne dich nicht, wir waren doch schon so weit gekommen. Verzeih mir, wenn ich dir wehgetan habe, aber solange du dich vor mir versteckst, weiß ich nicht, wann ich zu weit gehe und wann nicht.*

Er verstand sie nicht. Er beantwortete weder die Frage, die sie laut gestellt, noch reagierte er auf das, was sie zwischen den Silben verborgen hatte. Er zerknüllte nur einfach die Papiertüte, in der er die belegten Brote transportiert hatte. Das Papier knisterte in dem plötzlichen Schweigen mit solch einem Radau, dass es Line förmlich in den Ohren klingelte.

»Ich bringe dich zurück an Land, Caroline. Sicher wartet deine Großmutter schon.«

An anderen Tagen mochte sie es, dass er sie nie Line nannte, sondern immer Caroline. Heute fühlte es sich an wie ein Schlag ins Gesicht. Auf dem Rückweg zur Mühle lachten sie nicht mehr, und noch nie in ihrem Leben war Line Stille so laut vorgekommen.

7. Kapitel

Seit Tagen wurde im Wetterbericht vor einem Unwetter gewarnt, das über Dänemark hinwegrauschen sollte. Es würde die dänische Südsee mit voller Wucht treffen. Die Wetterfrösche im Fernsehen warnten, dass es sich in schweren Gewittern über der Inselwelt entladen könnte.

»Da haben Sie aber was falsch gemacht«, beschwerte sich der Mann, bei dem Line gerade abkassierte. »Ich meine, ich sollte vielleicht gar nichts sagen, aber haben Sie nicht die Kinder vergessen?« Er wies auf die beiden Kleinen, die sich am Fuß der Stiege zum Sonnendeck darum balgten, wer als Erster hinaufklettern dürfe.

»Kinder sind überbewertet«, murmelte Line.

»Wie bitte?«

Kasper nahm Line das Kartenlesegerät ab. »Entschuldigung. Außerdem hast du doch schon Feierabend, Line, warum gehst du nicht hoch auf die Brücke und genießt die Überfahrt wie ein Passagier? Ich übernehme das hier für dich. Also, zwei Erwachsene und zwei Kinder, ja?«

Sie schüttelte sich, als sie zurücktrat, um Kasper das Feld zu überlassen. Hatte sie wirklich gerade zu diesem Mann gesagt, Kinder seien überbewertet? Was war mit ihren Manieren passiert? Himmel noch mal … dieser verfluchte Segeltörn mit Adam verfolgte sie nach drei Tagen immer noch. Wie hatte sie so blöd sein können, die perfekte Stimmung mit einer einzigen unbedachten Frage zu zerstören?

Sie verkroch sich in der hintersten Ecke des unteren Decks, wo der Schrank mit dem Material und den Ersatzteilen stand, und starrte verloren auf *Djamila*; auch hierher hatte sie das Buch mitgenommen. Kasper belustigte es, dass sie einen sechzig Jahre alten Liebesschinken las. Sie schaffte immer nur einen Absatz oder zwei, ehe sie entnervt aufgab, weil sie sich das, was da erzählt wurde, so gar nicht vorstellen konnte. Inzwischen wusste auch Kasper von ihren Problemen mit dem Lesen. Sie hatte es ihm selbst erzählt und fand, dass es leichter wurde, je öfter sie mit Freunden darüber sprach. Aber das war gar nicht ihr großes Problem mit diesem dünnen Büchlein. Es war die Geschichte darin. Eine lang vergangene Zeit und ein Land, von dem sie nicht mal wusste, wo genau es sich befand.

Und nein, sie konnte jetzt nicht lesen.

Es war doch nur eine Frage gewesen. Menschen stellten Fragen, um einander kennenzulernen. Warum machte Adam so ein Drama darum?

Er war geschieden, hatte eine Frau gehabt, von der er sich getrennt hatte. Hatten Kinder dazugehört? Hatte es einen schmutzigen Scheidungskrieg gegeben, an dessen Ende er ohne seine Kinder dastand? Und wenn ja, bekam er dann nicht einmal Besuchsrechte? Warum nicht?

Obwohl sie so viel Zeit mit ihm verbrachte, kannte sie ihn so wenig. Und selbst dann, wenn er ihr aus dem Weg ging, beherrschte er immer noch ihre Gedanken. Das war nicht fair.

Zweimal war sie zur Mühle hinuntergefahren. Jedes Mal war dort alles verriegelt und verrammelt gewesen, obwohl der Kombi vor der Tür gestanden hatte. Sicher, Adam konnte spazieren sein, er hatte ihr erzählt, dass er an manchen Tagen, um den Kopf frei zu bekommen, zu Fuß auf halb vergessenen Pfaden die Insel umrundete. Dennoch war sie überzeugt, dass er beide Male in der Mühle gewesen war und sie auch gesehen hatte.

Er mied sie, und das nagte an ihr.

Das Aufflackern eines Blitzes erhellte ihr Versteck in der Ecke. Donnergrollen folgte. Das nächste Grollen waren Schritte von mehreren Menschen, die eilig die Stiege herunterkamen, weil das Sonnendeck während eines Gewitters denkbar ungemütlich wurde. Nur Sekunden später setzte sintflutartiger Regen ein, der die Fahrer in ihre Autos und die Fußpassagiere ins Trockene scheuchte. Kasper verteilte Decken an durchnässte Kinder. Line verließ ihr Versteck und stellte sich in den strömenden Regen, um auf die näher kommende Insel zu starren, die finster und unheimlich aussah.

Wie Adam, dachte sie. Adam ist diese Insel. Er stammt nicht mal von hier, aber er *ist* diese Insel. Wie heißt es in diesem Spruch? Niemand ist eine Insel. Adam schon. Zumindest strengte er sich an, eine zu sein.

Vielleicht hatte er sich deshalb Strynø ausgesucht.

Sie seufzte und zog den Kopf ein, da eine Batterie von Blitzen niederging und der Donner wenig später folgte. Irgendwo krachte etwas. Vermutlich hatte es irgendwo eingeschlagen. Die See schien zu brodeln, die Fähre schaukelte. Als Line aufblickte, glaubte sie ihren Augen nicht zu trauen. Eine Windhose fräste sich ihren Weg über die Insel und wehte direkt auf sie zu. Sie betrachtete einen Augenblick lang beides, den schwankenden Rüssel aus aufgewirbeltem Staub und Blättern und den näher kommenden Anleger, und erkannte: Sie würden beide gleichzeitig dort eintreffen. Das Schiff und die Windhose.

»Kasper«, sagte sie, aber der hörte sie nicht, weil er mit ein paar Kindern zugange war, um ihnen die Angst vor dem Gewitter zu nehmen.

»Kasper!«, rief sie lauter, und er hob den Kopf.

»Was?«

Sie nickte in Richtung des Wetters. Er zuckte mit den Schultern. Lässt sich ja nicht ändern, hieß das. Oben auf der Brücke stand sein Vater, und die Hoffnung war, dass der wusste, was er tat.

Der nächste Blitz zuckte über den Himmel, und Line sah förmlich, wie der Insel-Anleger erzitterte. Einer der Fernmeldemasten schwankte, als eine Kugel aus grellem Licht seine Spitze traf und wie in Zeitlupe am Metall hinunterrollte.

Der Wind wurde schärfer und peitschte Hagelkörner in Lines Gesicht. Unter dem Ansturm der Naturgewalten neigte sich die Fähre beim Wenden viel weiter als sonst, sodass alle an Bord sich aneinanderklammerten. Das Lachen einiger Männer sollte Zuversicht verströmen, klang aber einfach nur nervös. Line erinnerte sich an ihre allererste Ankunft auf Strynø. An das Gewitter damals. Das hier war etwas ganz anderes, es war furchteinflößend und faszinierend zugleich.

Ein Pfiff über ihr ließ sie aufblicken. Isak Årgård stand in der Tür seiner Steuerkabine, eine Hand noch immer am Ruder. Er schwenkte seine Kapitänsmütze wie eine Trophäe und war offensichtlich ganz in seinem Element. Sein Lachen wirkte wie das eines Wahnsinnigen. Jetzt hätte er noch ein Holzbein gebraucht, dann hätte Line ihn postwendend in die Karibik geschickt, um Piratenschiffe zu steuern.

»Line, du Möchtegern-Schiffsjunge!«, schrie er und schien kurz davor, begeistert wie ein Kind herumzuhüpfen. »Was ist, willst du immer noch Vollzeit auf unserem Seelenverkäufer anheuern, oder machst du dir jetzt ins Hemd und rennst zu deiner Oma, um in Zukunft Wollmützchen zu stricken?«

»Vergiss es!«, brüllte sie zurück. Regenwasser strömte ihr übers Gesicht. »Der beste Seelenverkäufer diesseits der Karibik bin ich, und so schnell wirst du mich nicht los, Kapitän Kronkorken!«

Er lachte und jubelte den nächsten Blitz an. Schnarrend schabte die schaukelnde Fähre an den alten Traktorreifen entlang, die als Fender am Holz und Stahl des Anlegers angebracht waren. Die Passagiere kauerten sich zusammen. Ein paar hartgesottene Insel-Urgewächse tippten halb unter ihren Jacken auf ihren Handys herum. Die Touristen erkannte man ganz leicht an den käseweißen Gesichtern und den verkrampften Händen, die Taschen und Jackensäume kneteten.

»Jetzt gibt es einen Rumms!«, warnte der Kapitän scheinbar hocherfreut von oben. Nur eine Sekunde später krachte das Schiff gegen die Wand des Anlegers und wurde von den Gummireifen ein Stück zurückgeworfen. Der Motor heulte auf, das Geräusch gedämpft vom Lärm des nächsten Donnerschlages. Kasper erinnerte sich wieder seiner eigentlichen Aufgabe und sprang auf, um die Rampe, über die Autos und Passagiere von Bord gehen würden, herunterzulassen. Dazu gab es einen Knopf am Heck des Schiffes, der die Hydraulik per Fernbedienung in Gang setzte.

Der Mechanismus rappelte, kreischte auf – und verhakte sich.

Die Rampe blieb hochgeklappt.

»Zum Teufel, Kasper!«, schrie der Kapitän. »Wir haben nicht ewig Zeit!« Ganz zu schweigen von den mit den Füßen scharrenden Touristen, die unbedingt von der Fähre und irgendwohin wollten, wo es wenigstens ein bisschen geschützter war. Wie weit es um die Willigkeit der im Hafen Wartenden stand, in dieser Wetterlage das Schiff zu besteigen, darüber wollte Line sich kein Urteil erlauben. Sie selbst hatte es noch nicht erlebt, aber sie nahm an, dass in ganz heftigen Stürmen die Fähre, die laut der stolzen Erzählung ihres Kapitäns im Winter sogar Eis brechen konnte, auch mal eine halbe Stunde länger am Anleger liegen blieb.

»Nimm den Hammer, wie ich es dir gezeigt habe!«, rief der Kapitän seinem Sohn zu.

Kopfüber hängte sich Kasper in eine Metallkiste neben der Ausfahrt, um besagten Hammer zu finden, doch er kam mit leeren Händen zurück. Sein Vater fluchte.

Line sah sich um. Obwohl es zwischen zwei gewaltigen Stahlwänden klemmte, schwankte das Schiff noch immer ein wenig, und Wasser strömte wie ein Bach bei Schneeschmelze über das Autodeck. Sie klopfte gegen die Scheibe von Jens Hougesens rotem Pick-up, auf dessen Ladefläche sich leere Fischkisten stapelten. Jens ließ das Fahrerfenster herunter, ungeachtet des Regens, der ins Innere drang. »Was brauchste, Mädel?«, fragte er, als befände er sich auf einem Sonntagsausflug und die Verzögerung sei lediglich ein Ärgernis in der Dimension eines Mückenstichs.

»Hast du einen Feuerlöscher an Bord?«

Er griff hinter den Beifahrersitz und holte ein Zehn-Liter-Ungetüm hervor. Line brach fast unter dem Ding zusammen, als er es ihr durchs Fenster reichte.

»Danke«, stieß sie schnaufend hervor. »Ich sorg dafür, dass die Kreisverwaltung dir einen neuen bezahlt.«

Er grinste sie mit nassem Gesicht an und ließ sein Fenster wieder hochfahren. Statt zu Kasper blickte Line fragend zu dessen Vater hinauf, der sie misstrauisch und zweifelnd musterte.

»Wo?«, rief sie hinauf.

Er kratzte sich am Kopf. »Das Ding ist zu schwer, lass Kasper das machen, oder warte, ich komme run…«

»Scheiße, Årgård, wo soll ich mit dem Ding hinschlagen?« Oh ja. Line Henriksen, Springer auf einer der kleinsten Fähren des Landes und nur wegen des gebrochenen Knochens eines anderen Mitarbeiters mit einer hübschen Anzahl an Arbeitsstunden gesegnet, konnte nach wenigen Wochen im Job fluchen wie ein alter Seebär.

»Das obere Gelenk im Mechanismus kriegt keinen Saft mehr«, rief er herunter. Klar. Auch die Straßenlampen auf dem Anleger waren dunkel. Ein Blitz musste das Stromhäuschen getroffen haben. »Du musst das manuell freischlagen, aber dazu musst du rüber auf die andere Seite.«

Der Magen rutschte ihr in die Knie. Da rüberhangeln? Es war ja nicht weit, und sie war fit. Doch sie hatte auch einen schweren Feuerlöscher dabei.

»Gibt es da drüben keinen Hammer?«, schrie sie hoffnungsvoll. Ohne Hougesens Feuerlöscher hatte sie bessere Chancen.

»Im Schuppen, ja, aber da musst du ja auch erst hin.«

Zwischen der Brücke und besagtem Schuppen breitete sich ein neu entstandener hundertfünfzig Meter breiter Ozean aus. Ehe sie den durchwatet hatte …

»Ach, fuck«, stieß sie knurrend hervor und stieg, eine Hand fest um den Griff des Feuerlöschers, auf die Reling, die man zum Be- und Entladen herunterlassen konnte, um sie mit der Rampe zu verbinden. Irgendwie gelang es ihr, mit den Zehenspitzen den Beton neben der Klapprampe zu erreichen. Sie griff um, klammerte sich an die Eisenstange, die darin verankert war, und flehte zu allen Heiligen, dass nicht ausgerechnet jetzt ein Blitz diese Stange treffen möge. Ihre Finger waren eiskalt, das Herz raste, halb von der Anstrengung, halb von der Angst, dass die Schwerkraft den Feuerlöscher zwischen Fähre und Anleger hinab ins Wasser reißen und sie mitnehmen würde. *Blubb. Ex-Line*. Sie zählte bis zwei, weil bis drei nicht genug Zeit blieb, dann hievte sie das Ungetüm mit Schwung hoch und hinüber auf den Anleger. Die Fliehkraft riss ihren Körper hinterher.

Fünf Sekunden später hob sie mit aller Kraft, die sie hatte, den Feuerlöscher über ihren Kopf und wummerte damit gegen das obere Gelenk des Klappmechanismus. Außer einem tiefen metallischen *Rumms* passierte nichts. Sie fluchte erneut, stemmte das blöde Ding noch mal hoch und ließ es auf die Verbindungsschrauben knallen.

Ein quietschendes Kreischen ertönte, das so laut war, dass sie den Feuerlöscher fallen ließ, um sich die Ohren zuzuhalten. Das war gut so, denn die Laderampe surrte mit noch ohrenbetäubenderem Lärm herunter und rastete ein. Der Feuerlöscher knallte auf die Kante der Betonmauer und von dort ins Wasser, wo er rasend schnell versank. Line taumelte zur Seite. Kasper ließ die Klappe zum Entladen runter, und wenig später rollten die ersten Autos auf die Insel. Fußpassagiere hatten die Anoraks über die Köpfe gezogen und liefen an Line vorbei. Fast jeder nahm sich die Zeit, um ihr im Vorbeikommen auf die Schulter zu klopfen.

Erst als das Scheppern in ihren Ohren verklang, hörte sie den Applaus der Wartenden, die an Bord gehen wollten oder auch nicht. Kapitän Årgård hängte sich über das Geländer vor seinem Steuerkabuff und zeigte mit einem knorrigen Zeigefinger auf sie. »Du, Mädchen, arbeitest ab morgen Vollzeit an meiner Seite«, schrie er. »Ich regel das mit der Kommunalverwaltung. Und du …« Der Zeigefinger suchte seinen

Sohn, der triefend vor Nässe wie ein begossener Pudel auf der Fähre stand und die Autos rauswinkte, »... du gehst in Teilzeit, sobald Martin wieder fit ist!«

Er schlug das Buch zu. Gegen das Donnergrollen vor dem Fenster klang das dumpfe Plopp der Buchumschlagdeckel wie ein Flüstern. Sein Blick schweifte in die Ferne. Bleischwere Regenwolken verdunkelten den Himmel. Schaumkronen tanzten auf der aufgewühlten See, und immer wieder durchzuckten Blitze das Regengrau. Das Donnern, das folgte, klang, als würden riesige Geröllbrocken aneinanderreiben.

Irgendwo dort draußen war Caroline. Auf einem Schiff. Er blickte zur Uhr. Die Fähre sollte um diese Zeit im Hafen sein. Hoffentlich blieb sie da, bis das Schlimmste vorbei war. Er schloss die Augen, und wie immer, wenn er das in letzter Zeit tat, sah er sofort ihr Gesicht vor sich. Die helle Haut, die durch den pechschwarzen Bob, den sie trug, fast durchscheinend wirkte. Die eine bunte Strähne im Haar, die immer in derselben Farbe leuchtete wie der Nagellack, den sie jeden Tag sorgfältig auftrug. Nie an zwei Tagen dieselbe Farbe. Die schmale Nase, ihr Mund, der ein wenig zu breit war. So als würde er eigentlich in ein anderes, größeres Gesicht gehören, doch wenn Line lächelte, dann konnte Adam nichts sehen als diesen Mund.

Drei Tage war sie nicht hier gewesen. *Nur* drei Tage, doch sein Leben war leerer als je zuvor.

Seufzend griff er erneut nach seinem Roman, schlug ihn an der Stelle auf, wo er aufgehört hatte zu lesen. Ihm verschwammen die Buchstaben vor den Augen, er konnte sich nicht konzentrieren.

Mit dem Zeigefinger fuhr er den Buchrücken nach. *Das Lavendelzimmer* von Nina George. Er liebte den feinen Zauber dieser Geschichte, die Opulenz der Beschreibungen, die feinsinnige Poesie und Lebensklugheit. Doch Adam Steinbach war kein Jean Perdu, der mit dem richtigen Buch jeden Lebenskummer heilen konnte. Adam hatte zu dem Buch gegriffen, weil er sich dem Protagonisten verbunden fühlte. Er liebte Bücher genauso wie Perdu, und genauso wie Perdu fühlte er sich alt und verbraucht, zerbrochen von einer Liebe, die in Wahrheit nur eine Lüge gewesen war. Caroline hatte ihm Mut gegeben. Wie Perdu wollte er nicht mehr verloren sein. Hinter dem ganzen Berg von Enttäuschungen wollte Adam das verschlossene Zimmer in seiner Seele finden. Es war Caroline, die ihm gezeigt hatte, dass es dieses Zimmer gab.

Er hätte sie nicht so anfahren dürfen. Er hätte ein anderes Buch wählen sollen, eines, das ihn daran erinnerte, wie wenig er Caroline haben durfte, keines, das seine Sehnsucht noch vergrößerte. Sie war zu jung für ihn. Mehr noch, sie gehörte zu den Menschen, die in sich selbst immer jung bleiben würden. Die mit Neugier in die Welt blickten und das Staunen nicht verlernten, egal, was das Leben ihnen für eine Last auf die Schulter hob. Von dem wenigen, das sie ihm über sich erzählt hatte, konnte er sich zusammenreimen, dass sie es nicht einfach gehabt hatte. Doch sie war nicht wie er. Caroline sah nicht zurück, sie blickte nach vorne.

Ein Lächeln spielte um seine Lippen, als er an das T-Shirt dachte, das sie beim Segelausflug getragen hatte. Zartrosa war es gewesen und so dünn, dass sich durch den Stoff die Spitzen ihrer Brüste abzeichneten. Natürlich hätte Adam das nicht auffallen dürfen. Aber er redete sich ein, dass er nur die Aufschrift gelesen hatte. *Hinfallen, Aufstehen, Krönchen richten. Weitergehen.* Dieses Motto passte so gut zu ihr, und es passte so überhaupt nicht zu ihm. Adam und Caroline trennten nicht nur sechzehn Jahre. Sie trennten Welten. Warum konnte er nicht aufhören, an sie zu denken? Und das auch noch mit einer wachsenden Sehnsucht im Bauch. Er sollte froh sein, dass sie nicht mehr kam und ihm die Entscheidung abnahm, sie irgendwann wegschicken zu müssen. Stattdessen starrte er durch die Seiten eines Buches hindurch in die Leere seines Lebens hinein.

Er stand auf, ging mit dem Roman hinüber in den Schuppen und suchte nach einer besseren Wahl. Doch auf welches Buch auch immer sein Blick fiel, jede Geschichte handelte von Liebe. Große Liebe, kleine Liebe, unerfüllte Liebe, leichte Liebe. Die Liebe von Menschen zu ihrem Land, von Eltern zu ihren Kindern, die Liebe zwischen Männern und Frauen, zwischen Menschen und Büchern. Denn jeder, der das Lesen liebte, wusste, dass, wenn sich ein Mensch einem Buch öffnete, dann liebte es ihn zurück, als sei es nur für ihn geschrieben worden. Ein deutscher Literaturkritiker hatte einmal behauptet, es gäbe nur zwei wichtige Themen: die Liebe und den Tod. Und wie Adam so dastand, inmitten seiner geliebten Schätze, da fiel ihm einmal mehr auf, wie recht der Mann gehabt hatte. Nicht nur in Büchern, auch im Leben selbst. Er dachte an Caroline, an ihre blauen Augen und die Begeisterung, mit der sie ihm vom *Kleinen Prinzen* erzählt hatte. Es war die Zeit, die der kleine Prinz mit seiner Rose verbracht hatte, die sie zu etwas Besonderem machte. Caroline hatte Adam ihre Zeit geschenkt. Sie hatte ihn von ihrem Feuer kosten lassen. Seine

Augen brannten. Er wollte nicht mehr tot sein. Er wollte leben. Und lieben. Doch Caroline verdiente mehr als ihn.

Der Regen prasselte ihr ins Gesicht. Wenigstens konnte sie es so auf die Naturgewalten schieben, dass ihre Nase lief und ihre Augen brannten. Alles nur der plötzliche Wetterumschwung und die Kälte, die damit einherging. Das war Kälte von außen. Dagegen konnte man sich mit einer Jacke und einer Mütze wappnen, wenn man wollte. Wenn es nötig wurde. Es war etwas völlig anderes, wenn die Kälte von innen kam. Dann konnte es passieren, dass einem nie wieder warm wurde.

»Line!« Durch den Regen hörte sie Louise. Mist. Ihre Großmutter besuchte eine Freundin, Ane, die in einem Haus voller Katzen lebte, und Line hatte gehofft, dass sie nicht mitbekommen würde, wenn die Enkeltochter sich auf den Weg zur Mühle machte, obwohl das Unwetter noch immer nicht vorbei war. Nach der Aktion auf der Fähre hatte sie festgestellt, dass sie die Vespa nach Hause schieben musste. Sie hatte jedes Angebot von Insulanern, sie im Auto mitzunehmen, ausgeschlagen und die Plackerei mit dem Roller beinahe genossen. Genau das Richtige, um wieder runterzukommen. Das Buch um Djamila und den Kriegsinvaliden Danijar sicher geschützt unter ihrem Anorak. Das Buch, das so langweilig begonnen hatte, so ereignislos. So schwer war sie hineingekommen, kein Vergleich zum *Kleinen Prinzen* mit all seinen Lebensweisheiten.

Daheim hatte ein Zettel von Lou gelegen, dass sie bei Ane war. Line hatte keine Lust auf *Kaffemik* und Katzenhaare, also hatte sie sich einen heißen Kakao angerührt und sich mit Djamila, Danijar und Said auf die Couch verzogen. Sie hatte sich jedoch nicht richtig konzentrieren können, da sie anstatt der Getreideernte und der Steppe Kirgistans immer nur das Bild einer Mühle vor ihrem inneren Auge gesehen hatte. Und den hochgewachsenen, schlanken Mann, dem der Wind, der vom Meer heranwehte, das silbern durchsträhnte Haar zerzauste. Der ein großer Schweiger war wie Danijar aus ihrem Roman und die Menschen mied und von ihnen gemieden wurde.

Du verdammte Insel, hatte sie gedacht und nicht Strynø gemeint, sondern ihn.

Und weil der Donner schon nur noch von Weitem herübergerollt war und auch der Regen bereits nachzulassen schien, hatte sie Louises Fahrrad aus dem Schuppen geholt. Doch ihr Weg zu Adam führte an Anes Katzenhaus vorbei.

»Ich fahr zur Mühle. Ich bleib nicht lang!«, rief sie Louise über die Schulter hinweg zu und sah, dass diese, umringt von Anes Katzen, hinter ihr bis auf die Straße herausgelaufen war.

»Bleib hier! Das Gewitter dreht um, du …« Der Rest ging im Regen unter, und Line stand in den Pedalen auf, um heftiger zutreten zu können. Doch jetzt verdunkelte der Himmel sich wieder. Der Wind frischte noch einmal auf und zerrte an ihrem Anorak. Das Wetter hatte leichtes Spiel mit ihr, denn Line hatte sich nicht die Zeit genommen, den Reißverschluss hochzuziehen. Es war nur wenig mehr als ein Kilometer von Louises Haus bis zur Mühle, eigentlich eine Sache von wenigen Minuten, aber die Geschwindigkeit, mit der der Wind das Gewitter zurücktrieb und es noch einmal über die Insel jagte und mit der er ihr den Regen direkt ins Gesicht klatschte, war beängstigend.

Sie hätte auf Louises Rufen hören sollen. Stur trampelte sie weiter, hatte den Wind jetzt gegen sich, Hagelkörner knallten ihr auf die Wangen, dass sie vor Schmerzen fluchte, nur um nicht zu weinen.

Schon konnte sie das dichte Gesträuch sehen, das um die Mühle herum wuchs. Das Gewitter zerfetzte die Rosen, riss Blätter von den Sträuchern und trieb sie die Straße herauf in Lines Gesicht. Blitze zuckten hinter den weißen Mühlenflügeln über den bleiernen Himmel. Das Meer tobte. Sie passierte das letzte Gehöft, nur noch hundertfünfzig Meter, dann hatte sie es geschafft, und sie würde den Teufel tun und zulassen, dass der Mann sie ungehört an seiner Tür kratzen ließ. Er war zu Hause. Er war den ganzen Tag lang nicht auf der Fähre gewesen, niemand wusste das besser als sie. Selbst der emsigste Spaziergänger bliebe an einem Tag wie diesem in den sicheren vier Wänden.

Waren ja nicht alle so verrückt wie Line Henriksen. Niemand außer ihr würde an diesem Tag an die Tür der Mühle pochen.

Ein Fasan schoss aus dem hohen Gras am Straßenrand hoch, stieß seinen typischen Ruf aus und rannte direkt vor ihr auf die Straße. Mit allem, was sie hatte, ging Line in die Bremsen, aber es war zu spät. Sie sah noch Federn aufstieben, die sofort vom Regen niedergedrückt wurden, auch wenn sie nicht erkannte, was mit dem Fasan geschah. Das Gefühl sagte ihr, dass sie ihn nicht voll getroffen hatte, sie hatte keinen Aufprall bemerkt. Doch die Vollbremsung blockierte die Räder, beide Reifen begannen auf dem regennassen Asphalt zu schlittern, und sie konnte das Fahrrad nicht aufrecht halten. Der Sturm drückte sie zusätzlich nieder, das Rad rutschte unter ihr ganz weg. Zuerst spürte sie den Asphalt an ihrem rechten Bein. Sie drehte sich noch, weil sie keinen Helm trug und sich nicht die Stirn einschlagen wollte. Aber so war es ihr Hinterkopf, der seitlich mit voller Wucht auf den harten Straßenbelag knallte. Ein Flimmern war das Letzte, was sie sah. Der Regen das Letzte, was sie spürte.

Adam war das Letzte, was sie dachte. Ob sie es auch rief, wusste sie nicht mehr.

8. Kapitel

Adam hörte einen Schrei. Zuerst glaubte er, er müsse sich täuschen, doch dann drangen aus dem Rauschen und Grollen des Gewitters zwei Silben an sein Ohr. Sein Name. *A-dam*. Eine hohe Stimme voller Panik.

Er ließ das Buch fallen, das er gerade in der Hand hielt, und rannte hinaus in den Regen. Jetzt war da wieder nur noch das Jaulen des Windes in den zitternden Flügeln der Mühle, das Winken der Blätter in den Hecken und das Rauschen des Regens, aber er war sicher, sie gehört zu haben. Sie war irgendwo dort draußen. Caroline. Und sie rief nach ihm.

Er rannte die Straße hinauf und musste nicht lange suchen. Noch vor dem nächsten Gehöft lag ein Mensch auf dem Asphalt. Im Näherkommen erkannte er, dass da auch ein Fahrrad war. Halb darunter vergraben blitzte Carolines rote Regenjacke auf. Alles, was er an Kondition besaß, warf er in diesen Sprint. Neben Caroline fiel er auf die Knie.

»Caroline«, sagte er, außer Atem vom Rennen und von der Furcht, die ihn packte und durchschüttelte. »Geht es dir gut?« Irgendwie gelang es ihm, den Drahtesel von ihr herunterzuhieven. In den Speichen des Vorderrads hingen ein paar Fasanenfedern. Caroline gab keinen Laut von sich. Er zog sie mit dem Rücken auf seine Oberschenkel. Wie Rabenfedern klebten ihr die nassen Haarsträhnen in der Stirn. Vorsichtig strich er sie ihr zurück. »Line«, sprach er zum ersten

Mal ihren Spitznamen aus, und seine Stimme bebte dabei. »Ich bringe dich jetzt rein, okay? Falls dir etwas wehtut, wenn ich dich hochhebe, dann sag Bescheid.«

Mit ihr auf den Armen kam er auf die Füße. Sie wog fast nichts, und er presste sie nah an seine Brust, um sicher zu sein, dass er sie wirklich hatte.

»Der Sack«, flüsterte sie und blinzelte. Das Fliederblau leuchtete durch Regen und Sturm. »Ich wollte nicht mehr Korn hineinfüllen, als du tragen kannst. Du musst ihn nicht schleppen. Nicht alleine.«

Wovon sprach sie? Die Angst zog ihm das Herz zusammen. Hatte sie eine Gehirnerschütterung und redete deshalb wirr? Auf den ersten Blick hatte er keine Verletzungen bemerkt, aber was, wenn sie beim Sturz auf den Kopf gefallen und sich ernsthaften Schaden zugefügt hatte?

»Deshalb bin ich gekommen.« Sie nuschelte die Worte, als hätte sie zu viel getrunken, doch ihr Atem roch nicht nach Alkohol, sondern nach heißer Schokolade und Regen. Mit jedem Wort gewann ihre Stimme ein wenig an Kraft. »Lou wollte nicht, dass ich bei diesem Wetter unterwegs bin. Aber ich musste dir doch sagen, dass es in Ordnung ist. Dass du den Sack wegwerfen kannst. Dass niemand dir mehr aufladen darf, als du tragen kannst. Das hat nichts mit Stolz zu tun. Auch wenn dein Bein nicht verkrüppelt ist, andere Wunden schmerzen auch, und es ist in Ordnung, sich zu wehren. Zu sagen, wenn es nicht mehr geht.« Jetzt strömten die Worte über ihre Lippen, leise, aber ungebremst, ungehindert, und endlich begriff auch er, wovon sie sprach. Sie war nicht auf den Kopf gefallen, sie war nicht verwirrt oder gar verrückt, sie war, ebenso wie er, dem Zauber der kirgisischen Steppe erlegen und der Liebe zwischen zwei Menschen, unerwartet und wunderschön, die in den Augen einer kleinen dörflichen Gemeinschaft nicht sein durfte.

»Du bist nicht Djamila«, sagte er, dabei wollte er sie küssen. Wollte die Worte trinken, die sie ihm schenkte, die Vergebung, die sie ihm anbot. Sie war gekommen, weil sie seine Last mit ihm tragen wollte. Weil sie gelernt hatte, zwischen den Zeilen Botschaften zu lesen, die ein Schriftsteller vor vielen Jahren in einem schmalen, unscheinbaren Büchlein versteckt hatte. Die Last auf seinen Schultern fühlte sich plötzlich viel leichter an, und die auf seinen Armen … Nun, er wäre kein Mann, wenn er nicht schätzen würde, wie wunderbar es sich anfühlte, einen süßen, anschmiegsamen Frauenkörper an die Brust zu drücken. An die Brust, die eben noch vor Angst keinen Platz für Atemzüge gehabt hatte und jetzt vor Stolz anzuschwellen begann.

Mit dem Fuß stieß er die Tür zur Mühle auf. Line legte eine Hand an seine Wange, während er sie über die Schwelle trug. Über ihre Wangen lief Regenwasser, feuchte Perlen hingen in ihren Wimpern.

»Line«, flehte er. »Wenn wir das machen … Wenn wir jetzt nicht aufhören …«

»Psst«, machte sie und legte ihren Daumen auf seine Lippen, fuhr zart den Bogen seiner Oberlippe nach. Mit dem Blick folgte sie dem Weg ihres Daumens, und er erschauerte. Ein stärkerer Mann hätte Nein gesagt, als sie die Augen schließlich schloss und ihm ihren Mund entgegenhob. Ein stärkerer Mann hätte sich daran erinnert, dass er zu alt für sie war, zu gebrochen war. Einen schwächeren Mann hätte die Erinnerung, wie lange es her war, dass er bewiesen hatte, was für Leidenschaft in ihm steckte, schnell zur Vernunft gebracht.

Doch in diesem Augenblick, als ihre Lippen auf seine trafen, war er weder stark noch schwach, weder weise noch ängstlich oder mutig. Da war er einfach er selbst.

Finger. Lippen. Hände. Haut.

Seine Wimpern lösten unter ihren Fingerkuppen ein sanftes Kribbeln aus.

Als sie ihre Hände unter sein Shirt schob, ertastete sie seine Rippen.

Auf das Dach und gegen die Wände der Mühle prasselte der Regen, grollte der Donner, Rauschen hüllte sie ein. Das Licht im Innern der Mühle flackerte beim nächsten Blitz, irgendwo fiel ein Buch aus einem Regal, da der Donnerschlag so heftig folgte, dass alles vibrierte.

»Willst du nachsehen, welches das war?«, fragte sie, die Lippen dicht an Adams Halsbeuge.

»Im Leben nicht, wenn du mich dort küsst«, erwiderte er rau.

»Sehr gut«, meinte sie und küsste ihn weiter. Sie spürte sein Zögern. Spürte jeden einzelnen Vorbehalt, den er hatte. Aber sie war überzeugt, stärker als das alles zu sein. Die Haut seines flachen Bauches war so herrlich warm. Glatt, während auf seiner Brust kurze drahtige Härchen wuchsen, in denen sich ihre Finger vergruben. Schwach erinnerte sie sich daran, dass sie einmal gedacht hatte, ein so schlanker Kerl könne keine Bauchmuskeln haben. Sie hatte sich geirrt. Ihre Finger strichen über flache Muskelstränge, die vor Aufregung bretthart waren. Sie küsste sein Kinn und seine Mundwinkel und fühlte, wie sein Widerstand bröckelte.

»Wovor hast du Angst?«, fragte sie.

»Davor, mein Herz zu verlieren«, antwortete er, seine Stimme nicht unähnlich dem Grollen draußen. »Dich auszunutzen.«

»Ich lasse mich nicht ausnutzen.«

»Du hast dir den Kopf gestoßen«, erinnerte er sie.

Ja. Hatte sie. Aber selten hatte sie etwas so klar gesehen wie jetzt. »Es geht mir gut«, entgegnete sie.

»Du hast Djamila gelesen«, sagte er weiter, als sei das ein Grund. »Das ist fast, als hättest du Rauschmittel genommen.«

»Es ist ein Buch.«

»Es ist hundertmal mehr als ein Buch.« Aber er hörte nicht auf, sie zu küssen, ebenso wenig wie sie aufhörte, ihn zu küssen.

»Wir könnten den Rest des Buches gemeinsam lesen«, schlug sie vor, und ein bisschen blieb ihr der Atem weg, als sie Adams Hände an ihren Hüften spürte. Stöhnend zog er ihr das T-Shirt aus dem Bund der Jeans. Ein bisschen wie ein Verdurstender, der einen Quell gefunden hatte, aber die Grasnarbe darüber noch zur Seite räumen musste. Mit einem leisen Lachen über diesen Gedanken und das Bild, das er in ihren Kopf malte, hob sie beide Arme, und nach einem kurzen zweifelnden Blick streifte er ihr das Shirt über den Kopf.

»Ich glaube nicht, dass das eine gute Idee ist. Lesen, weißt du«, meinte er und betrachtete sie.

»Und das von dir, der immer behauptet, Lesen sei eine ganz vorzügliche Idee? Es steckt in der Innenseite meines Anoraks. Das Buch.«

»Da steckt es für diesen Moment gut«, stieß er knurrend hervor und schien den Blick nicht abwenden zu können.

Adam war anders. Er erzählte keine leeren Floskeln davon, wie schön sie wäre. Sie war nicht schön. Sie war zu dünn und hatte ein paar unkoordinierte Tätowierungen an verschiedenen Stellen ihres Körpers, die alle Folgen von zu viel Alkohol und zu wenig Selbstbeherrschung gewesen waren. Die Haut zwischen diesen Bildern war zu blass, und ihre Hüftknochen stachen hervor. Wenn sie in Kopenhagen mit einem Mann ins Bett gegangen war, der ihr dann theatralisch zuflüsterte, wie schön sie sei, hatte sie sich immer das Lachen verbeißen müssen. Dennoch hatte sie den Typen den Gefallen getan vorzugeben, als sei sie geschmeichelt.

Adam sagte so etwas nicht. Vielleicht hätte sie damit rechnen sollen, dass Adam sie mit Liebessonetten von Shakespeare umgarnte. Aber wenn er Shakespeare zitiert hätte, hätte sie es nicht mal erkannt. Er schaute sie nur an, Goldperlen in den regengrauen Augen, und sie fühlte sich plötzlich schön. Begehrenswert. Einmalig.

»Sag, dass das keine gute Idee ist«, raunte er, streckte eine Hand aus und legte die Handfläche mit weit gespreizten Fingern auf ihr Brustbein. Sie spürte, wie ihr Herz unter seiner Handfläche schlug.

»Es ist keine gute Idee. Aber ich will es«, sagte sie.

»Ich meinte, gemeinsam Djamila zu lesen.« Ein kurzes Glitzern in diesen wahnsinnig schönen Augen, ein Zucken seines Mundwinkels.

»Ich auch«, sagte sie und grinste. »Ziehst du dich nicht aus?«

»Das? Das ist auch keine gute Idee.«

»Stimmt, doch ich will auch das trotzdem. Und wegen der Verhütung musst du dir keine Sorgen machen oder wegen was anderem.« Sie fasste nach dem Bund seines Shirts, und er hob die Arme, wie sie es gemacht hatte. Sie strich zart über seine Rippen, sodass Adams Körper leicht zuckte.

Dann fühlte sie wieder seine Finger. Auf ihr. Er fuhr das erste Tattoo nach. Das zweite. In diesem Moment erinnerte sie sich nicht einmal, was das für Bilder waren, sie waren so unbedeutend. Doch Adam gab ihnen Bedeutung, so wie er sie zu einer schönen Frau machte.

»Rede mit mir, Adam«, bat sie. »Es ist nicht so schwer, wie du glaubst.«

»Bald. Nicht jetzt. Jetzt will ich dich berühren. Ich hab …« Er stockte, schluckte, wich ihrem Blick aus, ehe er nachgab und sie direkt anschaute. »Ich hab so lange keine Frau in den Armen gehalten.«

»Ich beiße nicht.«

»Vielleicht wäre es besser, wenn du es tun würdest. Besser für uns beide. Damit ich zur Besinnung komme.«

»Was, wenn es dich zur Besinnung bringt, wenn ich nicht beiße?«

Dann wurde der Raum nur noch von dem Geräusch raschelnden Stoffs erfüllt und ihren leisen Seufzern. Der Donner verklang in der Ferne. Der Regen, der gegen die Wände der Mühle trommelte, ließ nach, wurde zu einem sanften Rauschen, das sich mit dem Rauschen der Wellen mischte.

Adams lange Gliedmaßen. Er war nicht heil. Sie war nicht schön. Aber zusammen ergaben sie Sinn in dieser Welt, fand sie, während er sie sanft auf eine alte Wolldecke zwischen den Büchern, die die Mühle füllten, gleiten ließ und sich über sie schob. Er schaute sie an, hielt ihr Gesicht zwischen seinen Händen und lächelte an ihren Lippen sein trauriges, seelenvolles Lächeln. Als er in sie eindrang, fühlte es sich so an, als gehöre er dorthin. Still. Kein Feuerwerk, kein Tusch eines fünfzigköpfigen Orchesters. Eher wie das Rauschen der Wellen an den Strand vor der Mühle, ein Gleiten, eine unwiderstehliche Flut.

»Ich hätte dich wenigstens ins Bett bringen können«, murmelte er, sein Körper mit ihrem vereint. Sanft. Vorsichtig. Sie wagte kaum zu atmen, weil sie fürchtete, ihn dann zu verlieren.

»Dann hättest du es dir womöglich anders überlegt«, erwiderte sie.

»Sehr wahrscheinlich.« Als er ein wenig lachte, fühlte sie ihn tief in sich, das Vibrieren und Beben seines Körpers. Ihr Herz raste, sie spürte es an seiner Brust wie vorhin unter seiner Handfläche. Nie zuvor hatte sie sich einem Menschen so nahe gefühlt. Sie wusste nichts über ihn, und doch war er der erste Mensch, der sie an sich heranließ. Ein Geschenk, weil sie wusste, wie schwer ihm das gefallen sein musste. Und sie erwiderte das Geschenk. Denn mit einem Beben und einem Erschauern erkannte sie, dass er der Erste war, dem sie sich wirklich öffnete. In seinen Augen las sie den Moment, in dem er das erkannte. Er schloss die Augen und senkte die Stirn gegen ihre.

»Wird Danijar irgendwann auch mit Djamila schlafen?«, fragte sie, die Finger in seinen Haaren. »Sie sind füreinander bestimmt.«

»Das kannst du gar nicht wissen. Sie kennen einander doch kaum. Sie kennt ihn so wenig, dass sie ihm diesen Sack aufgebürdet hat, weil sie glaubte, nie im Leben würde er den bis nach oben schleppen.«

»Ich fühle es. Er liebt sie. Er schleppt den Sack bis nach oben, obwohl er fast darunter zusammenbricht, weil er will, dass sie hinschaut. Weil er will, dass sie ihn wirklich sieht, dass sie sieht, wie viel mehr in ihm steckt, als sie am Anfang erwartet hat.«

»Aitmatow ist ein großer Wortakrobat.«

»Es funktioniert.« Sie strich über seinen Nacken, als er sich in ihr zu bewegen begann.

Sie hatte keine Ahnung, ob Adam und sie füreinander bestimmt waren. Ob sie überhaupt auf der Insel bleiben würde oder ob es vielleicht er sein würde, der davonrannte, weil er es nicht ertrug, jemanden so nah heranzulassen.

Sie kannte nur noch diesen Moment. Haut an Haut. Brennender Atem, der kühlend über erhitzte Glieder strich. Seine Augen, in denen Gold perlte. Seine Lippen, die so ganz anders waren als alles, was sie je erlebt hatte. Seine Kraft, die er ihr schenkte, und seine unglaubliche Fähigkeit, Menschen zu sehen.

Nichts anderes war jetzt noch wichtig.

Sie hielt ihn fest, fiel in seinen Rhythmus ein, zaghaft zuerst, sanft, tastend. Prüfend. Dann heftiger. Leidenschaftlicher. Wie das Meer, wenn der Wind über es hinwegpeitscht und die Wellen aufschäumen lässt. Wie die Welt da draußen, die nach dem endgültigen Abzug des Gewitters wieder zu sich kam. Ein Strahl der Abendsonne fiel durch ein hohes Fenster in der Mühle. Das Zirpen der kleinen Vögel, die im Gesträuch der Strandrosen lebten, begleitete sie. Und Adams leises Seufzen. Oder ihr eigenes. Sie wusste es nicht mehr. Es spielte auch keine Rolle.

»Du solltest deine Großmutter anrufen und ihr sagen, wo du bist und dass es dir gut geht.«

Leise lachte Line. »Du bist so ein Lehrer. Ich hab ihr gesagt, wohin ich fahre, und wenn ich nicht wiederkomme, wird sie sich denken können, was mich aufgehalten hat.« Sie vergrub die Nase an seiner Brust. Es war ein schöner Geruch, und sie atmete tief ein, als könnte sie so nicht nur den Duft in sich aufnehmen, sondern auch den Moment. Noch immer ging sein Atem ein wenig schwerer als sonst.

»Was genau wird sie sich denken können?« Er räkelte sich ein wenig und zog sie enger an sich. Line schwieg, weil sie lieber nicht darüber nachdenken wollte, was Lou sich ausmalte und wie sie dann reagieren würde.

Für eine Weile atmeten sie nur zusammen, Adam und sie. Er zerrte an den Klamotten am Boden und breitete so gut es ging sein T-Shirt über sie beide aus, aber weil auch das nass vom Regen war, spendete es keine Wärme, und sie erschauerte. Die einzige Decke weit und breit lag unter ihnen.

»Wir sollten uns anziehen«, sagte er.

»Mir ist nicht kalt«, log sie. Oder vielleicht war es doch die Wahrheit, denn sie hatte zwar Gänsehaut, aber in ihr drinnen war es ganz warm.

Sie schloss die Augen und döste ein wenig, und als er begann zu sprechen, wusste sie im ersten Moment nicht, ob sie träumte oder wach war.

»Ich habe dir erzählt, dass ich ein heilloser Romantiker bin. Aber ich habe dir nie gesagt, was das bedeutet. Es bedeutet, dass ich an die Liebe glaube oder zumindest«, berichtigte er sich, »daran geglaubt habe. Als ich in der fünften Klasse am ersten Tag ins Gymnasium kam, sah ich in der letzten Reihe dieses Mädchen sitzen. Miriam hieß sie.« Line musste Adam nicht anschauen, um sicher zu sein, dass er die Augen schloss. Er verlor sich in der Vergangenheit, doch sie war ganz im

Jetzt. Egal, wie sehr sie sich gewünscht hatte, mehr von ihm zu erfahren, dass er ihr tatsächlich erzählen würde, welche Last er trug, hatte sie nicht hoffen können. Sie lag ganz still aus Angst, die kleinste Bewegung könnte ihn verschrecken und seine Worte versiegen lassen. Etwas in ihr spürte, dass er nicht von sich preisgab, weil sie es sich wünschte. Sondern weil er es loswerden musste. Seine Seele wagte den ersten Schritt, eine ungeheure Last abzuwerfen.

»Ich habe sie gesehen und sie geliebt.« Er lachte ein wenig, doch es klang hohl. »Das kommt dir vielleicht komisch vor. Was weiß ein zehnjähriger Bengel schon von der Liebe? Aber auch jetzt, mit mehr als vier Jahrzehnten auf dem Buckel, weiß ich kein anderes Wort für das Gefühl, das mir jedes Mal die Brust eng gemacht hat, wenn ich sie nur anschaute. Ich liebte sie aus der Ferne. Na ja, aus der ersten Reihe, doch drei Bankreihen sind in der fünften Klasse eine ganze Menge, und ich liebte sie bis zum Abitur. Ich liebte sie, während sie für andere schwärmte und lachte, und nachdem wir beide mit der Schule fertig waren, hatte ich endlich begriffen, dass ich zu langsam gewesen war. Ich habe mir geschworen, das nächste Mal schneller zu sein. Falls die Liebe mich noch einmal finden würde, wollte ich nicht warten und hoffen, sondern ich wollte sie bei den Hörnern packen und zähmen.«

»Du hast schon damals den *Kleinen Prinzen* gemocht, was?« Line konnte sich nicht mehr zurückhalten. Sie musste ihn einfach necken, und letztendlich war es gut, denn vielleicht war genau das der Grund, warum er den Mut fand weiterzusprechen.

»Das zweite Mal traf mich die Liebe nach dem ersten Staatsexamen. Ich liebte Bücher und hatte mich für Germanistik und Geschichte auf Lehramt entschieden, weil es mir vernünftig erschien und als die einzige Möglichkeit, mit einem Germanistikstudium auch ein geregeltes Einkommen zu haben. Andrea traf ich auf einer Semester-Party, zu der mich irgendeine Kommilitonin geschleppt hatte. Mein ganzer Studiengang war voll von Frauen, und nicht eine einzige hat meinen Blick auf sich gezogen, aber ich erinnere mich noch heute, wie ich in den schlecht beleuchteten Raum im Keller irgendeines Wohnheims gekommen bin und sie gesehen habe. In diesem Keller hat es nach Bier, nassen Socken und versagendem Deo gerochen, doch dann traf das Licht der Discokugel sie, und ich hätte an keinem anderen Ort der Welt sein wollen. Ich hab mich daran erinnert, was ich mir am Tag meiner letzten Abiprüfung geschworen hatte, als ich Miriam zum letzten Mal sah. Die Liebe bei den Hörnern zu packen, wenn sie mir das nächste Mal begegnet. Also habe ich zwei Bier und zwei Feiglinge an der Bar bestellt und bin zu ihr gegangen.«

»Bier und Feigling?« Line schüttelte sich übertrieben. »Kein Wunder, dass es nicht funktioniert hat.«

»Aber es hat doch funktioniert. Sie hat mir ihre Telefonnummer auf den Handrücken geschrieben, und am nächsten Tag haben wir uns für einen Spaziergang im Park verabredet. Sie studierte Betriebswirtschaftslehre und war wahnsinnig ehrgeizig. Ich war bis über beide Ohren verliebt und konnte gar nicht glauben, dass sie mich, ausgerechnet mich, haben wollte. Ich meine, ich wollte Lehrer werden. Gibt es irgendeinen Beruf, der noch steifer wirkt? Mal abgesehen vom Steuerberater. Und Andrea? Sie hat in den Semesterferien bei großen Beratungs- und Wirtschaftsprüfungsfirmen gejobbt und ist noch während des Studiums für Praktika nach Paris und Boston und London geflogen. Kaum hatte sie ihr Diplom in der Tasche, musste sie sich nur entscheiden, welches der vielen

Angebote von namhaften Unternehmen, in denen sie längst Eindruck gemacht hatte, sie annehmen wollte. Sie verdiente als Berufsanfängerin mehr, als ich nach fünf oder sechs Beförderungsrunden verdienen würde, und noch immer wollte sie mich. Ein paar meiner Freunde haben mich gefragt, ob mich das nicht nerven würde. Dass sie mehr verdiente als ich, dass sie all diese Geschäftsreisen machte, während ich jahrein jahraus mit desinteressierten Jugendlichen über den Unterschied von Modal- und Temporaladverbialen sprechen musste. Doch es hat mich nicht gestört Ich übte einen Beruf aus, der mich erfüllte, und ich war stolz auf meine Verlobte. Und stolz auf mich, weil ich mich für einen modernen Kerl hielt, der es nicht nötig hatte, durch Statussymbole seine Männlichkeit zu beweisen. Sie sagte, dass sie mich liebt. Sie sagte, abends zu mir zurückzukommen, nach einem anstrengenden Tag, wäre alles, was sie brauchte, um glücklich zu sein. Ich sei ihr Anker, und für mich war sie ein Schmetterling.«

Er stockte, und Line spürte dem Wort nach. Ein Schmetterling. Frei und schön und nicht zu zähmen. Es brauchte keine Wahrsagerin, um zu ahnen, dass diese Geschichte kein Happy End hatte.

Seufzend rieb sich Adam mit der freien Hand über die Wange. Es war so leise geworden in der Mühle, dass Line das Kratzen der Handfläche an seinen Bartstoppeln hörte.

»Es war, zwei, vielleicht drei Jahre nachdem wir zusammengezogen waren und meine Verbeamtung bewilligt worden war, dass ich Andrea sagte, wie sehr ich mir Kinder wünschte. Wir hatten beide perfekte Jobs, gute Gehälter, hatten unser Leben im Griff. Wir liebten uns. Ich wollte, dass aus dem Wunder unserer Liebe Leben wird. Ich wollte sie heiraten und eine Familie gründen. Unsere Familie. Ich wünschte mir, in die Gesichter heranwachsender Menschen zu sehen und darin Teile von ihr und von mir wiederzuerkennen. Ich wollte dabei sein, wenn aus winzigen Wesen Persönlichkeiten wurden. Ich wollte Andrea, und ich wollte, dass etwas von ihr bleiben würde, auch dann noch, wenn sie und ich und unsere gemeinsame Geschichte lange Vergangenheit war.«

»Wenn du nicht weiterreden willst ...« Plötzlich hielt Line es nicht mehr aus. Sie ahnte, dass sie sich dem traurigen Höhepunkt der Geschichte näherten, und wollte nicht, dass er noch einmal erleben musste, was immer ihm das Herz zerschmettert hatte.

Aber er schüttelte den Kopf. Wie jeder Mensch, der Geschichten liebte, wusste er, dass sie ein Ende brauchten, um ganz zu sein. Und er würde dieses Ende weder ihr noch sich selbst ersparen. »Sie hat mir nie erzählt, dass sie keine Kinder will. Sie hat gar nichts gesagt. Wir haben geheiratet, doch wir einigten uns, dass wir es nicht überstürzen wollten. Irgendwann habe ich keine Anti-Baby-Pillen mehr im Bad gesehen, also dachte ich, sie ... ich dachte, sie würde meinen Wunsch teilen. Ich war so glücklich. Ich hab ... wenn es mal wieder einen Monat nicht geklappt hat, habe ich sie getröstet. Sie wurde immer verschlossener, und ich dachte, der Grund wäre ihre Enttäuschung. Immer öfter blieb sie abends länger im Büro, und wenn ich ihr sagte, dass ich sie vermisse, erwiderte sie, als Beamter könnte ich das nicht verstehen. Die freie Wirtschaft würde Engagement und Opfer verlangen. Sie machte Geschäftsreisen, noch mehr als früher, da sie noch ein paar Stufen auf der Karriereleiter erklimmen wollte, ehe es zu spät wäre. Ich ... Sie war mein Schmetterling, ich wollte sie nicht einsperren, aber irgendwann wurde ich doch misstrauisch. Ich habe angefangen, ihre Zahnbürste zu überprüfen, ob sie nachts überhaupt zu Hause gewesen ist, als sie behauptete, sie würde im Gästezimmer schlafen, um mich nicht zu wecken, wenn im Haus bei ihrer Heimkehr schon alles dunkel war. Ich habe mich selbst gehasst, aber nachdem ich einmal angefangen hatte, ihr hinterherzuspionieren, konnte ich nicht mehr damit aufhören. Und so habe ich die Papiere von der Klinik in Amsterdam gefunden. Einer …« Er schluckte, als würde es ihm körperlich Schmerzen bereiten, das Wort auch nur auszusprechen. »Einer Abtreibungsklinik. Sie war nicht nur einmal dort, Caroline, sondern dreimal. Andrea war dreimal in Holland, um meine Kinder abzutreiben, damit ich nichts davon mitbekomme. In den Papieren von der Klinik waren auch die Ultraschallbilder. Drei perfekte kleine Menschen. Man konnte schon etwas auf den Bildern erkennen. Und dann auf den anderen Fotos, die in den Arztberichten dokumentieren, dass die Eingriffe erfolgreich gewesen waren, das schwarze Loch einer Gebärmutter. Ich habe die Akten gefunden, und als ich begriffen hatte, was ich da in Händen hielt, ist etwas in mir gestorben. Die Liebe zu Andrea, natürlich, aber noch mehr. Ich habe mich so verraten gefühlt, dass ich glaubte, der Riss, der sich in mir auftat, würde für den Rest meines Lebens klaffen. Statt der Kinder, die ich in den Armen halten wollte, hielt ich die Beweise, dass Andrea und ich … dass wir …« Er stockte, rieb sich über das Gesicht, sein Brustkorb bebte. »Ich wusste, dass, wenn ich der Liebe noch einmal begegnen würde, ich nicht zugreifen wollte. Ich würde sie verjagen mit allem, was ich hatte. Wo Liebe ist, ist immer auch viel zu viel Schmerz.«

Line hatte keine Ahnung, was sie sagen sollte. Ihr Körper schmerzte, so schwer war ihr Herz von dem, was er ihr erzählt hatte. Doch dann fiel ihr eine Zeile aus dem *Kleinen Prinzen* ein. Sie nahm Adam bei der Hand, stand auf und zog ihn mit sich auf die Füße. Dass sie beide noch immer nackt waren, störte sie nicht.

»Was hast du vor?«, fragte er vorsichtig. An diesem Abend hatte er sie nicht nur geliebt, er hatte zugelassen, dass sie ihn zurückliebte, und das war noch viel schwerer. Für ihn, wie sie jetzt verstand, aber nach dieser Geschichte auch für sie. Denn er hatte Verantwortung in ihre Hände gelegt. Vertrauen, ein zartes, kleines Pflänzchen, das ein wenig Unachtsamkeit gar zu schnell zerdrücken konnte.

»Wir gehen nach draußen. Wir schauen uns den Himmel an. Erinnerst du dich an den Satz über Sterne, die lachen können? Jetzt weiß ich, warum ich ausgerechnet den *Kleinen Prinzen* lesen musste. Das war Schicksal. Ich musste ihn lesen, um dich genau daran erinnern zu können.«

Er lächelte ein wenig, es war ein trauriges Lächeln, aber das war besser als nichts. Weil ihre eigenen Sachen noch immer durchnässt waren, lief er nach oben auf die Galerie und holte aus seinem Schrank ein T-Shirt und einen Pullover für sie und eine Jogginghose, die sie mit einem Gürtel um ihre Taille festzurrten.

Wenn jetzt jemand gekommen wäre, um vom Anleger vor der Mühle hinaus aufs Meer zu blicken, hätte er ein seltsames Paar dort stehen gesehen. Zerzaust und verwuschelt, als seien sie durch einen Orkan gesegelt und hätten nur mit Ach und Krach überlebt. Doch es machte nichts. Denn als Adam Line von hinten umarmte und sie gemeinsam in den Sternenhimmel blickten, da war sie sich sicher, dass drei Sterne ein wenig munterer blinkten als alle anderen.

9. Kapitel

Er hatte keine Ahnung, was ihn ritt. Er sollte das nicht tun. Es gäbe genug anderes. Ein halb fertiges Lektorat wartete oben an seinem Schreibtisch auf ihn, und gleich drei Verlage beknieten ihn, einen neuen Auftrag anzunehmen. Talente zu formen, war jahrelang einer von allzu wenigen Lichtblicken gewesen, die er in sein Leben hereingelassen hatte.

Aber da war ein neuer Lichtblick. Ein brillanter Stern, der in die Schwärze seiner Existenz hereinschien und dem er sich nicht entziehen konnte. Er wusste, dass es eine Dummheit war, sie in sein Herz zu lassen, denn früher oder später würde er ihr im Weg stehen. Sie war wie ein kleiner neugieriger Vogel, der einfach länger gebraucht hatte als die anderen, um flügge zu werden, jetzt aber auf der Kante des Nestes hockte und schon ein paarmal versucht hatte, die Flügel auszubreiten. Bisher hielt die Höhe des Baums, in dem das Nest gebaut war, den kleinen Vogel davon ab, sich hinauszustürzen in die Welt. Aber nicht mehr lange.

Es wäre einfach falsch, derjenige zu sein, der den kleinen Vogel fing und ihn in einen Käfig setzte. Den Käfig aus Einsamkeit, den Adam nicht länger allein ertragen konnte.

Es war nicht Carolines Aufgabe, seine Einsamkeit zu lindern. Nicht ihre Verantwortung, dafür zu sorgen, dass Adam Steinbach wieder in einer Gemeinschaft Fuß fasste. Er musste sie fliegen lassen. Und je länger er sich an ihre Anwesenheit in seinem Leben klammerte, desto schwerer würde es werden.

Dennoch setzte er sich zur passenden Zeit ins Auto und fuhr einmal quer über die Insel, hinüber zum Fähranleger. Er hätte arbeiten können, doch er hatte den ganzen Tag nicht gearbeitet, da kam es auf ein paar Minuten mehr oder weniger auch nicht mehr an.

Er musste sie sehen.

Er erinnerte sich an die Berührungen ihrer Finger auf seiner Haut. An ihre Worte. An Djamila und Danijar und an den Blick aus Carolines fliederblauen Augen, wenn sie die Lider hob. An das Wissen darin, das Verstehen.

Sie war eine ganz besondere Frau.

Als er am Anleger eintraf und den Kombi neben dem Fahrradunterstand parkte, war die Fähre noch nicht viel mehr als ein schwarz-weißer Fleck auf dem Meer, auf halbem Weg zwischen dem Festland und der Insel. Nur ein paar Segler kletterten auf ihren Booten herum, die sie zum Rausfahren fertig machten. Zwei Kajaks zogen ein paar Meter vor dem Strand vorbei, auf dem mehrere Schwanenpaare ihrem Nachwuchs Schwimmunterricht erteilten. An den zerstörerischen Sturm des vergangenen Abends erinnerte nur noch der Wind, der an den Bäumen zerrte, die die Straße ins Dorf säumten.

Auf der anderen Seite des Unterstands für Fahrräder war ein alter Motorroller aufgebockt, und die Tür der Bücherschrank-Telefonzelle stand offen. Jemand stand dort und betrachtete die Regale.

Normalerweise wäre Adam nicht hingegangen. Er wusste, dass die ganze Insel wusste, dass er es war, der die Zelle bestückte. Trotzdem nutzten sie sie, ob nun als Friedensangebot oder in der Hoffnung, dass sie ihn dadurch irgendwann erreichen würden. Niemals hatte er jemanden angesprochen, der sich daran bediente oder etwas zurückstellte. Der alte Adam, den zu besiegen ihm so wahnsinnig schwerfiel, überlegte, es auch jetzt nicht zu tun. Doch der neue Adam, der mit Caroline die Freude erlebte, einem anderen Menschen die Welt der Bücher zu eröffnen, bewegte seine Füße längst in Richtung der Telefonzelle.

»Hej«, sagte er, als er nur noch wenige Schritte entfernt war.

»Oh.« Der Mann, halb in der Zelle, stieß sich beim erschrockenen Umdrehen den Kopf am Türrahmen. »Hej.« Er hielt das Hardcover hoch, in dem er geblättert hatte. »Was dagegen?«, fragte er misstrauisch. So, als wäre der einzige Grund für den seltsamen Einsiedler, jemanden hier anzusprechen, der, dass er ihm das Buch aus der Hand schlagen wollte.

»Dazu sind sie da«, antwortete Adam ruhig und wies lächelnd auf den Einband. »Gute Wahl.«

»Hm, keine Ahnung. Line meinte, ich soll es doch mal versuchen. Bin nicht so der Leser.«

Adam streckte ihm die rechte Hand hin. »Arne, nicht wahr? Du führst zusammen mit Kirstine das Gasthaus in der Stjernegade.«

»Schuldig im Sinne der Anklage«, sagte Arne vorsichtig grinsend. »Ich glaube, wir hatten noch nicht das Vergnügen … Adam, richtig?«

Adam versuchte gar nicht erst, seine Schuldgefühle zu vergeben. »Das fehlende Vergnügen ist ganz eindeutig meine Schuld. Du hast also mit Caroline gesprochen? Wegen der Bücher hier?«

»Mit wem? Oh!« Arne kratzte sich am Kopf. »Richtig. Line, ja. Sie hat erzählt, dass sie oft zu dir in die Mühle runtergeht, um gemeinsam zu lesen. Und ich bin mit der Renovierung der Gästezimmer fertig, aber die Touristen tauchen ja erst in ein, zwei Wochen auf. Bis dahin haben wir höchstens an den Wochenenden um die Mittagszeit was zu tun, wenn die Zwillinge bei Kirstines Mutter sind. Kirstine hat den Laden im Griff, und im Garten ist momentan auch nichts mehr zu machen, also …« Er ließ den Satz unbeendet und wies in die Zelle hinein.

»Ein kluger Gedanke.« Adam legte zwei Finger auf den Einband in Arnes Händen. »Und ein sehr kluges Buch. Du wirst deine Freude daran haben. Liest du sonst überhaupt nicht?«

»Die Tageszeitung im Internet.«

»Gar keine Bücher?«

»Zuletzt in der Schule. Ich glaube, die haben es mir ausgetrieben. Ich hab danach nie mehr den Wunsch gehabt, ein Buch anzufassen.«

»Darf ich fragen, warum?«

Arne zuckte mit den Schultern. »Wer will schon irgendwelche Klassiker lesen und sie dann hinterher im Unterricht zerpflücken. Man musste jedes einzelne Wort lesen, auch wenn einem sterbenslangweilig dabei war, damit man auch sicher sein konnte, jede Frage des Lehrers zum Roman beantworten zu können. Und mein Vater … also der hat sehr viel Wert auf Schulnoten gelegt, meinte, wer in der Schule nichts ist, wird auch im Beruf mal nichts werden. Und nun sieh mich an.«

»*Wer nichts wird, wird Wirt*, meinst du?« Adam sagte es auf Deutsch und übersetzte es dann frei, und Arne lachte schallend.

»Das trifft es sehr gut. Aber sag doch ehrlich. Ich meine, du bist von noch weiter weg auf die Insel gekommen. Es gibt ja wohl schlechtere Gegenden, in denen man aufschlagen und seine Kinder großziehen kann, oder?«

Es fiel Adam nicht leicht, das Zusammenzucken zu verbergen. Nein, er sollte sich das nicht anmerken lassen. Zum ersten Mal überhaupt wagte er ein Gespräch mit jemandem hier, und schon führte der Weg zielsicher in sumpfiges Terrain. Er zwang sich zu einem Lächeln. Sicher meinte Arne es nicht böse.

Adam gab sich einen Ruck. »Ja, gibt es.« Er blickte auf und sah, dass die Fähre sich näherte. Zum Glück. Er konnte sich dieser Unterhaltung entziehen. Noch einmal wies er auf das Buch. »Erzähl mir einfach hinterher, wie es dir gefallen hat. Wir brauchen es auch gar nicht zu zerpflücken.«

Arne grinste zurück. Sollte ihm aufgefallen sein, dass sich an Adams Stimmung etwas geändert hatte, ließ er es sich nicht anmerken. »Sehr gut. Fährst du rüber nach Langeland?«

»Nein. Ich hole Caroline ab.« Und damit ließ er Arne stehen, der mit halb offenem Mund seine Hände mit dem Buch sinken ließ.

Er stand da, auf dem Vorplatz des Fähranlegers, als hätte er schon immer dort gestanden. Ein Mann wie eine Statue, breitbeinig, die Schultern gespannt, die dunklen Haare lang genug, damit der Wind mit den Strähnen spielen konnte.

Lines Bauch zog sich zusammen, so tief rührte sie sein Anblick. Er winkte nicht, er rief ihr nicht irgendwelche idiotischen Dinge zu. Er respektierte ihre Arbeit und wartete darauf, dass sie zu ihm kam. Der Mann, der eine Insel war, hatte für sie eine Brücke gebaut.

Nachdem alle Fahrgäste das Schiff verlassen hatten, holte sie ihre persönlichen Sachen aus dem Personalraum unter der Treppe und winkte im Vorbeigehen Kapitän Årgård zu.

»Denk an morgen«, sagte er auf seine typische Weise, ein bisschen brummig, aber sie wusste, dass er so nicht war. Ruhige See langweilte ihn. Wenn allerdings ein Sturm die Fähre durchschüttelte, sah man den echten Isak Årgård. »Zieh ein frisches Hemd an und polier deine Schuhe, damit du mir in der Kommunalverwaltung einen guten Eindruck machst.«

»Aye aye, Käpt'n.« Sie tippte sich mit zwei Fingern an den Schirm ihrer Baseball-Kappe und grinste ihn an. »Ich werde ganz brav sein.« Zu dritt waren sie im Büro für Verkehrswesen angemeldet, Isak, Kasper und Line, um eine Änderung der Arbeitsverträge in die Wege zu leiten. Vollzeit auf der kleinen Fähre zu ihrer Heimatinsel, das klang noch immer ein wenig wie ein Traum. Dann würde sie auch endlich maßgeschneiderte Uniformen bekommen, wo über dem Logo der Fähre ihr Name eingestickt war. Line konnte es kaum erwarten. »Hab einen schönen Abend. Kommt Kasper eigentlich auch zum Johannisfeuer, hat er irgendwas gesagt?«

»Was weiß ich, so was musst du ihn fragen. Der Junge macht doch ohnehin, was er will. Würd mich nicht wundern, wenn er sich bald ganz hier auf der Insel verkriecht. Kein Schmackes in den Gliedern, der Bursche. Ich in seinem Alter hatte schon dreimal den Äquator überquert. Und was macht er? Spielt auf einer gottverlassenen Insel den Babysitter für jeden, der es braucht.«

»Er hat ein Händchen für Kinder.« Und Strynø war nicht der schlechteste Ort, um ein Zuhause zu finden, fügte sie in Gedanken hinzu, doch sie wollte die Diskussion nicht länger hinausziehen als nötig. Dort drüben, nur ein paar Schritte entfernt, wartete Adam.

»Er ist aber auch ein Mann, und sein Blut ist das eines Seefahrers.«

»Wie auch immer, sag ihm einfach, dass ich mich freuen würde, wenn er kommt. Bis dann.«

Die Verabschiedung, die Årgård ihr nachrief, ging als Nuscheln in seinem Bart unter.

An einem Tag wie heute konnte ihr die altmodische Weltanschauung des Kapitäns nicht die Laune verderben. Beschwingten Schrittes trat sie auf Adam zu. Sie zögerte nicht mal den Bruchteil einer Sekunde, ehe sie ihm die Arme um den Hals schlang und ihn auf den Mund küsste.

»Hej«, begrüßte sie ihn, und das Leuchten in seinen Augen verriet ihr, dass er sie mindestens ebenso sehr vermisst hatte wie sie ihn. Idiotisch, wenn man bedachte, dass sie sich erst vor wenigen Stunden getrennt hatten. Aber so war es eben, wenn es Juni war, die Sonne schien, die Tage sich unendlich lang streckten und man verliebt war.

»Hej«, sagte auch er. Er küsste sie nicht zurück, zog sie nicht enger an sich oder machte gar eine Show aus ihrem Wiedersehen. Aber an ihren Lippen spürte sie sein Lächeln, und das war mindestens genauso schön. »Brauchst du einen Fahrdienst?«

»Danke, ja. Das ist süß von dir.« Da sie ihren neuen alten Motorroller noch nicht wieder zum Laufen gebracht hatte, wäre sie sonst gezwungen, einmal mehr zu Fuß hoch ins Dorf zu laufen. Adam nahm ihr den Rucksack von der Schulter und trug ihn zu seinem Wagen. Lines Arm rieb an seinem, so nah gingen sie nebeneinander, und die winzigen Härchen auf seinem sehnigen Unterarm kitzelten ihre Haut. »Hattest du einen guten Tag?«, wollte sie wissen.

Er öffnete ihr die Beifahrertür, dann warf er ihren Rucksack auf die Rückbank, bevor er das Heck des Wagens umrundete und hinter dem Lenkrad Platz nahm. »Besser, seit du wieder da bist.«

Sie lachte. »Du sagst die romantischsten Dinge. Aber ernsthaft: Was hast du heute gemacht?«

Er zuckte mit den Schultern. Leise schnurrend sprang der Motor an, und Adam lenkte den Wagen die Straße hinauf in Richtung des Dorfes. Sie hatten das schon so oft zusammen gemacht. In seinem Kombi gesessen und den knappen Kilometer vom Hafen zum Dorf an sich vorbeirauschen lassen. Doch heute war es anders. Heute legte Line ihre Hand auf die von Adam auf dem Schalthebel, schloss er seine Finger um ihre, streichelte mit dem Daumen die Innenseite ihres Handgelenks.

»Ach, nicht viel, aber ich habe Arne in der Telefonzelle getroffen. Du weißt schon, Kirstines Mann.«

»Ja, ich weiß.« Line nickte. Adam musste schalten, also nahm sie ihre Hand weg und legte sie stattdessen auf sein Bein. Die Muskeln zuckten, und sie bildete sich ein, dass er mehr Gas gab als beabsichtigt. »Wann immer sich die Gelegenheit bietet, schicke ich die Leute in deinen Bücherschrank. Wäre doch schade um deine ganzen Schätze, wenn niemand sie liest.«

»Und das aus dem Mund der Frau, die vor einigen Wochen noch meinte, das einzig hilfreiche Buch sei ein Sparbuch.«

»Und der Reisepass«, korrigierte sie ihn neckend, und gemeinsam lachten sie. Die ersten Häuser des Dorfes tauchten auf, und etwas in Line war traurig darüber, dass ihre gemeinsame Autofahrt gleich zu Ende sein würde. Doch Adam hatte sie von der Arbeit abgeholt. Das hier war kein Ende, richtig? Es war nur ein Anfang.

»Kommst du eigentlich zum Johannisfeuer?« Sie wollte ihn fragen, ob er mit reinkommen wollte. Sicher hatte Louise bereits das Abendessen aufgesetzt, und sie stellte es sich so schön vor, gemeinsam mit ihrer Mormor und Adam am Tisch zu sitzen und über die großen und kleinen Dinge des Lebens zu reden. Doch eine innere Stimme sagte ihr, dass es dafür noch zu früh war. Viel zu früh. Ganz gleich, wie viel er ihr von sich preisgegeben und wie bereitwillig er das getan hatte. Sie mussten erst gemeinsam laufen lernen, dann konnten sie rennen und springen und nach den Sternen greifen.

Vor dem Haus *Akvarellen* brachte Adam den Kombi zum Stehen. Er strich sich mit der Hand durchs Haar, und hinterher waren die wilden Strähnen noch ein wenig wilder als zuvor. Sie erinnerte sich an die vergangene Nacht, daran, wie sich ihre Finger in diesen Haaren vergraben hatten, während sie eins gewesen waren. Adam und Line. Dass er nach dieser Geste seine Hand nicht in seinen Schoß legte, sondern auf ihre Schulter, fühlte sich an wie ein kleiner Sieg. Vor allem, weil seine Fingerspitzen dabei ganz sacht über ihren Hals glitten. Und ganz besonders, als er sie dann auch noch zu sich heranzog.

»Ich weiß nicht, ob das so eine gute Idee ist. Die ganze Insel wird darüber reden, wenn du und ich da gemeinsam auftauchen.«

»Die werden auch so reden.« Sie wandte den Kopf und grinste ihn an. Los, mach schon, hieß das. *Lass uns ihnen was zum Reden geben.* Er beugte sich zu ihr herab und hauchte ihr einen Kuss auf die Lippen. Das Prickeln, das die Berührung seiner Finger an ihrem Hals ausgelöst hatte, breitete sich schlagartig im ganzen Körper aus, als sie ihn schmeckte. Lakritz und Zitrone.

»Außerdem, vielleicht will Arne bei der Gelegenheit über das Buch sprechen, das er sich ausgeliehen hat. Maria hab ich auch schon mal in der Bücherzelle gesehen, und sogar Anton geht ab und zu dort stöbern.«

»Und das erzählst du mir erst jetzt?«

Spielerisch stupste sie ihn mit dem Ellenbogen in die Rippen. »Bisher hast du mir nicht so viel Gelegenheit gegeben, über Dinge zu sprechen, die nicht unseren Unterricht betreffen, Herr Lehrer. Du bist so wahnsinnig korrekt, ich hätte mich niemals getraut, einfach so abzuschweifen. Wer weiß, womöglich hättest du mir sonst einen Verweis gegeben, oder ich hätte Strafaufgaben machen müssen.«

»Line …«, warnte er spielerisch, und sie konnte spüren, wovor er sie warnte. Davor, ihn zu erinnern, wer er war, wer sie war und dass es so viel gab, das sie trennte. Sechzehn Jahre konnten in Monaten, Wochen, Tagen und Stunden bemessen werden oder aber in den Dingen, die ein Mensch in dieser Zeit erlebte. Das, was Adam erlebt hatte, hatte ihn vorsichtig und misstrauisch werden lassen. Seit gestern verstand sie, warum. Doch da gab es etwas, das er nicht begriff. Auch sie hatte Verluste erlitten, hatte Menschen gehen lassen müssen, auf die sie ihre Hoffnung gebaut hatte, war enttäuscht und niedergeschlagen worden. Doch all das war vergangen, und er und sie, das war das Jetzt.

Sie wollte schon seufzend den Rückzug antreten, doch er hielt sie fest. Sein Griff um ihre Schulter verstärkte sich, und mit der anderen Hand umfasste er ihren Nacken und rückte sich ihren Kopf so zurecht, dass er besseren Zugang zu ihrem Mund bekam. Und dann, statt sie zurechtzuweisen, küsste er sie. Er küsste sie lange und gründlich. Die Scheiben beschlugen von ihrem heißen Atem, und sie küssten sich immer weiter. Bis es an die Fensterscheibe klopfte und sie erschrocken auseinanderfuhren.

Außer Atem von dem Kuss öffnete Line die Augen. Seitlich vom Auto, heruntergebeugt, damit er direkt ins Wageninnere schauen konnte, stand Lauge vom Krämerladen-Dreigestirn. Er grinste und drohte spielerisch ihnen beiden im Wagen mit der Pfeife.

»Wollte nicht stören!«, rief er fröhlich, kaum dass er sicher sein konnte, dass Adam und Line ihn auch hörten. »Wollte nur sicher sein, dass es wirklich ihr beiden seid, da drinnen. Konnte ja niemand ahnen.« Er klopfte mit der Pfeife gegen die Seitenscheibe, dann richtete er sich auf. Er schien nachzudenken, dann sagte er: »Wir bringen morgen und übermorgen Holz und Reisig runter an den Strand, Adam. Hast du Lust, uns beim Schichten zu helfen? Es ist doch gleich bei dir nebenan.«

Mit hochgezogenen Augenbrauen und einem frechen Grinsen auf den Lippen blickte Line Adam an. »Da hat er nicht unrecht, das Feuer ist gleich bei dir nebenan. Lou leiht dir bestimmt eine Mistgabel, damit du beim Abladen und Auftürmen helfen kannst.«

Zwar verzog er kurz die Miene, aber sie konnte sehen, dass er sich nur aus Gewohnheit zierte. Lauge und sie hatten längst gewonnen.

»Ich habe eine Mistgabel«, stieß er gespielt pikiert hervor.

Wie es schien, wurde Adam doch tatsächlich zu einem waschechten Insulaner. Lines Herz machte einen kleinen Hüpfer, dann gab sie Lauge durch die geschlossene Scheibe das *Daumen hoch*-Zeichen. Lauge tippte sich zum Abschied mit dem Zeigefinger an den Schirm seiner Mütze.

Halb lachend, halb stöhnend lehnte Line sich im Beifahrersitz zurück. »Ich schätze, Diskretierung ist kein Grund mehr, nicht zusammen zum Johannisfeuer zu gehen.«

»Diskretion«, berichtigte Adam schief grinsend. »Und ich schätze, du hast recht.«

Das Buch auf Adams Knien wog schwer. Er wusste nicht, wie lange er keine Seite umgeblättert hatte. Er saß in der weit offenen Doppeltür, durch die früher Getreide ins Innere der Mühle geschippt worden war. Jetzt war es das Fenster, von dem aus er den unverstelltesten Blick aufs Meer hinaus hatte. Sonnenfunken glitzerten auf den Wellen, und der schwere Duft von verblühendem Holunder lag wie eine Glocke über der Insel und wehte zu ihm herein.

Adam wartete.

Caroline würde nicht kommen. Sie arbeitete die Nachmittagsschicht und hatte die Mühle erst kurz nach Mittag verlassen, nach einer durchliebten Nacht mit verschwitzten Körpern und süßen Küssen. Sie wäre nicht da, als Eisbrecher zwischen ihm und den Strynboern, wenn er sein Versprechen einlöste, die Mistgabel schulterte und dabei mitarbeitete, den Haufen aus trockenem Reisig und Holz aufzuschichten, der in wenigen Tagen als Johannisfeuer brennen sollte. Vorausgesetzt, das Wetter hielt.

Er blickte in den Himmel. Kaum ein Lüftchen regte sich, und der Wetterbericht hatte für die nächsten Wochen eine anhaltende Schönwetterperiode angekündigt. Es gab keinen Grund, warum das Wetter sich ausgerechnet jetzt ändern sollte.

Als er das Scharren und Knarren des ersten vollgepackten Anhängers hörte, der den Møllevej heruntergezogen wurde, legte er seufzend das Buch weg und kam auf die Füße. Seine

Mistgabel hatte er abgestaubt und von Spinnweben befreit, kaum dass Caroline sich mit einem Kuss und einem Lächeln von ihm verabschiedet hatte. »Mach mir keine Schande«, hatte sie ihm befohlen. Sie führte ihn näher an die Menschen heran. Ein schöneres Geschenk könnte sie ihm nicht machen, auch wenn sich die neue Geselligkeit manchmal noch anfühlte wie ein Hemd, in das er erst hineinwachsen musste.

Aber etliche Jahre Abgeschiedenheit und Trauer waren genug. Es war an der Zeit, dass er aufwachte und an der Welt wieder teilhatte. Line, seine wunderbare, verrückte Line mit den fliederblauen Augen, reichte ihm dazu eine Hand, denn sie hatte das vor ihm erkannt.

Er umklammerte den Griff der Mistgabel und machte sich auf den Weg. Peder, der Mann von Maria mit der Pension, balancierte seinen alten Ford mit Anhänger über den Feldweg, der neben der Mühle vom Møllevej abging und so zerfurcht und überwachsen war, dass ein Ortsfremder nicht erkannt hätte, dass es da überhaupt einen Weg gab. Mannshoch war Reisig auf den Anhänger geladen und dürftig mit Seilen festgezurrt, sodass die ganze Fuhre bedrohlich schwankte. Lachend, mit Bierdosen in den Händen, folgten zu Fuß ein paar junge Männer aus dem Dorf, unter ihnen Arne. Weit zurück die Straße hinauf kam eine weitere, noch höher beladene Fuhre, und Adam nahm an, dass auch dort noch Leute hinterherliefen.

In all den Jahren hatte er sich ferngehalten, wenn es um das Johannisfeuer oder irgendeine andere Veranstaltung ging. Heimlich beobachtet hatte er das Tun der Strynboer dagegen immer. Es wäre ein Wunder, wenn Anton, Lauge und Aksel von der Bank vor dem Krämerladen sich das hier entgehen lassen würden, denn sie waren immer dabei, wenn es irgendwas zu tun gab. Keine Gelegenheit zum Schwatzen und Biertrinken ließen sie aus.

Adam fühlte sich fehl am Platz, als er sich wortlos der kleinen Prozession anschloss. Niemand sagte etwas, keine blöden Bemerkungen, allerdings gab es auch keine Begrüßungen. Nur ein paar schräge Blicke, die er mit zusammengebissenen Zähnen schluckte. Erst als Arne sich einmal umwandte, um etwas zu einem der jüngeren Kerle zu sagen, entdeckte er ihn.

»Hej, Lehrer Steinbach!« Ein breites Grinsen erhellte das bärtige Gesicht. »Toll, dass du kommst. Wir können jedes Paar Hände gebrauchen.«

»Gut«, meinte Adam knapp, noch immer unangenehm berührt von dem, was er hier tat.

Zehn Schritte von der Flutlinie entfernt lagen die verkohlten Reste vom letztjährigen Johannisfeuer, die Wind und Wetter noch nicht abgetragen hatten. Daneben bremste Peder den Ford, stieg aus und ließ mit mörderischem Krach die hintere Klappe seines Anhängers herunterrauschen. Ein kleiner Junge kletterte von der Rückbank des Wagens. Peder packte ihn unter den Armen und hievte ihn auf den Stapel aus Reisig, der sofort gefährlich zu kippeln begann. Niemand schritt ein.

Adam war es, der vortrat und einen Arm zu dem Kind hinaufstreckte. Misstrauisch blickte der Junge auf ihn herab.

»Keine gute Idee«, sagte Adam. »Wenn du runterfällst …«

Das Kind kicherte. »Ich mach das jedes Jahr, Mann«, sagte er, in mehr als einer Hinsicht von oben herab. »Das muss zusammengedrückt werden. Oder versuch *du* doch mal, die Seile anders abzukriegen.«

Stirnrunzelnd griff Adam nach einem der Seile, die so gespannt waren, dass er kaum einen Finger darunterschieben konnte.

»Sigurd sitzt da, um die ganze Ladung ein bisschen zu komprimieren«, erklärte Arne. »Sonst müssten wir die Seile durchschneiden. Wäre ja schade drum. Sigurd, wippen!«

Lachend begann das Kind auf dem Reisig hin und her zu schaukeln. Es knackte und knisterte, als kleine Zweige bereitwillig brachen. Noch immer sah Adam den Jungen schon von seinem hohen Ross herunterstürzen, auch wenn der sich gekonnt an den dickeren Ästen festhielt.

»Adam ist Lehrer«, erläuterte Arne für die anderen, während sich von hinten das Klappern und Stöhnen der kaputten Stoßdämpfer von Jens Hougesens Pick-up näherte. »Ich schätze mal, deswegen ist ihm nicht wohl dabei, wenn da ein Bengel solche Kunststückchen vollführt, und dann auch noch ohne Netz und doppelten Boden.« Er schob die Finger unter eines der Seile, zerrte mit aller Kraft und schaffte es, die erste Schlaufe über den Haken an der Seite des Anhängers herunterzuziehen. Sigurd quiekte begeistert auf, als der Reisighaufen sich sofort in bedrohliche Schlagseite begab, aber schon streckte Peder ihm beide Arme entgegen, um ihn aufzufangen. Sigurd jedoch sprang herunter, ohne dass er bei der Landung Hilfe brauchte.

»Ist das seiner?« Adam lehnte sich ein Stück zu Arne und raunte die Frage.

»Sig? Nein, der gehört zu Ebbe aus dem Korsvej.«

»Der mit der Apfelplantage im Osten der Insel?«

»Genau. Ebbe kann nicht kommen, aber Sigurd will das hier nie verpassen.« Mit einer knappen Bewegung seines Kopfes wies Arne zum Pick-up, der schnaufend bremste. »Sein Bruder sitzt da drin neben Jens.«

Eine gute halbe Stunde später reichte ihm Arne eine Dose aus der Kühlbox im Kofferraum von Peders Ford. »Bier?«

Es gab so viele Dinge, an die Adam sich erinnerte. Erinnerungen, die wehtaten. Doch er erinnerte sich nicht daran, wann er zum letzten Mal in einer Runde mit anderen Männern zusammengestanden und ein Bier getrunken hatte. Sigurd und sein zwei Jahre jüngerer Bruder Preben rannten kreischend und lachend um den perfekt geschichteten Reisighaufen. Weil Adam und zwei von den Jüngeren, die ebenfalls sehr hochgewachsen waren, die letzten Gabeln voll dünner, knochentrockener Äste vom zerbeulten Dach der Fahrerkabine von Hougesens Pick-up aus stapelten, hatten sie es geschafft, dass der Haufen gut zwei Mann hoch war.

»Onkel Peder?« Preben hatte eine durchdringend hohe Stimme. »Wie weit kann man das Feuer sehen?«

Peder setzte die Bierdose ab. »Kommt aufs Wetter an«, antworte er brummend.

»Wie wird das Wetter, Onkel Peder?«

»Sehe ich aus wie ein Frosch?«

Die anderen lachten. Adam genoss das kühle Bier und blickte am Reisighaufen hinauf. »Bis Ærø bestimmt«, sagte er dann.

Zweifelnd schaute Preben ihn aus riesigen blauen Augen an. »Echt? So weit?«

Adam kniff die Augen zusammen und wiegte den Kopf mit geschürzten Lippen. »Was meinst du, probieren wir es nächstes Jahr, so hoch zu bauen, dass man es bis zur Insel Als sieht?«

»Ha!«, mischte Sigurd sich ein. »Das geht gar nicht. Das haben wir in Geografie gelernt. Die Erde ist krumm, und so weit kann man nicht gucken.«

Lächelnd leerte Adam seine Dose und stellte sie zu Boden, ehe er sich zu den beiden Jungen hockte. »Das nennt sich Erdkrümmung, und die gibt es wirklich. Sonst wäre ja der Globus nicht rund, und wir würden alle runterfallen, wenn wir ans Ende der Welt kämen.«

Preben hielt sich die Hand vor den Mund und kicherte.

»Aber«, fuhr Adam fort, »die Erde ist riesig, und Dänemark ist klein, und auch wenn du und ich von hier nicht bis Als gucken können, außerdem ist ja Ærø noch dazwischen, kann man die Spitze von unserem Feuerhaufen …« Er wies ganz hinauf, wo dünne Zweige und vertrocknetes Laub vom vergangenen Jahr im leichten Wind zitterten. »… doch sehr gut von der Westküste von Als sehen. Das heißt, wenn das Wetter klar ist. Und wenn unser Feuer erst mal brennt, schlagen die Flammen noch mal mindestens doppelt so hoch, wenn kein Wind geht. Dann erst recht.«

Wie festgeklebt hingen die Jungen an seinen Lippen, und ihm ging das Herz auf. Ihm war nicht bewusst gewesen, wie sehr er das vermisst hatte. Sich mit Caroline über Bücher zu unterhalten und zuzusehen, wie sie Stück für Stück lernte, besser mit ihrer Lesestörung zurechtzukommen, war die eine Sache. Kinder dabei zu begleiten, die Welt zu entdecken, war noch mal etwas völlig anderes.

Als Hougesen die beiden Jungs in den Pick-up verfrachtete und rückwärts zurück zur Straße setzte, spürte Adam mehrere neugierige Blicke auf sich. Er hatte nicht die Absicht, sie zu beantworten. Doch dann legte Arne ihm plötzlich und unerwartet eine Hand auf die Schulter. Beinahe zuckte er unter der Berührung zusammen.

»Hast ein Händchen für Kinder.« Die Anerkennung in der Stimme des Gastwirtes ließ sich nicht wegleugnen.

»Kommt mit dem Beruf«, sagte er ausweichend.

»Hast auch ein Händchen für Bücher«, fügte Arne unbeirrt hinzu.

»Kommt auch mit dem Beruf.« Adam grinste ein wenig schief. »Ist es denn gut? Dein Buch, meine ich.«

»Ich bin schon halb durch. Und wenn Kirstine es mir nicht dauernd aus der Hand reißen und selber drin lesen würde, wäre ich schon fertig damit. Du hast mir 'ne schlaflose Nacht bereitet deswegen.«

»Hoffentlich nicht zum Leidwesen deiner Ehe.«

Arne lachte. »Wenn es dazu käme, würde Kirstine vermutlich verlangen, dass ich ihr vorlese. Das Buch ist wirklich gut, du hast meinen Geschmack getroffen. Dabei kannte ich den selber nicht. Und die Frau im Buch, die erinnert schon sehr an unsere Line, oder? Findest du nicht? Wie die mit Schraubendreher und Winkelschleifer umgeht ...«

»Es ist 'ne Weile her, dass ich es gelesen habe«, wich Adam aus. Caroline. Er musste sich zusammennehmen, um nicht zur Uhr zu schauen. Wie lange noch, bis Caroline Feierabend hatte?

»Ich meine doch auch Line. Du weißt schon, die Frau, die dich so herzzerreißend küsst, wenn sie denkt, niemand guckt hin. Die kennst du doch noch, oder? Sie ist 'ne Wucht. Kein Wunder, dass sie dir so den Kopf verdreht. Ich bin ja zugezogen, aber Kirstine kann sich an Lines Mutter erinnern, auch wenn sie selber damals noch klein war. Karla hat wohl im Kindergarten geholfen, als Kirstine noch nicht in der Schule war. Kirstine meint, die war auch ein bisschen so. Ach Quatsch, sie behauptet, die war genauso.« Plötzlich brach er ab, und als Adam aufblickte, erkannte er einen Hauch schlechtes Gewissen in Arnes Blick. »Sorry, Mann, das war einfach so dahingesagt. Ich hab nicht gemeint, dass es bei Line auch nur eine Frage der Zeit ist, bis ihr unsere Insel zu klein wird. Hummeln im Hintern hatte Karla, meint Kirstine, und dann ist sie von heute auf morgen einfach aufgebrochen und nie wiedergekommen.«

Was er sagte, kratzte an Adam. Ein kleiner Vogel, den man nicht einsperren durfte …

»Ich glaube, das würde die Lou nicht überleben«, murmelte Arne düster. »Erst Karla und dann Line …«

Adam umklammerte seine Heugabel und blickte am Scheiterhaufen vorbei aufs Meer. Strynø ohne Caroline. Sosehr er wollte, dass sie ihr Leben lebte, die Welt entdeckte und Spaß hatte, so unvorstellbar grausam war der Gedanke, sie könnte eines Tages einfach verschwunden sein. Grußlos, auf Nimmerwiedersehen. Er schauderte.

Dankbar stellte er fest, dass die Truppe aus Männern sich aufzulösen begann. Offenbar war das Bier alle, und damit war das Ende der Veranstaltung erreicht.

Arne warf sein Werkzeug in Peders Pick-up und begann, herumliegende Bierdosen in eine Tüte einzusammeln. Adam machte sich auf seinen kurzen Weg hinüber zur Mühle. Zwei Autos parkten dort jetzt, eines ein neuer Wagen, vermutlich Touristen, das andere war die abgewetzte Ente eines der Fischer aus dem Dorf.

»Hej!«

Bei Arnes Zuruf wandte er sich noch einmal um. »Ja?«

»Mir ist noch was eingefallen, das ich dir sagen wollte. Kirstine hatte da letztens eine Idee, die klang eigentlich ziemlich interessant.«

»Was hat sie gesagt?«

»Sie meinte, es gab früher mal einen Buchclub auf der Insel. Die haben sich alle vier Wochen getroffen. Ist aber schon lange eingeschlafen. Die Leute hier lesen viel, aber wenn die sich zum *Kaffemik* treffen, gibt es andere Themen als Bücher.

Kirstine glaubt, das wäre doch 'ne Idee, das wieder aufleben zu lassen.« Kurz kratzte der Gastwirt sich im Nacken und blickte zu Boden. »Ich meine … im Herbst nachher, wenn die Schulferien durch sind, könnte man das auch alle paar Wochen bei uns in der Gaststube machen. Aber vorher, wenn jetzt die Sommerferien anfangen …« Er ließ das Ende des Satzes offen.

»Nicht genug Platz?«, soufflierte Adam.

»Zu viel zu tun, und ja, abends ist die Bude immer voll.«

Adam nickte. »Ich denk drüber nach.« Bücher sollten gelesen werden, und es sollte darüber geredet werden. Buchclubs waren eine tolle Sache. Einen zu leiten, war so ungefähr das Letzte gewesen, was er im Sinn gehabt hatte, als er sich auf Strynø vergraben hatte. Bis vor wenigen Wochen noch wäre ihm die Vorstellung, sich von Menschen umgeben zu sehen, ein Graus gewesen.

Doch jetzt? Caroline hatte seine Einsamkeit zerstört.

Als er zurück zur Mühle stapfte, konnte er nur denken: Hoffentlich stößt sie mich nicht in die Einsamkeit zurück.

10. Kapitel

Der längste Tag des Jahres endete mit einem großen Feuer. Natürlich kannte Line Johannisfeuer. In Kopenhagen hatte sie ab und zu Werbungen für regionale Veranstaltungen im Fernsehen gesehen oder hatte mit viel Mühe Werbeplakate im Bus entziffert, die Besucher zu den Feuern locken wollten. Hingegangen war sie nie. Warum auch? Wenn man nie genug Geld für ein Bier außer Haus hatte, feierte man mit seinen Freunden privat. In der eigenen Wohnung, an der Bushaltestelle und manchmal – ja, ihr war es peinlich, auch nur daran zu denken – im Spielhäuschen auf dem Pausenhof der örtlichen Grundschule. Da war es zwar immer eng, aber zumindest wurden sie nicht nass, wenn sie sich ins Innere kauerten und mit einem Sixpack Dosenbier die Welt vergaßen.

Dieses Jahr war es ganz anders. Die Männer hatten beim Aufschichten ganze Arbeit geleistet. Das Feuer loderte so hoch, dass es schien, als würden die Feuerzungen den Himmel berühren. Sie war nicht alleine hier, sondern mit einer Gruppe von Freunden, und sie gehörte dazu.

Jeder hatte etwas mitgebracht. Kuchen, Salate, Smørebrød und andere Leckereien standen auf der heruntergelassenen Heckklappe von Jens Hougesens Pick-up wie auf dem edelsten Büffet von Kopenhagen. Das Tiramisu von Maria war unter den Strahlen der Abendsonne zu einer braun-weißen Matsche zerflossen, aber niemand störte sich daran. Wer brauchte eine italienische Quarkspeise, wenn es Brunsviger aus Louises

Ofen gab, selbst gemachte rote Grütze mit schwerer Vanillesoße und Schokoküsse, deren Schaum so fluffig auf der Zunge zerging, dass man meinen konnte, man würde Wolken essen.

Von der anderen Seite des Wagens her beobachtete Line Adam. Er stand mit ein paar Kindern in der Nähe des Feuers. Während die Kurzen dünne Äste in die Glut gehalten hatten, hatte er aufgepasst, dass nichts passierte, und jetzt zeichneten sie mit den glühenden Spitzen rot glänzende Kreise in die süße Luft des nachtschwarzen Abends. Einer der Jungs, Ebbe war sein Name, glaubte sie, drehte sich mit ausgestrecktem Arm im Kreis. Schneller und immer schneller, sodass es aussah, als würde er in einem Reifen aus Licht tanzen, doch dann wurde ihm schwindelig, und er geriet aus dem Tritt, schwankte.

Geräuschvoll zog Line die Luft ein. Der Löffel, mit dem sie eben dabei gewesen war, Brokkolisalat auf ihren Teller zu schichten, fiel zurück in die Schüssel. Doch noch ehe sie ihren Teller losgelassen hatte, um zu dem Kind zu rennen, fasste Adam den Jungen unter den Achseln und half ihm zurück ins Gleichgewicht. Was Adam zu dem Kind sagte, konnte sie über das Knistern des Feuers nicht hören, aber sie schloss erleichtert die Augen und atmete tief durch.

»Dich hat es aber ordentlich erwischt.« Eine Stimme von hinter ihr schreckte sie wieder auf. Jemand tippte sie an der Schulter an, sie fuhr herum. Neben sich erkannte sie Kirstine aus dem Gasthaus. »Was meinst du?«

Vielsagend hob diese beide Brauen wie eine erstaunte Eule. »Hältst du mich für blind? Die ganze Zeit starrst du ihn an. Wenn ich es nicht besser wüsste, würde ich glauben, dass du dich grämst, weil er nichts von dir will. Aber wann immer er glaubt, dass niemand ihn beobachtet, guckt er zurück.«

»Vielleicht sucht er nach Fischerbooten am Horizont.«

Kirstine lachte leise und nahm sich ein Stück vom Knoblauchbrot. »Schläfst du schon mit ihm, oder seid ihr noch nicht so weit?«

»Kirstine!«, entfuhr es ihr.

»Ich erzähl es auch niemandem weiter.«

»Ich würde es dir im Leben nicht sagen, wenn es so wäre! Ich kenne eure Moral hier, was das Weitersagen betrifft. Beim Secret Service oder den Freimaurern wäret ihr doch alle aufgeschmissen, weil ihr nichts für euch behalten könnt.«

Breit grinsend kaute Kirstine am Brot. »Ist ja nichts Schlechtes. Der arme Kerl lebt seit Jahren allein in seiner Mühle vor sich hin, der kann ein bisschen Wärme und Geborgenheit sicher gut brauchen. Und für dich kann es auch nur gut sein, wenn du Anschluss findest. Wer will schon immer allein sein?«

»Ich bin nicht allein«, wies Line sie zurecht. »Ich hab Lou, und Adam … wir reden. Über Bücher. Über Schule. Das Leben. Er bringt mir bei, Bücher nicht nur zu lesen, sondern zu erleben.«

»Aha. So nennt man das heute also.« Kirstine lachte, und Line musste miteinstimmen.

»Weißt du was?«, entgegnete Line. »Ich will nicht mehr mit dir reden. Du hast doch sowieso nur eines im Kopf.«

»Bonbons, kleine Line. Ich hab immer nur Bonbons im Kopf!«, rief Kirstine ihr kichernd hinterher, während Line ihren Teller und ihre Ciderdose nahm, um sich damit hinter der Böschung zu verkriechen. Sosehr sie die Gesellschaft der anderen genoss, manche Schönheit ließ sich am besten allein genießen. Die Flut hatte ihren höchsten Punkt erreicht, und die Wellen strichen an Lines Zehenspitzen, eine willkommene Abkühlung nach der Hitze des Feuers auf ihren Wangen.

»Hier bist du.« Sie hatte kaum den leeren Teller hinter sich gestellt, als Adam sie fand. Er setzte sich neben sie. Sie trank einen Schluck und bot ihm dann die Dose an.

»Danke, das tut gut.«

Sie beobachtete, wie er sich das Getränk durch die Kehle rinnen ließ, und musste lachen. »Hej, lass mir auch noch was übrig«, rügte sie sacht, und als sie zusah, wie er sich mit dem Handrücken über die Lippen wischte, fragte sie sich, wie sein Mund jetzt schmecken mochte. Sonst schmeckte er nach Lakritz und Meersalz. Jetzt nach Apfelwein?

Als hätte er ihre Gedanken gehört, lehnte er sich zu ihr hinüber und legte seinen Mund auf ihren. Tatsächlich schmeckte er nach Apfelwein, aber auch nach Lakritz. Line wollte sich zurückziehen und konnte nicht, zu schön war das hier. Mit ihm am Meer zu sitzen, nur die Sterne als Zeugen. Also grub sie die Finger ihrer rechten Hand in die Knopfleiste seines Hemdes und hielt ihn bei sich fest, um sich noch mehr Küsse zu holen.

»Das hilft nicht«, murmelte er dicht an ihren Lippen. »Das machst du auch, wenn ich dich von der Arbeit abhole. Wenn du nicht willst, dass sie über uns reden, darfst du nicht so unwiderstehlich sein.« Er küsste ihre Nasenspitze. »Was hat Kirstine denn gesagt?«

Ah. Er hatte sie also beobachtet. Seufzend drückte Line ihre Stirn gegen seinen Oberkörper. »Nicht so wichtig. Ich hab nur nicht geglaubt, dass es mich so sehr ärgern würde, wenn sie über dich reden.«

»Sie haben immer über mich geredet, Caroline«, erklärte er sanft. »Und jetzt hängst du mit drin, das ist ganz normal. Lass ein bisschen Zeit ins Land gehen. Vielleicht bekommt morgen eine Kuh Drillinge, dann sind wir wieder uninteressant. Übrigens hat deine Mormor mich angesprochen.«

Lines Herz stockte eine Sekunde lang. »Wegen … mir?« Sie wusste nicht, was sie davon halten würde, wenn Lou jetzt plötzlich begann, ihre Beziehung zu Adam auf den Prüfstand stellen zu wollen. Seine Haut duftete nach der Sonne des vergangenen Tages und ein bisschen nach dem Rauch des Johannisfeuers. Vom Festplatz drangen Kinderlachen und das Johlen mehrerer Männerstimmen herüber. »Vielleicht solltest du wieder bei den Kindern nach dem Rechten sehen.«

»Kasper hat das sehr gut unter Kontrolle. Und nein, es ging nicht um dich, sondern um die Bücher. Anscheinend haben gleich mehrere Leute bei Lou angefragt, ob das stimmt mit dem Buchclub und wo und wann das stattfinden wird, weil sie mitmachen wollen. Bisher dachte ich eigentlich, das sei eine Schnapsidee von Arne, aber er hat da wohl wirklich die Werbetrommel gerührt. Lou meinte, ihr Wohnzimmer ist dazu zu klein. Es würde zwar für ihre Malkurse ausreichen, weil da nicht so viele kommen, aber bei dem Buchclub sieht es aus, als ob viel mehr Leute dabei sein wollen. Sie hat gefragt, ob man das Treffen in der Mühle veranstalten könnte.«

»Oh«, entfuhr es Line. Sie hatte keine Ahnung, wie er auf diesen Vorschlag reagieren würde. Die Mühle war sein Rückzugsort, sie konnte sich nicht vorstellen, dass ihm der Gedanke gefiel, sie zu einem gesellschaftlichen Treffpunkt umzufunktionieren. Und sei es nur zeitweise. »Vielleicht findet sich ja noch was …«

»Ich hab *Ja* gesagt.«

Sie blinzelte zu ihm hoch. »Du musst das nicht tun, Adam. Du lebst dort, du solltest dein Zuhause nicht teilen müssen.«

»Ich will es tun, Caroline. Die Mühle ist ein Bücherhafen, und welcher Ort wäre besser geeignet für einen Buchclub? Ich müsste natürlich aufräumen.« Er grinste schief.

»Ich helfe dir.«

»Du hast einen Job.« Er legte seine Stirn gegen ihre. »Ich will das, Line, verstehst du? Ich möchte wieder dazugehören, weil ich endlich begreife, wie alt Einsamkeit macht.«

»Du bist nicht alt«, flüsterte sie atemlos.

»Hunderttausend Jahre alt«, beharrte er. »So fühle ich mich, und wenn ich dir in die Augen schaue, kommen noch mal zwanzig Jahre dazu. In deinen Armen kann ich das vergessen, für ein paar Stunden, aber dann gehst du weg, und sei es nur für ein paar Stunden, und mir fallen die Mühlenflügel auf den Sturschädel. Das ist deine Schuld.«

Ehe sie in Verlegenheit geriet, ihn für etwas um Verzeihung bitten zu müssen, was sie kein bisschen bereute, küsste er sie kurz und heftig. »Danke, *skat*.«

Sie war noch immer zu perplex, wie süß das dänische Wort für Schatz in seinem leichten Akzent klang, da stand er schon auf und klopfte sich den Sand von der Hose. »Wie auch immer. Lou meinte, ihre einzige Bedingung sei, dass wir den Buchclub nicht dienstags machen, weil da ihre Malkurse sind. Also denke ich, ich werde einen Zettel ans schwarze Brett bei Vigga klemmen, dass alle, die Interesse haben, sich ein Buch schnappen sollen, das eine Bedeutung für sie hat, und am Freitag halb acht in der Mühle sein sollen.« Er streckte die Hand nach ihr aus, und als sie zugriff, zog er sie ebenfalls auf die Füße. »Um einen Buchclub richtig in die Wege zu leiten, brauche ich Absprachen mit der Stadtverwaltung und der Bibliothek auf Langeland, um eine gewisse Menge an Büchern gestellt zu bekommen. Ich hab ja von den Büchern immer nur eins oder auch mal zwei, aber wir sollten sie ja alle lesen, wenn wir dann hinterher drüber reden wollen. Das bedarf einer gewissen Organisation. Erst mal möchte ich sehen, wer wirklich Interesse hat. Vielleicht löst sich das ja alles in Luft auf, und die Leute kommen nur, weil sie unbedingt wissen wollen, wie ich lebe.«

Ein Laut blubberte aus ihrer Kehle, halb Seufzen, halb Kichern. »Damit liegst du vermutlich bei dem einen oder anderen nicht falsch. Und das war wirklich Lous einzige Bedingung?«

Er hob eine Braue. »Ja. Warum?«

»Oh, ich dachte, dass sie vielleicht auch eine Bedingung gestellt hat, die Finger von ihrer Enkelin zu lassen oder so.«

Er zwinkerte. »Du bist gar nicht zur Sprache gekommen.«

Sie kniff die Augenbrauen zusammen. »Na, jetzt fühle ich mich richtig wertgeschätzt«, bemerkte sie lachend und schnaubte.

Die gelben und roten Ziegel des lang gestreckten Rathauses, in dem die Stadtverwaltung von Langeland saß, reflektierten das Licht der Sonne. In den Straßen stand die Hitze. Auf dem Weg zurück zur Fähre würde Line sich mit einem Eis irgendwo in die Fußgängerzone setzen und das Treiben der Touristen beobachten. Sie würde die Fähre um vier nehmen, das gab ihr noch anderthalb Stunden Zeit, und der Termin im Rathaus dürfte nicht lange dauern.

Sommer war schön, entschied sie, während sie auf das gläserne Portal zuging.

Sommer war, wenn es ihr nichts ausmachte, nachts kaum noch zu schlafen und trotzdem tagsüber hellwach zu sein. Es war kaum mehr als eine Stunde lang richtig dunkel, und Line verbrachte inzwischen fast jede Nacht in Adams Armen, eingekuschelt in seinen Laken auf der Galerie im Bauch der Mühle. Zapplig von dem Wissen, dass eine der alten Mühlentüren, die jetzt nur noch als Fenster fungierten, nach Nordwesten hinausging, wo zwischen Sonnenuntergang und Sonnenaufgang ein tief orangefarbener Streifen am Horizont unter dem nachtblauen Himmel klebte und als Lichtschlangen auf den Wellen der dänischen Südsee reflektierte. Ein Anblick, so bezaubernd, dass sie nie genug davon bekam. Sommer war, wenn man noch abends um halb elf ohne elektrisches Licht in einem Buch lesen konnte und noch vor drei Uhr am Morgen das Vogelkonzert in den Strandrosen und auf dem Meer begann. Sommer war, wenn jeder Gedanke sich darum drehte, zurück zur Mühle zu kommen und noch ein bisschen mehr von dem großen Glück zu kosten, das sie auf Strynø gefunden hatte.

An der Rezeption des Rathauses saß eine junge Frau, die das dicke blonde Haar zu einem französischen Zopf geflochten trug. Sie lächelte Line freundlich an.

»Tut mir leid, aber Sprechzeiten sind am Freitag nur bis zwölf«, sagte sie bedauernd.

»Ich weiß. Ich habe einen Termin mit Dagmar Cornelius im Verkehrsamt. Mein Name ist Caroline Henriksen.« Wann immer sie ihren Taufnamen sagte, hörte sie Adams Stimme und musste lächeln. Er war der Einzige, der sie so nannte, und es klang immer wieder schön.

»Oh, wenn du solange da drüben Platz nehmen würdest? Ich sag Dagmar Bescheid.«

»Kein Problem.«

Sie trat hinüber in die Nische, in der ein paar Bänke und Stühle normalerweise Wartenden Platz boten. Jetzt herrschte dort gähnende Leere. Die Computerbildschirme, auf denen man sich über die Freizeitangebote der Stadtverwaltung oder auch über freie Arbeitsstellen informieren konnte, summten leise. Line strich mit dem Zeigefinger über einen der Touchscreens und musste wieder lächeln. Altenpfleger. Ein Postbote für den Norden von Langeland. Eine Arztpraxis suchte eine Rezeptionistin. Jede Menge Jobs, die für sie früher nicht infrage gekommen wären. Heute hätte sie sich bewerben können. Zwar würde sie immer schlechter und vor allem langsamer lesen können als andere Erwachsene, aber mittlerweile kannte sie Techniken und Wege, um ihr Handicap auszugleichen. Schrift würde nie eine Freundin von ihr werden, doch sie war auch keine Feindin mehr, und das verdankte sie Adam.

Sie drehte sich um und betrachtete die Flyer und Broschüren, die auf einem Regal an der Wand auslagen. Einer der Flyer, auf dem ein herrliches Segelschiff abgebildet war, erregte ihre Aufmerksamkeit. Ein Anblick, der ihr Herz schneller schlagen ließ. Ein voll aufgetakelter Dreimaster. Sie liebte es, mit Adam in der kleinen Jolle hinauszufahren, auf der sie kaum nebeneinander Platz hatten. Wie würde es sich anfühlen, mit einem solchen Prachtschiff in See zu stechen, den Wind in den Seilen jammern zu hören, das Gesicht nass gespritzt von der Gischt?

Sie spürte ihre Handflächen feucht werden.

Schulschiff Georg Stage, las sie, die Finger auf der Schrift liegend und langsam einen Buchstaben nach dem anderen freilegend.

Schulschiff. Eine Ausbildung an Bord eines Hochseeseglers. Die Welt mit eigenen Augen sehen, die sie bisher in kleinen, zaghaften Schritten in Büchern erlebte. Konnte man bis nach Kirgisistan segeln?

»Line? Hej, danke, dass du heute doch noch kommen konntest.«

Dagmar Cornelius war wenig älter als sie selbst, das Haar sehr korrekt nach oben gesteckt, in einem dunkelblauen Kostüm und hochhackigen Schuhen, die auf dem Holzfußboden klapperten, als Line ihr, einen der Flyer in der Hand, den Gang hinunter folgte. Früher einmal war Line Menschen, die so elegant und korrekt auftraten, mit größtem Misstrauen begegnet. Aber auch das hatte sich gelegt.

»Komm, ich hab die Sachen schon rausgelegt in meinem Büro. Willst du es gleich hier anprobieren? Wir haben Waschräume im zweiten Stock und …«

»Die Sachen sollten schon passen«, unterbrach Line sie und folgte Dagmar in das Doppelbüro. Der zweite Schreibtisch im Raum war leer, aber nicht wirklich aufgeräumt. Da hatte jemand einfach pünktlich Feierabend gemacht.

Dagmar lachte. »Wenn du wüsstest, was ich schon alles erlebt habe. So, schau.« Mit geradezu seelenvoller Miene hob Dagmar eines der dunkelblauen Poloshirts hoch und hielt es Line vor die Brust. »Die Größe kommt hin.«

Mit pochendem Herzen strich Line mit den Fingerspitzen über das Logo der Strynø-Fähre, unter dem ihr Name eingestickt war. *L. Henriksen*. Ihr Name. Extra angefertigt. Sie hatte einen festen Job, und man gab ihr dafür sogar eine Uniform. Sie wollte platzen vor Stolz. Zugleich knisterte in ihrer anderen Hand das Papier des Flyers, und ihre Fingerkuppen hinterließen feuchte Flecken darauf. Indem sie die Arbeit auf der Fähre gefunden hatte, hatte sie einen Hügel erklommen, von dem sie gedacht hatte, sie würde ihn nie besiegen. Was, wenn das noch nicht alles war? Was, wenn als Nächstes ein Berg auf sie wartete, Gebirgszüge voller Gipfel aus ungeahnten Möglichkeiten. Den ersten Schritt hatte sie getan, was, wenn sie einfach weiterkletterte? Weiter und immer weiter …

Lachend wies Dagmar auf den Stapel, der auf der Kante ihres Tisches balancierte. »Zwei Paar Hosen und fünf Poloshirts. Für den Winter kriegst du dann noch eine Thermoversion, und für den Übergang gibt es Softshell. Die Jacken fertigen wir noch an. Das hier dürfte für den Sommer erst mal reichen, was meinst du?«

»Es regnet hier im Juli und August nie, oder?«, fragte Line trocken.

»Na, nie!«, bestätigte Dagmar, spielerisch entrüstet darüber, dass jemand so was auch nur denken könnte. »Was dagegen?«, fragte sie und wies auf das klingelnde Telefon.

»Ganz und gar nicht.« Line war sowieso zu sehr damit beschäftigt, mit den Fingern über den Stoff des Poloshirts zu streichen. Dann verstaute sie die Sachen vorsichtig, fast andächtig in ihren Rucksack.

»Ja? Ja, sie ist noch hier. Moment.« Damar hielt den Hörer zu und wandte sich an Line. »Jonna an der Rezeption hat Kapitän Årgård in der Leitung. Er möchte wissen, mit welcher Fähre du zurückfährst. Er muss dringend mit dir reden. Soll ich ihn durchstellen lassen?«

Line winkte ab und sah zur Uhr. »Die legen gleich am Hafen ab, da ist das ungünstig. Sie soll ihm sagen, ich nehme die nächste Tour, um vier, dann kann er von Angesicht zu Angesicht mit mir sprechen. Das ist dem alten Seebären ohnehin lieber.«

Dagmar gab das durch, dann lauschte sie wieder. »Aha. Ja. Ja, ich sag Bescheid.« Sie legte auf und wandte sich an Line. »Oh, und wenn die Hosen nicht richtig sitzen, dann melde dich einfach«, bat Dagmar. »Die sind nicht mit Namen versehen, da besorg ich dir dann einfach ’ne andere Größe.«

»Nicht mit Namen? So ein Jammer.« Line zwinkerte und reichte Dagmar die Hand.

»Schönes Wochenende«, wünschte die Stadtangestellte mit einem strahlenden Lächeln. »Musst du arbeiten, oder kannst du das tolle Wetter genießen?«

»Morgen habe ich frei, aber am Sonntag arbeite ich.«

»Ach, du Arme.«

»Nicht schlimm, dafür habe ich frei, wenn andere Leute im Büro schwitzen.« Sie war schon halb zur Tür hinaus, als sie noch einmal zögerte. »Dagmar … kann ich dich was fragen?«

»Klar doch, was gibt es?«

Sie hielt der Verwaltungsangestellten den Flyer hin. »Den habe ich unten im Wartezimmer gefunden. Weißt du etwas über die Ausbildung auf diesem Schiff?«

»Puh, das müsste ich nachlesen, aus dem Kopf kann ich dir da leider nichts zu erzählen. Du willst noch mal die Schulbank drücken?« Lächelnd drohte sie mit dem Zeigefinger. »Pass nur auf, dass du dich nicht überqualifizierst, Caroline Henriksen. Sonst können wir dich nicht mehr bezahlen, und unser Seebär wird kaum seinen Kapitänsstuhl räumen wollen für dich.«

»Du meinst, ich müsste die Uniform bezahlen, wenn ich den Job wieder abgebe und für eine richtige Ausbildung auf ein Schulschiff gehe?«

Dagmar grinste. »Also auf jeden Fall die Poloshirts, weil eine andere L. Henriksen mit der passenden Konfektionsgröße hier vermutlich nicht so schnell wieder anfangen wird. Komm, komm noch mal rein, ich schaue im Computer nach. Hast du Zeit?« Sie blickte zur Uhr. »Klar hast du Zeit, was rede ich denn, du sagtest ja gerade, du fährst erst um vier wieder rüber. Wo hab ich nur meinen Kopf?«

Line spürte, wie ihr Herzschlag sich beschleunigte. Tat sie das wirklich? Na ja, sie bewarb sich ja nicht, sie holte sich nur ein paar Informationen. Das schadete nicht. Ein Schulschiff befuhr sicherlich die halbe Welt. Warum so weit weg? Verdammt, sie wollte doch gar nicht so weit …

»Sooo … Die *Georg Stage* …«, murmelte Dagmar und tippte auf der Tastatur herum. »Jepp, da haben wir es ja. Grundausbildung in alle Richtungen von Seefahrtsberufen. Meintest du das?«

»Das heißt, wenn ich dort an Bord war, kann ich verschiedene Ausbildungsrichtungen anfangen? Auch als Schiffsmechaniker?«

»Das denke ich schon. So genau habe ich da nicht den Überblick, aber es klingt so. Soll ich dir die Telefonnummer rausschreiben? Die können dir mehr Infos geben. Oder warte, ich schicke eine E-Mail, dass sie dich zurückrufen sollen.« Dagmar zwinkerte. »Es sieht schön offiziell aus, wenn es von mir kommt.«

Das konnte Line nicht bestreiten.

»Was für eine Ausbildung hast du denn bisher?«, wollte Dagmar wissen, während sie bereits an der E-Mail schrieb. »Einzelhandel oder so, wegen der Ticketverkäufe? Ich kann leider gerade nicht auf deinen Lebenslauf zugreifen, diese Unterlagen verwaltet Mona, doch die ist schon zu Hause.«

Die leidliche Frage nach einer Ausbildung. Line kannte sie inzwischen zu gut. »Gar keine.« Scheinbar hatte das Wort von Kapitän Årgård hier wirklich Gewicht, und sie hatte den Job nur aufgrund von dessen Empfehlung bekommen, ohne dass der Inhalt ihres Lebenslaufes eine große Rolle gespielt hätte. Sehnsüchtig blickte sie auf den Flyer neben Dagmars Tastatur. »Ich hab keine abgeschlossene Ausbildung und hab mir gedacht, ich könnte das jetzt noch nachholen. Ich meine, ich arbeite auf der Fähre und es macht Spaß, deshalb denke ich mir, es liegt ja nahe, dass …«

»Aber auf jeden Fall!«, unterbrach Dagmar sie begeistert. »Das halte ich für eine großartige Idee!« Wenn es sie irritierte, dass eine Mittzwanzigerin ohne Berufsausbildung in ihrem Büro saß, ließ sie es sich nicht anmerken. »Ich schick das sofort ab, dann rufen die dich Montag an und …«

»Ich will mich ja nicht gleich bewerben!«, sagte Line hastig. »Nicht so schnell. Ich dachte, vielleicht zuerst ein paar Informationen oder so? Ich kann zu Hause auch selbst im Internet nachschauen und …«

»Wenn die dich anrufen, hast du viel mehr Informationen gleich aus erster Hand, statt sie dir auf einer Webseite zusammenzusuchen. Moment …« Weiteres hektisches Tippen folgte, dann ein vielsagender Blick über den Schreibtisch hinweg zu Line und ein breites Lächeln, vermutlich in dem Moment, als Dagmar auf *Absenden* klickte. »So. Das wäre erledigt. Was für ein Abenteuer, hm? Ich wünsch dir echt von ganzem Herzen, dass das klappt.«

»Das klingt fast, als würdest du mich loswerden wollen. Was wird dann aus meiner Uniform?«, fragte Line halb im Scherz. Keinesfalls wollte sie sich von Dagmars Überschwang anstecken lassen. So fantastisch das alles klang, zu einer Ausbildung gehörte sicher auch jede Menge Theorie, und dazu gehörten schriftliche Prüfungen, Tests unter Zeitdruck, für all das musste man einwandfrei lesen können. Aber dennoch …

Ein Schulschiff, dachte sie, und das Wort allein streichelte ihre Sinne wie eine sachte Brise. Eine Ausbildung in der Seefahrt. Alles, was sie gewollt hatte, war, eine Spur ihrer Mutter zu finden. Etwas über sie zu erfahren.

Sie wusste noch immer nicht, was aus Karla geworden war, und würde es vermutlich niemals herausfinden. Doch sie hatte eine Großmutter, und die Mutter, die ihr Leben lang nichts als ein Schatten gewesen war, hatte einen Namen: Karla. Und es war so viel mehr in ihrem Leben geschehen, das sie nie für möglich gehalten hatte. Sie war angekommen. Angekommen, um jetzt wieder abzureisen?

Ausgerechnet. Ausgerechnet heute. Es ist nicht fair, murmelte Line leise vor sich hin, während sie die Vespa aus dem Fahrradunterstand am Hafen zerrte und mit wachsender Ungeduld den störrischen Motor zu erwecken suchte. Es hatte sie Stunden gekostet, ihr Schätzchen wieder fahrtüchtig zu bekommen, aber gestern bei der Probefahrt hatte ihre Süße geschnurrt wie ein zufriedenes Kätzchen. Dass sie jetzt hustete und stotterte, nahm Line ihr fast ein bisschen übel. Alles und alle schienen sich gegen sie verschworen zu haben.

Wie jeder einzelne Inselbewohner, hatte auch der Kapitän gewusst, dass an diesem Abend das erste Buchclubtreffen in der Mühle sein sollte. Und Line hatte kein Hehl daraus gemacht, dass sie sich darauf freute. Und jetzt war es zwanzig vor zehn am Abend, und vermutlich war längst alles vorbei. Und sie hatte es verpasst, weil Kapitän Årgård angeblich keinen außer ihr gefunden hatte, der die Spätschicht auf dem Schiff übernehmen konnte. Kasper hatte eine Veranstaltung im *Øhavets Smakkecenter*, und Martin war noch bis Samstagvormittag im Krankenhaus in Svendborg für Nachuntersuchungen. Warum hatte ihr anderer Kollege, Flemming, sich ausgerechnet heute krankmelden müssen? Es war wirklich nicht fair.

Es war noch immer taghell, und auf der kurzen Strecke vom Hafen hinauf ins Dorf sah Line die Abendsonne dicht über dem Meer schwimmen. Keine Wolke am Himmel, und das Licht des Tages färbte sich zu einem staubigen Orange, das sich innerhalb der nächsten beiden Stunden zu einem tiefen, endlosen Blau verdunkeln würde.

Sie hatte sich darauf gefreut, dabei zu sein, wenn Adam seine Gäste für das Treffen in der Mühle begrüßte. Sie hatte miterleben wollen, wie auch die anderen Menschen erfuhren, dass der, der sich beim Johannisfeuer zusammen mit Kasper um die Kinderschar gekümmert hatte, wirklich der war, der sich unter der rauen, spröden Schale verbarg. Dass der kantige, ruppige, unnahbare Kerl nichts als eine Fassade war. Sie hatte es sich so schön ausgemalt. Sie hatte es sich vorgestellt wie einen Schwan, der mit traurig gesenktem Kopf auf den Wellen schaukelte, um sich urplötzlich aus dem Wasser zu erheben. Einen Augenblick lang noch zeigte er die hässlichen schwarzen Füße, diesen Makel der Schwäne, doch dann war da nichts als bezaubernde Eleganz, die in den Himmel hinaufstieg.

Adam.

Die wenigen Stunden Dunkelheit, die ein dänischer Sommer bot, verbrachte sie seit Tagen immer in seinen Armen, nur um beim ersten Trällern einer Amsel, wenn der Himmel im Dachfenster sich aufzuhellen begann, von der Galerie nach unten zu klettern und mit dem Rücken im Rahmen der nach Nordosten gewandten Tür zu sitzen und über die Rosenbüsche hinweg hinauszustarren in den beginnenden Tag. Sie schluckte, während ihr der Fahrtwind Tränen in die Augen trieb. Natürlich nur der Fahrtwind.

Adam kam dann kurz nach ihr von der Galerie herunter und ging auf leisen Sohlen an ihr vorbei in die Küche, und während der Wasserkocher summte, kehrte er mit einer Wolldecke zurück, die er ihr um die Schultern legte. Wenig später drückte er ihr einen Becher Kaffee in die Hand, setzte sich hinter sie und schaute mit ihr dem Sonnenaufgang zu, ohne ein Wort zu sagen.

Wie war das passiert? Wie hatten sie sich in so kurzer Zeit eine solche Routine angewöhnen können? Wenn ihr bisheriges Leben sie eines gelehrt hatte, dann, dass Glück ausgekostet werden musste, denn es blieb nicht. Es flog weiter, wie die Wildgänse, wie die Schwäne, es blieb nicht, es …

Und jetzt war sie es, die es beenden wollte? Die auf einem Schulschiff monatelang über die sieben Weltmeere segeln wollte?

Sie stutzte, als sie den Motorroller in Lous hinteren Garten lenkte, wo Vespa und Fahrrad in dem ansonsten ungenutzten Carport untergestellt waren. Lous Fahrrad war fort. Sie würde damit zur Mühle gefahren sein, aber Line war überzeugt gewesen, dass das Treffen längst zu Ende sein müsste. Es waren immerhin mehr als zwei Stunden seit dem geplanten Beginn der Veranstaltung vergangen. Vielleicht war Lou bei Ane mit den Katzen hängen geblieben oder bei Maria in der Pension?

Sie bockte die Vespa auf und ging ins Haus. Wenigstens hätte sie in Ruhe Zeit, die Informationen im George-Stage-Flyer zu lesen, wenn Lou noch nicht zurück war.

Sie lief in die Küche und stellte den Wasserkocher an. Schon allein diese Bewegung versetzte ihr einen Stich. Adam besaß genau den gleichen Wasserkocher, und sie hatte sich angewöhnt, abends mit ihm zusammen eine Tasse Pfefferminztee zu trinken. Den gleichen, der auch bei Lou im Regal über dem Wasserkocher stand. Sie nahm einen Becher aus dem Schrank, einen Löffel aus der Schublade. Ohne etwas zu sehen, starrte sie auf den Löffel. Was tat sie hier eigentlich? Sie konnte die Informationen immer noch morgen lesen. Oder mit Adam zusammen in der Mühle. Oder nie, wenn sie entschied, dass es eine dumme Idee war, und sie lieber auf dieser Insel blieb, die all das erst ermöglicht hatte.

Sie brauchte keine Jacke. Der Wasserkocher würde sich allein ausschalten. Line warf die Haustür von *Akvarellen* hinter sich zu und marschierte los. Zu Fuß, den Flyer in ihrer Jackentasche verstaut.

Seinetwegen, murmelte eine Stimme ganz tief in ihr. Seinetwegen hast du diesen Flyer bei dir. Ohne ihn wäre dir dieses Bild von dem Segelschiff gar nicht aufgefallen. Seinetwegen träumst du dich an Orte, die unendlich weit weg sind.

Natürlich war da auch Lou gewesen, die sie mit offenen Armen empfangen und ihr gleichzeitig den nötigen Tritt in den Hintern gegeben hatte. Bleib bei mir, wenn du das willst, aber such dir einen Job und verdiene dir dein Leben hier, hatte Lou gesagt. Und genau das hatte Line getan. Sie hatte jedes Recht, stolz auf sich zu sein.

Lou hat dir diesen Tritt zur Tür hinaus gegeben, meldete sich ihre innere Stimme. Aber den Weg geebnet hat Adam. Er hat an dich geglaubt, damit du auch selbst lernen konntest, an dich zu glauben.

Jedermann und seine Mutter kam an diesem Freitag in seine Mühle. Zuerst hatte Adam sich noch über das rege Interesse der Insulaner an Literatur gefreut. Über die Einfachheit, mit der sie zu ihm kamen, kaum dass er die Hand ausstreckte. Doch mit jedem weiteren Ankömmling in seinem

Refugium wuchs sein Misstrauen. Spätestens als Aksel, Lauge und Anton, das unheilige Dreigestirn vom Krämerladen, auf einem Motorrad mit Beiwagen auf den von Fahrrädern schon gut zugestellten Parkplatz vor der Mühle knatterten, wurde Adam bewusst, was das hier war. Nicht die Liebe zur Literatur, nein, die blanke Neugier war es, die die Strynboer zu ihm trieb.

Er biss die Zähne zusammen und warf einen verdeckten Blick auf sein Handy. Viertel nach sieben war es schon. Verdammt! Caroline hätte längst Feierabend haben müssen. Eine böse Ahnung hatte ihn ergriffen, als Louise Kvist nicht in Begleitung ihrer Enkelin, sondern zusammen mit Kirstine und Arne vom Gasthaus eingetroffen war. Fragen konnte er sie nicht, denn Louise schien bestrebt, die Wartezeit bis zum Beginn der Buchgespräche, wenn es denn zu denen je kommen würde, durch angeregten Plausch mit Dauerwellen-Maria zu überbrücken. Irgendwas musste bei Caroline dazwischengekommen sein, und so war er auf sich allein gestellt, das hier zu stemmen.

Allein.

Seltsam, wie ein Wort, das noch vor wenigen Wochen ein Synonym für Sicherheit und Abschirmung gewesen war, für ihn plötzlich Einsamkeit und Sehnsucht bedeutete. Er räusperte sich. Alle standen im Bauch der alten Mühle herum und betrachteten ungeniert seine Einrichtung, die zum größten Teil aus Büchern bestand. Seine Bücher, seine Schätze, und dass sie sie offen begutachteten, trug dazu bei, dass er sich fühlte wie auf dem Präsentierteller. Im Anbau hatte er einige Snacks bereitgestellt. Salzstangen, Flæskesvær und Lakritzbonbons, falls jemandem vom vielen Reden der Mund trocken wurde. Dazu einige Karaffen mit Wasser, in dem ein paar Scheiben frischer Zitronen und einige Pfefferminzstängel schwammen. Caroline hatte ihm versichert, dass man das heutzutage so trank. In Kopenhagen zumindest.

Weil sein erstes Räuspern von den zahlreichen Anwesenden nicht wahrgenommen wurde, versuchte er es ein zweites Mal. Etwas nachdrücklicher diesmal. Sein Puls hämmerte in den Schläfen. Verdammt noch mal, dachte er grimmig. Du hast vor einer Klasse pubertärer Achtklässler gestanden und mit ihnen über die langweiligsten Aspekte der deutschen Grammatik gesprochen. Du wirst doch wohl mit zwei Handvoll Erwachsenen zurechtkommen, die offiziell hierhergekommen sind, um sich mit dir über das Thema zu unterhalten, das dir am meisten am Herzen liegt: Bücher.

»Wenn dann alle Zeit hatten, sich umzusehen, würde ich gerne mit euch rüber in den Anbau gehen. Dort habe ich Stühle zurechtgestellt.« Ein Blick in die Runde ließ ihn kurz stocken. »Weil ich nicht mit so vielen Interessenten gerechnet habe, könnte es knapp werden. Wer also kein Problem damit hat, auf dem Boden zu sitzen, schnappt sich gerne Kissen und Decken von hier. Dann fangen wir an. Ich sage mal, wir treffen uns ins drei Minuten drüben? Jeder hat einen Roman dabei, so wie es auf den Einladungen stand?«

Als Antwort erhielt er Gemurmel und Kopfnicken. Vigga hielt ein zerfleddertes Taschenbuch in die Höhe, Aksel tippte auf die Brusttasche seines Karohemdes.

Nun denn. Aus Erfahrung wusste Adam, dass irgendwer den Anfang machen musste, also lief er voran in den Anbau, ließ hinter sich jedoch die Tür offen.

Nach und nach folgten ihm die anderen. Immer noch irritierte es ihn, dass tatsächlich die halbe Insel erschienen war, und immer noch bemerkte er, dass jede Ecke genauestens inspiziert wurde. Etwas in ihm war froh, sich bei der Renovierung wirklich Zeit gelassen und alles perfekt gemacht zu haben. Schlampigkeit als Handwerker jedenfalls würde er sich nicht nachsagen lassen müssen, und im Laufe des Treffens würde sich schon herausstellen, wem Bücher wirklich etwas bedeuteten und wer nur gekommen war, um seine Neugier zu befriedigen.

Nachdem jeder einen Platz gefunden hatte, ergriff er wieder das Wort. »Als Erstes möchte ich mich wirklich bei euch für euer reges Interesse bedanken. Ich kann mir vorstellen, dass es nicht einfach gewesen ist, auf mich zuzugehen. Arne und Kirstine gebührt unser Dank, die Idee ins Leben gerufen zu haben. Arne sagte, es gab schon einmal einen Buchclub hier?« Zustimmendes Gemurmel ertönte. Besser, er fragte nicht nach, warum der einstige Lesekreis eingeschlafen war. Er wollte es gar nicht wissen. »Wir hatten ja einen ziemlich holprigen Start, aber weil ein deutsches Sprichwort sagt, besser spät als nie, möchte ich die Gelegenheit auch nutzen, um mich euch endlich richtig vorzustellen.« Er schluckte. Halb rechnete er damit, ablehnendes Getuschel zu hören oder gar Wortmeldungen, dass er die Gelegenheit lieber für ein weit überfälliges Lebwohl statt für ein Willkommen nutzen sollte, doch so war es nicht. Wo er auch hinsah, blickte er in erwartungsvolle Gesichter. Neugier erkannte er, das ja. Auch die ein oder andere Prise wohlmeinendes Necken, allerdings keine echte Feindseligkeit. Das verlieh ihm Mut, und er redete weiter. Er stellte sich vor, sagte ein paar Worte zu seinem früheren Job als Lehrer und seiner jetzigen Beschäftigung als freier Lektor und warum er ausgerechnet Strynø als seine zweite Heimat auserkoren hatte. Die rührselige Geschichte, wie er als sechsjähriger Lümmel mit seinen Eltern einen Segelausflug von Rudkøbing aus gemacht und die alte Mühle das erste Mal gesehen und sich schon damals gedacht hatte, hier will ich einmal leben, brachte ihm wohlmeinende *Ohhhs* und *Aaahs* ein. Seine Eltern lebten mittlerweile als rüstige Rentner im sonnigen Florida. Obwohl er sie daher kaum noch sah, stand er ihnen nahe. Er wusste, wie viel er ihnen verdankte, nicht nur seine Liebe zum Meer und Strynø. Und er wusste auch, dass sie wegen seines Einsiedlertums immer etwas besorgt waren. Bestimmt würden sie sich freuen, wenn sie erfuhren, dass er dieses Buchclubtreffen organisiert hatte.

Danach war, wie er gehofft hatte, das erste Eis gebrochen.

»Der Plan ist«, erklärte er, sowie er endlich zum Kernthema des Treffens kam, »dass jeder von uns ein Buch vorstellt, und am Ende werden wir abstimmen, welches der vorgestellten Bücher wir anschließend gemeinsam lesen und beim nächsten Mal besprechen werden. Ich werde das Buch dann bei der Kreisbibliothek in Langeland bestellen, sodass jeder eine Ausgabe in die Hand bekommt. Vigga, ich sehe, du hast was Interessantes dabei, willst du vielleicht anfangen?«

Die Krämerladenbesitzerin räusperte sich. Röte stieg ihr in die Wangen. Obwohl sie jeden der hier Anwesenden kannte, fiel es ihr offensichtlich schwer, vor den anderen von etwas anderem als dem Preis für Karotten oder dem neuesten Dorftratsch zu sprechen. Aufmunternd nickte Adam ihr zu.

»Also … ähm«, fing sie an. »Ich habe … also auf dem Aushang stand, wir sollen ein Buch mitbringen, das uns etwas bedeutet. Vielleicht ist es lächerlich, aber ich habe …« Sie hielt das zerfledderte Taschenbuch in die Höhe. »… *Ronja Räubertochter* mitgenommen. Es war das erste Buch, das ich selbst gelesen habe. *Pippi Langstrumpf* hat mir noch meine Mutter vorgelesen, aber *Ronja* war *mein* Buch. Das hier …«

Sie tippte mit dem Zeigefinger auf den Umschlag, »… ist meine Geschichte. Mir bedeutet das Buch etwas.«

»Ich denke, das musst du uns genauer erklären.« Adam bemühte sich, seinen Tonfall aufmunternd klingen zu lassen. Es war mutig von Vigga, ein Kinderbuch mitzubringen und dann auch noch die Herausforderung anzunehmen, als Erste zu sprechen.

Unbeholfen zuckte Vigga mit den Schultern. »Wenn du so fragst, ich hab nie darüber nachgedacht. Vielleicht liegt es daran, dass Ronja kein Übermädchen ist, wie Pippi Langstrumpf mit ihren Superkräften und dem Südseekönigvater. Pippi war mir immer suspekt. Wenn ich ehrlich bin, habe ich in den Romanen Anika immer lieber gemocht als Pippi. Aber Ronja ist normal. Sie sucht keine Abenteuer, sie will einfach nur ihren Freund nicht verlieren. Und dafür ist sie bereit, auszubrechen und sich Gefahren zu stellen. Doch sie macht das nicht, um irgendwem etwas zu beweisen, sondern für sich und ihren Freund.« Sie blickte auf das Buch in ihrer Hand und dachte einen Moment nach. »Vielleicht ist es aber auch gar nicht deswegen. Ich habe das Buch mitgenommen, weil ich mich gern dran erinnere. Als Kind habe ich so viel gelesen, und mit Ronja fing es an. Es ist weniger die Geschichte, an der ich hänge, als vielmehr das Buch selbst. Es erinnert mich daran, dass ich es eigentlich schade finde, heute kaum noch Zeit zum Lesen zu finden.«

Viggas Worte erfüllten den Raum. Adam ließ sie nachhallen, gab ihnen die Möglichkeit, sich voll zu entfalten, dann richtete er seine Aufmerksamkeit auf Aksel und fragte: »Und du? Welches Buch versteckst du in der Brusttasche?«

Grinsend holte der alte Herr ein kleines Taschenbuch mit gelbem Umschlag aus seiner Hemdtasche. Adam erkannte es sofort, und er wusste, wo Aksel das Buch herhaben musste. Es war eine Taschenbuchausgabe der *Schachnovelle* von Stefan Zweig. Auf Deutsch. Zumindest hatte der alte Schwerenöter den Anstand, ein wenig Verlegenheit durch sein Grinsen blitzen zu lassen.

»Ich wusste nicht, dass du Deutsch sprichst«, sagte Adam, wobei er die Augenbrauen hochzog. Man konnte Aksel jedenfalls nicht nachsagen, sich nicht bemüht zu haben.

»Tue ich auch nicht.« Aksels Grinsen verstärkte sich. Jetzt blitzten sogar seine Zähne auf.

»Und wie hast du das Buch dann gelesen? Es ist eine deutsche Taschenbuchausgabe.«

»Ich hab es nicht gelesen. Auf dem Aushang stand ja nur, wir sollen ein Buch mitbringen, das eine Bedeutung für uns hat. Dieses Buch bedeutet für mich, dass ich einen Grund habe zu sehen, was du so aus unserer Mühle gemacht hast.« Vielsagend ließ er seinen Blick schweifen. »Und ich muss schon sagen: Das ist ganz ordentlich. Vielleicht passt du doch gut zu uns.«

Alle lachten, sogar Adam, und danach war es ganz einfach. Arne stellte den Thriller vor, den Adam ihm aus der Telefonzelle empfohlen hatte. Maria mit der Dauerwelle schwärmte über Romane von schneidigen Highlandern mit Kilt und Schwert. Ebbe, der Vater von dem kleinen Sigurd, hatte einen Ratgeber mitgebracht, der dem Leser die Geheimnisse von Excel verständlich machen sollte. Die Seiten waren voll mit Tabellen und langweiligen Erörterungen, und Maria rief in die Runde, ob so was überhaupt ein echtes Buch sei.

Erneut lachten alle, und weil nach und nach jeder auftaute und auch diejenigen, die von sich ehrlich behaupteten, mit Büchern gar nichts anfangen zu können, sich an eine Zeit erinnerten, als das anders gewesen war, hatte schließlich doch jeder etwas beizutragen. Dass die Inhalte der Bücher das gesamte Spektrum der Literatur widerspiegelten, gefiel Adam. Jemand hatte ein Kochbuch mitgebracht, ein anderer einen Gedichtband, ein paar Reiseführer waren dabei, und sogar ein altes Poesie-Album hatte jemand ausgegraben. Ein schüchternes Mädchen – Adam kannte anfangs nicht einmal ihren Namen, nur dass sie die große Schwester vom kleinen Sigurd war, wusste er – hielt mit hochroten Wangen eine Ausgabe von *Fifty Shades of Grey* hoch. Doch noch ehe sie erzählen konnte, was ihr an der Geschichte vom Aschenputtel und dem dominanten Milliardär gefallen hatte, riss ihr Vater Ebbe ihr das Buch aus den Händen. »Dafür bist du noch viel zu jung!«

»Ich bin neunzehn«, setzte Nadia an.

»Eben.« Der Apfelplantagenbesitzer faltete die Arme über der Brust, und für einen Augenblick war Adam froh, keine Waffe im Haus zu haben.

»Als du so alt warst wie ich, waren Mama und du schon verheiratet und ich auf dem Weg. Wenn ich zu jung dafür bin«, sie deutete auf ihren Roman, »wie passt das dann damit zusammen, dass ich bei der Geburt nach nur sieben Schwangerschaftsmonaten fast vier Kilo gewogen habe?« Herausfordernd hob sie die Augenbrauen.

»Das ist eine wirklich interessante Frage!«, fiel auch Anton ein.

Röte schoss in Ebbes Wangen, dann gab er Nadia ihr Buch zurück. »Hat nicht noch wer was Interessantes beizutragen?«, fragte er. Alle lachten. Die Lakritzbonbons und die Salzstangen gingen irgendwann aus, Louise und Maria füllten die Wasserkaraffen in der Küche nach, und sie alle vergaßen die Zeit.

Als Adam schließlich die Diskussion langsam zu einem Ende brachte, flog plötzlich die Tür auf, und Line flatterte in die Runde. Da bist du ja, sagte Adam im Stillen, und etwas in ihm glitt an die richtige Stelle. Wie ein Puzzleteil, das verrutscht gewesen war, doch erst jetzt, wenn es nahtlos in die Gemeinschaft der anderen Puzzleteile passte, wurde deutlich, wie sehr es gefehlt hatte. In seinem Inneren wurde es ganz warm.

»Sorry, Leute«, stieß sie schnaubend hervor. »Aber ich musste für jemanden einspringen. Hab ich das Beste verpasst?« Ohne mit der Wimper zu zucken, trat sie auf Adam zu und drückte ihm vor der versammelten Mannschaft einen Kuss auf die Lippen. »Damit ihr auch morgen noch was zum Reden habt«, sagte sie neckend, während sie sich wieder von ihm löste, und Adam dachte, dass sie das Beste gar nicht verpassen konnte. Sie war das Beste. Zumindest das Beste für ihn.

Adams Lippen umspielte ein Lächeln. Was er auch sagte, was er auch tat, das Lächeln blieb. Zart und unscheinbar, fast schüchtern, aber doch unverkennbar. Mit dem Zeigefinger zeichnete Line die Form seiner Lippen nach, küsste Adam auf den Mundwinkel.

»Du bist ein richtiger Bücherfischer. Du hast sie alle gefangen und um den Finger gewickelt. Würde mich nicht wundern, wenn Strynø bald ein Büchermekka sein wird.«

Kurz lachte Adam. Eng aneinandergeschmiegt lagen sie in seinem gemütlichen Bett auf der Galerie und blickten in die Nacht. »Die waren nur neugierig, wie es hier ist in der Höhle der Löwen. Ich wette, drei Viertel von denen, die heute da waren, haben gar nicht vor, jemals mehr als den Titel eines Buches zu lesen.« Sie hatten sich am Ende des Treffens darauf geeinigt, Hans Kirks *Die Fischer* gemeinsam zu lesen. Der eine oder andere kannte es vermutlich bereits und musste sein Wissen nur auffrischen, und für die Kreisbibliothek wäre es leicht, so viele Exemplare kurzfristig bereitzustellen, da das Buch an vielen Schulen des Landes einmal Pflichtlektüre gewesen war. Außerdem war es nicht zu lang, und das Thema passte zumindest indirekt zu Strynø.

»Und wenn schon.« Line zuckte mit den Schultern. Unter ihrem Ohr hörte sie Adams Herzschlag. »Dann bleiben immer noch vier oder fünf Mitglieder für deinen Club, die sich wirklich für Bücher interessieren. Und wenn jeder von denen mit der Zeit ein weiteres Mitglied mitbringt, sind es bald schon zehn und dann zwanzig. Das ist wie diese Geschichte mit den Reiskörnern auf dem Schachbrett.«

»Was meinst du?«

»Na, du weißt schon. Von diesem indischen Kaiser, der dem Erfinder des Schachspiels danken wollte. Shihram, so hieß der Kaiser, sagte zu Sissa, dem Erfinder, er dürfe sich als Dank alles wünschen und sollte bei seinem Wunsch nicht zu bescheiden sein. Sissa überlegte kurz, dann sagte er, ihm solle für das erste Feld auf dem Schachbrett ein Reiskorn gegeben werden, für das zweite zwei, für das dritte vier und so weiter, immer die doppelte Menge wie bei dem Feld zuvor, bis das Schachbrett voll ist. Der Kaiser fühlte sich erst gekränkt, weil der Wunsch so bescheiden war, aber dann rechnete er nach. Heraus kam eine Zahl mit so vielen Nullen, dass ich sie unmöglich wiederholen kann.« Diesmal war es an ihr zu lachen.

Adam stimmte ein und drückte ihr einen Kuss auf die Nase. »Es sind um die achtzehn Trillionen Reiskörner. Ich will mal nicht hoffen, dass so viele Menschen mich um Rat fragen, was sie lesen sollen. Die würden ja gar nicht in meine Mühle passen. Woher kennst du die Geschichte?«

»Ich hab sie gelesen. Ein weiser Mann hat mir einmal ein Buch mit Märchen und Legenden aus aller Welt geliehen. Dabei fällt mir ein, ich habe dir den Miss-Marple-Roman zurück ins Regal gestellt. Vorgestern schon.«

»Schon fertig? Das ging aber schnell.«

»So würde ich das nicht sagen.« Line rümpfte die Nase, und Adam lachte.

»Dann hat es dir nicht gefallen?«

»Vielleicht probiere ich es in drei, vier Jahrzehnten noch einmal. Momentan kam mir das alles sehr angestaubt vor.«

»Mach das.« Immer noch grinsend, drückte Adam ihr einen Kuss auf den Scheitel.

Eine Weile sagten sie nichts, doch ihr Schweigen war genauso wenig unangenehm wie ihr Reden. Schließlich war es Line, die wieder sprach. »Ich habe etwas gesehen. Heute, als ich in der Kommunalverwaltung in Rudkøbing war.«

»So?«

Sie nickte. »Es gibt da dieses Schulschiff. *Georg Stage* heißt es, ein riesiges Segelschiff mit Vollschifftakelung. Einmal im Jahr nehmen sie junge Menschen an Bord, die dort ihre Grundausbildung für alle möglichen maritimen Berufe machen. Schiffsassistent, Schiffsmechaniker, nautische Wachoffiziere, Binnen- und Hafenschiffer, alle können ihre Grundausbildung auf der *Georg Stage* machen. Wahnsinn, oder? Statt in einem tristen Betonklotz lernen die auf einem wunderschönen Schiff.«

»Und das ist etwas, was dich interessieren würde?«

Line presste die Lippen aufeinander. An ihrem Körper

spürte sie, wie er sich kurz versteifte. Sie lagen viel zu nah beieinander, als dass sie nicht jeden einzelnen seiner Atemzüge spüren könnte, geschweige denn, wenn sein Körper zusammenzuckte. Halb erwartete sie, dass er sie ermahnen würde, vernünftig zu sein. Sie daran erinnern würde, dass sie zufrieden sein sollte mit dem, was sie hatte. Der Job auf der Fähre war mehr als das, worauf eine wie sie hätte hoffen dürfen. Doch natürlich machte er das nicht. Dem Klang seiner Stimme war nichts anzumerken außer Interesse. Das war eines der Dinge, die sie an Adam liebte. Immer fragte er nach, spürte den Dingen auf den Grund, ehe er sich eine Meinung bildete.

Geduldig wartete Adam, bis sie bereit war weiterzureden. Sie lauschte auf das ruhige Pochen seines Herzens, atmete den mittlerweile so vertrauten Duft seines Körpers ein.

»Eine Ausbildung als Schiffsmechanikerin«, sagte sie schließlich, »würde die zwei Dinge verbinden, die ich am liebsten mache. Ich war schon immer gut in handwerklichen Dingen. Und seit ich auf der Fähre arbeite, habe ich gelernt, Schiffe und das Meer zu lieben.«

»Was hält dich dann auf? Klingt nach einer ziemlich eindeutigen Sache.«

Du, schoss es ihr durch den Kopf. *Du hältst mich auf. Nach Jahren der Suche bist du endlich dabei anzukommen. Die Wurzeln, die du in die Erde von Strynø schlägst, sind noch ganz dünn. Ich darf sie dir nicht ausreißen, weil ich wegwill, um nach Dingen zu streben, die mir ohnehin zu groß sein werden.*

Weil ihr der Mut fehlte, diese Gedanken auch laut auszusprechen, konzentrierte sie sich auf das Offensichtliche. »Ich glaube nicht, dass ich es schaffen könnte. In der Regel werden nur Azubis zwischen siebzehn und zweiundzwanzig Jahren angenommen. Ich bin schon zu alt, obwohl es in bestimmten Fällen wohl auch Sonderregelungen geben kann. Aber selbst, wenn. An die Grundausbildung auf dem Schiff schließt sich auch eine theoretische Ausbildung an. Ich müsste die Schulbank drücken und Tests schreiben und alles das. Wir wissen doch beide, wie das endet, wenn ich unter Druck schnell lesen und verstehen soll. Im Grunde kann ich mir die Blamage auch gleich sparen. Ich würde vermutlich schneller abbrechen, als es dauert, mich dafür zu entscheiden, das überhaupt anzufangen.«

»Welche Blamage?« Er stützte sich auf die Ellenbogen und schaute ihr direkt in die Augen. »Hörst du dir eigentlich zu? Gerade eben noch hast du mir aus dem Gedächtnis erzählt, was du über Kaiser Shihram und das Schachspiel gelernt hast. Die Geschichte hast du gelesen. Und du hast sie begriffen. Du hast die Bedeutung der Gleichung erkannt und konntest sie in einem anderen Kontext anwenden.«

»Ich weiß nicht einmal, was ein Kontext ist.«

»Zusammenhang«, meinte er nebensächlich, und dann sprach er weiter, als sei es gar nichts, dass sie ihm nicht einmal in einem einfachen Gespräch in der Nacht richtig folgen konnte. »Was ich sagen will, ist, du siehst dich in einem viel zu schlechten Licht, Caroline. Du entwickelst dich so schnell weiter, dass mir schwindlig wird, weil du Neugier in dir hast und unbedingten Willen. Wenn du etwas wirklich willst, wenn du dir etwas in den Kopf setzt, dann wirst du es auch schaffen. Und außerdem gibt es Hilfestellungen für Menschen wie dich. Du bist nicht dumm, Caroline, du hast ein Handicap. Würdest du jemanden, der schlecht sehen kann, vorwerfen, dass er zu faul ist, die Augen richtig aufzumachen?

Nein, richtig? Du würdest ihn zum Arzt schicken, damit er eine Brille kriegt. Sicher kann man in deinem Fall einen Nachteilsausgleich beantragen, damit du die Ausbildung auf dem Schiff absolvieren kannst.«

Ihr brummte der Kopf. Sie wusste ja nicht einmal, was das war, ein Nachteilsausgleich. Sie hatte noch nie davon gehört, und ganz sicher hatte ihr noch nie jemand so etwas angeboten. Wie sollte sie dann daran denken, so etwas für sich zu beantragen? Und was sagte das über ihre Vergangenheit aus, dass nie jemand diese Art von Unterstützung angesprochen hatte, wenn es doch so einfach sein sollte, wie Adam es klingen ließ? Waren all die Leute, denen sie bisher begegnet war, einfach zu faul gewesen, Steine wegzurollen, die vor ihren Füßen lagen und für die sie selbst noch zu schwach war? Oder war es ihre eigene Schuld gewesen, weil sie nicht genug Initiative gezeigt hatte, um so ein Angebot zu verdienen?

Weil sie seinen Blick nicht mehr aushielt, drehte sie den Kopf zur Seite. Glück ist flüchtig, dachte sie. Wie recht sie doch hatte. »Heißt das, du willst, dass ich weggehe?« Es tat weh, die Frage auszusprechen. Auch dann, wenn sie sie nur flüsterte. Zu oft war sie abgewiesen worden, zu oft von einer Familie zur nächsten, von einem Heim ins andere geschickt worden.

»Ich will, dass du glücklich bist.« Wie schön sich das anhörte. Wie richtig. Wie kam es dann, dass sie nicht froh war über seine Worte, sondern dass sie schmerzten?

Sie drehte sich auf die Seite, zog die Beine an den Bauch, schloss die Augen. »Wir sollten jetzt wirklich schlafen. Ich muss morgen früh noch mal für Flemming einspringen. So viel zu meinem freien Samstag.«

»Line?«

»Ja?« Mit angehaltenem Atem wartete sie auf seine Antwort. Da war etwas, spürte sie. Etwas, das er sagen wollte, das ihm aber nicht über die Lippen kam. Bitte, flehte sie im Stillen. Bitte, bitte, bitte, dabei wusste sie nicht einmal, um was genau sie bat. Dass er sie aufhielt? Dass er sie losließ? Was war es, das sie am meisten wollte?

»Gute Nacht«, meinte er dann nur.

Er horchte auf ihren Atem. Gedankenverloren fuhr er mit dem Finger die Formen ihres Körpers nach.

Sie regte sich im Schlaf, und er zog den Finger zurück. Er wollte sie nicht wecken. Es tat so gut zu sehen, wie sie ihm vertraute. Nicht nur mit ihrem Körper, auch mit ihren Träumen und Ängsten.

Gebrochenes Licht fiel durch die Fenster auf sein Bett. So war das im Sommer in der dänischen Südsee, wenn die Tage unendlich waren und die Schwärze der Nacht einem nichts anhaben konnte. Carolines Körper unter dem weißen dünnen Laken zeichnete sich nur als Schatten ab. Strähnen ihres Rabenhaares malten tanzende Schatten auf die weiße Haut ihrer Wangen. Wie lange, bis sie erwachen würde? Nicht nur aus dem Schlaf, auch aus dem Traum, den sie beide in den vergangenen Wochen träumten.

Sein Blick fiel auf ihren Rucksack auf einem Sessel neben dem Bett. Es hatte ja schon begonnen. Irgendwo dort drinnen war das Infomaterial über dieses Schulschiff, das es ihr so angetan hatte. Ihr Ticket in eine neue Zukunft. Noch war sie unsicher und scheu, aber mit jedem Tag gewann sie an Selbstvertrauen. Sie hatte auf Strynø ein Zuhause gefunden. Nicht nur einen Ort, um sich zu verstecken, sondern einen Platz, an dem sie Wurzeln schlagen konnte und wollte. Die Menschen hier liebten sie.

Er stockte in seinen Gedanken, schloss die Augen, lauschte auf das Rauschen in seinen Ohren und das Pochen seines Herzens. Ein Schaudern durchlief ihn. Zwei Dinge sollten Kinder von ihren Eltern bekommen: Wurzeln und Flügel. Caroline hatte keine Eltern, die sie geliebt und geborgen hatten. Sie hatte eine Großmutter gefunden und einen Ort, der ihr Zuhause werden konnte. Was fehlte, waren die Flügel. Was fehlte, war der Mensch, der sie ermutigte, ihre Schwingen zu spreizen und sich über das zu erheben, was sie an den Boden kettete. Einen Menschen, der sie genug liebte, um sie ziehen zu lassen.

Seine Augen brannten. Die Laken raschelten, weil Caroline sich umdrehte und im Schlaf seine Nähe suchte. Er streckte einen Arm aus, sie kuschelte sich an ihn, bettete ihren Kopf an seine Brust. Ihr Haar roch nach Meerwind und reifem Weizen. Ihr Körper passte perfekt an seinen. Was für ein Narr er gewesen war. Was für ein Unterfangen zu denken, dass er sich auf einer kleinen Insel in Dänemark vor der Liebe verstecken konnte. Die Liebe ließ sich nicht austricksen. Sie schlug aus dem Hinterhalt zu, immer dann, wenn man es am wenigsten erwartete, und sie hatte auch Adam Steinbach wieder gefunden. Die Erkenntnis war beängstigend und berauschend zugleich. Adam Steinbach liebte Caroline Henriksen. Er liebte sie, und er musste sie gehen lassen. Das Ende lauerte bereits hinter der nächsten Ecke, doch noch war er nicht bereit.

Nur noch ein bisschen, flehte er im Stillen. Nur noch ein kleines bisschen mehr Zeit.

11. Kapitel

In hohem Bogen spuckte Kasper einen Kirschkern aus, der in den Straßengraben kullerte.

Jetzt, Anfang Juli, standen überall an den Straßenrändern behelfsmäßig zusammengezimmerte Verkaufsstände oder auch nur klapprige alte Küchentische oder -bänke mit tütenweise Süßkirschen. Daneben eine ausgediente Spardose für die zwanzig oder fünfundzwanzig Kronen, die der Genuss kostete. Man konnte sich einfach bedienen. Kasper und Line saßen auf einer Bank in der Nähe des Wasser- und Freizeitzentrums. Auf ihrem Heimweg nach der Schicht war Line in Kasper fast reingelaufen, der gerade aus der Kinderbetreuung kam. Er hatte fünfundzwanzig Kronen in die Spardose von Antons Bauernhof auf der anderen Straßenseite gesteckt und Line auf eine Tüte Schwarzkirschen eingeladen.

Sommer auf Strynø ist toll, entschied Line und spuckte ebenfalls. Beim Discounter in Kopenhagen waren Kirschen zwar meistens billiger gewesen, aber sie hatten nicht halb so süß nach Sonne geschmeckt.

»Wenn ich mir etwas wünschen dürfte …«, begann Kasper, aber sprach den Satz nicht zu Ende.

»Warum heute so tiefsinnig?« Line stieß ihn mit der Schulter an.

Er wies auf die kleine Plakette, die an der Rückenlehne der Bank angebracht war. Darauf eingraviert waren die Namen des Ehepaars, das im hohen Alter diese Bank gestiftet hatte, und darunter der Satz *Tak for et pissegodt liv*. Danke für ein verdammt tolles Leben. Kasper seufzte. »Ich wünschte, wir könnten das alle sagen, wenn wir eines Tages gehen müssen.«

Line überlegte. »Stimmt«, sagte sie. »Das wäre schön. Aber hey. Ich muss dazu bemerken, dass ich einen Riesenschritt in die richtige Richtung gemacht habe, seit ich Kopenhagen den Rücken gekehrt habe.« Sie griff noch einmal in die Papiertüte. »In Richtung der weltleckersten Kirschen zum Beispiel«, ergänzte sie. »Was ist mit dir? Immerhin fährst du inzwischen gar nicht mehr auf dem Seelenverkäufer von deinem Vater mit. Du brauchst mir übrigens nicht dafür zu danken. Wir sind quitt.«

Schief grinste er sie an. »In die richtige Richtung geht es schon, ja, für mich auch. Du kannst dir nicht vorstellen, wie erleichtert ich darüber bin. Aber hast du eine Ahnung, wie schwer es ist, sich um eine Pädagogenausbildung zu bewerben, wenn man bisher nur auf einer kleinen Inselfähre Tickets ausgestellt und Schrauben festgezogen hat?«

»Stimmt doch gar nicht«, antwortete Line. »Du hilfst seit Jahren im Kindergarten im Dorf aus und hier auch.« Sie nickte zur Einfahrt des Freizeitzentrums. Kindergelächter drang über die Bäume hinweg zu ihnen. Wenige Schritte den Rasen hinunter gab es einen der schönsten weißen Strände der Insel, und die Sommercamp-Gäste tobten im Wasser. »Da muss es doch genug Leute geben, die dir Referenzen ausstellen.«

»Dass mir das alles so schwerfällt, liegt weniger an den Referenzen, sondern vielmehr daran, dass mir nie jemand gezeigt hat, worauf ich bei so einer Bewerbung achten muss. Den Job auf der Fähre habe ich mit einem Fingerschnippen bekommen, weil es schon klar war, dass ich die Nachfolge meines Vaters antreten werde, als ich noch in den Windeln lag.«

»Du weißt ja gar nicht, wie gut du es hattest, in einer Familie aufzuwachsen, die sich um deine Zukunft kümmert.«

»Ja, sorry, Line, das ist nicht gerecht, dir darüber die Ohren vollzujammern. Aber ich habe keinen Schimmer, wie ich das hinkriegen soll. Worauf muss ich achten? Und überhaupt, wo fange ich an, nach Möglichkeiten zu suchen? Klar, im Internet. Ich kann Berufsbeschreibungen lesen und was weiß ich. Doch es gibt zig Berufe, in denen man mit Kindern arbeitet. Woher soll ich überhaupt wissen, welcher der richtige ist, wenn alle Leute in meinem Leben nur die Nase rümpfen bei der Vorstellung, dass ich als Mann einen pädagogischen Beruf erlernen will. Wo habe ich die besten Aussichten, und bei welchen Bewerbungen versaue ich mir von vornherein alle Chancen?«

»Wenn du Leute sagst, meinst du deinen Vater, oder? Sicher sehen das nicht alle so. Ich kann mir gut vorstellen, dass Männer in Kindergärten super gerne gesehen sind. Und die Jungs finden es sicher auch toll, einen Kerl zu haben, der sich beim Fußball ins Tor stellt und im Gorillagarten an den Seilen hangelt, und der ihnen so ganz nebenbei beibringt, im Stehen ins Meer zu pinkeln. Kann dir die Kindergärtnerin hier auf Strynø nicht dabei helfen? Wie heißt sie gleich? Carina?«

»Die hat ja dasselbe Problem wie ich, nur umgekehrt. Die ist in die Fußstapfen ihrer Mutter getreten und hatte sich wegen der Bewerbung nie viel Gedanken machen müssen. Sie würde seit Jahren gerne eine Weiterbildung in Montessori-Pädagogik machen, aber in einem Mini-Kindergarten wie hier auf Strynø lohnt sich das nicht, und sie schafft den Absprung nicht, sich an die richtigen Stellen zu wenden.«

»Sorry, Kumpel, aber hier hast du mich verloren. Ich hab keinen blassen Schimmer, wovon du redest. Montessi-Pädagogik?«

»Montessori ist …«, verbesserte Kasper sie, führte den Satz jedoch nicht zu Ende, sondern schaute auf die Uhr. Dann hob er den Kopf und blickte aufs Wasser hinaus. Ein glasklarer Sommertag, sie konnten fast die Bäume auf Langeland zählen. Die Fähre hatte gerade von Rudkøbing wieder abgelegt und tuckerte behäbig auf die Insel zu. Kasper seufzte. Offenbar wollte er das Thema nicht weiter vertiefen.

»Nimm die Kirschen mit für Lou«, sagte er und stand auf.

»Du hast doch noch massig Zeit«, hielt sie ihn zurück. »Hast du mal drüber nachgedacht, Adam zu fragen?« So einfach gab sie nicht auf.

Er blickte sie an, als hätte sie ihm vorgeschlagen, sich mit dem Teufel zu verbünden. Danach sah er an ihr vorbei Richtung Hafen. »Was ist eigentlich mit deiner Vespa? Schon wieder kaputt?«

»Nein, wenn das Wetter so schön ist, gehe ich lieber zu Fuß. Vor allem, wenn ich viel Zeit zu vertrödeln habe. Außerdem fährt Adam erst übermorgen wieder nach Rudkøbing hinüber, und er hat versprochen, mir dann einen Kanister Benzin mitzubringen. Bis dahin muss ich ein wenig haushalten, der Tank fängt demnächst an zu husten, weil er so trocken ist.«

Geradezu hilfesuchend blickte Kasper wieder hinaus aufs Meer, aber noch immer war die Fähre so weit draußen, dass er Line nicht einfach stehen lassen konnte, ohne einen guten Grund zu haben. Schließlich seufzte er. »Dann lebst du jetzt also bei ihm statt bei Lou? Bei Steinbach?«

»Er heißt Adam. Stört dich etwas daran, dass ich die meiste Zeit bei ihm verbringe?«

Er zuckte mit den Schultern und schaute sie nicht an. »Ist ja nicht meine Angelegenheit. Kommt mir halt nur alles etwas komisch vor. Ich meine, ich war noch in der Grundschule, als der herkam, so lange ist das her, und er hat nie mehr als zwei Worte gesagt. Und plötzlich soll das alles anders sein, und er ist nett zu einer Frau wie dir? Soll man so jemandem trauen?«

»Du kennst ihn doch gar nicht«, antwortete sie.

»Keiner kennt ihn, Line, auch du nicht.«

»Hör auf damit. Ich kenne ihn sehr gut. Du hast keine Ahnung, was er mitgemacht hat, und solange du das nicht weißt, wäre es schön, wenn du nicht solche Reden schwingst. Falls …« Sie hob eine Hand und zeigte drohend mit dem Zeigefinger auf ihn. »Falls du ihn kennenlernen willst, dann besuch ihn. Rede mit ihm. Ich nehme dich gerne mit, damit ich als Eisbrecher dazwischengehen kann. Aber das brauchst du nicht, du musst bloß über deinen Schatten springen. Er hat viele Jahre als Lehrer gearbeitet, er weiß bestimmt, was diese Pädagogik oder so ähnlich ist. Oder du gehst zu einem der Buchclubtreffen, die er gerade aus dem Boden stampft. Für die Insel, übrigens, für die Menschen hier. Er hätte das nicht machen müssen, aber er wollte es. Ich bin überzeugt, dass er dir auch helfen könnte. Doch das wird er nicht tun, wenn du ihm nicht vertrauen willst, ob aus Eifersucht oder aus welchem Grund auch immer.«

»Eifersucht?« Entrüstet blickte Kasper sie an.

»Ja, Kasper, ich glaube, dass du einfach nur eifersüchtig bist.«

Er schürzte die Lippen. »So ein Quatsch.« Doch seine Ohren wurden knallrot.

»Hej.« Sie lehnte ihre Schulter gegen seine. »Ich bin nicht hierhergekommen, um einen Kerl zu finden«, sagte Line. »Aber ich habe einen gefunden, ohne ihn gesucht zu haben. Du bist ein wahnsinnig toller Freund, Kasper, und ich fände es ziemlich blöd, dich als Kumpel zu verlieren, weil du nicht derjenige bist, den ich gefunden habe, ohne zu suchen.« Sie hob den Kopf und blickte auf das sich nähernde Schiff. »Ich werde jetzt nach Hause gehen. Zu Louise, weil Adam auch mal Ruhe zum Arbeiten braucht. Und du kühlst dir am besten den Kopf, denn sonst müsste ich es mir überlegen, ob ich auch weiterhin jede Gelegenheit ergreifen will, mit dir ein Schwätzchen zu halten.« Wieder tippte sie ihn mit der Schulter an und grinste. »Mit dir ist nämlich richtig gut Kirschen essen, Kasper Årgård, und das will ich nicht verlieren.«

Der Feierabendverkehr war noch nicht angebrochen, als Adam sich hinten an die Schlange der Fahrzeuge anschloss, die auf die Insel wollten. Für die Tageszeit waren es noch relativ viele. Der Sommerferieneffekt hatte in diesem Jahr auf sich warten lassen, aber nun schienen sich endlich einige Touristen auf den Weg auf die Insel zu machen. Er kannte nur wenige der PKWs.

Rumpelnd und ächzend ging die Laderampe herunter. Nur zwei Fahrzeuge und ein paar Fußpassagiere verließen die Fähre, dann gab Line dem ersten Auto in der Warteschlange ein Handzeichen. Behäbig setzte die Schlange sich in Bewegung. Schon von Weitem winkte Line Adams Kombi zu, was den Fahrer des Wagens vor ihm zu irritieren schien. Bremslichter flackerten auf, das Gefährt blieb ruckartig stehen.

Gelassen bremste Adam und grinste vor sich hin, als der Fahrer das Fenster herunterließ und etwas zu Line sagte, als er sie passierte. Doch sie ließ sich nicht aus der Ruhe bringen, erklärte etwas und winkte ihn weiter. Adam parkte den Passat direkt hinter dem anderen im Bauch des Schiffes und stieg aus, ohne abzuschließen. Er wartete neben der Fahrertür, sah zu, wie Line noch zwei Nachzügler aufs Schiff lotste und dann die Rampe wieder nach oben fuhr.

Dann erst kam sie zu ihm und holte sich einen Kuss. »Hej«, sagte sie.

»Hej. Ich hab deinen Kanister.«

»Oh, gut. Ich musste heute früh die Vespa nehmen, sonst wäre ich nicht pünktlich zur Arbeit gekommen.«

»Verschlafen?«

»Wessen Schuld das wohl gewesen ist?«, erwiderte sie.

»Ich bedaure nichts«, erklärte er.

»Ich auch nicht. Hast du die Bücher bekommen?«

Er klopfte auf die Heckklappe des Kombis. »Eine Kiste voller *Fischer*. Bin gespannt, ob die anderen immer noch so begeistert von der Idee sind, damit anzufangen, wenn sie erst mal begonnen haben, es zu lesen. Leichter Stoff ist es nicht gerade, so ganz ohne Hauptfigur, mit der man beim Lesen mitzittern kann.«

Line holte ihre Ticketverkaufsausrüstung aus dem Stahlschrank unter der Stiege. »Oh, schau mal, übrigens«, meinte sie, schob das Buch aus seinem Fundus zur Seite, in dem sie gerade las, und zeigte ihm ein kleines Heftchen in Pass-Größe. »Die sind heute früh geliefert worden, für die Feriensaison. Süß, oder? Ein Inselpass. Gibt es kostenlos für alle Touristen. Ein Reisepass, um das dänische Inselreich zu erkunden.«

»Nette Idee.« Er nahm eines der Hefte. Sogar die Umschlagfarbe war wie bei einem echten Reisepass, und innen wurden alle Inseln, die noch Fährverbindungen besaßen, kurz mit weiterführenden Links vorgestellt. Dazu gab es ein kleines rundes Feld, das man abstempeln oder einfach ein Häkchen hineinsetzen lassen konnte. »Schönes Konzept, gefällt mir.«

»Verteilen wir kostenlos an die Touristen. Den da kannst du behalten. Ich hab reichlich davon. Aber jetzt muss ich was tun.«

Er blieb dicht hinter ihr, als sie die Stiege hinaufkletterte. Waren die Stufen schon immer so eng und schmal gewesen? Das sah gefährlich aus, und er war froh, sie im Notfall auffangen zu können, wenn sie das Gleichgewicht verlor. Dabei war es vermutlich er selbst, der eher abstürzen würde, denn sie ging diese Stufen während ihrer Arbeitszeit ständig auf und ab.

Trotzdem blieb er auch in ihrer Nähe, als sie sich, nachdem alle Passagiere ein gültiges Ticket hatten, wieder auf den Weg nach unten machte, um bei den Fahrern zu kassieren, die im Auto sitzen geblieben waren. Zu denen hatte er früher auch gehört, bis Line es ihm ausgetrieben und ihn in die Sonne geschickt hatte.

»Einer fehlt noch«, sagte sie, nachdem sie am Ende der Autoreihen angekommen war.

»So?«

»Ja, nämlich du.« Sie grinste und wedelte mit dem Kartengerät. »Wie möchtest du zahlen? Bar oder Karte?«

Mit einem Zwinkern reichte er ihr seine Kreditkarte. »Man kann es ja mal versuchen, oder?«

»Vergiss es. Keine Vorzugsbehandlung. Solange sich niemand von der *Georg Stage* meldet, möchte ich meinen Job ganz gerne noch behalten.«

»Und wenn ich dich fürs Mitnehmen küsse?«

In gespielter Entrüstung schüttelte sie den Kopf. »Die Kommune Langeland geht sehr streng gegen Korruption vor.«

»Oje, ich wage gar nicht nachzufragen ...«

»Kielholen. Mindestens.« Sie blickte nicht mal auf von ihrem Gerät, als sie das sagte. »Teeren und federn im Wiederholungsfall.«

»Caroline, Kielholen endet gewöhnlicherweise mit dem Ersaufen des Opfers. Einen Toten zu teeren und zu federn bringt nicht mehr viel, ganz zu schweigen davon, dass er sich schlecht zum Wiederholungstäter eignet.«

»Der Strafenkatalog ist zur Abschreckung gedacht«, erläuterte sie.

»Das funktioniert aber auch nur, wenn man hin und wieder ein Exempel statuiert.«

»Oh, ich wusste nicht, dass du dich freiwillig als Abschreckungsbeispiel melden wolltest? Warte, ich kann die Zahlung noch stornieren.«

Er nahm ihr die Karte weg und steckte sie zurück in seine Brieftasche. »Wie lange arbeitest du heute?«, fragte er und versuchte gar nicht erst, die Sehnsucht in seiner Stimme zu unterdrücken.

»Die Ankunft um halb fünf ist meine letzte. Womit vertreibst du dir bis dahin die Zeit?«

»Ich werde die Bücher verteilen, die ich in der Bibliothek abgeholt habe.«

Sie lachte. »Das dauert im Ernstfall keine Stunde, und dann?«

Er kratzte sich hinter dem Ohr. »Vielleicht zahle ich es den alten Spannern heim und sehe mich gründlich auf den Gehöften meiner Opfe… äh, Leser um. So, wie die es in meiner Mühle getan haben.«

»Aber nicht bei Louise«, warnte sie. »Ich hab mein Zimmer nicht aufgeräumt, außerdem ist unser Gärtner seit Wochen nicht mehr zum Rasenmähen gekommen.«

»Besagter Gärtner kennt Louises Garten auswendig, da lohnt sich das Umgucken gar nicht.«

»Da fällt mir aber ein, Louise hat gefragt, ob du nicht mal zum Abendessen kommen willst. Sie möchte dich gern kennenlernen, ohne dass das halbe Dorf dabei ist.«

»Gibt es so einen Zeitpunkt überhaupt?« Er zwinkerte auf sie hinunter. »Okay. Sie soll einfach einen Tag nennen, und dann komme ich 'ne halbe Stunde früher und mähe vor dem Essen noch den Rasen.«

Sie stellte sich auf die Zehenspitzen und küsste seinen Mund. Ihre Lippen schmeckten zart und süß nach Honigbonbons. »Das war nicht als Aufforderung zum Rasenmähen gemeint, sondern als Einladung.«

»Ich weiß.« Sie küssten sich. Erst zart, doch sie schmeckte süß und war voller Begeisterung, sodass er sich nur mit aller Mühe daran erinnern konnte, dass sie Zuschauer hatten und Line außerdem gerade bei der Arbeit war.

Der Schiffsmotor unter ihnen röhrte auf, sowie der Kapitän zu wenden begann, um die Fähre an den Anleger heranzufahren. Leise seufzend löste sich Adam von ihr und deutete mit dem Kopf zum Heck. »Deine Arbeit ruft. Ich tank die Vespa voll, wenn ich von Bord gehe, okay? Dann nehme ich den Rest vom Kanister mit zur Mühle, damit du nachtanken kannst, wenn es wieder nötig wird.«

»Du bist ein Schatz«, sagte sie inbrünstig und umarmte ihn ein letztes Mal. »Ich weiß gar nicht, womit ich dich verdient habe.«

Den Rest des Nachmittags verbrachte Adam damit, die Häuser und Anwesen derer aufzusuchen, die beim Buchclubtreffen gewesen waren und *Die Fischer* mitlesen wollten. Bei einigen, wie zum Beispiel Vigga und Kirstine, hatte er den Eindruck, dass sie sich aus Gründen der Nostalgie auf das Lesen freuten, denn sie kannten die Geschichte bereits, aber es war Jahrzehnte her. Povl, der im Krydsvej ganz nah bei der Küste einen alten Bauernhof bewohnte, auf dem es aber außer scharenweise Hühnern hinter Maschendraht keine Landwirtschaft mehr gab, verwickelte Adam in ein Gespräch über die Miniserie, die das dänische Fernsehen in den Siebzigern nach Vorlagen aus dem Buch gedreht hatte. Der alte Bauer fragte, ob es nicht einfacher gewesen wäre, DVDs zu besorgen und eine Filmvorführung in der alten Schule zu veranstalten, dazu seien die Räumlichkeiten dort doch da. Adam verabschiedete sich mit dem Hinweis, dass er darüber nachdenken wollte, das später zu tun, wenn sie das Buch gelesen und besprochen hatten. Dann könnte man Buchvorlage und Film vergleichen und neue Aspekte finden. Nach diesem Vorschlag ließ Povl ihn mit Kusshand gehen. Scheinbar war die Vorstellung, das Buch zu lesen und trotzdem noch die DVDs anzusehen, so gar nicht nach seinem Geschmack.

Louise Kvist trat ihm mit farbverschmierten Händen, einer bunt bespritzten Kittelschürze und einem prüfenden Gesichtsausdruck entgegen. Er langte, das Taschenbuch in der Hand, an ihr vorbei, um das Buch auf der Kommode neben der Eingangstür ablegen zu können. »Nur geliehen«, erklärte er dabei ein wenig befangen. »Käme nicht so gut, wenn da Farbkleckse draufkommen.«

»Dann solltest du aber den einen oder anderen darauf hinweisen, pfleglich mit den Sachen umzugehen. Pfeifenasche auf Buchseiten gibt üble Brandlöcher«.

Das Dreigestirn, dem diese Warnung ganz offensichtlich galt, beäugte die Bücher kritisch, als Adam sie später auf ihrer Stammbank aufsuchte. Er zweifelte nicht, dass Lauge, Anton und Aksel schon einmal mit der Geschichte in Berührung gekommen sein mussten. Aber keiner von ihnen sah wie der typische Bücherwurm aus. Vermutlich würden sie zu den Ersten gehören, die wieder vom Buchclub abspringen würden.

»Zumindest ist es leichter verdauliche Kost als die *Schachnovelle*«, sagte er zu Lauge, der schief grinste und dessen Ohren sich ertappt rosa färbten.

»Inwiefern?«, wollte Aksel wissen.

»Insofern, dass du sie verstehen kannst, weil sie auf Dänisch geschrieben ist und nicht auf Deutsch.«

»Man dankt schon für die mildesten Gaben«, erwiderte Anton brummend.

»Viel Spaß damit«, sagte Adam mit einem letzten Winken. Zurück bei seinem Auto stellte er fest, dass die Bücherkiste hinten im Kofferraum bis auf zwei Exemplare leer war. Er schloss die Klappe, setzte sich hinters Lenkrad und machte sich auf den Heimweg.

Noch anderthalb Stunden bis zu Carolines Feierabend. Zeit, den Holzkohlegrill aus dem Schuppen zu holen und zu entstauben.

In ewiger Einhelligkeit saß das unheilige Dreigestirn mit seinen Pfeifen auf der Bank vor dem Dorfladen und rauchte. Wie kleine Wolken kringelte sich der Rauch aus den Pfeifentöpfen gen Himmel. Über Lines Arm hing der Einkaufskorb, und in der Hand hielt sie eine Liste mit ein paar Dingen, die sie Lou aus dem Laden mitbringen sollte. Dennoch nahm sie sich eine Sekunde lang Zeit, um die Rauchkringel auf ihrem Weg in den Himmel zu beobachten. Lustig, wie der Rauch zunächst ganz zielstrebig aus dem Topf aufstieg, sich dann verzweigte und verwirbelte, immer wildere Kreise zog, Umwege ging, Kringel malte, Sackgassen, Rückschritte. Wann war ihr das letzte Mal etwas aufgefallen wie die einfache Schönheit von Pfeifenrauch vor einem blauen Himmel?

»Na, kleine Line, was guckst du so? Willst du dich wie Ane beschweren, dass dir unser Kraut die Lunge verpestet?« Lauge zwinkerte ihr zu. Er, ebenso wie seine beiden Freunde, wusste, dass sie gerne mal einen Zug von ihren Pfeifen nahm. Sie rauchte nicht mehr, aber der herbe, malzige Geschmack des Pfeifentabaks gefiel ihr, und solange sie es nicht zur Gewohnheit werden ließ, konnte sie sich diesen kleinen Luxus gestatten, fand sie.

»Ach was. Ihr wisst doch, dass ich weder euch noch eurem Kraut widerstehen kann.« Lachend setzte sie sich zu den Dreien auf die Bank und streckte die Hand über den Tisch hinweg auffordernd in Richtung der Männer aus. Erst jetzt bemerkte sie die Bücher auf dem Picknicktisch.

Bereitwillig legte Anton seine Pfeife in ihre Hand, doch statt sie anzusehen, stupste er Lauge zwinkernd in die Seite. »Hörst du? Sie kann uns nicht widerstehen. Hab ich's dir nicht gesagt? Sie steht auf ältere Männer.«

»Älter ja«, murmelte Lauge um das Mundstück seiner Pfeife herum. »Nicht ogygisch.«

»O-was?«, fragten Line, Aksel und Anton wie aus einem Mund.

Lachend tippte Lauge mit der Pfeife auf den zugeschlagenen Roman vor ihm. »Ogygisch. Das hab ich aus dem Buch gelernt, das dein Adam uns allen aufgedrückt hat. Ist wohl ein anderes Wort für scheintot. Uralt. Du weißt schon.« Er zuckte mit den Schultern. »Ich dachte, das klingt einfach netter, als wenn ich diesem alten Esel hier neben mir sage, dass er sich jede Hoffnung auf ein junges, hübsches Ding wie dich aus dem Kopf schlagen soll. Du und dein Adam, das ist schon genau so, wie es sein soll.«

»Ohhh«, machte Line, »du bist so süß.« Und auch wenn sie versuchte, ihre Rührung zu überspielen, ahnte sie, dass die *Drei vom Krämerladen* ganz genau wussten, wie es in ihr aussah.

»So, jetzt muss ich aber.« Ein letzter Zug aus Lauges Pfeife, dann griff sie nach ihrem Korb und stand auf. »So schön es mit euch ist, Jungs, ich bin hier, um Besorgungen zu erledigen.«

Alle drei murmelten einen Gruß und vertieften sich dann wieder in ihr geselliges Schweigen.

Vigga saß nicht auf ihrem Platz hinter der Kasse, also rief Line ein *Hej* in den Laden. Das Echo tönte von der hintersten Regalreihe. Weil sie ahnte, dass sie das, weswegen sie eigentlich zum Einkaufen gegangen war, nicht finden würde, sammelte sie erst die Besorgungen ein, die Lou ihr aufgetragen hatte.

Milchpulver, Erdbeermarmelade, ein paar Kekse für den Teller neben der Haustür von *Akvarellen*. Vor dem Kühlschrank mit den Milchprodukten fand Line Vigga. Sie war gerade damit beschäftigt, neue Buttermilchkaltschale in die Kühlung zu räumen. Ein paar Haare waren ihr aus dem

Pferdeschwanz gerutscht und kringelten sich um Viggas schmales Gesicht. Über ihrer Kleidung trug sie eine weiße Kittelschürze, in deren einer Tasche ein Buch steckte, das Line vom Einband her mittlerweile allzu vertraut war.

»Hej«, begrüßte sie die Verkäuferin. »Da bist du ja. Ich wollte dich um einen Gefallen bitten.«

»Brauchst du etwas Bestimmtes?« Eine Hand in den unteren Rücken gepresst, richtete Vigga sich auf. Die Verkäuferin war alles andere als alt, höchstens Anfang vierzig, schätzte Line, doch manchmal, an Tagen wie heute, sah man besser als sonst, dass das Leben Spuren bei ihr hinterlassen hatte. Dann waren die Linien um ihre Augen und den Mund tiefer als sonst, und unter ihren Augen lagen violette Schatten.

»Geht es dir nicht gut?« Die Frage war keine Floskel. Line mochte Vigga wirklich gerne, und sie machte sich Sorgen um sie.

»Ach, nur der Rücken. Ich bin gestern beim Lesen auf der Couch eingeschlafen. Halb im Sitzen, und dann muss ich mich irgendwie verlegen haben. Das geht schon vorbei.« Mit der Hand winkte sie ab. »Aber da sag einer, Lesen sei gut für die Gesundheit. Seit mich dein Adam wieder angesteckt hat, komm ich zu nichts anderem mehr. Auch wenn ich zugeben muss, dass unser Lesekreisbuch ganz schön schwere Kost ist. Aber ich sag mir immer: Nach hundertfünfzig Seiten in meinem aktuellen Krimi muss ich mindestens zwanzig Seiten in den *Fischern* lesen. So komm ich doch ganz gut voran.«

»Dann weißt du sicher auch schon, was ogantisch ist.«

»O-was?« Vigga runzelte die Stirn, und diesmal war es an Line abzuwinken.

»Vergiss es. Du wirst es schon noch rausfinden. Ich bin auch wegen was ganz anderem hier. Kannst du mir vielleicht eine Packung schönes Briefpapier oder so was besorgen? Du weißt schon, solches, das ein bisschen dicker ist als normales Druckerpapier. Und dazu eine hübsche Faltmappe. Aus Pappe oder auch aus Plastik, keine Ahnung. Irgendwas, wo man ein paar Unterlagen ordentlich drin arrangieren kann.«

»Ohhh, willst du deinem Schatz Liebesbriefe schreiben?« Zwinkernd grinste Vigga Line zu.

Line lachte. »Da muss ich dich leider enttäuschen. Der Grund, warum ich die Sachen brauche, ist weit weniger romantisch. Ich …« Plötzlich stockte sie. Es auszusprechen, würde es real machen, dann gäbe es kein Zurück mehr. Sie, Line Henriksen, Schulversagerin und Gelegenheitsjobberin, würde nach den Sternen greifen und sich ihren Träumen in den Weg stellen, damit sie wahr wurden. Adam hatte sie gelehrt, das zu tun. Er hatte sie ermutigt und ihr gezeigt, wie viel in ihr steckte. Doch dieses Selbstbewusstsein auch vor die Mauern der Mühle zu tragen, fiel ihr noch immer nicht leicht. Leiser jetzt und ohne Vigga dabei anzuschauen, verkündete sie: »Ich möchte mich bei der *Georg Stage* um eine Ausbildung bewerben. Du weißt schon, das Schulschiff, das einmal im Jahr von Kopenhagen aus in See sticht.«

»Wirklich?« In Viggas Stimme klang nichts als Begeisterung, und Lines Blick fuhr nach oben, so erstaunt war sie über die offene Freude der Supermarktverkäuferin. »Das ist ja großartig! Das Schiff war vor ein paar Jahren mal unten bei uns am Hafen, das ist so riesig, das konnte nicht mal bis an den Pier ranfahren. Und was willst du lernen? Irgendwas Technisches, oder?« Sie kicherte verhalten. »Das, wie du da beim Stromausfall die Rampe ausgetrickst hast, ist der Stoff von Legenden. Wir alle wissen, wie talentiert du mit Motoren und so bist. Und auf der Fähre fühlst du dich auch wohl. Als

Schiffsmechanikerin könntest du die beiden Sachen verbinden, die du am allerliebsten machst.«

»Ja, genau.« Nachdem zuvor noch Verlegenheit sie davon abgehalten hatte, Vigga in die Augen zu schauen, breitete sich jetzt ein Lächeln auf Lines Gesicht aus. Ja, genau, dachte sie. *Genau so. Du kennst mich.* Ihr alle kennt mich, und nachdem sie mit einer vor Begeisterung ganz aufgeregten Vigga aus einem Katalog passendes Papier und eine Pappmappe, die extra für Bewerbungen gedacht war, ausgesucht hatte und sich mit ihren Einkäufen zurück auf den Weg zu Lou machte, da dachte sie, dass es auf Strynø ein bisschen war wie mit dem Rauch aus den Pfeifen von Aksel, Lauge und Anton.

Nichts ging geradlinig und schnell. Eine Besorgung wie diese hätte Line in Kopenhagen keine fünf Minuten in einem Geschäft an der Ecke gekostet. Dank ihrem Pläuschchen mit dem Dreigestirn und dem Gespräch mit Vigga war Line nun schon fast eine ganze Stunde aus dem Haus. Lines Wege auf Strynø waren verschlungen, verwoben mit denen der anderen Einwohner. Es ging hin und her, vor und zurück, doch am Ende ging es nach oben. Immer weiter und weiter, bis in den Himmel. Bis dahin, wo Träume und Hoffnungen lebten. Wo war dieser Ort für sie? Für ein halbes Jahr an Bord der *Georg Stage*, wenn sie Glück hatte, und dann? Adam hatte es Jahre gekostet, auf Strynø wirklich anzukommen. Jetzt war er überall. Egal, wohin sie kam, erinnerten Bücher und lesende Menschen daran, wie sehr er dabei war, der kleinen Insel seinen Stempel aufzudrücken. Wollte sie ihn wirklich aufgeben für ihren eigenen Traum? War nicht Adam der Traum für sie? Was war ihre Aufgabe im Leben? Adam zurückzuholen in die Welt der Menschen oder hinauszusegeln ins offene Meer? Oder war das Schulschiff nur ein weiterer Umweg? Ein

Rauchkringel auf dem Weg in die Unendlichkeit. Sie würde es nie erfahren, wenn sie es nicht wenigstens versuchte. Strynø lief ihr ja nicht weg und zum Glück auch nicht die Menschen, die hier lebten.

Nachdem Vigga ihr drei Tage später die bestellten Büromaterialien überreicht hatte, wartete Line trotzdem noch, ehe sie den Mut fasste, sich an die Bewerbung zu machen. Sie wartete auf den Anruf von der Verwaltung des Schulschiffes, den Dagmar aus dem Amt ihr angekündigt hatte. Erst als sich auch nach anderthalb Wochen noch niemand gemeldet hatte und Line aus dem Internet wusste, dass das Datum zum Ablegen für diese Saison immer näher rückte, fasste sie sich ein Herz und schritt zur Tat.

Lous altersschwacher Laptop surrte auf dem Küchentisch, Line hatte sich Knabberzeug als Nervennahrung und eine große Karaffe selbst gemachten Eistee bereitgestellt. Jetzt gingen ihr die Ausreden aus. Wenn sie sich wirklich für diese Reise bewerben wollte, musste sie es *jetzt* tun. Die Annahmefrist für die diesjährigen Lehrlinge war verstrichen, doch Line wusste, dass sie ohnehin bestenfalls ein Nachrücker sein würde. Sie war zu alt. Vier Jahre zu alt. Mindestens vier Jahre, um die das Leben sie betrogen hatte? Sie weigerte sich, das zu akzeptieren. Niemandem auf der Welt wünschte sie etwas Böses, aber wenn sich doch eine winzige Möglichkeit ergab, dass sie mitfahren konnte, so wollte sie zur Stelle und bereit sein.

Beim Öffnen des Textverarbeitungsprogramms zitterten ihre Finger ein wenig. Adam hatte ihr gesagt, dass es Vorlagen für schriftliche Bewerbungen gab, die sie einfach nur auf ihren Lebenslauf anpassen musste, und eine kurze Recherche im Internet hatte ihm recht gegeben. *Einfach. Als ob.*

Ihr Blick fiel auf den Zettel mit Stichpunkten, den sie sich zurechtgelegt hatte. Viel gab es zu ihrem Lebenslauf ja nicht zu sagen. Geboren 1992 in Kopenhagen, im Mai 2018 Beginn der Tätigkeit als Ticketverkäuferin und Schiffsassistentin auf der Fähre von Langeland nach Strynø. Dazwischen? Eine Aneinanderreihung von Namen und Aufenthaltsorten. Mit jeder neuen Pflegefamilie hatte sie auch die Schule gewechselt. Kein Wunder, dass nie einem Lehrer aufgefallen war, wo ihr wahres Problem lag. Noch ehe sich jemand wirklich für sie hatte interessieren und den Ehrgeiz entwickeln können, ihr zu helfen, war sie schon wieder weg gewesen. Wenn sie all die Zwischenstationen ihres Lebens in die Tabelle aus dem Vordruck eintrug, würde sie allein bis zum Ende ihrer Schulzeit zwei Seiten füllen. Zwei Seiten Nichts. Zwei Seiten Belanglosigkeiten, die niemanden interessierten. Außer vielleicht jemanden, der einen Grund suchte, sie abzuweisen.

Die Buchstaben verschwammen vor ihren Augen. Sie hatte kaum etwas geschafft, und schon wirkte alles unglaublich anstrengend. Um all die Namen und Daten richtig hinzubekommen, musste sie sich wahnsinnig konzentrieren. Jede Ziffer, jeden Buchstaben fünf- und zehnmal prüfen, um sicher sein zu können, dass die Wahrnehmung ihr keinen Streich spielte. Sicher, sie hätte das alles bei Adam machen können, aber das wollte sie nicht. Sie wollte das schaffen. Mehr als alles andere wollte sie sich selbst beweisen, dass sie es konnte. Wenn sie diese Ausbildung bekam, dann wollte sie, dass das auf ihrem Mist gewachsen war. Adam hatte sie oft genug geschubst, nun war es an der Zeit, alleine laufen zu lernen, um irgendwann einmal mit ihm tanzen zu können. Als Partner.

Sie hatte genug davon, diejenige zu sein, die immer nur seine Hilfe brauchte.

»Und, kommst du gut voran?« Line war so vertieft in ihre Arbeit gewesen, dass sie nicht einmal bemerkt hatte, wie Lou die Küche betrat. Im Arm trug ihre Großmutter einen Strauß Wiesenblumen, den sie neben dem Herd auf die Anrichte legte. Aus einem der Unterschränke holte sie eine Vase, füllte sie mit Wasser und arrangierte mit flinken Fingern die Blumen darin.

Line rieb sich die Schläfen. »Es geht so. Ich weiß einfach nicht, was wichtig ist und was nicht. Ich meine, warum sollte es jemanden auf einem Schulschiff interessieren, welche Fächer ich irgendwann als Zehnjährige belegt habe? Ist es nicht wichtiger, ob ich bei Windstärke zehn die Balance auf rutschigen Planken halten kann? Ich habe auch keine Ahnung, wo meine Zeugnisse von damals sind, ich kann also sowieso nicht beweisen, was ich da schreibe.«

»Aber die Kommunalverwaltung hat dir doch eine Empfehlung ausgeschrieben, oder?«

Line nickte. »Ja. Aber ich hatte immer noch keinen Anruf. Dagmar von der Kommunalverwaltung meinte, sobald ich von der *Georg Stage* eine Bestätigung habe, dass sie Interesse haben, gibt es alle möglichen Fördergelder und so, die ich beantragen kann wegen der Lese-Rechtschreibstörung.«

Im Stehen füllte Lou Lines Glas mit Eistee, dann trank sie selbst einen Schluck und setzte sich zu ihrer Enkelin. »Und was ist das Problem? Du siehst nicht glücklich aus, dabei redest du seit zehn Tagen von nichts anderem als diesem Schiff.« Ihre Hand landete auf der von Line. »Ich bin wahnsinnig stolz auf dich, das weißt du, oder?«

»Danke, Lou. Ich … du kannst dir gar nicht vorstellen,

was es mir bedeutet, das zu hören.« Der Kloß, der nach Lous Worten plötzlich in ihrer Kehle saß, ließ sich auch vom Eistee nicht wegspülen. Himmel, wie sollte sie all das hier zurücklassen? Ihr Blick flog zum Bildschirm, zu den vielen, vielen Buchstaben und Zahlen, die sie mit so viel Mühe an den richtigen Ort gezwängt hatte. Sie müsste nur noch den Druckbefehl geben. Ein einziger Tastendruck, und noch heute Abend könnte sie ihre Bewerbungsmappe zu Vigga bringen, damit sie am kommenden Morgen mit der ersten Fähre zur Post aufs Festland gebracht wurde. Ihre Finger zuckten, der Mauszeiger bewegte sich in die richtige Richtung. Line zog den Finger wieder zurück. Sie konnte einfach nicht.

»Ist es wegen Adam?« Lou hatte Karla verloren, aber sie war eine Mutter. Und wie jede liebende Mutter verfügte auch sie über diese Eingebung zu fühlen, wenn etwas nicht stimmte.

»Auch«, gab Line zu. Statt auf das Drucken-Symbol drückte sie auf das Speichern-Icon und schloss den Laptop. Vielleicht würde sie ein wenig klarer sehen, wenn nur nicht mehr die ganzen Buchstaben vor ihren Augen flimmerten. »Aber es ist mehr. Du, Kasper, Vigga, Himmel, selbst Aksel, Lauge und Anton. Die ganze Insel. Solange ich zurückdenken kann, habe ich mir immer ein Zuhause gewünscht. Einen Ort, an den ich gehöre. Obwohl ich noch nicht lange hier bin, empfinde ich die Insel als genau das. Wie ein Platz, an dem … keine Ahnung, an dem mein Herz zu Hause ist. Klingt schmalzig, oder?«

Lou antwortete nicht sofort, und das war gut so, denn es verschaffte Line Zeit und Raum, ihre Gedanken zu ordnen und auszusprechen, was seit Tagen in ihr rumorte. »Und Adam? Er hat gerade erst angefangen, hier anzukommen. Es ist … es ist eine solche Freude zu sehen, wie sich alles ändert, wie er plötzlich dazugehört und den anderen ein Stück seiner Welt zeigt. Ich will das miterleben, Lou. Ich will bei ihm sein, wenn er immer mehr entdeckt, dass er gewollt ist. Ich weiß, wie es sich anfühlt, nicht gewollt zu sein. Wie könnte ich dazu beitragen wollen, dass es ausgerechnet ihm genauso geht.«

»Du willst bei ihm bleiben, aber du willst auch weggehen.« Ein sentimentales Lächeln umspielte Lous Mundwinkel, ein bisschen so, als würde sie sich an etwas erinnern, das schon lange vergangen war. »In der Beziehung bist du wie Klara. Ihr war die Welt auch nie groß genug. Aber weißt du, was der Unterschied ist?«

Line schüttelte den Kopf.

»Der Unterschied ist, dass dein Herz groß genug ist, beides zu lieben. Das Hier und das Dort. Die große Welt und den kleinen Hafen. Karla wollte weg, um nicht mehr wiederzukommen, weil ihr hier der Himmel auf den Kopf gefallen ist. Du willst fort, um wieder zurückzukehren. Du willst Dinge lernen, die dir hier helfen werden. So wie es dein Großvater einst tat und so viele der Menschen, die vor mir und dir hier waren. Sie gingen weg, um wiederzukommen. Heimat trägt man im Herzen, Line. Und genauso ist es mit der Liebe. Wer sagt denn, dass du dich entscheiden musst? Das Schulschiff segelt einundzwanzig Wochen lang. Du wirst die Welt entdecken, aber es gibt sogar eine Postverbindung. Die Frage ist nicht, ob du beides haben kannst, Adam und die *Georg Stage*. Die Frage ist, ob du es wirklich willst.«

Der Protest lag Line schon auf der Zunge. Wie konnte Lou das überhaupt fragen? Natürlich wollte sie beides. Sie wollte diese Ausbildung, und sie wollte Strynø. Sie wollte Lou und Adam und die Mühle. Doch ehe sie widersprechen konnte, hob Lou die Hand und unterbrach sie bereits im Ansatz.

»Nein, sag es nicht. Noch nicht. Über manche Dinge lohnt es sich, ein wenig länger nachzudenken. Und jetzt …« Die flachen Hände auf die Tischplatte gedrückt, stand Lou auf. »… gehe ich noch für ein Stündchen ins Atelier, und du machst diese Bewerbungsmappe fertig. Ich bin sicher, alles ist wunderbar, und niemand wird am Ende merken, wie viel Mühe dich das alles gekostet hat.«

Am Abend warf Line den Umschlag mit der ausgefüllten Bewerbungsmappe in den Briefkasten am Krämerladen, weil Vigga schon zugesperrt hatte. Still und heimlich, als würde sie ein Verbrechen begehen. Sie war froh, dass sie auf diese Weise Vigga nicht dabei anschauen musste. Warum sie sich so fühlte, wusste sie nicht, denn Lou hatte schließlich recht. Adam und sie wären nicht das erste Paar, das zumindest für eine Weile eine Fernbeziehung führen musste. Doch so oft sie sich all das auch vorsagte, irgendwann kam immer der Moment, an dem sie Adam vor sich sah. So, wie er zu ihrer Anfangszeit auf der Insel gewesen war. Stürmisch und einsam und ein bisschen verloren. Sie wünschte, die Entscheidung würde ihr leichter fallen.

Ganz verschrumpelt fühlten sich seine Hände an, die den mit Putzlappen gefüllten Eimer und den Schrubber mit Teleskopschaft hielten, als Adam in Shorts durch das flache Wasser zur Mole hinüberwatete. Sein graues T-Shirt mit den zerfransten Ärmeln war fleckig von Schweiß und Dreckspritzern, aber tief drinnen fühlte er sich stolz und zufrieden. Mit einem Lächeln auf den Lippen stieg er in die auf der Mole geparkten Badelatschen. Eine intensive Grundreinigung des Segelbootes war überfällig gewesen, bisher hatte es immer nur zu einer Katzenwäsche gereicht. Um wirklich alles haarklein überprüfen und auf Vordermann bringen zu können, müsste er das Boot wieder ins Trockene holen, doch zumindest an den Stellen, an die er kam, sollte alles blitzen. Solange er immer nur allein auf dem Boot gewesen war, war das nicht nötig gewesen.

Aber jetzt gab es Line in seinem Leben, und wenn er sie öfter hinauslocken wollte, damit ihre blasse Haut Farbe bekam und ihre Augen Glanz, dann musste er sich ein wenig bemühen.

Das Letzte, was er gewollt hatte, war, dass Caroline auf Knien im Boot hockte und jahrealten Dreck unter überhängenden Kanten herausscheuerte. Das war seine Angelegenheit, das musste er selber erledigen. Aber er wusste, dass sie sich nicht davon hätte abbringen lassen, ihm zu helfen. Also hatte er sich diese Arbeit für einen Tag vorgenommen, an dem sie arbeiten war und er davon ausgehen konnte, dass sie nicht plötzlich vor ihm stand und ihm den Sprühreiniger aus der Hand riss.

Er wandte sich um. Kam ihm das nur so vor, oder blinkte seine kleine Jolle jetzt noch unternehmungslustiger in der Sonne? Er grinste über sich selbst, und noch immer war das ungewohnt.

Während er sich zum Gehen wandte, sah er, wie jemand durch die kleine Tür in der Strandrosenhecke, die die Mühle umgab, heraus auf die Straße trat. Der Sohn des Fährkapitäns blickte sich noch einmal zweifelnd um und strich sich mit der rechten Hand durch das strubbelige Blondhaar. Als er eben das Fahrrad aufheben wollte, das neben der Hecke im Gras lag, entdeckte er Adam.

»Suchst du mich?«, fragte Adam.

»Ähm … ja. Ich wollte gerade gehen.«

»Ich war auf dem Boot.« Adam überbrückte die paar Schritte, die sie noch trennten, und schaute den Jungen prüfend an. »Ich würde dir ja die Hand geben, aber …« Entschuldigend hob er seine Hände mit den Arbeitsutensilien.

»Nicht schlimm«, druckste der Junge. »Ich sehe, du hast zu tun. Ich komme ein anderes Mal wieder.«

Aber Adam hatte genug Menschenkenntnis, um zu erkennen, dass, wenn Kasper erst wieder weg war, er es nicht noch einmal probieren würde. Alles in der Haltung und im Gesicht des Jungen drückte schwerste Überwindung aus.

»Ich bin gerade fertig geworden, und nein, ich habe nichts zu tun.« Das stimmte zwar nicht, zu tun war immer etwas, aber er wollte zumindest wissen, was der Junge hier wollte. »Komm rein. Kasper, richtig?«

»Ja, genau.« Adam hörte, wie Kasper ihm durch das Türchen in der Hecke folgte und dann die paar Steinstufen zur Hintertür in den Anbau hinauf. Er stellte den Eimer neben der Tür zur Waschküche ab und lehnte den Teleskopbesen an die Wand, dann wandte er sich seinem Besucher zu.

»Wir kennen uns vom Johannisfeuer«, sagte er. »Du hast ein gutes Händchen für die Kinder.«

»Danke«, murmelte Kasper und wich seinem Blick aus. »Deswegen bin ich hier. Line meinte, du warst Lehrer?«

»Ich bin immer noch Lehrer, Kasper.« Adam stieß die Tür der Waschküche auf. »Komm rein. Lass die Schuhe an.«

»Okay.« Erneut lauschte Adam auf Kaspers Schritte hinter ihm. Er wusch sich die Hände, trocknete sie ab, hörte Kasper mit den Füßen scharren.

»Wenn du sagst, du seist immer noch Lehrer, ist das, weil du Line das mit dem Lesen …«

»Ich bin immer noch Lehrer, weil ich mein Leben lang nichts anderes sein werde«, erklärte Adam. »Menschen zu unterrichten, ist meine Berufung. Sie zu begleiten, ihnen Wege ins Leben zu zeigen und ihnen zu helfen, den für sie richtigen auszuwählen.« Ja, und ein bisschen war ihm das auch bei Caroline gelungen, auch wenn er sie nur angeschubst hatte. Erarbeitet hatte sie sich das Leben, das vor ihr lag, selbst. Genauso, wie er es immer erreichen wollte, aber nicht immer gelang es. Dass es in Carolines Fall vermutlich bedeutete, dass er sie verlieren würde, war ein Nebeneffekt, an den er nicht gern dachte. »Ich verdiene zwar mein Geld heute mit anderen Dingen, doch das ändert nicht, wer ich bin. Was ist deine Berufung, Kasper?«

Scheu begegnete der Junge nun doch seinem Blick. Kasper war ein paar Jahre jünger als Caroline, und obwohl er groß und kräftig war, wirkte er sanft wie ein Lamm. Vielleicht war er das auch und hatte deshalb unter seinem Vater keine Chance gehabt aufzublühen, denn der Kapitän war von der alten Schule und verlangte von einem Sohn, nicht zimperlich zu sein. Nur in Gegenwart von Kindern blühte Kasper auf.

»Ich weiß es nicht«, entgegnete der Junge nach einem kurzen Nachdenken. »Oder ... vielleicht ist das nicht ganz richtig. Also, ich glaube es zu wissen, aber um es herauszufinden ...«

Adam wies auf die geschlossene Tür, die in den Durchgang zur Mühle führte. Der Flur war nicht besonders breit, links führte eine unscheinbare Holztür in einen kleinen Lagerraum, die Wände waren dekoriert mit teilweise sehr alten Gegenständen, die Adam beim Renovieren in den Kellerräumen der Mühle gefunden hatte. Bedruckte Kornsäcke, Brandstempel, um Vieh zu markieren, ein von Motten zerfressenes

Segeltuch, das Namensschild eines vermutlich schon vor über hundert Jahren gesunkenen Schiffes. Und jede Menge kleiner, lustig geformter Treibholzstückchen und exotischer Muschelschalen. Kasper schien den Anblick in sich aufzusaugen, als habe er mit einer Drachenhöhle gerechnet und fände sich plötzlich in einem Feenschloss.

Im Bauch der Mühle lagen wie üblich überall Bücher herum. Auf Adams Schreibtisch herrschte zur Abwechslung mal verhältnismäßige Ordnung. »Ich sehe, was Line meint«, sagte Kasper.

»In welcher Hinsicht?«

»Diese ganzen Büchersachen …«

»Wir treffen uns jeden zweiten und letzten Freitag im Monat«, meinte Adam. »Oder sagen wir so, das ist der Plan. Kommt drauf an, ob und wie schnell die Leute die Bücher auch wirklich lesen. Du kannst dich gern dazugesellen. Ich nehme an, du liest gern?«

»Wenn ich dazu komme … Ja, ich versuche es. Ich lese vor allem viele Kinderbücher. Line hat gesagt, dass du mir vielleicht helfen könntest …«

»Du bist also wegen Line hier?«, unterbrach Adam ihn und ließ sich in seinen Drehstuhl sinken. Einladend zeigte er auf die Karaffe mit Eistee, in der die Eiswürfel längst geschmolzen waren. Doch es war kühl genug in der Mühle, dass der Tee noch kalt sein dürfte.

Kasper schüttelte den Kopf. »Nein, danke, aber nett gemeint. Und …« Er stockte, druckste. »Nein«, erklärte er schließlich. »Ich bin meinetwegen hier. Ich brauche Hilfe.«

Auf der Tischfläche verschränkte Adam die Hände und lehnte sich vor. »War das schwer, Kasper? Du willst auch, dass die Kinder zu dir kommen, wenn sie ein Problem haben, und dass sie das Problem ehrlich schildern, weil du ihnen nur dann helfen kannst, ja?«

Kasper verdrehte die Augen. »Ja, auch damit hatte Line recht. Du bist wirklich Lehrer.«

Adam grinste. »Gut erkannt. Und jetzt suchst du dir einen Sitzplatz und verrätst mir, wobei ich dir helfen kann.«

Kasper gehörte zu den Menschen, die nur selten aufgefordert wurden, ihr Herz auszuschütten. In seiner Arbeit im Kindergarten und der Vorschule oder wenn er unten am Freizeitzentrum bei den Pfadfindern aushalf, war es wahrscheinlich meistens zu stressig, und die Kinder erforderten alle Aufmerksamkeit, sodass niemand Zeit hatte, sich Kaspers Sorgen und Wünsche anzuhören. Und wie es schien, war es bei ihm zu Hause nicht an der Tagesordnung, dass die Familienmitglieder ehrlich miteinander redeten. Es dauerte, ehe der Junge sich gesammelt hatte und seine Gedanken zur Sprache bringen konnte.

Adam saß ganz still und hörte zu, stellte wenige Fragen, ließ Kasper reden. Der Junge erinnerte ihn an sich selbst. Da war dieser unbändige Wunsch, mit jungen Leuten zu arbeiten. Adam hatte immer geglaubt, bei ihm selbst sei das davon gekommen, dass er etwas hatte zurückgeben wollen. Etwas von der Liebe und dem Halt, den ihm seine Eltern mitgegeben hatten, etwas von der helfenden Hand, die er bei fähigen Lehrern erfahren hatte. Doch Kasper hatte das nicht gehabt. Jedenfalls nicht von Vater und Mutter. Seine Mutter war mit einem Immobilienmakler durchgebrannt, als Kasper gerade mal vier Jahre alt gewesen war, und sein Vater war ein alter Seebär, für den ein Sohn erst interessant wurde, wenn er sich für Schiffe und Seefahrt interessierte. Über die Qualität von Kaspers Schulausbildung mochte Adam sich kein Urteil bilden, darüber wusste er zu wenig, und Kasper erwähnte es auch nicht.

»Du hast alles, was du brauchst«, sagte Adam schließlich. »Du hast einen Wunsch und ein Ziel. Du hast den unbedingten Willen und eine echte Leidenschaft für diesen Job. Du hast Menschen, die dich sehr gut kennen und mit denen du seit Jahren zusammenarbeitest, und das sogar oftmals ohne Gegenleistung. Du opferst deine Freizeit, um bei den Pfadfindern zu helfen. Die Menschen hier glauben an dich und wissen, was du kannst. Es wird dir nicht an Referenzen mangeln, dafür brauchst du mich gar nicht, und ich könnte dir sowieso keine geben, dazu habe ich hier gar nicht den nötigen Ruf.« Vermutlich geriet bei allen, die nur den *Adam-vor-der-Ankunft-von-Caroline* kannten, eine solche Referenz gänzlich zum Nachteil von Kasper. »Sammle Referenzen, Kasper. Geh raus und bitte die Leute, dir einen kurzen Brief zu schreiben. Sie werden es mit Freuden tun, denn wenn mich die letzten Wochen etwas gelehrt haben, dann, dass die Menschen hier füreinander einstehen und niemandem, der ein Ziel hat, ihre Unterstützung verweigern. Und dann bewirb dich. Fülle die Unterlagen aus, sei ehrlich und offen. Zeig den Leuten, wofür du brennst. Überzeuge sie.« Er lächelte, mehr zu sich selbst als zu Kasper. »Du hast mich überzeugt, und ich kann dir sagen, das ist nicht leicht.«

Kasper schluckte, wollte etwas erwidern, doch plötzlich verdunkelte sich der Innenraum der Mühle für einen kurzen Augenblick, weil jemand in der offenen Seitentür auftauchte.

Caroline.

Mit einem breiten Strahlen auf den Wangen, das sogar ihre übliche Blässe vertrieb. Ihr ganzer Körper schien zu leuchten und zu beben, und sie wedelte mit einem Brief. »Ich …«, begann sie, doch dann fiel ihr Blick auf Kasper. »Oh. Hej.« Und ihr Grinsen verbreiterte sich noch mehr. »Na, das nenne ich ja mal eine Überraschung.«

Kasper blieb wie vom Donner gerührt sitzen. Er machte den Eindruck, als hätte er gern vermieden, dass Caroline ihn hier sah. Der verstohlene Blick auf seine Armbanduhr bestätigte diese Vermutung. »Mist, ist es schon so spät?« Entschuldigend schaute er zu Adam. »Tut mir leid, ich wollte dich echt nicht so lange aufhalten.«

Leise lachte Adam und stand auf. »Keine Sorge. Wie ich gesagt hatte, ich hatte heute nichts vor, aber du musstest eine Menge loswerden. Ich freue mich, dass ich dir dabei helfen konnte.« Mit wenigen schnellen Schritten war er bei Line, legte einen Arm um sie und küsste ihren Scheitel. »Und was bringst du, *skat*?«

Aus dem Augenwinkel erkannte Adam, wie Kasper das Gesicht verzog, als hätte er Zahnschmerzen. Plötzlich tat ihm der Junge leid, und Adam ließ Caroline los.

Das war ohnehin vernünftiger so, denn sie zappelte voller Aufregung und Begeisterung und konnte kaum ruhig stehen. »Die Zusage ist gekommen! Adam, ich hab eine vorläufige Zusage von der *Georg Stage* erhalten!« Sie wedelte mit dem Brief vor seinem Gesicht. »Sie haben mich auf die Warteliste gesetzt! Und dabei hab ich noch nicht mal diese Tests für den Nachteilsausgleich gemacht! Die kann ich jederzeit nachholen, weil im Moment alle Plätze belegt sind. Aber wenn jemand noch kurzfristig abspringt, kann es sein, dass ich mitfahren darf, weil sie jede Hand an Bord brauchen und leere Hängematten ein schlechtes Omen sind! Stell dir vor, sie würden mich sogar ohne die Bezuschussung wegen der Lesestörung haben wollen.«

»Die Tests machst du aber trotzdem, oder?«

»Klar mache ich die für den Nachteilsausgleich. Hey, ich will auch Klarheit haben.« Ihre Zunge stolperte über das lange Wort, aber sie kicherte selbst nur darüber, und sie sagte es nicht falsch. Schon länger war ihm aufgefallen, dass komplizierte Wörter immer weniger problematisch für sie waren, und in seinem Bauch blühte der Stolz auf.

Sie war perfekt. Und weil sie so perfekt war, war er dabei, sie zu verlieren. Der Stolz erstarb so schnell, wie er aufgeblüht war, und hinterließ Leere.

»Gratuliere«, kam es von Kasper auf dem Lesehocker, und auch der Junge kam jetzt auf die Füße. »Das ist echt toll, Line, du wirst so viel Spaß haben.«

»Ich weiß, klar!« Sie sprühte vor Energie.

Adam sehnte sich danach, Caroline für sich zu haben. Nur für sich, in dieser Stimmung, aufgekratzt, überglücklich. Strahlend. Einzigartig.

Er blickte den Jungen an, eine Augenbraue hochgezogen. Siehst du, es geht, formte er mit dem Mund über Lines schwarzen Schopf mit der rosafarbenen Strähne hinweg. Line konnte nicht hören, was er sagte, aber Kasper las es ihm von den Lippen ab und beantwortete den Satz mit einem Heben seines Daumens.

»Ich geh dann mal«, verabschiedete er sich. »Ich hab 'ne Menge Formulare auszufüllen.«

Sie saßen nebeneinander unter einer breit überhängenden Grasnarbe und hörten dem Rauschen der Wellen zu. Nicht weit entfernt ragte einer der verwitterten Bootsstege aus

Bruchstein und Mörtel ins Wasser hinaus. Früher einmal, hatte Anton ihr erzählt, waren diese Stege von den Bauern der Insel genutzt worden, um die Ernte zu verschiffen und auf Fünen oder Ærø zu verkaufen oder, noch früher, zum Gutsbesitzer zu bringen. Die wenigsten der Strynø-Höfe existierten noch. Anton selbst baute nur noch das an Getreide an, was er als Selbstversorger für sein Vieh brauchte, und handelte an seinem Verkaufsstand an der Straße mit ein bisschen Obst und Gemüse.

Adam spielte mit einer Schwanenfeder, die er beim Spaziergang hier heraus im Schilfgras aufgelesen hatte, ließ sie durch die Finger gleiten und blickte hinaus auf das Funkeln der See. Weit draußen lagen ein paar Segeljachten im Wasser, und an das Geschrei der Möwen hatte Line sich inzwischen so sehr gewöhnt, dass sie es kaum noch wahrnahm.

»Hej«, sagte sie und stieß ihn mit der Schulter an, um ihn aufzuheitern. »Ich glaube kaum, dass ich dieses Jahr mitfahren werde. Zieh nicht so ein Gesicht. Das Schiff legt schon in einer Woche ab. Wer weiß, wie lang diese ominöse Warteliste ist.«

Jetzt, nachdem sie eine Nacht über den Brief der *Georg Stage* geschlafen hatte, sah sie die Zusage nicht mehr ganz so euphorisch. Aber wer konnte schon sagen, wozu das gut war. Hätte sie wirklich dieses Jahr noch mit an Bord gehen können, wäre alles sehr überstürzt passiert und ihr wäre kaum Zeit für einen richtigen Abschied von allem, was ihr auf Strynø ans Herz gewachsen war, geblieben.

Adam sah sie von der Seite an, und wieder einmal stellte sie fest, wie unglaublich schön seine Augen waren. Grau. Tief. Gold schillerte als kleine Lichtpunkte darin. Vielleicht hatte seine Frau ihn wirklich geliebt. Vielleicht hatte sie nur nicht über ihren Schatten springen können. Zwei Menschen, deren Lebensziele zu verschieden waren.

»Und selbst wenn sie sich doch noch melden, kann ich hierbleiben«, meinte sie aus dem Gedanken heraus. »Ich muss ja nicht auf See gehen. Ich kann sagen, dass es mir jetzt zu kurzfristig ist, und in Svendborg eine Ausbildung machen und jeden Tag pendeln.«

Er lächelte ein wenig traurig. »Und wenn ich nicht will, dass du hierbleibst?«

»Du willst mich loswerden?« Gespielt entrüstet schürzte sie die Lippen. Natürlich wollte er das nicht. Sie kannte den Unterschied. Was ihn zerriss, zerriss sie selbst nicht weniger.

»Caroline, ich habe dich in all der Zeit, die ich dich kenne, noch nie so glücklich gesehen. Nicht mal, wenn wir zusammen sind, und glaub mir, du siehst verdammt glücklich aus, wenn du in meinen Armen liegst. Ich bin nicht blind. Aber das jetzt … es ist etwas anderes. Ich will nicht, dass du dir das Herz aus der Brust reißt, nur um bei einem alten Kerl auf einer langweiligen Insel zu bleiben.«

»Du bist nicht fair, Adam«, sagte sie, und das war nicht gespielt. Sie wollte nicht, dass er so redete. »Für mich ist es egal, wie alt du bist, und die Insel ist alles andere als langweilig. Ja, ich verstehe dich, wenn du sagst, ich soll das machen. Es ist eine Chance, eine riesige Möglichkeit, da sind wir uns einig. Aber nach vier Monaten werde ich wieder da sein.«

»Und du glaubst, dass dann alles noch so sein wird wie vorher?«

»Nein, natürlich nicht. Ich werde den Grundkurs für eine Ausbildung bei der Marine bestanden haben, und glaub mir, das ist mehr, als ich von meinem Leben jemals erwartet hätte.

Und dafür werde ich dir jeden Tag und jede Nacht die Füße küssen, denn ohne dich wäre es nie so weit gekommen.«

»Ich habe keinen Fußfetisch, Caroline«, schalt er sanft.

»Ich küsse, was immer ich will. Oder was du willst. Was genau soll ich sagen, Adam? Ich werde zurückkehren. Es ist nicht mal ein halbes Jahr.«

»Aber eine Zeit voller neuer Eindrücke und Ideen für dich. Du wirst Menschen kennenlernen, junge Menschen, und du ...«

»Um Himmels willen, nicht du auch!« Sie schlug die Hände vors Gesicht. »Erst Kasper, dann du ...«

»Was meinst du damit?«, fragte er stirnrunzelnd.

»Du bist eifersüchtig. Weil ich mich in Gesellschaft von Teenagern befinden werde, von denen einige noch nicht mal achtzehn Jahre alt sind. Meinst du das wirklich ernst?«

»Willst du behaupten, Kasper sei eifersüchtig?«

»Der würde dich zu gerne dafür teeren und federn, dass du mich dazu überredet hast, in deiner Mühle zu wohnen.«

»Ich habe dich zu gar nichts überredet.«

»Versuch das mal einem Typen zu erklären, der vor Neid vergeht. Okay, Steinbach, sperr die Ohren auf.« Zur Verdeutlichung packte sie ihn bei besagten Ohren und drehte sein Gesicht zu sich. »Kasper hat allen Grund, eifersüchtig zu sein. Doch du nicht. Weil ich mich in dich verliebt habe und nicht in ihn. Das ist alles, was ich dazu zu sagen habe. Was ich empfinde, wird sich nicht durch vier Monate auf einem Hochseetörn ändern, und wenn da hundert Kaspers an Bord sind. Du hast mich zu gar nichts überredet, ganz richtig, weil das *meine* Entscheidung war. Weil *du* meine Entscheidung warst. Und wenn ich etwas entscheide, dann stehe ich dahinter.«

Sie stand auf und klopfte sich Sand von den Shorts. »Schlag es dir aus dem Kopf, dass du mich loswirst, nur weil ich eine Ausbildung anfange. Ich werde wiederkommen, und zwar nicht nur auf diese langweilige Insel, sondern auch zu dir.« Seufzend zog sie das Handy aus der Hosentasche und blickte aufs Display. Keine neuen Nachrichten. »Mal ganz davon abgesehen, dass sich sowieso keiner meldet und die Wahrscheinlichkeit, dass ich überhaupt weggehen werde, mit jeder verrinnenden Stunde geringer wird. Du hast mich also an der Backe, ob dir das passt oder nicht. Gehen wir zurück? Ich habe ein Date mit Fräulein Smilla und ihrem Gespür für Schnee.«

12. Kapitel

Als Line vier Tage später am späten Nachmittag durch die weit offene Vordertür in die Mühle spazierte, blickte Adam von seiner Arbeit auf. Er saß an seinem schweren Schreibtisch aus dunkel gebeiztem Massivholz, die Finger auf der Computertastatur, umgeben von Büchern und einem dicken Stoß Ausdrucken. Es dauerte einen Moment, ehe seine Augen sich auf sie richteten, dann lehnte er sich im Drehstuhl zurück und lächelte sie an.

»Du siehst müde aus«, stellte sie fest. »Und sitzt da vermutlich ununterbrochen, seit ich zur Arbeit gefahren bin. Deine Augen sind schon ganz viereckig und voller Buchstaben. Soll ich dir auch einen Kaffee kochen?«

Er verzog das Gesicht. »Im Kühlschrank steht Eistee. Den hab ich schon am Vormittag angesetzt, der dürfte jetzt gut durchgekühlt sein. Kipp noch ein paar Eiswürfel in die Karaffe, ich hab den Tee sehr stark gekocht.«

Lächelnd trat sie zu ihm und drückte ihm einen Kuss auf die Lippen. »Also doch nicht ununterbrochen. Es besteht noch Hoffnung für dich.«

»So, wie du das sagst, könnte ich dir fast glauben.«

Line begab sich zum Durchgang zur Küche. Am Knarren der Bodendielen hörte sie, wie Adam aufstand und ihr folgte. Auf die für ihn typische Art blieb er im Rahmen der Küchentür stehen, lehnte sich mit der Schulter gegen das Holz und verschränkte die Arme vor der Brust. Line überlegte, ob auch andere wahrgenommen hätten, dass sein rechter Mittelfinger von schwarzer Tinte verfärbt war, oder ob das nur ihr auffiel, weil sie ihn eingehender betrachtete. In die Sonne gehörte er auch mal wieder. Aber sie wusste, dass er einen Abgabetermin einhalten musste, der bedrohlich schnell näher kommen und ihn zu erschlagen drohte.

Sie nahm die Eiswürfelform aus der Gefriertruhe und ließ die ganze Ladung in die Karaffe mit Tee klickern. Seufzend löste Adam sich vom Türrahmen und kam näher. Als hätte er ihre Gedanken erraten, meinte er: »Deadlines sind der Tod der Kreativität.«

»Echt?« Mit hochgezogenen Brauen schaute sie ihn an. »Vor ein paar Tagen sagtest du noch, der Autor, den du da gerade korrigierst, würde mit jeder Seite besser, mit der er sich seinem Abgabetermin näherte, und dass Druck offensichtlich beflügelt.« Sie hob die Schultern bis zu den Ohren. »Nicht, dass irgendwas davon etwas für mich bedeuten würde. Davon abgesehen bist doch nicht du derjenige, der kreativ sein muss, oder? Das ist doch der andere, der schon abgeliefert hat.«

»Der? Ist manchmal zu kreativ und muss ausgebremst werden. Aber ich rede von was anderem.« Geradezu zaghaft schob er seine Hände von hinten auf ihre Hüften und weiter um sie herum, bis er ihren Bauch umfasste und sie an sich zog. Sie spürte seinen warmen Atem an ihrem Hals, und ein Schauer überlief sie. »Ich meinte die Kreativität zwischen uns. Die, die du verdienst. Ich vernachlässige dich und lasse unsere Zeit ungenutzt vergehen.«

Sie drehte den Kopf genug, dass er sie küssen konnte, dann sagte sie: »Ich hab den ganzen Tag gearbeitet, Steinbach.« Ihre Stimme war ganz kratzig. »Du hast mir gefehlt, aber Kreativität brauche ich auf dem Schiff nicht, da verkaufe ich bloß Tickets.«

Er grinste und hielt sie fest. »Morgen hast du frei?«

»Morgen fahre ich nach Rudkøbing«, sagte sie. »Vorhin hat das Zentrum für Erwachsenenbildung auf meinem Handy angerufen. Sie haben kurzfristig einen Termin für den Schreib- und Lesetest, morgen Vormittag. Ich muss mit der zweiten Fähre rüber, sonst schaffe ich es nicht.« Sie seufzte. »Und zum Glück habe ich übermorgen auch frei, damit ich mich von dem Stress erholen kann. Wehe, wenn Flemming es wagt, sich krank zu melden, dann werde ich zur Furie.«

Sehr langsam hob er eine Hand und spielte mit den Fingern in ihren Haaren. »Ich bring dich hin. Nach Rudkøbing.«

»Und deine Deadline?«

»Auf einen Tag mehr oder weniger kommt es nicht an. Außerdem fahre ich morgen nach Odense. Ich kann das Ende deiner Tests abwarten, und dann fahren wir gemeinsam weiter, wie klingt das?«

»Was ist in Odense?«

»Ein Mann verkauft einen gebrauchten Außenbordmotor. Ich hab ihn mir reserviert, wollte aber erst wissen, ob du mitkommst. Ohne dich hab ich keine Lust hinzufahren.«

Ihr Herz machte einen Satz. Ohne sie würde er auf seiner Insel bleiben. Mit ihr zusammen wollte er etwas unternehmen. Vielleicht kriegte er doch noch die Kurve. Vielleicht erkannte er mit jedem Tag, der verging, mehr, dass sie nicht schon bald aus seinem Leben verschwinden würde. Noch drei Tage, bis in Kopenhagen das Schulschiff ablegte. Die Wehmut in ihrem Herzen über den Anruf, der nie gekommen war, mischte sich mit der Erleichterung, dass der Sommer noch andauern würde. Der Sommer zwischen Adam und ihr. »Ein Außenborder für dein Segelboot?«

»Da war schon mal ein Motor dran. Du könntest mir beim Einbau helfen.«

Sie drehte sich um und schaute ihm in die Augen. »Als könntest du das nicht alleine.«

Er lächelte. »Als würdest du nicht einen Arm dafür hergeben, diejenige sein zu dürfen, die den einbaut.«

»Du kennst mich zu gut.« Ein Seufzen.

»Dito«, erwiderte er und stupste mit der Fläche seines Daumens gegen ihre Nasenspitze. »Haben wir einen Deal? Morgens Erwachsenenbildung und danach Odense? Wir könnten einen Zweitagestrip draus machen, ein bisschen Großstadtflair genießen, wenn du auch übermorgen noch frei hast. Das muss dir doch irgendwie fehlen, das ganze Treiben, der Trubel.«

Zeit zusammen verbringen. Odense war alles andere als eine Großstadt, doch sie wusste, was er meinte. Nach einigen Monaten Strynø würde Odense sich anfühlen wie der Nabel der Welt. »Deal, Herr Steinbach, aber ich darf fahren.«

»Das überlege ich mir.«

Sie lächelte und kuschelte sich an ihn. Wie einfach das ging zwischen ihm und ihr. Wie richtig sie füreinander waren. Ja, dachte sie. Genau so war es. Egal, wie unterschiedlich sie auf den ersten Blick wirkten, sie waren richtig füreinander. Jetzt mussten sie ihre Liebe nur noch festhalten. Nicht davor fliehen. Vielleicht sollte sie den Kadetten auf der *Georg Stage* danken, dass keiner von denen sich auf den letzten Drücker noch beim Fußballspielen verletzt hatte.

»Du musst nach ganz unten drücken!« Lachend zog Line am Hebel der Draisine. Das Gefährt schnaufte und quietschte bei jeder Bewegung, und es war viel schwerer als gedacht, es auf der Schiene zu bewegen.

»Mach ich doch. Du bist nur zu schnell.« Adam lachte mit ihr. Der Besuch im Eisenbahnmuseum in Odense war ebenso seine Idee gewesen wie der ganze Ausflug. Die Kühle in den Hallen bot eine angenehme Abwechslung zur Sommerhitze in dem Freilichtmuseum, in dem sie vorher ein Dorf aus der Zeit von Hans Christian Andersen besucht hatten. Hier gab es verschiedene alte Dampf- und Dieselloks zu bestaunen, dazu Waggons in allen nur denkbaren Ausstattungen. Reisewagen für Arme und Reiche, Frachtwaggons, Spezialwaggons, Liegewagen, Schlafwagen, sogar eine Spezialanfertigung für die Königsfamilie war dabei. Nachdem sie etwa eineinhalb Stunden durch die Hallen geschlendert waren, waren sie bereit für das Außengelände. Hier konnten sie zwischen der Fahrt mit einer Minibahn wählen, die von einer Dampflok gezogen wurde, oder auf ihre Muskelkraft vertrauen.

Adam hatte lachend gemeint, die Draisinenfahrt sei sicherlich eine gute Übung in Teamwork, zumal die Sonne inzwischen tiefer stand und die Schienen von Bäumen überschattet wurden, was die Hitze erträglicher machte. Jetzt, wo sie nur mit Mühe zu einem gemeinsamen Rhythmus fanden, sah er aus, als hätte er in eine saure Zitrone gebissen.

»Komm, alter Mann, so viel Anstrengung macht hungrig. Hast du nicht was von Essengehen und hinterher ins Kino gesagt? Und stattdessen lässt du mich hier schuften?« Grinsend sprang Line von der Draisine. Um ehrlich zu sein, war sie wirklich froh, dass die Fahrt zu Ende war. Ihr Magen knurrte, und mit einem halben historischen Fahrzeug zwischen ihnen war Adam ohnehin viel zu weit weg.

Sie nahmen den Oldtimerbus ins Zentrum, ein Service, der

auch zum Museumseintritt gehörte, und mischten sich unter Mengen von Touristen und Wochenendgenießern. Die dänischen Sommerferien waren noch in vollem Gang, und zu den einheimischen Familien gesellte sich ein Sprachengewirr aus aller Herren Länder.

Im Grunde war Odense nicht viel mehr als eine Ansammlung von Einkaufspassagen, Fußgängerzonen und Straßen, in denen sich Restaurants und Cafés aneinanderreihten wie Perlen an einer Kette.

Neugierig las Adam die Speisekarten. Einige Lokale hatten Tische auf dem gepflasterten Bürgersteig aufgebaut. Sonnenschirme schützten vor der Abendsonne, an einer Straßenecke stand ein Saxophonspieler und entlockte seinem Instrument melancholische Melodien.

»Magst du Indisch?« Aus der offenen Tür des Lokals, vor dem sie standen, strömte der Duft nach exotischen Gewürzen und Curry. Dazu ein Hauch Süße, vielleicht von den Getränken, die zu den Speisen serviert wurden.

»Hm, ich weiß nicht. Irgendwie ist es zu warm für scharfes indisches Essen heute.«

Adam zog eine Augenbraue hoch. »Zu warm für Indisch.« Ein Necken lag in seinem Ton, und sie wusste, dass er es ihr nicht übel nahm, dass ihre Begründung nicht wirklich Sinn ergab. »Aber gut, dann lass uns weitergucken.«

Das nächste Restaurant war ein Running-Sushi, und auch wenn sie nichts gegen Fisch hatte, roher Fisch auf kaltem Reis klang trotz Hitze nicht wirklich verlockend.

Als Line sich abwandte, um die Straße hinunter nach etwas Besserem Ausschau zu halten, klingelte in ihrer Hosentasche das Handy.

Prüfend blickte Adam sie an.

»Nummer unbekannt«, sagte sie.

»Du solltest rangehen«, meinte er.

Sie drückte auf Annahme. »Vermutlich verwählt.« Sie nahm das Handy ans Ohr. »Line.«

»Hej, Caroline Henriksen?«, fragte eine geschäftstüchtige Frauenstimme, die sich altersmäßig überhaupt nicht einordnen ließ. Sie klang ein wenig wie diese Schreibtischpuppen in den Ämtern, mit denen Line sich immer wieder konfrontiert gesehen hatte, seit sie entschieden hatte, dass sie dem System mit den Pflegeeltern den Rücken kehren und lieber in einer Einrichtung für betreutes Wohnen leben wollte.

Ihr Herz sank. »Ja.«

»Sehr gut. Ich bin Vibeke von der Zulassungsstelle der *Georg Stage*. Line, du hast dich vor wenigen Wochen bei uns beworben, aber wir haben dich auf eine Warteliste gesetzt, erinnerst du dich?«

»Äh … ja?« Keine Hoffnung. Nicht hoffen, Line Henriksen. Hoffnung ist nur dazu da, zertreten zu werden. Doch warum rief diese Frau so spät an? Es war fast schon Abend, kannten die keinen Feierabend? Sie blickte an Adam hinauf, der neben ihr stand, und wie von selbst schlossen sich ihre Finger um seine.

»Einer der Angenommenen musste aus privaten Gründen ganz kurzfristig absagen. Das Problem, vor dem wir stehen, ist, dass all die anderen Anwärter auf der Warteliste jetzt schon Pläne gemacht haben für den Rest des Jahres und auf die Fahrt nächstes Jahr warten wollen. Wir fahren aber ungern mit einer Mannschaft los, die schon zu Beginn der Reise um einen Mann dezimiert ist. An Bord wird immer jedes Paar Hände gebraucht.«

Genau das hatten sie ihr gesagt, als Line davon in Kenntnis

gesetzt worden war, dass sie auf die Warteliste kam. Sie wagte kaum zu atmen. Noch immer schaute sie zu Adam hinauf, und sie hatte den Eindruck, dass auch er die Luft anhielt.

»Bist du noch da, Line?«

»Ähm … ja …« Sie konnte ihr Herz bis in die Kehle hinein schlagen spüren.

»Hast du Pläne für die nächsten einundzwanzig Wochen?«

Adam. Strynø. Die Fähre. Lou. Pläne. So viele Pläne.

»Ich müsste mich vergewissern, ob die Verwaltung von Langeland Ersatz für meinen Job auf der Fähre finden kann«, hörte sie sich sagen, und ihre Stimme bebte dabei nicht einmal. Doch innerlich zitterte sie.

Ihre Finger waren weiß, so fest krallte sie sich an Adams Hand.

»Bis wann kannst du das herausfinden?«

Line sah auf Adams Armbanduhr. Es war schon fast sieben. In der Verwaltung waren alle Schreibtische verwaist. »Den Kapitän könnte ich gleich anrufen, aber ich weiß nicht, ob das viel bringt. Die Verwaltung erst morgen wieder. Bis wann müsste ich in Kopenhagen sein?«

»Übermorgen Vormittag wäre gut. Damit du noch die anderen Kadetten kennenlernst, ehe ihr in See stecht. Abgelegt wird am Donnerstag. Hast du die Liste mit den Dingen, die du mitbringen musst?«

»Die war in den Unterlagen drin, die ich bei der Anmeldung für die Warteliste bekommen habe.«

»Gut. Sehr gut. Ich gebe dir meine Nummer.« Sie ratterte acht Ziffern herunter. »Hast du das?«

»Nein, aber ich sehe deine Nummer im Display.«

Die Frau lachte. »Lass mich in jedem Fall sofort wissen, was sich ergibt. Es wäre wirklich super von dir, wenn du einspringen könntest. Ich trage deinen Namen vorläufig in die Mannschaftsliste ein.«

Im Einspringen habe ich ja Erfahrung, dachte Line und erinnerte sich an ihre erste Zeit auf der Fähre. »Okay«, sagte sie schwach. »Ich melde mich bei dir, gleich morgen früh.« Sie legte auf, und jetzt schaffte sie es nicht mehr, Adam in die Augen zu sehen.

»Gratuliere«, meinte er.

»Danke«, sagte sie und spürte den fehlenden Enthusiasmus bei ihnen beiden. Keine Enttäuschung, dafür war sie viel zu begeistert. Und er? Er war es auch. Sie spürte es daran, wie unter ihrer Handfläche der Puls durch sein Handgelenk raste. Er wollte das für sie, er hatte immer betont, wie glücklich es ihn machen würde, wenn er dazu beitragen könnte, dass es ihr gelang, das Leben beim Schopfe zu packen.

Jetzt war der Moment da.

»Wir schaffen es heute nicht mehr auf die Insel«, sagte sie, noch immer klang ihre Stimme flach.

Er schüttelte den Kopf. »Wir übernachten in dem Hotel, das ich gebucht habe, frühstücken zeitig, fahren nach Strynø, und dann hast du einen Tag Zeit zum Packen.«

»Ja.«

Er kratzte sich im Nacken und betrachtete die Reihe orangefarbener Sonnenschirme fast am Ende der Straße.

Die Korbsessel, die darunter aufgebaut waren, wirkten kuschelig, und obwohl das Wetter schön war und der Zeitpunkt genau richtig fürs Abendessen, gab es sogar noch freie Tische.

»Was ist das?«, fragte Line. »Das sieht gemütlich aus.« Natürlich könnte sie die Aufschrift auf den Sonnenschirmen lesen. Mit Mühe. Denn die Schrift war verschnörkelt und kunstvoll gesetzt, und mit jedem bisschen Selbstbewusstsein, das Adam ihr einflößte, fiel es ihr auch leichter, ihre Defizite zu akzeptieren. Fragen war einfacher. Und außerdem war sie krampfhaft darum bemüht, die Stimmung zwischen ihnen wieder aufzulockern.

»Es heißt *Flammen.*« Er trat auf einen Schaukasten zu und las die Speisekarte. »Und ist ein Grillbuffet. Es gibt zu jeder Zeit mindestens vierzehn Sorten Fleisch im Angebot, dazu ein Büffet aus über fünfzig Salaten und Beilagen, die du dir selbst zusammenstellen kannst. Und du darfst essen, bis du nicht mehr kannst.« Er wandte sich zu ihr um. »Ich denke, wir haben was zu feiern, oder?«

»Du hast recht. Komm, das machen wir.« An der Hand zog sie ihn zu dem Stehpult, an dem ein Kellner sie bereits erwartete.

Adam verlangte einen Tisch für zwei, und der Ober führte sie zu einem gemütlichen weiß gedeckten Zweiertisch am äußersten Rand der Terrasse und erklärte ihnen kurz das Prozedere, ehe er ihnen die Getränkekarte überreichte und einen schönen Abend wünschte.

»Line?« Über den Rand der Karte sah er sie an.

»Ja?«

»Ich bin glücklich für dich. Ganz egal, wie griesgrämig ich dir vorkommen mag. Ich freue mich für dich und finde, du kannst sehr stolz auf dich sein.«

»Danke.« Sie klappte ihre Karte zu und lehnte sich ins Korbgeflecht zurück. »Das bedeutet mir die Welt, weißt du? Dass du auf meiner Seite bist.«

»Ich war immer auf deiner Seite.«

Das war er. Mehr als je zuvor ein anderer Mensch. Außer vielleicht Louise.

»Oh Himmel«, entfuhr es ihr. »Was wird Mormor sagen? So von heute auf morgen …«

»Deine Mormor«, erwiderte er schwach lächelnd, »wird dir um den Hals fallen, und wenn du beim Packen merkst, dass dir etwas fehlt, wird sie höchstpersönlich nach Svendborg fahren und nötigenfalls mit der allerletzten Fähre zurückkommen, um es noch für dich zu besorgen.«

Auch sie musste lächeln. »Ja. Wahrscheinlich.« Der Kellner trat an ihren Tisch, um die Getränkebestellung aufzunehmen, und zerstob damit ihre Gedanken.

»Haben Sie schon gewählt?«, fragte er mit Blick auf Adam.

»Ein Budweiser light bitte. Und zum Essen das Buffet.«

»Sehr gerne.« In einer fließenden Bewegung nahm der Kellner ihm die Karte ab und wandte sich dann Line zu. »Und was darf es für die bezaubernde Tochter sein?«, fragte er mit strahlendem, selbstbewusstem Lächeln.

Für die Dauer eines Wimpernschlags erstarrte die ganze Szene. So lange dauerte es, bis Line begriff, dass der Ober tatsächlich von *ihr* sprach.

Sie brach in Gelächter aus. »Also, bitte, *so jung* sehe ich nun auch nicht aus. Als Nächstes muss ich meinen Ausweis zeigen, wenn ich ein Cider zum Essen bestelle.« Sie kicherte immer noch. Der Kellner hingegen wurde ganz rot, und von seinem selbstbewussten Auftreten blieben nur ein paar Krümel übrig.

»Es … sorry«, stammelte er. »Ein Cider? Selbstverständlich. Es …« Offenbar gingen ihm die Worte aus, denn er griff nach ihrer Getränkekarte wie nach einem Rettungsanker und floh von der Terrasse, als sei eine ganze Horde Höllenhunde hinter ihm her.

Immer noch lachend, griff Line nach Adams Hand. »Na so was. Der traut dir zu, schon eine erwachsene Tochter zu haben. Stell dir vor, dann müsstest du mit sechzehn angefangen haben. Der findet dich sicher so toll wie ich, wenn er dir zutraut, schon als Teenager so ein Händchen bei den Frauen gehabt zu haben.«

Adams Hand unter ihrer fühlte sich an wie ein Fremdkörper. Als hielte sie die Hand einer Schaufensterpuppe. Er griff nicht nach ihren Fingern, verschränkte seine Hand nicht mit ihrer, wie er es sonst immer tat. Wie er es noch während dieses Anrufes getan hatte. Was der Anruf nicht geschafft hatte, schaffte der blöde Spruch eines Typen, der keinen von ihnen kannte und gar nicht wusste, wovon er redete. Adam verlor seine Zuversicht, als hätte jemand einen Schalter umgelegt.

»Also«, sagte sie deshalb. »Ich bin ganz schön nervös. Ich hab in den letzten Tagen mir gar nicht mehr im Internet das Schiff angeguckt, weil ich mir die Enttäuschung ersparen wollte. Aber hab ich dir gesagt, dass ich die *Georg Stage* öfter mal daheim in Kopenhagen im Hafen vor Anker hab liegen sehen? All diese Leute in ihren roten Overalls. Damals hatte das für mich ja noch nicht dieselbe Bedeutung wie heute, und ich hätte ja nie erwartet, was die Schifffahrt mal für mich sein würde ...« Sie redete und redete, erzählte von den Informationen auf der Webseite, von den Videos, die sie im Internet gesehen hatte, von der Liste an Dingen, die man mitbringen musste, und was alles verboten war. Adam lachte an den richtigen Stellen, und auf dem Weg zum Buffet nahm er dann doch wieder ihre Hand in seine. Auch wenn seine Finger kühl waren. Er empfahl ihr die besten Stücke vom Grill, an dem sie von zwei blutjungen Köchen bedient wurden, und als sie beim Essen einen Tupfen Sauce Bernaise in ihrem Mundwinkel vergaß, küsste er ihn ihr zärtlich von den Lippen. Doch etwas blieb, eine unausgesprochene Anspannung. Etwas hatte sich zwischen sie geschoben, und dieses Etwas hatte die Größe eines voll getakelten Dreimasters, der dafür gebaut war, auf hoher See zu kreuzen. Bis sie mit dem Essen fertig waren und der Kellner – ein anderer jetzt, den ersten hatten sie seit seinem unbedachten Spruch nicht noch einmal auf der Terrasse gesehen – mit der Rechnung kam, war sie wirklich bereit fürs Kino.

Er konnte sich nicht konzentrieren. Als der Film zur Hälfte vorbei war, hätte er nicht sagen können, worum es ging. Was ihm im Kopf herumschwirrte, war weniger der Gedanke an das Schulschiff, auf dem Line in wenigen Tagen unterwegs sein würde. Auch wenn es in der Brust schmerzte. Aber das eigentliche Problem waren die Worte des Kellners. Unbedacht ausgesprochen und alles andere als böse gemeint, hatte der junge Mann sicher nichts anderes ausdrücken wollen als seine Bewunderung für Adams hübsche Begleitung.

Und hatte etwas kaputt getreten, das von Anfang an auf gläsernen Füßen stand und durch den Anruf an diesem Abend seine ganze Zerbrechlichkeit unter Beweis gestellt hatte.

Es half nicht, dass der Teenager, der im Kino die Popcorn- und Sprudelgetränke-Bar bediente, praktisch dort weitermachte, wo der Kellner aufgehört hatte. Selten in seinem Leben hatte Adam etwas so Verletzendes mitansehen müssen wie das offene und ungenierte Flirten des Popcorntypens mit Line. Würden die männlichen Kadetten auf der *Georg Stage* ebenso forsch sein?

Der Litereimer aus Pappe stand jetzt zwischen ihnen in der Halterung auf der Armlehne. Immer noch randvoll mit Popcorn. Das Zeug schmeckte schal.

Und Adam spürte, dass er nicht allein war mit der Unfähigkeit, dem Film zu folgen. In den wenigen Wochen, seit sie zusammen waren, hatte er Caroline gut genug kennengelernt, um zu bemerken, dass auch sie nicht bei der Sache war. Logisch, dachte er. Sie ist schon halb auf dem Schiff, und ich an ihrer Stelle wäre das auch. Sie hätten genauso gut einfach gehen können.

Ein verschwendeter Abend. Wenigstens lag im Kofferraum des Kombis der Außenbordmotor, sodass die Fahrt in die Stadt nicht ganz umsonst gewesen war. Allerdings stellte sich nun die Frage, ob er den je einbauen würde. Sicher, er konnte das auch ohne Caroline. Aber wofür? Wenn sie fort war, würde er das Boot vermutlich nie mehr betreten, geschweige denn damit hinaussegeln. Es wäre einfach nicht mehr dasselbe.

Das neue Leben, in das sie ihn geführt hatte, würde seinen Glanz verlieren.

Doch gehen lassen musste er sie. Nie war das deutlicher geworden als an diesem Abend. Sie war nicht für ihn bestimmt. Mit nicht zu zähmender Begeisterung – und sie versuchte es wirklich, ihre Gefühle unter Verschluss zu halten, um ihn nicht zu verletzen – träumte sie sich auf den Segler. Er hatte ein paar Wochen mit ihr gehabt, hatte Schärfe gekostet und Süße, hatte die Sonne an ihrer Seite genossen und einen zaghaften Weg zurück in die Gemeinschaft der Menschen gefunden. Doch sie war nicht für ihn bestimmt, und er würde sie loslassen.

Er musste.

Das Schlimmste stand ihnen noch bevor. Auch darüber war er sich im Klaren. Er hatte ein Doppelzimmer in einem schlichten, bodenständigen Hotel in der Innenstadt gebucht.

Caroline war aufgeregt gewesen bei der Aussicht, sich einen Abend und eine Nacht lang und bis zum Frühstück hin bedienen und verwöhnen lassen zu können. Himmel, sie war nicht einmal als Kind mit einer ihrer vielen Pflegefamilien in den Urlaub gefahren. Noch etwas, das sie nicht kannte. Noch etwas, das sie noch entdecken durfte.

»Du bist meilenweit weg.« Caroline hätte nicht mal zu flüstern brauchen. Das Kino war leer genug, dass niemand sie hörte.

»Du auch«, erwiderte er.

»Lass uns gehen.«

Er protestierte nicht, als sie ihn aufforderte, den Kinoabend zu beenden, lange ehe der Film zu Ende war. Cola und Popcorneimer ließen sie stehen. Er spürte eine federleichte Berührung an der Hand, während sie in der Dunkelheit des Ganges den Weg zum Ausgang einschlugen, aber er widerstand dem Drang, nach ihren Fingern zu greifen. Er würde sich nicht noch mehr geißeln, als er es ohnehin schon tat. Das hier war schwer genug.

»Adam«, meinte sie, nachdem sie das Auto auf dem Parkplatz des Shopping Centers erreichten hatten und er die Zentralverriegelung betätigte.

»Fahren wir einfach.« Er wollte nicht reden. Nie hätte er geahnt, wie schwer es sein würde. Dieser Moment, in dem er begriff, dass es nichts in der Welt gab, womit er sie festbinden durfte. Weil er zu alt für sie war, während sie ihr Leben gerade erst begann. An diesem Abend war seine Hoffnung, dass sich eine Lösung finden würde, zerknackt wie ein dürrer Zweig unter einem unachtsamen Stiefel. Es gab keine Lösung. Sie war nicht für ihn bestimmt. Ende der Durchsage.

»Adam«, begann sie noch einmal, stand auf der anderen Seite des Autos neben der Beifahrertür und schaute ihn über das Dach hinweg an. Er erwiderte den Blick. In ihren Augen stand eine Sehnsucht, die ihm das Herz brechen wollte.

Er stieg ein.

Die Fahrt zum Hotel dauerte nicht lange, und sie schwiegen die Windschutzscheibe an. An der Rezeption wurden sie von einem schon etwas älteren Mann begrüßt, der die Reservierung prüfte und einen Schlüssel vom Brett herunterholte. Schlurfend lief er voran, schweigend folgte Adam ihm, dann Line.

Ein Doppelbett.

War ja klar. Er hatte ein Doppelbett verlangt.

Line wich seinem Blick aus.

Der alte Mann wünschte eine angenehme Nachtruhe und verschwand.

»Ich gehe ins Bad«, sagte Line leise. »Kann eine Weile dauern, ich möchte gern duschen. Brauchst du vorher noch etwas?«

Er schüttelte nur den Kopf, trat ans Fenster und zog den Vorhang ein Stück zurück, um hinausblicken zu können. Odense war keine pulsierende Stadt, nicht einmal tagsüber. Es war eine kleine Stadt, genau so, wie es zu Fünen passte. Er schloss die Augen, als er im Bad das Plätschern der Dusche vernahm, und hasste sich dafür, dass er sich vorstellte, wie winzige Tropfen und Seifenbläschen über Carolines perfekte blasse Haut rollten. Er wollte da drin sein, mit ihr, sie unter dem prasselnden Wasser küssen und berühren.

Er durfte das nicht tun, denn jeder Moment, jede noch so kleine Berührung machte das Bewusstsein schmerzhafter, dass er sie verlor.

Nach dem Duschen kroch Line zuerst unter die dünnen Laken, mit denen das Bett belegt war. Das Hotel war so schlicht, dass es nicht mal über eine Klimaanlage verfügte. Stattdessen öffnete Adam das Fenster einen Spalt, sobald Line das Licht löschte. Es war noch immer nicht ganz dunkel draußen. Skandinavischer Sommer, schoss es ihm durch den Kopf. *Caroline Henriksen war mein skandinavischer Sommer, der, in dem die Tage endlos scheinen. Aber sie sind nicht endlos. Die Tage gehen zu Ende und der Sommer auch, und Caroline würde ein neues Leben finden.* Zurück blieb Leere. Und Dunkelheit.

Als er auf die andere Seite der Matratze kroch, dachte er noch, dass es so einfach gewesen wäre, es gar nicht so weit kommen zu lassen. Sie zu ignorieren, wie er seit so vielen Jahren alles ignoriert hatte, was ihm hätte zu Herzen gehen können. Warum war ihm das bei ihr nicht gelungen?

Im Halbdunkel des Zimmers hinter zugezogenen Vorhängen fand sein Blick den von Caroline, und er wusste es. Weil Liebe sich nicht ignorieren ließ.

Es war gefährlich, das L-Wort zu denken.

»Gute Nacht, Caroline«, sagte er und widerstand dem sehnsüchtigen Zucken seiner Finger.

»Gute Nacht, Adam«, erwiderte sie, und er sah, dass auch ihre Finger zuckten. Es kostete sie genauso viel Willensanstrengung wie ihn, ihn nicht zu berühren.

Neuer Tag, neues Glück, das war es, was Line sich die ganze Zeit vorsagte. Morgen ist auch noch ein Tag. Dann haben wir ausgeschlafen, und alles ist neu und frisch, und die Schatten von diesem verdammten Ausflug würden nicht weiter auf ihre Herzen fallen und alles schwer machen, was so einfach sein sollte.

Adam zu lieben, das war einfach. Zu Hause auf ihrer Insel, in Adams Mühle, wo die Welt nach Büchern und Geborgenheit duftete. Wer las, lebte tausend Leben, hatte Adam ihr einmal erzählt. Wie sehr sie wünschte, jetzt in eines dieser Leben schlüpfen zu können. Beim Lesen war es so einfach. Man blätterte die Seite um, und was in der Vergangenheit lag, war vorbei.

Sie wollte ihn lieben. Sie wollte ihn an sich ziehen, ganz nah. So nah, bis sie eins waren und ihre Körper miteinander verschmolzen. Aber das war ein Traum. So, wie die Dinge standen, lag Adam in diesem fremden Bett neben ihr, nah genug, damit sie seine Wärme spüren konnte, und doch so weit entfernt, dass es kein Näherkommen gab.

Was hatte sie falsch gemacht? Welcher Sturm war über sie hereingebrochen, um das Feuer in Adams Augen zu löschen? Sie drehte und wand sich und hoffte, dass bald der Morgen anbrechen würde.

Beim ersten Weckerklingeln sprang sie förmlich aus dem Bett.

»Uff, schon acht Uhr.« Selbst in ihren Ohren klang ihre Stimme zu hoch und aufgeregt. Als sei die Uhrzeit ein Großereignis, das sich zu verkünden lohnte. »Wenn wir jetzt gleich zum Frühstück gehen, schaffen wir noch die Fähre um halb zehn.«

Auch Adam setzte sich auf. Oh danke, dachte sie. Danke, danke, danke, dass diese Nacht endlich vorbei ist und wir jetzt neu anfangen können. Er wollte etwas sagen, aber sie ließ ihn nicht. Welche Geister ihm auch im Kopf herumspukten, Line würde ihnen keinen Raum geben. Das hier war ein neuer Tag. Heute fing ihr neues Leben an, sie musste packen, planen, vorbereiten. So oder so war die Zeit knapp genug. Doch bei all den Dingen, die sie noch erledigen musste, am dringendsten musste sie Adam lieben. So innig, dass es für einundzwanzig Wochen reichte.

Die ganze Zeit beim Frühstück plapperte sie vor sich hin. Das Thema ihrer Abreise klammerte sie aus. Stattdessen erzählte sie noch einmal über die Tests am vergangenen Tag und das Wetter und Touristen, die sie auf der Fähre beobachtet hatte. Sie ließ Revue passieren, was sie im Eisenbahnmuseum gesehen hatten, und nötigte Adam, ihr die Unterschiede des deutschen und des dänischen Schulsystems zu erklären. Sie beschrieb die Bilder, an denen Lou gerade arbeitete, in den schillerndsten Farben und lachte, während sie verriet, dass sie sich mittlerweile fast sicher war, dass Aksel und Lauge manchmal ein bisschen Marihuana unter ihren Pfeifentabak mischten.

Auf dem Weg vom Hotel zur Fähre nach Langeland griff sie über die Mittelkonsole des Kombis hinweg nach Adams Hand, die auf seinem Oberschenkel lag, und als seine Finger zuckten, griff sie fester zu. Ich lass dich nicht gehen, dachte sie. Nicht wegen nichts. Nicht, weil du dir irgendetwas zusammenreimst, das gar nicht wahr ist.

Vom Handy aus rief sie Dagmar in der Kommunalverwaltung an in der Hoffnung, dass diese sich an sie erinnerte und wusste, worum es ging. Dagmar erinnerte sich nicht einfach nur an sie, sie überschlug sich vielmehr beinahe vor Begeisterung. Ihr war klar, wie viel Line dieser Trip bedeuten würde.

»Du bist im Auto? Du fährst aber nicht, oder?«, flötete sie mit leisem Tadel.

»Nein, ich bin Beifahrer. Kann ich der Dame bei der Zulassung Bescheid sagen, dass es klappt? Es muss verbindlich sein, Dagmar, und die will das so schnell wie möglich wissen.« Sie konnte nichts gegen den flehenden Tonfall in ihrer Stimme tun.

Durch das Handy hindurch hörte sie Papier rascheln, dann das Klappern einer Tastatur. »Bleib mal noch kurz dran, ich hab hier eben die Liste ... Moment ...«

»Dagmar, ich hab die Packliste doch längst ausgedruckt, ich weiß, was ich mitnehmen muss.« Ein Kichern stieg in Lines Kehle auf. »Ich will nur wissen, ob ich so kurzfristig zusagen kann.«

»Gesundheitszeugnis«, sagte Dagmar. »Das brauchst du zwingend. Hast du das? Soll ich einen Termin beim Marinearzt in Svendborg ...«

»Ich hab das Zeugnis doch nach meinem Check-up zur Einstellungsuntersuchung bekommen.«

»Ach so, stimmt, na, dann ist ja gut. Puh. Tut mir leid, bin gerade etwas fahrig. Ich will ja nicht, dass dann alles an einer kleinen Unaufmerksamkeit scheitert. Wie lang ist deine letzte Tetanus-Impfung her?«

Line musste nachdenken, weil sie mit einer solchen Frage überhaupt nicht gerechnet hatte. »Zwölf Jahre, denke ich. Ich glaube, ich habe eine solche Spritze gekriegt, als ich in die Jugend-WG gewechselt bin. Danach vermutlich nicht mehr.«

»Okay, dann sag ich der Dame Bescheid, dass du eine Auffrischung brauchst, sobald du an Bord gehst. Keine Sorge, hier steht, dass das recht üblich ist, du wirst nicht die Einzige sein.«

»Du sagst ...«

»Na, du bist schließlich unterwegs, und dann ist Telefonieren kompliziert. Ich sitze im Büro, und mein Apparat steht gelangweilt neben mir. Ich ruf die an und mache alles klar, und dann kümmere ich mich um Ersatz für dich auf der Fähre.«

»Wäre es nicht klüger, das andersrum zu machen?«, fragte Line kleinlaut. »Nur für den Fall, dass es sich nicht einrichten …«

Lachend unterbrach Dagmar sie. »Glaubst du wirklich, irgendeiner von deinen Kollegen wird dir diesen Trip nicht gönnen? Die wissen ganz genau, wie du dich jetzt fühlst. Keine Sorge, das klappt alles. Wir werden uns ja nicht noch mal sehen vorher, also wünsch ich dir schon mal immer eine Handbreit Wasser unterm Kiel oder wie ihr Seefahrer das ausdrückt!«

Begrüßt von Kjeld, betraten sie die Fähre. Adam erzählte dem zweiten Kapitän von Lines Erfolg, und der junge Seebär packte sie um die Taille und wirbelte sie im Kreis herum.

»Herzlichen Glückwunsch, kleine Line. Wette, die auf der *Georg Stage* machen aus dir endgültig eine echte Piratenprinzessin. Dafür schieben wir hier wenn nötig sogar Doppelschichten. Zur Not verkaufe ich selbst Tickets, damit du mitfahren kannst. Pass auf, Steinbach, sonst segelt sie dir ganz davon.« Er sagte es gutmütig und voller Zuneigung, aber Line zuckte dennoch bei den Worten zusammen aus Angst, was sie bei Adam bewirken würden. Dessen Miene war wie versteinert, und er wich ihrem Blick aus.

Die See war ruhig, das Schiff schaukelte kaum, Möwen schrien ihnen ein Willkommen zu. Sie hatten die Fähre fast für sich.

Auffordernd stupste sie Adam in die Seite. »Komm, ich will die Fahrt genießen, und dazu brauchte ich dich. Ich werde das alles ganz schön vermissen, weißt du. Aber dafür gibt es ja die Post, und so lang sind einundzwanzig Wochen auch wieder nicht.« Er musste das doch genauso sehen wie sie. Was waren einundzwanzig Wochen für einen Mann, der gut zehn Jahre lang eine Insel gewesen war und niemanden an sich herangelassen hatte?

Strynø tauchte aus der diesigen Morgenluft auf, und da stellte Line sich auf dem Deck der Fähre auf die Zehenspitzen, umfasste Adams Gesicht und zog es zu sich heran, um ihn auf den Mund zu küssen.

»Da, siehst du? Wir sind fast zu Hause. Das dort drüben ist unsere Insel. Die segelt nicht weg, solange ich auf See bin, und jeder Seefahrer braucht einen sicheren Hafen. Seefahren ist nur halb so schön, wenn man nicht nach Hause kommen kann.« Sie sagte es dicht an seinen Lippen, und für einen kurzen Moment schien er sich wehren zu wollen. Doch dann ging ein Schauder durch ihn, ein Ausatmen, das so tief war, als würde ihm jetzt erst auffallen, dass er die ganze Zeit über die Luft angehalten hatte. Er küsste sie zurück. Hungrig, gierig, presste sie an sich, bis sie seinen Herzschlag an ihrer Brust fühlte.

»Oh, Line«, hauchte er in ihren Kuss herein. »Was soll ich nur mit dir machen?«

»Liebe mich. Zeig mir, wie sehr du mich magst.« Sie sprach es aus und wusste, dass er ihr nicht würde widerstehen können. Und warum sollte er? Es war doch so einfach. Er konnte nicht wirklich glauben, dass ein paar Wochen an Bord eines Hochseeseglers sie von ihm wegtreiben würden. Sicher, sie hatte viel zu tun, wenn sie morgen schon in Kopenhagen an Bord gehen wollte, aber so viel Zeit, einander einen richtigen Abschied zu schenken, musste sein.

Jetzt konnte die Fahrt zur Insel nicht schnell genug gehen. Endlich, dachte sie. Endlich ist alles so, wie es sein soll. Sie teilten Blicke und Berührungen, Küsse und Geheimnisse. Schweigend fuhren sie vom kleinen Hafen quer durchs Dorf und weiter auf die andere Seite der Insel, wo die Mühle unter der flirrenden Hitze ächzte. Vom Parkplatz zur Mühle stolperten sie in aller Eile über ihre Füße, Hände zerrten an Stoff. Sie wollte Haut fühlen, Leben, Adams Herzschlag an ihren Fingerspitzen. Lachend machte sie sich von ihm los und rannte den kurzen Weg zwischen den Strandrosen entlang, eine Dringlichkeit in jedem Schritt, die ihre Haut prickeln ließ und durch ihre Adern pulsierte. Adam musste es genauso gehen. Denn als sie sich kurz umwandte, sah sie, wie er von dicht hinter ihr ihren Blick suchte. Er überholte sie, und seine Finger bebten ein wenig, während er die Tür aufschloss.

Mehr neben- als hintereinander traten sie in die Mühle. Ihre eigene Welt begrüßte sie mit dem Duft nach Büchern und dem Strauß Wiesenblumen, den Line vor ein paar Tagen auf dem Weg vom Dorf hierher gepflückt hatte und der in einer mehrfach geklebten Glasvase auf dem Schreibtisch stand. Mit der Hacke trat Adam die Tür hinter ihnen zu, dann gab es kein Halten mehr. Er breitete seine Arme aus, sie sprang hinein, und er fing sie auf.

»Es sind nicht die Schüler«, stieß er knurrend dicht an ihren Lippen hervor, bevor er sie sanft biss. »Wenn du glaubst, ich mache mir Sorgen wegen einer Handvoll pickliger Burschen um die zwanzig herum, liegst du falsch.«

»Nicht alle Burschen um die zwanzig herum sind picklig«, erwiderte sie und vergrub die Nase in seiner Halsbeuge.

»Es sind die Ausbilder«, beharrte er. Er keuchte tief, seine Finger bohrten sich in ihre Haut. »Es sind diese Kerle Mitte dreißig, braun gebrannt und muskelbepackt, mit ihrem schier unendlichen Wissen über das Segeln und mit ihren strahlend blauen Augen und den breiten Schultern. Diese Typen, die dir zeigen, wie du den Sicherungsharnisch anlegst, und die kilometerlanges Seemannsgarn spinnen und dich zum Lachen bringen.«

Line musste lachen. »Woher willst du wissen, dass es die da gibt?«

Er antwortete nicht, küsste sie stattdessen hungrig und besitzergreifend.

»Du hast dir Videos im Internet angesehen, oder?«, fragte sie. Wenn sie mit der Frage gewartet hätte, bis er Luft holen musste, käme sie nie dazu, sie zu stellen.

»Weil ich wissen will, wohin es dich verschlägt.«

»Ich fahre da mit, um mir den Seewind um die Nase wehen zu lassen, Adam. Weil ich herausfinden will, wer ich wirklich bin.« Mit den Beinen klammerte sie sich an seinen Körper, mit den Armen hielt sie ihn fest, mit dem Mund zeigte sie ihm, wie sehr sie jeden Zentimeter von ihm liebte. »Nicht, um mich von einem seefahrenden Ausbilder, der glaubt, mit seelenvollen blauen Augen, feuchten Haarspitzen und schwieligen Händen erreicht er alles, flachlegen zu lassen. Ich wette, der würde von der Verwaltungsdame, mit der ich telefoniert habe, auch gehörig den Arsch versohlt kriegen, wenn der so was versuchen würde. Die klang, als hätte sie das drauf.«

Wie bei ihrem allerersten Mal schafften sie es nicht einmal bis auf die Galerie. Mit ihr in den Armen drehte er sich um, presste sie mit dem Rücken gegen die Wand, hielt sie mit seinem eigenen Körper fest. Sie hörte das Ratschen eines Reißverschlusses, dann wie seine Jeans zu Boden glitt, es klang wie ein Versprechen. Sie bog den Rücken durch, ihre Bluse halb offen, ihr BH nur zur Seite geschoben, ihr Atem ging heftig, ihre Lippen brannten von den Stoppeln auf seinen Wangen, und es war wunderbar.

»Der Gedanke, wieder ohne dich …« Seine Stimme versiegte. Seine kühlen Lippen an der erhitzten Haut ihrer Brüste. So nah war Adam ihr jetzt, dass er nicht einmal mehr die Hände brauchte, um sie an der Wand zu halten. Sein Körper reichte, seine Kraft. Von hinten griff er um sie herum, fand den Weg zwischen ihre Oberschenkel unter ihren Rock, schob den Slip beiseite, nur ein kleines bisschen, gerade so viel, wie nötig war, um aus zwei Menschen einen zu machen.

Zwei Atemzüge noch, drei, dann spürte sie ihn heiß und pochend an ihrer feuchten Mitte.

»Adam«, flehte sie, und er antwortete ihr, hauchte ihren Namen, immer und immer wieder. Im Rhythmus ihrer Liebe atmete er Worte gegen ihre Lippen, die sie nicht verstand. Schneller, wilder, verzweifelter wurden die Stöße, mit denen er in ihrem Körper Vergessen suchte.

»Line!« Er kam, sank zur Seite und riss sie bei seinem Fall mit sich. »Ich liebe dich«, sagte er später, die Stirn an ihre gelehnt, sein Atem immer noch rau und heftig. Während er ihre Füße vorsichtig zu Boden gleiten ließ, umfasste er immer noch fest ihre Oberschenkel. »Ich liebe dich, vergiss das nicht, egal wohin der Wind dich treibt.« Zum ersten Mal sprach er aus, was er ihr immer und immer wieder bewiesen hatte. Mit seiner Geduld und Zugewandtheit, mit seiner grenzenlosen Akzeptanz und dem unabdingbaren Glauben an sie. Als wolle er hinauszögern, was beschlossene Sache war. Sie schaute in seine Augen und las Abschied darin. Der Ausdruck erschreckte sie. Zum ersten Mal hatte er diese Worte zu ihr gesagt, und sie wünschte sich so sehr, dass es viele weitere Male geben würde. Doch schon trocknete der leichte Schweißfilm auf ihren Körpern, und die Kälte der vergangenen Nacht kehrte machtvoll zurück.

»Ich will, dass du glücklich bist, Line«, murmelte Adam und sah in ihre Augen. »Und wenn das bedeutet, dass du mich verlassen und mit einem anderen Mann glücklich wirst, dann will ich es trotzdem, weil ich dich liebe.«

Wie ein Schatten kroch der Abschied aus den Ritzen in den Dielen und hinter den Bücherregalen hervor und hüllte sie beide ein. Line hatte nicht gewusst, dass man Abschied mit dem ganzen Körper empfinden konnte. Etwas in ihr warnte sie, dass dieser letzte Moment für immer würde reichen müssen.

»Ich werde nicht …«, begann sie, aber er unterbrach sie fast schneidend.

»Du musst los«, meinte er, und obwohl er immer noch so nah war, dass sie seinen Herzschlag an ihrer Brust fühlen konnte, wusste sie, dass sie ihn verloren hatte. Der Abschied in seinen Augen war echt, seine Stimme kühl, schon viel zu distanziert.

Ich lass dich nicht, dachte sie. *Ich lass nicht zu, dass du dich von mir abwendest.* Aber die Gedanken waren haltlos, denn in diesem Augenblick konnte sie nichts anderes tun. Sie musste tatsächlich los. Das, was Adam sagte, war nichts als die nackte, kalte Wahrheit.

Sie wollte das, wollte diese Reise, diese Chance, und deshalb musste sie damit leben, dass er auf seine eigene Weise damit umzugehen versuchte.

Ihre Lippen fühlten sich taub an, ihre Beine fühlten sich taub an, ihr ganzer Körper fühlte sich taub an, während sie in der Mühle zusammensuchte, was sich über die Zeit dort angesammelt hatte, sie aber nicht zurücklassen konnte, da sie einiges davon mit an Bord nehmen musste. Es war nicht viel, weil sie nie viel gebraucht hatten, um miteinander glücklich zu sein. Die meisten ihrer Habseligkeiten lagen immer noch in ihrem Zimmer in Louises Haus, und dort würde sie auch den Rest an Reisegepäck zusammenstellen.

Adam lieh ihr einen Stoffbeutel, den sie auf dem kurzen Weg hinauf ins Dorf auf dem Fußbrett ihrer Vespa balancieren konnte.

»Werde ich dich an der Fähre sehen, wenn ich an Bord gehe?«, fragte sie noch, während sie schon auf dem Roller saß, den Helm auf dem Kopf, einen Fuß auf der Ablage, den anderen auf dem Boden, damit sie nicht umkippte. Die Hände hatte sie so fest um den Lenker geklammert, dass die Fingerknöchel weiß hervortraten. Zu groß war die Angst, sie würde sonst dem Drang nachgeben, ihre Arme um Adams Nacken zu schlingen und ihn so lange festzuhalten, bis er ihr versprach, dass sich nichts zwischen ihnen geändert hatte.

Es hatte sich alles geändert. Schlagartig. Adam hatte das begriffen, nur sie selbst konnte es noch nicht begreifen.

»Du wirst nicht allein dort sein.« Seine Worte waren vage genug, um ihren Inhalt zu verstehen. Du wirst nicht allein sein, aber auf den Menschen, den du am meisten dort sehen willst, musst du verzichten. Es war mehr als nur ein Katzensprung bis nach Kopenhagen, deswegen würden die Inselbewohner sich an der Fähre von ihr verabschieden. Sie musste schon froh sein, wenn wenigstens ihre Großmutter sich bereiterklärte, den Weg bis in die Hauptstadt auf sich zu nehmen, damit die Nachzüglerin Line Henriksen nicht die Einzige wäre, der niemand vom Kai aus zuwinkte.

Wie ein Lauffeuer hatte sich die Nachricht von Lines großer Chance auf der Insel verbreitet, und alle rissen sich darum, ihr viel Glück zu wünschen. Ihr war klar, dass nicht halb Strynø mit nach Kopenhagen kommen konnte. Aber dass Adam nicht dort sein würde, tat weh. Fast so sehr wie die Ahnung, dass er nicht mal an der Fähre sein würde.

Ihre Augen brannten. Sie musste sich wirklich beeilen.

»Dann bis später«, sagte sie, hob ein letztes Mal die Hand zum Abschied und gab Gas. Hinein in ein neues Leben.

»Ist das alles?« Zweifelnd blickte Louise keine drei Stunden später auf Lines Rucksack, der bei der Haustür stand. Kaum war sie von der Mühle nach Hause gekommen, war alles ganz schnell gegangen. Die meisten Sachen, die auf der Liste aufgeführt waren, hatte sie schon vor Wochen zusammengesucht. Nur für den Fall …

Line musste lachen. »Erinnere dich mal, wie ich hier angekommen bin, Mormor. Da hatte ich noch weniger. Und auf dem Schiff habe ich dann nur einen ganz schmalen Spind, da ist es mit dem persönlichen Komfort nicht so weit her, von Platzmangel ganz zu schweigen.« Um ihrer Großmutter willen bemühte sie sich um einen fröhlichen Tonfall, doch in ihrer Brust tobte schon jetzt die Sehnsucht. »Das meiste kriegen wir gestellt. Wäre ja noch schöner, wenn die siebeneinhalb tausend Kronen für die Bereitstellung von Ausrüstung haben wollen und ich dann doch mehr mitbringen muss als Unterwäsche.« Sie wusste, dass ihr Grinsen schief geriet.

Auch auf Louises Miene fochten Aufregung und Freude für ihre Enkelin einen aussichtslosen Kampf mit Rührung. Immer wieder schniefte sie verdächtig und tupfte sich mit einem Taschentuch die Augenwinkel.

»Ich hab dir den fehlenden Betrag vorhin online überwiesen«, sagte Lou. Mit Erschrecken hatte Line festgestellt, dass ihre Ersparnisse aus dem Job auf der Fähre die Kosten für die Ausbildung auf der *Georg Stage* noch nicht deckten. Zwar hatte sie die Ergebnisse ihres Tests schon in der Mail gehabt und gleich noch die Formulare beim Amt online ausgefüllt, um den Zuschuss vom Sozialamt für die Lese- und Schreibstörung zu erhalten, aber so schnell mahlten die Mühlen dann doch nicht, dass das innerhalb weniger Stunden bewilligt werden würde.

»Hol es dir wieder, wenn das Amt überweist«, meinte Line. »Die Details für mein Konto liegen da.« Sie wies auf den kleinen Tisch unterm Fenster.

Resolut ging Louise hinüber, nahm den Zettel und zerriss ihn in tausend Schnipsel. »Das wäre ja noch schöner«, begehrte sie auf und ließ die Schnipsel in den Papierkorb rieseln. »Eine Großmutter wird ganz bestimmt nicht das Konto ihrer Enkelin plündern, ebenso wenig, wie sie es sich nehmen lassen wird, der Enkelin eine kleine Finanzspritze zukommen zu lassen.«

Dass ihrer beider Vorstellungen von *kleinen* Finanzspritzen offenbar grundverschieden waren, verschwieg Line lieber. Sie griff nach *Fräulein Smillas Gespür für Schnee* auf ihrem Nachttisch, betrachtete einen Augenblick das Cover und steckte das Buch schließlich ein. Sie war noch nicht besonders weit damit, es lohnte sich noch. Mit Wehmut dachte sie daran, dass sie sich mehr als vier Monate lang nicht mehr einfach bei Adam bedienen konnte, wenn sie neuen Lesestoff brauchte.

Mit etwas Glück wäre ihr Alltag viel zu stressig, um viel zum Lesen zu kommen. Sie horchte in sich hinein, ob sie das bereute, aber entschied, dass sie irgendwann in vielen Jahren, wenn sie eine alte, welterfahrene Frau geworden war, noch reichlich Zeit zum Lesen haben würde. Jetzt war die Zeit für Abenteuer. Die Welt zu entdecken. Auf engstem Raum mit sechzig anderen jungen Menschen zu leben und zu arbeiten.

Irgendwie schaffte der Gedanke an das Schiff es jedes Mal aufs Neue, sie aus dem drohenden Tief wieder herauszuholen. Das war es, was sie wollte.

Und Adam war, was sie dafür opferte. Wie es aussah, konnte sie nur eines von beiden haben, und diese Erkenntnis brach ihr jedes Mal aufs Neue das Herz.

Nach einem letzten Blick auf Lines Rucksack klatschte Louise einmal in die Hände. »Du hast eine gute Stunde, bis die Fähre ablegt. Trinken wir noch einen Tee?«

Line schaute zur Uhr. Eine Stunde. In Strynø-Zeit war das so lange wie ein Lichtjahr. Ja, sie freute sich auf die *Georg Stage*. Und doch würde sie die Insel vermissen. Und die Mühle voller Bücher. Und …

»Kann ich mir wieder dein Rad ausleihen?« In der Vespa war so wenig Benzin, dass sie befürchten musste, nicht einmal mehr bis zur Mühle damit zu kommen. Mit einem Stich im Herzen erinnerte sie sich daran, dass im Kanister bei Adam noch mehrere Liter drin waren, aber sie entschieden hatten, dass die Vespa nicht sinnlos vollgetankt herumzustehen brauchte.

Lou legte den Kopf schräg. »Ich glaub nicht, dass er da ist, Schatz.« Oh ja, natürlich wusste Lou ganz genau, wohin Line mit dem Rad wollte. »Ich hab den Kombi vorhin vorbeifahren sehen, als ich bei Vigga war, um uns Proviant für die Reise zu kaufen.«

»Das kann nicht sein. Er hat nicht erzählt, dass er heute noch mal wegwill.«

Konnte das sein? Hatte er wirklich den harten, kalten Schnitt gemacht? Hatte er sie innerhalb weniger Stunden so nachhaltig aus seinem Leben gestrichen? Tränen stiegen ihr in die Augen, und ein Knoten in der Kehle machte ihr plötzlich das Atmen schwer. Trotzdem musste sie es zumindest versuchen. Sie konnte nicht ohne einen richtigen Abschied von der Insel gehen, und sie wusste, dass Adam nicht bei der Fähre auftauchen würde.

Sie schwang sich auf das Fahrrad ihrer Mormor und strampelte den Møllevej hinaus. Schon von Weitem sah sie, dass der Parkplatz hinter der locker gespannten Kette mit dem *Privat*-Schild leer war, doch glauben konnte sie es erst, sowie sie mit im Schotter durchdrehendem Hinterrad neben der Einfahrt bremste.

Er war nicht da.

Sämtliche Türen und Fenster waren geschlossen.

Die Mühle sah so trutzig und abweisend aus wie an jenem ersten Tag, nachdem sie hier gestanden und er sie angefahren hatte, dass sie es sei, die ihm hinterherlief.

Heute würde niemand sie anfahren, und dabei hätte er heute doch recht. Sie betrat die Waschküche durch den Hintereingang, der nie abgeschlossen war. Stille hüllte sie ein. Kaltes, abweisendes Schweigen. Sie musste an den Sex denken, an dieses wilde, verzweifelte Aneinanderklammern, das sich wie ein Abschied angefühlt hatte. Ein Abschied, ohne loslassen zu können. Wie ein Riss. Etwas war zerbrochen. Sie kam sich vor, als würde sie barfuß über die Scherben des Glücks balancieren, das sie geteilt hatten.

»Adam?«

Keine Antwort.

Die Küche blitzte und blinkte vor Sauberkeit. Sie durchquerte den Gang in den Bauch der Mühle. Alles wie immer. Die Bücher auf allen Oberflächen, die vollen Regale, sein ordentlich hinterlassener Schreibtisch mit dem Blumenstrauß in der Vase mit den Rissen darauf, der beste Beweis, dass er nicht zu Hause war. Ein vergessenes Poloshirt hing am Geländer der Stiege, die zur Galerie hinaufführte.

Dort nach oben konnte sie beim besten Willen nicht gehen und nachsehen, das brachte sie nicht fertig. Wenn er sich einfach nur vor ihr verstecken wollte, war dort oben der perfekte Platz.

Aber sie wusste, dass er nicht da war. Es war, wie Lou gesagt hatte. Er war weggefahren. Tränen drohten sie zu überwältigen. Der Blick verschwamm, während sie zum Schreibtisch lief, auf dem ein Block Schreibpapier lag. Stifte standen im Köcher neben dem Laptop. Sie klammerte ihre Finger um einen Kugelschreiber, überlegte, was sie schreiben sollte.

Dann ging sie.

In der Tür wandte sie sich noch einmal um, sog den Anblick des achteckigen Raumes, in den ein wenig Licht durch die Ritzen in den Fensterläden drang, in sich auf. Die vier Türen nach draußen, jede einzelne geschlossen, wie um eine eigene, kleine Märchenwelt in sich selbst zu verschließen. Die romantische Galerie und die vielen, vielen Bücher.

Auf dem Schreibtisch lag ein Kugelschreiber auf einem unbeschriebenen Block.

Sie trat näher.

Von ihrem leisen Schluchzen bekam sie Kopfschmerzen, die sie nicht gebrauchen konnte. Heute am allerwenigsten. Vor ihr lag die Fährüberfahrt, eine abendliche Fahrt mit dem Bus nach Odense … war sie wirklich noch heute Morgen dort gewesen? Es kam ihr vor, als läge das Lichtjahre zurück. War so viel passiert? Dann mit dem Schnellzug nach Kopenhagen, und sie fürchtete sich beinahe vor dem Kulturschock, der sie dort erwartete. Odense war schon schlimm gewesen. Zusammen mit Lou würde sie die Nacht in Kopenhagen in einem Hotel in Hafennähe verbringen, damit sie am Morgen frisch und zeitig am Kai wäre, um ihren Dienst auf der *Georg Stage* anzutreten.

Zeitig, ja, wenn das mit der Verbindung klappte. Frisch? Nicht, wenn sie weiterhin mit Tränen in den Augen auf die finster dastehende Mühle starrte und auf das Meer, über dem sich dunkle Wolken zusammenbrauten.

Anscheinend würde in dieser Nacht der Regen kommen, nach dem sie sich alle seit Wochen sehnten. Der Sommer war vorbei.

Fast die ganze Insel wartete bereits im kleinen Hafen von Strynø, als Maria ihren altersschwachen Citroën neben dem Fahrradunterstand parkte und Louise und Line ausstiegen. Weil Lou kein eigenes Auto mehr besaß, hatte Maria sich bereiterklärt, sie beide zum Hafen zu fahren. Lou verschlug es seit Ewalds Tod so gut wie nie mehr aufs Festland, und die Insel selbst war einfach so klein, dass man überall zu Fuß hinkam. Deshalb hatte Lou ihr Auto schon vor Jahren verkauft. Wenn man mal Bedarf hatte, fand sich auf Strynø fast immer jemand, der mit einem fahrbaren Untersatz aushelfen konnte.

Adam, Aksel und Lauge schwenkten Taschentücher, die Frauen der Insel hatten Sträußchen aus reifem Korn gebunden, mit denen sie dem Auto zuwinkten. Lou holte Lines Rucksack aus dem Kofferraum, während Line zurückwinkte. Sie kam sich vor wie ein Politiker auf Staatsbesuch. Himmel, sie wusste es selbst erst seit wenigen Stunden, aber natürlich hatte der Buschfunk auf Hochtouren gearbeitet. Sie erkannte Vigga in der ersten Reihe, die den größten Blumenstrauß schwenkte.

»Mach's gut, kleine Line!«, schrie Arne, der seinen kleinen Sohn auf dem Arm hatte, während dessen Zwillingsschwester wacklig an der Hand ihrer Mutter Kirstine stand und am Daumen nuckelte.

»Wir werden dich vermissen!« Das war die hohe, piepsige Stimme von Sigurd, Ebbes Sohn aus dem Korsvej.

»Mach ganz viele Fotos, Kleines. Ich bin ja zu alt, um diese verdammte Insel noch mal zu verlassen, doch wenn ich so jung wäre wie du …« Lauges Stimme schien vor lauter Emotion zu brechen, aber als Line zu ihm hinsah, erkannte sie sein breites Grinsen.

»Ihr seid ja verrückt!« Sie schluchzte und lachte, schüttelte Hände und verteilte Luftküsschen. »Ich komme doch wieder!«

Ich komme doch wieder. Die Worte echoten in ihrem Kopf, während ihr Blick unter all denen, die ihr so sehr ans Herz gewachsen waren, den einen suchte, der ihr Herz war. Sie konnte Adam nirgendwo entdecken, auch der Kombi war nicht hier geparkt. Genau wie sie es geahnt hatte. In ihren Ohren verwischten all die guten Wünsche und Abschiedsgrüße zu einer grauen Masse aus Tönen. Sie schlang die Arme um ihre Mitte. Unter der Oberfläche aus Starre fühlte sie den Zusammenbruch, den unfassbaren Verlust, und sie hatte Angst, dass er sie verschlingen würde, wenn sie es ihm erlaubte.

Auf der Fähre erklommen sie das Sonnendeck. Sie hatten es für sich allein, sei es, weil die anderen Passagiere ihnen den privaten Moment gönnten oder weil der Wind aufgefrischt war. Es war noch eine Weile hin, bis der Abend hereinbrechen würde. Line stand an der Reling und starrte zurück auf die sich entfernende Insel.

Missmutig kratzte sich Louise am Kopf. »Hast du eine Vorstellung, was dir am meisten fehlen wird? Außer ihm, meine ich.«

»Keine Ahnung. Ich glaube aber nicht, dass er mir fehlen will. Er ist einfach fort.«

»Wer weiß, vielleicht ein Notfall in einer Familie in Deutschland oder so.«

Sie zog das Handy aus der Hosentasche und wedelte damit. »Deswegen hat ein kluger Mann das hier erfunden.« Ihre Stimme klang bitter. Was würde ihr am meisten fehlen? Strynø. Viggas Softeis-Maschine, die den Sommer mit ihrer nicht enden wollenden Hitze erträglich machte. Keine Delikatesse in Kopenhagen konnte so köstlich sein wie ein Eis, das sie schleckte, während sie nach einem Einkauf für Lou in Viggas Laden mit dem unheiligen Dreigestirn auf der Bank saß. War es Marias Dauerwelle? Oder der Geruch der Pfeifen des Dreigestirns, der durch die engen Gassen zog. Kasper. Die Mühle mit Meerblick. Bücher. Ob es an Bord des Schiffes eine Bibliothek gab?

»Der kriegt sich schon wieder ein.« Seufzend betrachtete Louise die Wolken am Horizont. »Ich hab als junges Mädchen auch die Insel verlassen, um zu studieren, wusstest du das? Damals habe ich auch jemanden hier zurückgelassen.

Er musste den Hof seines gebrechlichen Vaters bewirtschaften und konnte nicht mitkommen, egal, wie sehr er es wollte. Ewald, das war sein Name, hätte mich am liebsten rund um die Uhr beschützt, während ich in der großen bösen Stadt war, und später wurde er mein Ehemann. Aber damals war er ein bisschen wie dein Adam heute. Ewald war überzeugt, dass ich nicht wiederkommen würde, weil ich mich in der großen weiten Welt verlieben würde.« Sie lachte beim Anblick von Lines Gesicht. »Ja, ich weiß. Unsere Vorstellungen von der großen weiten Welt haben sich ein wenig geändert. Damals reichte Odense. Heute muss es ein Hochseeschiff sein.« Nachdenklich betrachtete sie ihre Enkelin »Er war auch älter als ich, weißt du. Dein Großvater. Die Leute haben mir abgeraten. Es würde nicht passen, ich sei zu jung für ihn, er sei doch ein bodenständiger, vernünftiger Bauer mit einem großen Hof, und ich würde mich langweilen, wenn ich mein Leben an seiner Seite verbringen müsste.«

Line schluckte. Ja, manches Mal hatte sie sich gewundert, warum ihre Mormor es ganz ohne Proteste hinnahm, dass Line sich mit Adam einließ. Weniger, weil er der undurchsichtige Mann aus der Mühle war, sondern einfach deshalb, weil er alt genug war, längst eine Familie mit frechen Teenagern zu haben. Der Gedanke, dass er die auch eigentlich schon haben würde, legte sich wie Blei in ihren Bauch. Lou hatte ihr nie die Jahre vorgerechnet, sondern sie einfach zu ihm in die trutzige Mühle gehen lassen. Nun wusste Line auch, warum.

Schweigend ließ Lou ihr Zeit, sich diese Gedanken zu machen, dann lächelte sie. »Wir waren sehr glücklich, weißt du. Dein Großvater und ich. Ich hätte mir mehr Zeit mit ihm gewünscht, aber wer tut das nicht? Du kannst hundert Jahre an der Seite eines anderen Menschen verbringen, und am Ende wirst du glauben, es sei zu wenig Zeit gewesen, wenn du ihn von ganzem Herzen liebst und ihn gehen lassen musst oder er dich. Du kannst zehn Jahre getrennt von ihm leben und wirst dich jeden Tag daran erinnern, wie sehr du ihn immer noch willst, wie sehr du dich nach ihm sehnst, und wenn ihr wieder zusammen seid, wird es sein, als sei nichts gewesen.«

Line schniefte. »Das würde ich gern glauben, Mormor, aber Adam ist ... er ist nicht Ewald.«

»Nein, denn wenn er es wäre, hätte ich ihn dir längst weggeschnappt.«

Line hätte gern darüber gelacht, doch sie konnte nicht. »Ich glaube, dass er Schluss gemacht hat.«

»Was heißt, du *glaubst*? Hat er oder nicht?«

»Er hat es nicht *gesagt*, aber ...«

»Dann hat er auch nicht Schluss gemacht«, beharrte Lou.

»Er ist fort, Mormor! Ohne etwas zu sagen!«

»Er wusste, dass du beschäftigt bist.«

Line erkannte, was Louise versuchte. Ihre Mormor war bestrebt, jeden Gedanken, dass Adam sich abgewandt haben könnte, durch ein Gegenargument zu entschärfen. Sie verstand, warum Louise das tat. Um ihrer Enkelin zu helfen. Heimweh wäre auch ohne die Gedanken an eine Welt ohne Adam eine ernst zu nehmende Krankheit. Aber Line kannte Adam zu gut. Er wäre nie weggefahren und unauffindbar gewesen, wenn er es nicht ernst meinte.

Der Kloß in ihrem Hals schwoll an. »Vielleicht sollte ich besser gar nicht fahren.« Sie rieb sich mit dem Handrücken über die Nase.

»Untersteh dich. Das ist die Chance deines Lebens. Ich meine, die nächste Chance deines Lebens. Die erste hast du dir selbst geschenkt, als du hierhergekommen bist.«

»Die hätte ohne dich nicht funktioniert«, warf Line trübsinnig ein.

»Mag sein. Dann kam der Buchwurm in seiner Mühle, und er hat dafür gesorgt, dass du die Füße, auf die ich dich gestellt habe, auch zum Gehen und zum Laufen gebrauchen kannst. Jetzt ist es an der Zeit, dass du fliegen lernst.«

»Ich glaube nicht, dass die auf dem Schiff Unterricht im Fliegen erteilen.«

Zärtlich strich Lou ihr über die Wange. Die Hafenbauten von Rudkøbing waren schon zum Greifen nahe. »Er ist ein erwachsener Mann, Line, und du bist eine erwachsene Frau. Manchmal trennen sich Menschen für eine Weile und manchmal für eine lange Weile, aber was zusammengehört, wird immer wieder zusammenfinden. So war es bei Ewald und mir, und glaube mir, bei uns war es auch nicht immer leicht. Doch eine Beziehung definiert sich nicht nur durch die großen Momente. Die Abschiede und Neuanfänge, die großen Feste und die bewegendsten Ereignisse. Natürlich war Karlas Geburt ein Tag, den ich nie vergessen werde. Aber weißt du, wann ich Ewald am meisten vermisse? Wenn ich abends im Bett liege und mich sein Schnarchen nicht um den Schlaf bringt, diese unselige Stille, die der Beweis für mich ist, dass mein Mann wirklich fort ist. Wenn ich mich an Eigenheiten von ihm erinnere, die ich längst vergessen geglaubt habe, die dann aber plötzlich wieder da sind. Eine Beziehung, Line, erzählt sich vor allem in den leisen Augenblicken. Im Warten und Festhalten und in dem Glauben daran, dass man zusammengehört, auch wenn es der andere einem gerade nicht leicht macht. Eine alte Frau wurde bei ihrer Diamanthochzeit einmal gefragt, was das Geheimnis ihrer langen Ehe sei. Weißt du, was sie geantwortet hat?«

Schniefend schüttelte Line den Kopf.

»Sich nicht scheiden zu lassen. Das war ihre Antwort. Ihre Ehe hatte so lange Bestand, nicht, weil sie immer gut war, sondern weil sie und ihr Ehemann auch dann an die Beziehung geglaubt haben, wenn die Liebe gerade Winterschlaf gemacht hat.«

Line seufzte aus tiefer Brust, doch ihre Mormor ließ sich nicht aufhalten. Lou hatte sich gerade erst warmgeredet.

»Die Insel wird ja nicht untergehen, während du weg bist. Du wirst zurückkehren, und wir werden für dich hier sein, und dann wirst du weitergehen. Einen Schritt nach dem anderen. Etwas anderes kannst du ohnehin nicht tun.«

13. Kapitel

Holmen, 14. Juli 2018

Lieber Adam!

So viel also dazu, dass ich in See steche und die große weite Welt sehen werde. Das gilt bisher nur, wenn man den Hafenbereich vor Kopenhagen als Teil der See betrachtet. Gewissermaßen ist er das ja auch, und der Blick auf die Øresund-Brücke hat schon was. Weiter als bis in den Hafen sind wir allerdings noch nicht gekommen. Das heißt, heute sind wir tatsächlich mal ein paar Kilometer weit auf den Øresund hinausgesegelt. Zuerst mit den Motoren getrieben, aber dann haben sie ein paar Mutige in die Takelage geschickt und die Segel gesetzt.

Ich denke, ich muss dir nicht sagen, dass ich mich freiwillig gemeldet habe, oder? Ich hatte das große Glück, dass in meiner Schicht die Segel gesetzt wurden. Mir hat das Herz bis in den Hals geklopft dabei. Hinterher fand ich es schade, als wir schon nach kurzer Strecke die Segel wieder eingeholt haben. Das war eigentlich zu viel Arbeit für so eine kurze Strecke, aber Himmel, ich kann dir gar nicht sagen, wie sehr ich den nächsten Wochen entgegenfiebere. Es ist einfach ein ganz anderes Gefühl als an Bord der Fähre, selbst im heftigsten Sturm hat man dort weniger das Gefühl, über Wellen zu gleiten.

Wir Auszubildenden lernen uns noch kennen, aber ich denke, das ist normal. Bei so vielen Leuten sind wir im Moment auch mehr Nummern als Namen, vor allem, wenn die Ausbilder was von uns wollen. Und das ist eigentlich ständig. Viele Dinge an Bord sind noch ganz schön fremd. Nach den ersten drei Nächten hatte ich höllische Kreuzschmerzen, weil eine Hängematte doch etwas anderes ist als ein Bett. Zum Glück war ich nicht die Einzige, die genervt gegrummelt hat, weil aus der einen oder anderen Hängematte ein zufriedenes Schnarchen erklang. Es kann einen ganz schön neidisch machen, wenn man selbst nicht weiß, wie man sich legen soll, um schlafen zu können, während andere überhaupt kein Problem damit haben. Die hygienischen Gegebenheiten sind recht spartanisch, und es wird noch schlimmer werden, wenn wir nachher nicht mehr täglich die Möglichkeit zum Landgang haben werden. Das ist nämlich der einzige Zeitpunkt, an dem wir unsere Wäsche erledigen können – im Waschsalon der Hafenstädte. An Bord gibt es keine Waschmaschine. Kannst du dir das vorstellen? Wochenlang dasselbe Uniformhemd?

Adam, ich habe keine Ahnung, ob du diesen Brief bekommen willst. Ich klammere mich an die Hoffnung, dass es dich zumindest noch interessiert, was dein Sommerprojekt aus sich macht. Und wenn das jetzt ein wenig bitter klingt, verzeih mir. Ich verstehe, warum du tun musstest, was du getan hast, aber noch schmerzt, daran erinnert zu werden. Trotzdem möchte ich dir versichern, dass ich meine Entscheidung, hierhergekommen zu sein, keinen Schritt weit bereue. Auch wenn wir unsere Zeit an Bord bisher mit dem Schrubben des Oberdecks, dem

Polieren der Kajütenfenster und dem Knoten von Hängematten verbringen, das hoffentlich irgendwann mal besser gehen wird. Der große Lichtblick abgesehen von dem Tag auf dem Øresund war bisher ein Besuch in einer Werkstatt im Hafen, wo wir ein paar Lektionen in Arbeitssicherheit und Mechanik erhalten haben. Ich durfte beim Punktschweißen brillieren, und ich glaube, sogar Simon, unser Ausbilder, war beeindruckt. So was geht runter wie Öl. Dass der meiste Unterricht hier in der Praxis passiert und sich das Lesen und Schreiben auf ein Minimum reduziert, kommt mir entgegen.

Heute Mittag habe ich Fräulein Smilla *zu Ende gelesen. Du wirst es nicht glauben, aber für einen kurzen Moment hat mich die Panik gepackt, was ich nun lesen soll. Wir haben zwar ein Büro hier, in dem wir uns Bücher ausleihen dürfen, aber die beschäftigen sich alle mit der Seefahrt. Ich glaube, der einzige Roman darunter ist die* Meuterei auf der Bounty, *aber die Seiten sind in so winziger Schrift bedruckt, dass ich mich da noch nicht herantraue. In der Hängematte neben mir schläft Silje. Sie und Anuk aus Illulissat sind die einzigen Nicht-Dänen an Bord. Silje stammt aus Trondheim und ist auch ein Bücherwurm wie du. Sie hat mir beim Landgang eine E-Book-App aufs Handy geladen. Ich weiß, das wirst du sicher als Sünde empfinden, aber es ist immer noch besser als nichts. Pech nur, dass wir an Bord die Handys abgeben müssen und nur dann wiederbekommen und nutzen dürfen, wenn wir Landgang haben. Doch wenigstens dann habe ich was zu lesen.*

Ich liebe dich, Adam. Ich weiß nicht, warum du mich fortgestoßen hast, und es gibt keinen Grund dazu. Simon und Nikolaj sind diese Art von Ausbildern, die du an jenem letzten Morgen in der Mühle angesprochen hast, und eine Menge der Mädchen hier kriegen Herzchen in den Augen, wenn einer von beiden sagt, steig in die Takelage hoch. Aber mich lassen sie kalt, denn sie sind nicht du.

Ich habe kein Heimweh, doch wenn ich die Augen schließe, denke ich an dich. An die Mühle. An Eistee. Hier wird so viel Kaffee getrunken, dass mir schwindlig wird, aber manchmal ist die Nachtruhe schon nach vier Stunden vorbei, und das wird nur noch übler werden, wenn wir erst auf hoher See in einen Sturm geraten. Dann ist jeder froh über den hohen Koffeingehalt im Blut, der wach hält. Ich freue mich darüber, hier zu sein, es ist eine wahnsinnig tolle Erfahrung, die ich nicht missen möchte. Aber ich freue mich auch darauf, am Ende dieser Fahrt nach Hause zu kommen. Und dass du dann Bücher für mich haben wirst. Vielleicht auch dein Herz.

Es kann doch nicht vorbei sein, Adam.
In Liebe
Line

Seit drei Wochen lag der Brief auf seinem Schreibtisch. Ungeöffnet. Drei Wochen, in denen ihn die ungelenken, krakeligen Buchstaben anstarrten und gleichzeitig lockten. Nicht direkt eine Anklage, aber ein bisschen höhnisch. *Nicht mal einen Brief kannst du öffnen, Steinbach, weil du drauf und dran bist, wieder in deine alten Muster zu verfallen. Weil du Angst davor hast und es gleichzeitig herbeisehnst. Weil sich deine neue Einsamkeit dann leichter ertragen ließe, denn dann würdest du dich nicht mehr mit Menschen abgeben müssen, die zu jeder passenden und unpassenden Gelegenheit die Frau erwähnen, die du verloren hast.*

Er hatte gewusst, von wem der Brief war, noch ehe er den Absender gelesen hatte. Nicht nur, da er ihre Handschrift unter Tausenden erkannt hätte. Das Papier hatte nach Seewind und Freiheit geduftet, zumindest bildete er sich das ein, und ein wenig nach dem Duschgel, das Line benutzte. Es hatte nicht mehr gebraucht als eine kurze Berührung seiner Fingerspitzen mit dem Umschlag, und alles war wieder da. Lines Duft nach Vanille und Holunderblüten, ihre alabasterweiße Haut, die so weich und zart war. Ihr Mund, Himmel, dieser Mund, der ihn vom ersten Tag an um den Verstand gebracht hatte. Nicht nur, weil ihre Lippen so voll und sinnlich waren. Auch wegen dem, was über diese Lippen kam. Ihr Witz und Charme. Ihre liebevolle Zartheit, wenn sie einmal Vertrauen fasste und sich öffnete. Im selben Moment hatte er gewusst, dass er den Brief nicht lesen konnte. Er würde es nicht ertragen, ein Stück von ihr in der Hand zu halten und nicht daran zu zerbrechen. Auch ohne diesen weiteren Tiefschlag vermisste er sie mit jeder Minute mehr.

Doch auch den Brief nicht zu lesen, war keine Lösung. So lag er dort auf dem Schreibtisch, lockte und umwarb ihn mit einer unumstößlichen Tatsache, die mit dem Blut durch jede seiner Adern strömte, ein Mantra, nach dem er sein Leben lebte, ob mit Line oder ohne: Geschriebene Worte mussten gelesen werden, nur darin bestand ihre Daseinsberechtigung. Wollte er Lines Wort dadurch herabwürdigen, dass es ungelesen blieb?

Irgendwann hielt er es nicht mehr aus. Was konnte schlimmer sein, als sich die Worte vorzustellen, die sie ihm an den

Kopf warf, da er sich so feige aus ihrem Leben gestohlen hatte? Was war vernichtender, als schwarz auf weiß zu lesen, dass seine schlimmsten Befürchtungen wahr geworden waren und sie einen anderen kennengelernt hatte? Einen, der mutiger war als er. Mutig genug, die Welt zu bereisen und nach ihr zu greifen, während Adam Steinbach sich zehn Jahre lang in seiner Mühle versteckt hatte.

Ehe er es sich doch wieder anders überlegen konnte, schnappte er sich den Umschlag und machte sich auf den Weg. Zwischen Meer und Weiden führte ein schmaler Weg fast ganz um die Insel, und den nahm er jetzt. Immer einen Fuß vor den anderen setzend, irgendwohin, wo er allein sein konnte. Nur das Meer und die Weite zwischen ihm und Caroline, die irgendwo dort draußen war, weit weg auf irgendeinem Ozean, und sich von Wind und Sturm nicht davon aufhalten ließ, ihre Träume zu verwirklichen.

Er fand die Bank, die ein paar Hundert Meter von der Mühle entfernt stand wie ein Möbelstück, dass jemand beim Umzug vergessen hatte. Nicht, dass in näherer Umgebung ein Haus gewesen wäre, aus dem jemand hätte ausziehen können. Vorsichtig setzte Adam sich hin, immer damit rechnend, dass das morsche Holz eines Tages doch nachgeben würde. Eine steife Brise riss an seinen Haaren und dem Schal, den er sich um den Hals geschlungen hatte. Das Meer war eine schäumende Flut brodelnden Graus. Der Gedanke an den Sommer, der hinter ihm lag, war nichts als eine ferne, geradezu unwirkliche Erinnerung. Bleischwere Wolken hingen so tief am Himmel, dass es kaum möglich war auszumachen, wo die See aufhörte und der Himmel anfing. Nur die weißen Schaumkronen der Wellen unterschieden das eine vom anderen. Von weit entfernt trug der Wind das unregelmäßige *Flappflappflapp* an ihn heran, mit dem eine Regenplane gegen die Außenwand eines vor Boje liegenden Fischerbootes schlug. Vorsichtig, damit das Wetter ihm seinen kostbaren Besitz nicht entriss, griff er in der Innentasche seines Parkas nach dem Brief und holte ihn aus dem Umschlag.

Lieber Adam …

Weiter kam er nicht, da ließ ihn ein Räuspern herumfahren, das von hinter ihm kam. Zuerst erkannte er die hochgewachsene, kräftige Gestalt mit Wollmütze und Schal nicht, die dort stand, die Schultern zu den Ohren gezogen und einen Brief in der Hand haltend, ebenso wie er selbst einen hielt. Dann bemerkte er, dass es ein gleichartiger Umschlag war, und alles ergab Sinn. Er brauchte nicht genauer hinzusehen, um zu wissen, dass die Adresse in derselben Handschrift geschrieben worden war.

»Kasper?«, fragte er deshalb, mehr aus Erstaunen denn aus Unsicherheit.

»Ich wollte ein ruhiges Plätzchen haben, um den hier zu lesen.« Der Sohn des Fährkapitäns wedelte mit dem Schreiben, und Adam sah, wie fest er das Papier hielt, damit es ihm nicht verloren ging. »Am Meer habe ich immer das Gefühl, ihr nahe zu sein, und zu dieser Bank bin ich schon als Kind gekommen, wenn ich allein sein wollte. Aber wie es aussieht, warst du schneller als ich.«

Obwohl auch so genug Platz für zwei auf der Bank war, rutschte Adam ein Stückchen zur Seite. »Ich hab den Ort hier nicht gemietet. Komm. Setz dich.«

Kasper folgte seiner Aufforderung, und eine Weile schwiegen sie, beide ihre Briefe in der Hand.

Schließlich fasste sich Adam ein Herz und las weiter. Immerhin war das der Grund, warum er hier war, und dass

Kasper das gleiche Bedürfnis an diesen Ort geführt hatte, machte Lines Nähe auf eine seltsame Art real.

Gemeinsam lasen sie. Jeder einen an ihn gerichteten Brief von derselben Frau, die ihnen beiden unter die Haut gegangen war. Adam zwang sich, nicht darüber nachzudenken, was Line Kasper geschrieben haben mochte. Ob sie bei ihrem Freund ihr Herz über ihn ausschüttete? Es ging ihn nichts an.

Nachdem er das letzte Wort gelesen hatte, steckte er die Bögen zurück in den Umschlag und dann den Umschlag zurück in seine Jackentasche. Er wusste nicht, was er fühlen sollte, also blickte er einfach nur hinaus aufs Meer, und nach einer Weile fühlte er, dass Kasper es ihm gleichtat. Verstohlen wischte sich der Sohn des Kapitäns eine Träne aus dem Augenwinkel.

»Sie klingt glücklich, oder?«, fragte der Jüngere.

Adam nickte und lächelte leicht. »Ja, das tut sie.«

»Ich weiß nicht einmal, warum ich sie so vermisse.« Verzweiflung und echte Trauer klangen aus Kaspers Stimme. Adam konnte zu gut nachempfinden, wie es dem Jungen ging. »Sie hat mir nie Hoffnung gemacht oder so. Ich meine, wahrscheinlich bist du der Letzte, mit dem ich darüber reden sollte, aber vielleicht bist du auch der Einzige, der mich versteht. Alle anderen sagen, dass ich verrückt bin. Dass sie nie einen Zweifel daran gelassen hat, wen sie will. Aber ich schätze …« Freudlos hob er die Schultern. »Ich schätze, das macht keinen Unterschied. Das Herz will, was es will, und während mein Herz Line will, will Line nur dich.«

Adam wusste nicht, wie er reagieren sollte. Das Herz wollte, was es wollte, damit zumindest hatte Kasper recht. Und sosehr er versucht hatte, sich dagegen zu wehren, sein

Herz war unwiederbringlich an Caroline verloren. Vielleicht war es an der Zeit, die Tatsachen zu akzeptieren. Wollte er wirklich noch einmal zehn Jahre warten, ehe er wieder damit anfing zu leben? Seine Rückkehr in die Welt der Lebenden war Carolines Geschenk an ihn gewesen, und er sollte nicht ihre gemeinsame Zeit damit herabsetzen, dass er dieses Geschenk wegwarf, indem er in alte Gewohnheiten verfiel. Indem er ihr sagte, er wäre glücklich, wenn sie glücklich wäre, egal mit wem. Warum redete er sich und ihr so etwas ein? Es würde ihn nicht glücklich machen, sie mit einem anderen zu sehen. Es würde ihn verdammt noch mal zerstören.

Eine Weile noch saßen sie zusammen und blickten gemeinsam auf das Meer, auf dem irgendwo die Frau, die sie beide liebten, das Abenteuer ihres Lebens erlebte.

Irgendwann wurde der Wind zu kalt, und die Wolken öffneten ihre Schleusen. Adam stand auf und reichte Kasper eine Hand. »Ich denke, wir können jetzt beide ein Bier gebrauchen. Was meinst du? Ich hab ein Sixpack im Kühlschrank.«

Zwar ließ sich Kasper von Adam auf die Beine helfen, danach warf er allerdings einen skeptischen Blick auf seine Armbanduhr. »Grundsätzlich gerne. Aber eigentlich muss ich die nächste Fähre nehmen. Ich hab noch einiges zu tun, ein paar Behördengänge erledigen und ein paar Dinge einkaufen. Am Wochenende geht es nach Odense, weil in der kommenden Woche meine Fortbildung an der Schule anfängt. Du weißt schon, wo du mich damals ermutigt hast, den ersten Schritt zu tun. Mein alter Herr ist immer noch der Meinung, ich verschwende mit dem Kurs meine Zeit, und jetzt muss er mir auch noch beim Umzug helfen.«

»Ich kann auch mithelfen.« Das Angebot schlüpfte über Adams Lippen, ehe er es sich überhaupt überlegt hatte. Doch je länger er darüber nachdachte, desto richtiger erschien ihm die Idee. »Ich glaube, uns tut es beiden ganz gut rauszukommen, oder? Line ist dort draußen und geht ihren Weg. Sicher würde sie nicht wollen, dass wir nur hier herumsitzen und Trübsal blasen.«

»Das würdest du wirklich machen?« Kaspers Augen wurden groß. »Mein Vater würde sich sicher freuen, wenn er auf dem Rückweg Gesellschaft hat. Ich glaube, es fällt ihm nicht leicht, mich gehen zu lassen. Er ist einfach nicht gern allein.«

»Sag mir einfach, wann ich wo sein muss, und du kannst dich auf mich verlassen. Versprochen.« Er streckte die Hand aus, um sein Angebot mit einer Geste zu unterstreichen. Kasper schlug ein, und plötzlich wurde Adam eine Sache klar. Es war ein erster Schritt gewesen, sich von Caroline in die Gemeinschaft der Inselbewohner ziehen zu lassen. Wenn er wirklich wieder er selbst sein wollte, musste er aber auf eigenen Beinen stehen, so wie auch Caroline ihren eigenen Weg hatte gehen müssen. Dazu machte er jetzt den Anfang.

Esbjerg, 28. Juli 2018

Lieber Kasper!

Die zweite Woche an Bord ist rum. Die Zeit vergeht wie im Flug, was vermutlich daran liegt, dass unsere Tage dermaßen streng durchgeplant sind, dass man kaum Zeit vertrödeln kann. Was nicht bedeutet, dass die Ausbilder streng sind. Sie sind zwar fordernd, aber solange alle Einsatz zeigen, ist immer Zeit für einen lustigen Spruch oder ein gemeinsames Lachen.

Das Gefühl, als der Wind erstmals wirklich unsere Segel richtig füllte und das Schiff zu ziehen begann, war erhebend und beängstigend zugleich. Diese Naturgewalten, die plötzlich auf uns einschlugen, nachdem wir nach unserer Einarbeitungszeit an Bord endlich Holmen verlassen haben und nach Norden gesegelt sind, durch den Kattegat und um Skagen herum nach Esbjerg. Ich habe drei Sonnenstrahlen gezählt, die es durch die Wolken geschafft haben, und um die Nordspitze Dänemarks herum mussten wir die Segel einholen, sonst hätte es uns umgeschmissen.

Weißt du, es ist wirklich verrückt. Wochenlang habe ich auf der Strynø-Fähre gearbeitet und gedacht, ich kenne das Meer. Dass ich gelernt hätte, es zu lesen. Dann kommen wir an den Punkt, wo Nord- und Ostsee zusammenrauschen, und das Meer lässt dich wissen, dass du überhaupt keine Ahnung hast, was es kann. Der knallrote Regenoverall, den ich gestellt bekommen habe, ist mir zwar zwei Nummern zu groß, aber er hat mir verdammt gute Dienste geleistet.

In Esbjerg sind wir gestern eingetroffen. Ich musste erst mal den Waschsalon in der Marina ausfindig machen, um meine Klamotten zu waschen und vor allem zu trocknen. Du ahnst nicht, wie luxuriös das Gefühl ist, in seinen Spind zu greifen und ein T-Shirt herauszuziehen, das nicht total klamm ist und von all der gestauten Nässe eine Tonne wiegt.

Trotzdem ist eines sicher: Es ist einfach nur super an Bord. Nicht nur, weil es Spaß macht. Wir müssen jeder an einem Strang ziehen, jeder muss etwas beitragen, sonst besteht immer die Gefahr, dass was schiefgeht. Weil alle das wissen, geht nichts schief, und es hat keine zwei Wochen gedauert, bis wir echt eine eingeschworene Truppe geworden sind. Da interessiert es keinen Menschen mehr, wer woher kommt oder ob einer nicht so schnell lesen und schreiben kann wie die anderen. Dann interessiert nur noch, ob du in der Lage bist zuzupacken, wenn wir wenden müssen.

Und dann ist da natürlich der Lohn. Im Moment heißt der Lohn Esbjerg, Tall Ships Race. *Ich hab ja schon immer mal große Segelschiffe im Hafen in Kopenhagen liegen sehen. Aber das hier? Diese geballte Macht? Ehrlich, Kasper, im Moment sitze ich unten in unserem Gemeinschaftsraum, wo es trocken genug ist, um dir einen Brief zu schreiben, aber ich kann sie hören, die Matrosen, und ich höre den Wind in den Seilen jammern, und wenn ich die Augen schließe, wird mir ganz anders, weil ich immer noch nicht glauben kann, dass ich wirklich Teil dieses Teams und Teil dieser Regatta, bei der viele Schulschiffe teilnehmen, bin. Manchmal reiße ich mir die Handflächen blutig, wenn wir alle zusammen an einem Tau ziehen müssen, um nach den Ruderübungen die Rettungsjollen wieder an Bord zu hieven. Aber wenn wir dann in Uniform Landgang haben und die Leute uns hinterhergucken und die kleinen Jungs sich drum reißen, uns zu berühren … Mensch, Kasper, das ist alles so schön, und es ist jede Mühe wert.*

Ich will damit nicht sagen, dass mir Strynø nicht fehlt. Im Gegenteil. Ich sehne mich wie verrückt. Dir das zu schreiben, ist kein Ersatz dafür, dir alles direkt erzählen zu können. Ich schätze, ich könnte drei Tage ununterbrochen reden. Vermutlich würdest du schon nach einer

Stunde versuchen, mich im Dorfteich bei den Fröschen zu ersäufen, weil ich einfach die Klappe nicht halten kann. Es ist wirklich genial, das alles hier mitzuerleben, Teil von einem solchen Abenteuer zu sein. Mir fehlt es auch nicht an neuen Freunden, denen es genauso geht wie mir. Ich glaube, so was geht an niemandem spurlos vorbei, und die Mädels und Jungs haben ja nicht aus purer Langeweile hier angeheuert, sondern weil sie was erleben wollen. Und genau das tun wir.

Aber es ist trotzdem nicht dasselbe, als wenn ich es mit einem von euch teilen könnte. Als wenn ich mit deinem Vater eine ordentliche Rolle Seemannsgarn spinnen könnte oder Kjeld zeigen, dass ich ihm beim Tauziehen inzwischen Paroli bieten kann. Ganz zu schweigen von den ganzen nautischen Begriffen, die ich hier tagtäglich lerne. Stell dir vor, die haben uns ein Wörterbuch gegeben, das wir auswendig lernen sollen. Na ja, ich sage Wörterbuch … es ist ein Klapphefter mit zehn oder zwölf Seiten Vokabeln, wie früher im Englischunterricht. Ist schon witzig, wenn wir in unseren freien Minuten – viel mehr als Minuten sind es meistens nicht, wie gesagt, die Tage sind sehr straff organisiert – oben an Deck stehen und uns gegenseitig abfragen.

Ich habe kein Heimweh, doch ihr fehlt mir. Übermorgen segeln wir nach Stavanger, zusammen mit ich weiß nicht wie vielen anderen Vollseglern, einer schöner als der andere. Ich wünschte, ich könnte es von der Küste aus beobachten. Es muss wahnsinnig toll aussehen. In Norwegen werden wir das Rennen dann verlassen und allein rüberschippern nach Shetland und weiter bis nach Island. Mir wird schon wieder ganz flau im Magen. Es ist erst wenige Monate her, dass ich mir nicht hätte vorstellen können, jemals aus Kopenhagen rauszukommen, und jetzt segle ich um die Welt. Es stimmt, was sie sagen: Wenn man nur wirklich will, ist alles möglich.

Ich will, dass dieses Leben hier nie zu Ende geht, und gleichzeitig freue ich mich wie verrückt auf den Tag, an dem ich wieder auf Strynø aufschlage.

Heb mir ein paar Kirschen auf, okay, und dann wollte ich dir noch sagen, Kasper: Mach es. Tu, was du wirklich tun willst, und tu es jetzt. Lebe deinen Traum. Es hat mich innerlich zerrissen, als ich mit mir gehadert habe, ob ich das hier machen soll. Ob ich Adam verlassen soll, wo wir es uns doch gerade erst hyggelig gemacht hatten. Jetzt kann ich sagen, ich bereue es keinen Augenblick lang, gegangen zu sein, denn das hier auf dem Schiff war mein Traum, und nur ich konnte ihn träumen. Um Adam kann ich wieder kämpfen, wenn ich zurück bin. Dann werden meine Bandagen um ein Vielfaches härter sein, denn die Wochen auf dem Schiff haben mich stark gemacht und mir gezeigt, was ich alles kann. Mit dem erfüllten Traum im Rücken werde ich mir den Mann zurückholen, den ich liebe. So weit kann der gar nicht wegtreiben, dass ich ihn nicht wieder einfangen könnte.

Grüß mir die Insel, Kasper, und wir sehen uns in ein paar Monaten!
Alles Liebe
Line

Aus drei Schritten Entfernung beobachtete Adam, wie Isak Årgård seinen Sohn zur Verabschiedung fest an die Brust zog.

Endlich hatte sich Kasper dazu durchgerungen, seinen Vater mit ein paar unumstößlichen Wahrheiten zu konfrontieren und für sich selbst einzustehen. Und siehe da, kaum hatten sich die beiden Männer einmal gemeinsam an einen Tisch gesetzt und all das aufs Tablett gebracht, was seit Jahren ihre Beziehung vergiftete, konnten sie sich einander wieder annähern. Manchmal war die Lösung so einfach, man musste nur mutig sein.

Kasper grinste tapfer, aber es war offensichtlich, dass sowohl er als auch sein Vater um Fassung rangen. Der Umzug war so reibungslos verlaufen, wie man es sich nur vorstellen konnte. Das lag zum einen daran, dass Kasper ein junger Kerl war, der ohnehin nicht viel besaß oder gar brauchte, und zum anderen daran, dass das WG-Zimmer, in dem er die nächsten Monate wohnen würde, möbliert vermietet wurde. So waren es in erster Linie Klamotten und ein paar Erinnerungsstücke, die den Weg von Strynø nach Odense nahmen. Dank Adams Kombi hatte eine einzige Fuhre gereicht, um alles – inklusive der drei Männer – in die Hauptstadt Fünens zu transportieren.

»Hey, Kasper, wir wollen eine Pizza …« Eine junge Frau etwa in Kaspers Alter riss die Haustür des unscheinbaren dreistöckigen Mietshauses auf, in dem die WG untergebracht war, und stockte mitten im Satz, da sie Vater und Sohn in tiefer Umarmung sah. Röte schoss ihr in die Wangen, und hilfesuchend blickte sie zu Adam. Der grinste nur und zuckte mit den Schultern. Er musste aber auch gar nichts sagen, denn die Unterbrechung hatte dafür gesorgt, dass Vater und Sohn endlich voneinander lassen konnten.

Kaspers Wangen waren ebenso rot wie die seiner künftigen Mitbewohnerin. »Oh, Sofie, richtig? Das wäre echt nett.

Zum Einkaufen bin ich noch nicht gekommen.« Er wandte sich dem Mädchen zu, und gleichgültig wie schwer ihm eben noch der Abschied von seinem Vater gefallen war, kaum tauchte ein hübsches junges Mädchen auf der Bildfläche auf, schien der alte Seebär vergessen zu sein. Adam grinste in sich hinein.

»Also dann. Vater? Adam.« Ein bisschen verlegen hob Kasper die Hand zum Abschied. »Ich geh dann mal rein, ja? Ich melde mich telefonisch. Versprochen.«

Isak brummte seinerseits einen Gruß in seinen Bart, der ganz schön wehmütig klang, das Mädchen namens Sofie hakte sich bei Kasper unter, und gemeinsam verschwanden die beiden jungen Leute im Haus.

Für die Dauer weniger Sekunden blickte Isak ihnen schweigend nach. »Das war's dann wohl«, sagte er schließlich, und endlich breitete sich ein Grinsen auf der Miene des Seebären aus. »Sieht aus, als ob er es hier gar nicht so schlecht getroffen hat.«

Adam lachte. Er verstand Isaks Anspielung sofort. »Da hast du wohl recht. Langweilig wird es ihm bestimmt nicht. Komm, steig ein, ich fahr uns nach Hause.«

Die Fahrt war ereignislos. Kein Stau, kaum Verkehr, und auch das Wetter spielte einigermaßen mit. Auf halber Strecke fing es an zu nieseln, doch es regnete nur halbherzig, fast so, als hätte der Regen entschieden, dass Kaspers Aufbruch in den neuen Lebensabschnitt kein Grund zum Weinen war. Adam schaltete das Radio ein, damit Isak schweigen konnte, wenn ihm nicht nach Reden war. Er wusste, dass der Kapitän auf seinem Schiff fluchen konnte, wie man es nur von Leuten kannte, die ihr Leben auf See verbrachten. Aber sobald er auf trockenem Land unterwegs war, galt Årgård als

Schweiger. Umso mehr überraschte es ihn, als Isak das Wort ergriff.

»Die Welt ist schon verrückt geworden, was? Wenn ein Kerl endlich glücklich wird, weil er Kindergärtner werden kann, und ein Mädchen, das kaum größer ist als eine Maus, sich als waschechte Seefrau entpuppt. Wie soll ein Mann wie ich da noch mitkommen?«

Ein bisschen wehmütig lächelte Adam in sich hinein. Ja, das Gefühl, dass die Welt sich schneller um ihn herum drehte, als er mitkommen konnte, kannte er. Er stellte das Radio leiser, nahm seinen Blick aber nicht von der Straße. »Ich schätze, die Frage stellst du dem Falschen. Ich bin der, der sich jahrelang in seiner Mühle eingesperrt hat. Die Welt kenne ich seither fast nur aus Büchern.«

Isak schnaubte. »Und was ist mit unserer Line? Willst du mir erzählen, das Mädel sei nicht so echt, wie sie nur sein kann? Die Kleine ist eine Wucht, sage ich dir, und was die gerade schafft, da draußen auf dem Meer, das wird sie ein Leben lang noch stärker machen.«

»Line ist wie Kasper. Sie ist jung und muss ihr Leben leben. Ich bin hunderttausend Jahre alt. Zweiundvierzig ist die neue zweiundachtzig. Line aber wird den Richtigen finden. Den hat sie sich verdient.«

Der alte Seebär ließ sich von Adams missratenem Scherz nicht aufmuntern. Er blieb ernst. »Du magst dich ja alt und weise fühlen, Lehrer Steinbach, aber ich sag dir eins: Im Vergleich zu mir bist du ein Jungspund, der einmal eine schlechte Erfahrung gemacht hat und jetzt denkt, die Welt geht unter. Wer bist du, dass du meinst zu wissen, was unsere Line verdient und was nicht? Ist es nicht an ihr, das zu entscheiden? Glaub mir, ich hab den Fehler auch gemacht. Jahrelang hab ich gedacht, ich weiß am besten, was gut für Kasper ist, und es hätte mich um ein Haar meinen Jungen gekostet. Dann wäre es mir wie Louise gegangen, und ich hätte allein in der Welt gestanden. Wobei Louise wenigstens noch ihren Mann hatte, nachdem Karla weg war, sodass sie einander stützen konnten. Ich hab niemanden außer dem Jungen. Ich hätte darum beten können, dass auch irgendwann mal ein Enkel oder eine Enkelin auftaucht, die mir die Möglichkeit gibt, alles gutzumachen, was ich bei Kaspar verbockt habe. Ich hab den Bengel noch nie so glücklich gesehen wie an dem Tag, als er die Immatrikulationsbescheinigung von der Schule in Odense bekommen hat. Was hätte ich mir in den Hintern gebissen, das nicht mitzuerleben.« Er setzte ab, holte tief Luft. Adam sah, wie Isak mit sich kämpfte, ob er weitersprechen sollte oder nicht, und wartete ab. Manchmal war Schweigen die beste Art, jemanden zum Reden aufzufordern.

So schwer es ihm fiel, leiser jetzt und mit altem Schmerz in der Stimme, fuhr Isak schließlich fort. »Mit Stine war das so, weißt du? Das war Kaspers Mutter. Sie hat mir auch gesagt, was sie will. Mich, doch ich hab ihr nicht geglaubt, hab ihr immer gesagt, dass sie es müde werden wird, auf mich zu warten, während ich auf See bin. Damals war ich noch bei einer der großen Redereien in Kopenhagen angestellt und bin nur in den Ferien nach Strynø gekommen. Ich hab ihr so oft vorgehalten, dass sie irgendwann die Nase voll von mir haben wird, bis sie genug davon hatte und tatsächlich gegangen ist. Sie sagte, sie will nicht länger für etwas bestraft werden, was sie nicht getan hat, und weg war sie. Den Kasper hat sie mir dagelassen. Schätze, was ein alter Seebär wie ich mit einem Jungen anfangen sollte, hab ich nie wirklich begriffen. Ich hab mein Bestes gegeben, ihn so behandelt, wie ich dachte, es sei das Beste für ihn, um einen ganzen Kerl aus ihm zu machen. Und das ist für mich ein Kerl, der auf dem Meer zu Hause ist. Ich war ein ziemlicher Idiot, muss ich zugeben, und um ein Haar hätte ich mit ihm denselben Fehler gemacht wie mit Stine. Aber zum Glück ist da gerade im richtigen Moment unsere kleine Line aufgetaucht und hat dazu beitragen, mir den Kopf geradezurücken.«

Der Regen nahm zu. Adam schaltete den Scheibenwischer eine Stufe höher. In immer schnellerem Wechsel lösten sich klare Sicht und ein Tropfenvorhang ab. Genauso ging es ihm. Im einen Moment war alles klar und deutlich, und er wusste, was er zu tun und zu sagen hatte. Was es war, das Isak ihm hier mit auf den Weg gab. Im nächsten verwischte alles zu einem Durcheinander aus Angst und alten Gewohnheiten, und er hatte keine Ahnung, was der Kapitän ihm ans Herz zu legen versuchte. Bis sie endlich auf die Fähre rollten, brachte es Adam nicht fertig, etwas auf Isaks Geständnis zu antworten. So schwiegen sie einträchtig nebeneinander her.

Doch dann, als der Kapitän aussteigen wollte, um Kjeld zu begrüßen, konnte Adam nicht mehr an sich halten. Er hielt Isak am Ärmel fest, ehe der aus dem Kombi steigen konnte.

»Dass Kasper seinen eigenen Weg gehen muss, bedeutet nicht, dass euer gemeinsamer Weg zu Ende ist. Er liebt dich, und du liebst ihn. Das ist alles, was zählt.«

Selbst durch das Gestrüpp von Isaks Vollbart konnte Adam die Zufriedenheit in Isaks Grinsen erkennen. »Ganz recht, mein Sohn. Und ich bin froh, dass du das jetzt auch so siehst.«

Southampton, 3. November 2018

Liebste Mormor!

Ich danke dir für deinen langen, schönen Brief. Es freut mich zu hören, dass Adam den Buchclub weiter am Laufen hält. Der Name, den ihr eurem Lesekreis gegeben habt, gefällt mir auch sehr gut. Bücherfischer, *so habe ich Adam einmal genannt, wusstest du das? Dass er ausgerechnet das als Namen für den Buchclub vorgeschlagen hat, lässt mich hoffen, dass er immer noch ab und zu an mich denkt.*

Das kleine Gemälde von der Mühle, das du gemalt hast, hatte ich zuerst an die Decke über meiner Hängematte gepinnt, weil neben meinem Schlafplatz keine Wand ist, an die ich es hätte hängen können. Doch als Helle, unsere erste Steuerfrau, bei der Kajütenkontrolle das Bild gesehen hat – das da natürlich gar nicht hätte sein dürfen –, hat sie von mir verlangt, es runterzunehmen. Dann hat sie höchstpersönlich eines der Bilder von der Wand hinter dem Esstisch heruntergenommen und stattdessen deines in den Rahmen eingepasst. Da hängt es jetzt zwischen Gemälden von berühmten Segelschiffen und macht, dass ich mich noch mehr nach euch allen sehne als sowieso schon.

Ich glaube, ich werde das Bild dem Schiff schenken, wenn wir von Bord gehen. Denn dann hab ich das alles wieder live und in Farbe und an jedem einzelnen Tag, einschließlich des unvergleichlichen Duftes nach Meer und Getreide und Salz.

Wir liegen mittlerweile seit zwei Tagen im Hafen von

Southampton vor Anker und werden noch drei Tage bleiben. Aber weil das Wetter so schlecht ist, kommen kaum Neugierige, um unseren schönen Segler zu sehen. Jetzt weiß ich endlich, was der Ausdruck englischer Regen *bedeutet. Es hört gar nicht mehr auf.*

Alle hier freuen sich darauf, nach Hause zu kommen. Wir genießen die Zeit auf unserem Schiff, denn das ist, was die Georg Stage *für uns geworden ist. Unser Schiff. Selbst die unordentlichsten Jungs, die wir sonst antreiben mussten, ihren Anteil an der Schiffspflege zu übernehmen, sind jetzt pingelig geworden. Am Anfang unserer Ausbildung haben sie noch häufig manches Uniformstück, meistens Socken, als* Treibgut *verloren. So nennen die Ausbilder herrenlos am Boden herumliegendes Zeug, das dann entsorgt wird, weil es Unfälle auslösen kann.*

Man stolpert nicht mehr über herumliegende Taue oder Rettungswesten, und die Stiefelschränke an Deck sind jederzeit perfekt aufgeräumt. Ich glaube, du hättest deine helle Freude an uns!

Aber obwohl wir immer noch Spaß miteinander haben, sind wir doch auch alle bereit dafür, nach Hause zu kommen. Es ist so kalt geworden, dass uns beim Knüpfen der Hängematten die Finger einfrieren, sodass es jetzt wieder genauso lange dauert wie am Anfang, als keiner von uns wusste, wie sie geknotet werden. Außerdem hat Cecilie, die über die Kombüse herrscht, gut die Hälfte der täglichen Menge an ausgeschenktem Kaffee inzwischen durch Tee ersetzt. Jetzt ist nämlich nicht mehr Wachbleiben das Problem, sondern Warmbleiben. *Seit der Jüngste von uns, Titus, achtzehn geworden ist, bekommen die, deren Schicht zu Ende ist, von Helle auch ab und zu einen kräftigen Schluck Rum in den Tee gekippt. Sie sagt, auch das gehört zum Seefahrerleben dazu. Gott schütze sie, sie hat Haare auf den Zähnen, doch das Herz am rechten Fleck.*

Ich habe so viel gesehen. Wir sind die norwegische Küste hinaufgesegelt und haben die Fjorde erkundet. Die Reste von erstaunlichen Wikinger-Siedlungen auf Shetland konnten wir von Bord aus bewundern, da sehen sie wahrscheinlich sogar noch eindrucksvoller aus, als wenn man zwischen den Mauern herumspaziert. Immerhin haben wir … wie nennt man die Vogelperspektive vom Wasser aus? Die Delfinperspektive? Keine Ahnung, aber jedenfalls konnten wir diese Siedlungen ganz sehen, wie wenn man ganz nah vorm Fernseher sitzt. Wir haben uns vor den Färöer-Inseln Wettrennen mit Walen geliefert, sind einmal um Island herumgesegelt und haben in einer Hafenkaschemme in Reykjavík so interessante Spezialitäten wie vergorenen Haifisch und gesäuerte Hammelklöten mit nicht weniger interessanten Bierkreationen heruntergespült. Leider haben wir es nicht bis nach Grönland geschafft, doch ich habe mir fest vorgenommen, dass ich eines Tages dorthin reisen werde. Fühlt es sich so an, wenn einen das Reisefieber packt? Ich will so viel mehr sehen!

Als im Norden der Sommer längst vorbei war, haben wir an der Küste Spaniens und bis hinunter nach Gibraltar noch ein wenig Sonne tanken können. Ich kann nicht mehr zählen, wie viele englische Seemannslieder ich jetzt auswendig kann, und ich werde nie den Anblick vergessen, wie eine ganze Herde aufgeweckter Delfine vor Lissabon in den Sonnenuntergang tanzte.

Und doch ist das, worauf ich mich jetzt am meisten freue, Strynø. Manchmal sitzen wir abends beim Essen und erzählen einander, was wir als Erstes tun werden, wenn wir wieder bei unseren Familien sind. Manche sehnen sich nach den Kuchen von Oma oder nach einem Bier mit dem Vater in der Kneipe.

Viele können es gar nicht erwarten, stundenlang zu duschen, ohne dass jemand an der Tür rüttelt, oder freuen sich darauf, einmal einen ganzen Tag zu erleben, ohne dass man bis auf die Haut nass wird. Und ziemlich viele sehnen sich nach neun Stunden Schlaf in einem Zimmer, das sie für sich alleine haben.

Ich höre dich fragen: Und du, Line? Was ist es, wonach du dich sehnst?

Ich bin einfach nur überglücklich, eine Familie zu haben, zu der ich zurückkehren kann, wenn ich den Fuß wieder an Land setze. Auch wenn du mein einziges Familienmitglied bist. Das ist so viel mehr, als ich jemals hatte. Das ist so unendlich viel mehr, als ich jemals zu haben gehofft hatte. Doch auch das habe ich an Bord der Georg Stage *gelernt: Wenn du träumst, träum groß, denn nur dann lohnt es sich, dass diese Träume auch in Erfüllung gehen.*

Oh, und schlafen werde ich natürlich auch. Mindestens fünfzehn Stunden lang, und wenn irgendwer mir dazwischenkommt, dann werde ich ihn umbringen. Das kannst du den drei von der Muppet Show *gleich ausrichten.*

Aber vorher ankern wir noch einmal in Esbjerg, und dort erwarten uns die Abschlussprüfungen. Praktisch, mündlich und schriftlich. Und nicht einmal vor dem schriftlichen Teil fürchte ich mich. Denn ich habe bewiesen, was ich kann. Endlich glaube ich wirklich mit ganzem Herzen, was Adam mir immer gesagt hat. Ich bin nicht dumm, und ich kann das. Ich werde bestehen.

Wenn wir dann endlich in Kopenhagen eintreffen, musst du mich nicht abholen kommen, Lou. Es ist nicht ganz klar, wann genau wir da sein werden, und ich möchte nicht, dass du unnötig lange warten musst, wenn wir uns verspäten. Ich werde meinen Weg nach Strynø finden.

Ich habe den Weg schon einmal gefunden, nicht wahr? Und ich verspreche dir, ich werde immer und immer wieder zurückkommen.

In Liebe
Line

14. Kapitel

Adam war noch nie so nervös vor einem Buchclubtreffen gewesen. Es war das letzte Mal, dass seine Runde sich traf, ehe Line zurückkehrte, und er hatte sich etwas vorgenommen, was ihm vor Angst das Blut in den Adern gefrieren ließ.

Die letzten einundzwanzig Wochen hatte er genutzt. Er hatte es Line gleichgetan und sich angestrengt. Ohne ihre Hilfe, ohne führende Hand und ein aufmunterndes Lächeln von Caroline hatte er sich nach und nach den Platz in der Gemeinschaft der Inselbewohner, den Line ihm im Sommer frei geräumt hatte, gefestigt und gestärkt. Die Treffen des Lesekreises waren ein Anfang gewesen. Aber er hatte noch mehr getan. Nachdem seine erste Sehnsucht vergangen war, hatte er wieder angefangen, regelmäßig Louises Rasen zu mähen, und später dabei geholfen, den Garten winterklar zu machen. Einträchtig nebeneinander kniend hatten er und Carolines Mormor Blumenzwiebeln für den Frühling in die Erde gesetzt. Und wenn er dieser Tage mit seinem Kombi auf die Fähre rollte, blieb er niemals im Auto sitzen, sondern gesellte sich zu den anderen Reisenden an Bord. Wann immer er herumfragte, ob jemand eine Mitfahrgelegenheit brauchte oder er etwas vom Festland mitbringen sollte, fand sich tatsächlich jemand, dem er damit einen Gefallen tat. Jedes Mal freute Adam sich auf die Neuigkeiten, die Isak Årgård von Kasper zu berichten hatte. Manchmal beobachtete er ein Paar, das eng beieinander an Deck stand und sich gegenseitig die Hände wärmte, dann wurde ihm schwer ums Herz. Dann vermisste er Caroline mit einer Wucht, die ihm den Atem raubte und seinen ganzen Körper verkrampfte.

Er bereute nicht, dass er sie hatte gehen lassen. Nein, das war die richtige Entscheidung gewesen. Er konnte sie nicht einsperren, er konnte ihr nicht die Freiheit versagen, ihr eigenes Leben zu leben. Was er bereute, war das *Wie*. Dass er sie weggeschickt hatte in dem Glauben, er habe sie einfach aus seinem Leben gestrichen, so wie er jahrelang alles aus seinem Leben gestrichen hatte, was ihm etwas bedeutete oder bedeuten könnte. Doch vielleicht hatten sie beide das gebraucht. Das abrupte Ende, die scharfe Kante, an der sie sich die Herzen wundstoßen konnten, nur um dann wieder aufzustehen. Jeder für sich, gestärkt und mit neuem Willen, es allen zu zeigen, am allermeisten sich selbst. Der letzte Schritt fehlte aber noch. Diesen einen Teil, den er immer noch für sich verschlossen hielt, bedeckt von einer dicken Schicht Trauer, von der er erst in den vergangenen Wochen angefangen hatte zu begreifen, was sie war.

Die Sketche, die er für den Kabarettabend im *Øhavets Smakkecenter* geschrieben hatte, waren ein Anfang gewesen. Szenen einer Beziehung, die den Finger auf die Unterschiede zwischen Mann und Frau legten, hatten für Belustigung gesorgt. So etwas funktionierte immer. Das, was er heute vorhatte, war ernster, schwerer. Denn heute, das hatte er sich geschworen, sprach er über sich.

Nach und nach tröpfelten die Mitglieder des Buchclubs zu ihm in die Mühle. Maria schüttelte sich die Dauerwelle aus, dass ein Schauer winziger Regentröpfchen auf den Teppich niederging, Louise ließ in der Eingangstür ein paarmal ihren Taschenschirm flattern, Arne brachte ein Sixpack Bier mit, und auf dem Herd in der Küche dampfte schon ein Topf mit gewürztem Apfelwein.

Sie begrüßten einander mit Schulterklopfen und Luftküsschen. Irgendwann hatte jeder ein Getränk in der Hand und im Anbau Platz gefunden. Acht Augenpaare, mehr waren von der neugierigen Schar des ersten Treffens nicht geblieben, richteten sich gespannt auf ihn. Bei ihrem letzten Treffen hatte Adam angekündigt, dass er für heute etwas Besonderes plante. Er hatte es getan, um sich die Möglichkeit eines Rückziehers zu versagen, und jetzt kam er aus der Nummer nicht mehr raus.

Er schluckte. »So, dann wollen wir mal.« Er griff nach dem Buch, das er neben sich bereitgelegt hatte und über das er heute sprechen wollte. »Das hier …« Er hielt das Taschenbuch in die Höhe. »… ist die deutsche Ausgabe von John Irvings *Gottes Werk und Teufels Beitrag*. Ihr kennt es unter dem Titel *Æblemostreglementet*.« Er fand, dass, auch wenn er ein wenig theatralisch klang, der Inhalt des deutschen Titels ganz gut wiedergab, was in dem Buch passierte. »Sollte einem von euch nach meiner Vorstellung der Sinn danach stehen, sich selbst durch die über tausend Seiten zu schmökern, so sei er herzlich dazu eingeladen. Ich kann es innerhalb von zwei Tagen als Leihgabe der Staatsbibliothek auf der Insel haben.«

Wie erwartet, erntete er gleichermaßen entsetztes Abwinken und einige unterdrückte Lacher. Er wartete, bis sich die Gruppe wieder beruhigt hatte, dann sprach er weiter.

»Als wir uns das erste Mal getroffen haben, habe ich jeden von euch gebeten, ein Buch mitzubringen, das euch etwas bedeutet. Ihr habt das gemacht, aber ich hab mich bisher darum gedrückt, mein Herz so offen vor euch auszubreiten. Das will ich heute nachholen. Also: Das hier ist mein Buch für euch. Es bedeutet mir sehr viel und hat mir etwas beigebracht, das mich in den letzten Monaten begleitet und mir aus einem Loch geholfen hat, in das ich vor Jahren gefallen bin, noch bevor ich hierherkam.«

Nach und nach verklangen auch die letzten Geräusche im Anbau. Fast wirkte es, als würden seine Freunde die Luft anhalten, während er begann, über die Geschichte von Homer Wells und den anderen Prinzen von Maine und Königen von Neuengland zu erzählen. Er ließ für seine Zuhörer den Ort entstehen, den Irving für seine Leser geschaffen hatte. Ein Heim für Gestrandete, ein Ort, an dem Waisenkinder ein Zuhause finden konnten und wirklich jeder Mensch etwas Besonderes war. Im Buch war es ein Arzt, der dafür sorgte, dass jeder seiner Schützlinge seinen Platz im Leben finden konnte, und der auch für Homer ganz genau wusste, was dieser brauchte. Doch wie im Leben, war auch in der Geschichte nicht alles so einfach, wie es auf den ersten Blick scheinen mochte. Homer verließ diesen Ort, der nicht nur ein Refugium war, sondern auch ein Hort für dunkle Geheimnisse. Er kehrte seinem Retter den Rücken, enttäuschte bewusst seinen Ersatzvater, um zu tun, was er zu tun hatte.

»Ich habe dieses Buch viele Jahre lang gemieden«, schloss Adam schließlich seine Erzählung, »weil es viele Themen anschneidet, die mir nahegehen und wehtun. Doch in den letzten Wochen habe ich es neu für mich entdeckt und eine neue Botschaft für mich in den Zeilen gefunden. Das ist nämlich das Schöne am Lesen, wie ihr mittlerweile wahrscheinlich auch festgestellt habt. Kein Roman liest sich zweimal gleich, und keine zwei Leser lesen dasselbe Buch auf die gleiche Weise. Ich habe *Gottes Werk und Teufels Beitrag* schon als Familiensaga gelesen oder als Beitrag zur Abtreibungsdebatte und ein Plädoyer dafür, dass jeder über seinen Körper selbst bestimmen dürfen sollte. Es ist aber auch eine Selbstfindungsgeschichte und ein Roman über eine schwierige Vater-Sohn-Beziehung.« Bei diesen Worten nahm er absichtlich Isak Årgård in den Blick, und wie erhofft, lächelte der Kapitän ihm zu. Dann sammelte sich Adam und nahm Anlauf für sein Finale. »Jetzt ist ein anderer Mensch aus mir geworden. Als ich es diesmal gelesen habe, hat mir das Buch vor allem eines gesagt: Wer der Held seiner eigenen Geschichte sein will, muss sich selbst befreien und gleichzeitig sein Schicksal akzeptieren. Er muss seine Vergangenheit umarmen und seine Zukunft mitgestalten.« Er legte den Roman weg, verschränkte die Hände im Schoß und richtete den Blick geradeaus in die Runde. »Ich bin bereit dazu. Endlich bin ich bereit dazu. Lasst uns unsere Caroline wiederholen. Das ist, worum ich euch heute bitten wollte.«

Für die Dauer eines Herzschlags herrschte noch absolute Stille. Man hätte eine Nadel auf den Boden fallen hören können, so ruhig war es im Raum. Doch dann brach Applaus aus und Jubel, mehrstimmiges zustimmendes Rufen. Louise nickte zufrieden, Aksel, Lauge und Anton ließen ein begeistertes »Jawoll« ertönen. Maria seufzte verzückt, und selbst Arne und Isak lächelten. In diesem Moment wusste Adam, dass er wirklich bereit war, diesen Stier bei den Hörnern zu packen.

Noch einmal umkurvte die *Georg Stage* die Nordspitze Dänemarks und tauchte ein in das strudelnde Chaos des Kattegats, jenes berüchtigten Teils der Ostsee, der Dänemark und

Schweden voneinander trennte. Von dort ging es auf geradem Wege hinunter, vorbei an Læsø, Anholt und Grenå. Line sortierte Taue an Bord und balancierte dabei inzwischen gekonnt das Rollen des Schiffes durch die hohen Wellen aus. Um sie ins Schwanken zu bringen, brauchte es mittlerweile mehr als Windstärke sechs. Immer wieder riskierte sie einen Blick über die Reling, sah die Inseln. Jedes Mal machte ihr Herz einen Hüpfer dabei. Ihre Insel wartete auf sie. Und der Mann, der eine Insel auf der Insel war.

In all den Monaten hatte sie von Kasper und von Louise Briefe erhalten, sogar von Vigga und einmal auch von Kirstine, in deren Brief Anton eine alte Postkarte mit einem Gruß vom Dreigestirn hineingelegt hatte. Adam hatte nicht geschrieben. Louise hatte sie mit wenigen Worten über ihn auf dem Laufenden gehalten, also wusste sie, dass es ihm gut ging, aber sie hatte keine Ahnung, wie das Wiedersehen werden würde.

Ob es überhaupt ein Wiedersehen geben würde.

Oder würde er ihr aus dem Weg gehen? Sie wusste, dass nichts mehr so sein würde wie vorher. Das lag nicht an ihm oder daran, wie hart er sie aus ihrem Leben gestrichen hatte. Er hatte das Recht dazu gehabt, denn sie war es, die ihn verlassen hatte. Er hatte das Recht gehabt, sein Herz zu schützen vor noch mehr Qual.

Was anders war, war sie. Sie war nicht mehr die Line, die vor mehr als vier Monaten in das Abenteuer ihres Lebens aufgebrochen war. Sie war die Line, die sich hatte beweisen müssen. Die Teil eines Teams hatte werden müssen, das funktionieren musste, als ob Zahnrädchen ineinandergriffen. Sie hatte sich bewiesen. Sie wusste heute besser als je zuvor in ihrem Leben, wozu sie fähig war, und sie brachte von dieser

Reise ein Selbstbewusstsein mit, das die Größe eines ausgewachsenen Elefanten hatte. Die Line, die aus lauter Unsicherheit mit Worten um sich biss und jedem ihre stachlige Seite zeigte, gab es nicht mehr. Sie spürte eine Ruhe und Sicherheit in sich, die nur daher kommen konnte, dass sie sich jetzt ganz genau kannte und herausgefunden hatte, dass sie sich vor niemandem zu verstecken brauchte.

Es regnete nicht, als sie in die Meerenge einbogen, die Helsingør auf dänischer und Helsingborg auf schwedischer Seite voneinander trennte. Scharf und abweisend ragten die Mauern von Schloss Kronborg halb in die Wasserstraße herein. Ein heftiger Wind zerrte an den Segeln, die Strömung riss am Schiffsrumpf, und jeder an Bord hatte alle Hände voll zu tun. Selbst die Schicht, die gerade freihatte, blieb an Deck, denn jetzt, so kurz vor dem Ende ihrer Reise, hielt es niemanden mehr unten.

Line lächelte, während sie die anderen beobachtete. Keiner von ihnen hatte die Abschlussprüfungen vergeigt, nicht einmal Bodil, die Achtzehnjährige, die vor Island von Heimweh geplagt worden war und der Line oft genug die Hand gehalten hatte. Bodils Freund hatte täglich Briefe geschrieben, die aber natürlich nur einmal pro Woche und dann gebündelt an das Mädchen übergeben worden waren. Sie war blass vor Aufregung über das Wiedersehen und hatte Line vor der Einfahrt in die Meerenge zum vielleicht sechsten Mal gefragt, ob sie lieber etwas Make-up auflegen sollte.

Line lachte vor sich hin, während das Schiff die nächste Welle brach und salzige Gischt ihr ins Gesicht spritzte. Klar, mit vom Salz zernagtem Lippenstift und Mascara, die sich auf den ganzen Wangen verteilte, würde Bodil das perfekte Bild einer glücklichen Heimkehrerin abgeben.

Wer würde auf Line warten, dort am Kai?

Ihr Herz schlug heftig, als der Verkehr vor dem Bug immer dichter wurde. Scheinbar hatte sich die Rückkehr der *Georg Stage* herumgesprochen, und eine für die Jahreszeit ungewöhnliche Anzahl an Hobbyseglern nutzte das verhältnismäßig gute Wetter, um sich dieses Spektakel von der Seeseite her anzuschauen. Mehr und mehr Boote in allen Größen umschwärmten das Schulschiff.

Die Ausbilder schickten schließlich, lange bevor sie die klotzartigen Hafengebäude auf Holmen deutlich sehen konnten, Lehrlinge hinauf in die Takelage, um die Segel einzuholen. Selbst bei bestem Wetter war das eine Mammutaufgabe, und viele der Jungen und Mädchen rissen sich nach all der Zeit immer noch nicht darum, dort hinaufzuklettern. Line genoss das Knarren der Taue und Knoten unter ihren Sicherheitsschuhen, das Stärkerwerden des Windes, der an ihrer Regenjacke zerrte, und das Bewusstsein, dass sie hier oben unverzichtbar war. Zusammen mit Tobias schlug sie das Vorbramsegel an der Rah an, dann hatte sie die Gelegenheit, hinüberzuschauen auf Kopenhagen. Himmel, sie befand sich in größerer Höhe als die meisten Gebäude der Stadt, in der sie aufgewachsen war. Eine Wüste aus Stein und Glas. Und obgleich sie noch so weit draußen waren und es noch eine ganze Weile dauern würde, ehe die Schleppboote im Hafen sie aufnahmen, konnte sie die Menschenmassen auf dem Kai erkennen.

Auf sie wartete niemand dort. Sie hatte es nicht anders gewollt. Ohne auf die Uhr zu schauen, was hier oben sowieso unmöglich war, wusste Line, dass sie zwei Stunden später dran waren als geplant. Es war gut, dass sie ihrer Mormor den Plan gar nicht durchgegeben hatte. Lou würde sich unnötig die Beine in den Bauch stehen, wie so viele, die dort warteten, um Kinder und Enkel und Geschwister wieder in die Arme zu schließen. Sie blickte hinunter aufs Deck, im gleichen Moment, als Bodil breit grinsend zu ihr heraufschaute. Und Freunde, dachte Line, ehe sie sich sehnsüchtig seufzend an den Abstieg machte.

Unter dem beinahe zärtlichen Brummen der Dieselmotoren schob sich die *Georg Stage* näher und näher an den Hafen heran. Windräderblätter wirbelten durch die wolkenverhangene Luft, Rauch quoll aus einem der Schornsteine im Hafengebiet. Die Baukräne standen still. Solange Line sich erinnern konnte, wurde hier herumgebaut. Sie passierten das *Trekroner*-Fort.

»Singen!«, rief Simon und klatschte in die Hände.

»Was, jetzt?« Entsetzt blickte Tobias ihn an. »Aber hier hat doch jeder von uns wen, der ihn kennt, wie peinlich ist das denn!«

Drohend wedelte Simon mit dem Zeigefinger. »Singen, meine Damen und Herren. Alle zusammen. Wir laufen in einen Hafen ein, nach dem sich ein jeder von uns seit Wochen sehnt. So was wird gefeiert, und das ist der Grund, aus dem ihr all die Seefahrerlieder auswendig lernen solltet.«

Helle grinste breit. »In der Tat, ihr Leichtmatrosen! Jetzt wird gesungen von dem Seefahrer, der heimkehrt in den Schoß seines Liebchens, und wer jetzt was Schmutziges denkt, darf in den Hafen einschwimmen! Sonderpunkte für jeden, der zum Singen bis auf die Fockrah hinaufklettert!«

Im Leben nicht hätte Line sich träumen lassen, dass sie einmal bei einer Rückkehr nach Kopenhagen aus voller Kehle anzügliche Seemannslieder singen würde.

Die Verabschiedung von der Crew und den Ausbildern verlief unglaublich herzlich. Jeder bekam mindestens ein Lächeln mit auf den Weg, ein paar ermutigende Worte für die einen, ein paar Aufforderungen, nicht gleich ins wilde Nachtleben an Land zurückzukehren, an die anderen. Simon umarmte Line ganz fest, als sie sich mit ihrem Seesack heimlich an ihm vorbeischieben wollte. »Weißt du inzwischen, was du weiter machen willst, Kleine?«, fragte er.

»Ich werde mir ein paar Monate Zeit geben, um eine endgültige Entscheidung zu treffen«, sagte sie. Genau das war der Plan. Jetzt im November waren sämtliche Kurse an Berufsschulen in vollem Gang. Auch wenn sie wusste, dass sie als ein Absolvent der *Georg Stage* überall und zu jeder Zeit gern aufgenommen wurde. »Doch ich denke, ich werde mich auf der Marineschule in Svendborg zur Schiffsassistentin ausbilden lassen. Da kann ich jeden Tag von zu Hause aus hinpendeln. Von einem Leben fernab von der Heimat hab ich für eine Weile die Nase voll. Wenn ich danach noch Lust habe, vielleicht Steuerfrau? Mal sehen.«

Helle lächelte sie an, ehrlich, freundlich. Zuversichtlich. »Aus dir wird was, Line«, sagte sie. »Ich hab 'ne Menge junge Leute hier auf dem Schiff gehabt und hab ein Auge für so was. Und wenn du irgendwann mal meinst, Ausbilder auf der *Georg Stage* wäre was, dann lass es mich wissen.« Verschwörerisch neigte sie sich ein wenig vor und murmelte: »Unsereins muss sich ja frühzeitig über Nachfolger Gedanken machen.«

Line lachte. »Na, jetzt will ich erst mal einfach nur noch nach Strynø. Alles Weitere wird sich finden.« Dann, wenn ich weiß, was aus Adam und mir geworden ist, dachte sie, und zum letzten Mal lauschte sie auf das Geräusch der klobigen

Arbeitsschuhe auf den Bohlen des Stegs, der vom Schiff hinüber auf den Kai führte.

Sie hielt den Blick gesenkt. Zu wissen, dass niemand hier war, um sie abzuholen, vertrug sich ganz schlecht mit dem Anblick ihrer neuen Freunde, die Müttern, Vätern und Freunden in die erwartungsvollen Arme sanken. Zum Glück war es nicht weit zum S-Bahnhof, und wenn sie am Hauptbahnhof war, fuhr einmal jede Stunde ein Zug nach Odense. Sie schaute auf die Uhr. Bis Odense kam sie heute auf jeden Fall noch. Vielleicht, wenn sie Glück hatte, sogar bis Svendborg. Und morgen dann ganz früh nach Hause.

Nach Hause.

Sie schrak hoch, als sie mit der Schulter ein Hindernis streifte. Himmel noch mal. Ein Hafenkai voller Menschen, und Line Henriksen tagträumte und gaffte auf ihre Uhr, statt zu gucken, wohin sie trat. Ein Duft streifte sie, und ihr Herz reagierte mit einem Purzelbaum, noch ehe ihr Verstand eins und eins zusammenzählte.

»Konfuzius hat einmal etwas sehr Kluges gesagt.«

Beim Klang der wohlbekannten Stimme schien ihr Herz endgültig auszusetzen. Sie schluckte. Das Hindernis hatte das gesagt, und sie wollte den Kopf nicht ganz heben, nur um sich enttäuschen zu lassen, weil er es doch nicht war.

»Guckst du mich nicht an?«

Sie hob das Gesicht, ihr Herz raste, ihre Finger zitterten, so aufgeregt war sie. Das Erste, was sie sah, waren seine unglaublich schönen grauen Augen, in denen jetzt, im diesigen November von Kopenhagen, keine goldenen Funken glitzerten. Die gab es nur auf Strynø.

Der Anblick seiner Augen, in dem Moment, als sie wieder an Land war, war jeden Trip in die Takelage hinauf wert gewesen. Sein Lächeln, das vor Wiedersehensfreude strahlte, war jeden Sturm wert gewesen, durch den sie gesegelt war, und jedes verdammte Auswendiglernen der Segelnamen, um beim Manöver zu wissen, wohin sie sollte.

»Konfuzius hat viele kluge Dinge von sich gegeben.« Ihre Stimme klang belegt, und es fiel schwer, Adams Blick auszuhalten. »Ich hab einige davon gelesen, weil ein kluger Mensch mir mal empfohlen hat, viel zu lesen. Und falls das eine Einleitung dafür ist, dass du dich dafür entschuldigen willst, wie du unseren Sommer beendet hast, dann lass dir sagen, das ist nicht nötig. Es gibt nichts zu verzeihen. Ich war es, die unbedingt gehen wollte.«

Er blickte auf ihre Hände, dann auf seine, dann umschloss er mit den Fingern ihre freie Hand, die nicht unterm Riemen des Seesacks klemmte. »Was du liebst, lass frei. Kommt es zurück, gehört es dir – für immer.«

Immer noch starrte er auf ihre Finger und auf seinen Daumen, der ihre Fingerknöchel streichelte.

»Und wenn nicht …« Oh Gott. Adam war nicht alleine gekommen! Das war Aksel, der das sagte, ganz eindeutig. »… dann jagst und erschießt du es!«, beendete Aksel seinen Einwurf, und vielstimmiges Lachen belohnte seinen Mut – oder seine Unverfrorenheit –, mitten in diesen emotionalen Augenblick zu platzen.

Endlich wagte Line es, den Kopf zu heben.

Hinter Adam stand Louise. Und Maria mit Peder. Und das Dreigestirn, Pfeifen in den Mundwinkeln. Vigga war da. Kirstine und Arne hatten die Kinder mitgebracht, wahrscheinlich war im Gasthaus von Strynø die Saison längst vorbei.

Und Kasper. Sogar Kasper war da!

Sie warf den Seesack von sich und fiel Adam um den Hals.

Spürte seine Hände, kraftvoll und sicher, die sich um ihre Taille schlossen und sie festhielten, während sie sich so eng wie möglich an ihn schmiegte. Sie konnte nicht ausdrücken, wie sehr sie all diese Menschen vermisst hatte, und jetzt gab es nur einen unter ihnen, den sie in die Arme schließen, den sie festhalten und nie mehr loslassen wollte.

Wie eine Traube schlossen sich gut und gerne fünfzig Prozent der Einwohnerschaft von Strynø um sie und Adam, und sie fragte sich mit einem lachenden und einem weinenden Auge, wer außer ihr behaupten konnte, dass sein halbes Heimatdorf sich auf den Weg gemacht hatte, um die frischgebackene Seefahrerin nach Hause zu holen.

»Ich liebe dich«, flüsterte sie heiser. »Du hast keine Vorstellung, wie sehr.«

»Ich glaub schon«, erwiderte er. »Ich liebe dich nämlich auch. Und wenn wir hier noch lange so stehen, wird es sehr deutlich, wie sehr ich dich liebe, und dann könnte es für mich sehr peinlich und für dich und alle anderen sehr lustig werden.«

»Dann willst du mich also nur wegen meines Körpers, ja?«

»Mitnichten, schöne Frau, aber ich bin ein Mann in den allerbesten Jahren, und als solcher neigt mein verräterischer Körper dazu, Wiedersehensfreude zu einer sehr offensichtlichen Angelegenheit zu machen«, scherzte er. »Komm.« Er nahm ihre Hand. »Wir sind mit zwei Bussen gekommen, die heute Abend noch wieder in Rudkøbing im Depot stehen sollen, und die Kommunalverwaltung sieht es außerdem nicht so gerne, wenn die Fähre allzu spät in der Nacht noch auf See ist.«

Entgeistert starrte sie ihn an. »Ihr habt … die Fähre … gechartert?«

Er zog beide Brauen hoch, sah auf sie herunter. »Glaubst du, Käpt'n Årgård lässt es sich nehmen, Strynø noch heute Abend wieder zu besiedeln? Und dich sicher nach Hause zu bringen? Oder sehnst du dich nicht nach unserer Insel?«

Erwartungsvolle Mienen umringten sie.

»Ihr seid ja verrückt, wenn ihr auch nur befürchtet, dass ihr mich mit dieser Aktion nicht zum allerglücklichsten Menschen auf diesem Planeten gemacht habt! Und glaubt mir, ich muss das wissen, denn ich hab in den letzten Wochen fast die ganze Welt gesehen.« Nun, nicht ganz, aber das tat nichts zur Sache. Durch den Tränenschleier vor ihren Augen hindurch lachte sie die Menschen an, die allesamt hierhergekommen waren, um sie in den Schoß ihrer neuen, großen Familie zurückzuholen. Line Henriksen hatte endlich ein Zuhause, und der Mann, den sie liebte, war genau dort, wo er sein sollte. An ihrer Seite.

Epilog

Ratlos blickte Line sich um. Vermutlich hatte Adam doch recht gehabt, und sie hatte sich in den Wochen seit ihrer Heimkehr zu sehr mit ihrer Kreditkarte ausgetobt. Doch noch nie in ihrem Leben hatte sie sich so glücklich gefühlt wie in den vergangenen Wochen, und all dieses Glück brauchte ein Ventil. Was nützte das wunderbarste Heim von allen, wenn man es nicht zu jedem sich bietenden Anlass schmückte und verzierte und Gott und der Welt zeigte, wie gut man es hatte?

Der Fußboden im Innenraum der Mühle war übersät mit Pappkartons. Großen, mittleren, kleinen. Manche waren noch nicht mal aufgerissen, aus anderen quoll der Inhalt heraus und schien zu schreien: *Jetzt häng mich schon* auf*!*

Der Wind, der vom Meer heranpfiff, jaulte um die Mühle herum und zerrte an den Flügeln. Adam hatte Line versichert, dass die Flügel einiges aushalten konnten, und ihr blieb nichts anderes übrig, als auf sein Wort zu vertrauen. Schneeflocken rieselten vor den Fenstern nieder, und das Meer war grau und aufgewühlt. An solch einem Tag wagten sich nicht mal die Möwen aus ihren Schlupflöchern, und diese Möwen waren hart im Nehmen. Line konnte sie verstehen. Auch sie hatte alles, was sie brauchte, in ihrem Zuhause.

Sie kratzte sich hinter dem Ohr und blickte den Baum an. Die Spitze der schlanken Blautanne ragte bis über die Galerie hinaus. Den Stern oben auf der Spitze würden sie vom Bett aus berühren können, was in gewisser Weise seinen eigenen

Charme hatte. Obwohl sie extra einen schmalen Baum ausgewählt hatten, musste Adams Schreibtisch weichen. Gut so, hatte Line entschieden. Adam konnte sich auch mal ein paar Wochen Urlaub erlauben, und in der Weihnachtszeit hatte sie ihn gern für sich.

Ihren Job auf der Fähre würde sie erst im neuen Jahr wieder anfangen. Die nächste Ausbildungsrunde in Svendborg würde erst im kommenden Sommer anfangen, und so lange würde sie wieder für Kapitän Årgård und sein Team Tickets verkaufen und ab und zu eine Schraube festziehen. Vorher aber gönnte sie sich ein paar Wochen absolute Ruhe. Außerdem waren alle der Meinung, dass Line sich die Entspannung redlich verdient hatte, nachdem sie monatelang nicht hatte ausschlafen können. Nie jedoch hätte sie damit gerechnet, dass ihr Nestbautrieb derart außer Kontrolle geraten würde, was ihr Einkaufswahn widerspiegelte. Mit dem größten Vergnügen hatte sie im Internet und bei Vigga im Dorfladen in Katalogen nach Weihnachtsdekoration gestöbert.

Sie nahm die Lichterkette – eine von drei Lichterketten, um genau zu sein – aus dem Karton, erklomm die Stehleiter neben dem Baum und hängte das eine Ende der Kette in der Nähe der Spitze auf. Danach ging sie immer wieder spiralförmig um den Baum herum und legte die Lichter auf die Zweige. Sie hätte gern echte Kerzen gehabt, doch das war die einzige Bedingung, die Adam ihr gestellt hatte. Kein offenes Licht in der Mühle. All das Holz und die Bücher … Aber wenigstens würden sie ein paar Schiffslaternen aufstellen, die ließ Adam zu.

Während sie damit beschäftigt war, die roten und schwarzen Baumkugeln zu verteilen, schneite der Weihnachtsmann herein. Zumindest sah Adam so aus, bis über beide Ohren bepackt mit Einkaufstüten. Schneeflocken hingen in seinem

Fünftagebart. Er streifte die gefütterten Stiefel von den Füßen, und ehe er auch nur all die Tüten absetzte, kam er zu Line und holte sich einen Kuss. »Du bist ja immer noch nicht fertig«, schalt er sie zärtlich, dann reichte er ihr einen Umschlag. »Hier. War im Briefkasten. Für dich.«

»Ich hab kaum angefangen«, entgegnete sie seufzend und nahm ihm den Umschlag aus der Hand, der sich dick und schwer anfühlte.

»Das sehe ich.« Er grinste.

Sie verzog das Gesicht. »Meinst du, wir können die Hälfte von den Sachen wieder verkaufen? Wie lange hat man bei Vigga Rückgaberecht?« Sie riss das Kuvert auf und zog das mehrseitige Schreiben heraus. Dabei rutschte eine Karte heraus und fiel zu Boden.

»Wir verkaufen sie übers Internet. Lass Vigga ihre Umsätze.« Kritisch betrachtete er den Baum. »An Licht wird es uns jedenfalls nicht mangeln. Die sehen den Baum bis nach Ærø hinüber, wenn du fertig bist. Du machst die Nacht zum Tag.« Danach ging er in die Hocke und hob die Karte vom Boden auf. »Was ist es? Das Schreiben?«

Sie strahlte übers ganze Gesicht. »Der Aufhebungsvertrag für meine Mietwohnung. Es wurde ein Nachmieter gefunden.«

»Gratuliere«, sagte Adam und küsste sie. »Und die Karte?«

Sie klappte die Weihnachtskarte auf. »Oh, das ist aber süß. Schau mal. Die Nachmieterin ist meine Freundin, an deren Bekannte ich vorher untervermietet hatte. Deswegen hat sie sich vom Vermieter den Vertrag geben lassen, weil sie mir sowieso eine Karte schicken wollte, da konnte sie die Papiere gleich mit reintun. Und sie hat …« Sie hielt ihm die Karte vors Gesicht. »Schau mal. Alle meine Freunde aus Kopenhagen haben unterschrieben. Sie wünschen uns alles Gute für die Zukunft, und ich soll gefälligst im neuen Jahr mal wieder vorbeikommen.«

»Zauberhaft«, erwiderte er, zog Line an sich und hielt die Karte in der rechten Hand, um gründlich zu lesen, was darin stand. Das war ihr Adam. Immer gründlich. Immer aufmerksam. Immer wunderbar. Line seufzte ein wenig und schmiegte sich an ihn.

»Na, dann werden wir Anfang des Jahres mal nach Kopenhagen fahren. Endlich habe ich jemanden, der mir die Stadt zeigen kann.«

Line lachte, löste sich von ihm und hängte zwei weitere Kugeln an ihren Platz. Kritisch betrachtete sie das Ergebnis. »Wenn ich es recht überlege, die Kugeln und die Lichter reichen eigentlich. Lametta wäre vielleicht doch zu viel.«

Adam nahm einen noch verschlossenen Karton mit kleinen Holzspielzeugen zum Aufhängen in die Hand. »Das hier werden wir sicher auch auf der Insel los. Das sieht hübsch aus.«

»Oh, das.« Sie griff nach dem Karton. »Das überlege ich mir noch. Vielleicht behalten wir das auch.«

Prüfend sah er sie an, dann zuckte er die Schultern, hob seine Tüten auf und machte sich auf den Weg in die Küche. »Übrigens, Vigga hatte keine tiefgefrorenen Æbleskiver mehr da. Sie hat noch mal welche bestellt, aber die konnten ihr nicht garantieren, dass sie sie bis morgen liefern können.«

»Oh, das ist aber ein Jammer.« Line ließ die Kugeln sinken und lief ihm nach. »Echt? Mein erstes Familienweihnachten seit über einem Jahrzehnt und keine Æbleskiver?« Früher hatte sie die kleinen Bällchen aus Mehl, Buttermilch und verschiedenen anderen Zutaten gar nicht gemocht. In diesem

Jahr wollte sie keinesfalls darauf verzichten. Es hatte so etwas Heimeliges, wenn man sie noch warm in Puderzucker und Erdbeermarmelade wälzte und hineinbiss.

»Ich hab zwei Liter Buttermilch mitgebracht und noch eine Packung Eier. Alles andere, was wir brauchen, habe ich hier.« Durch die offene Tür zur Küche beobachtete Line, wie er die Tür des Hochschranks öffnete und ganz nach hinten hinter die Töpfe und Pfannen griff. Hervor kam eine kleine Pfanne mit sieben kreisrunden Vertiefungen.

Mit offenem Mund starrte sie ihn an. »Das ist nicht dein Ernst?«

Er zuckte die Achseln. »Du kannst ja heute Abend üben. Die Zutaten reichen dann immer noch für die Party morgen.«

»Ich hab in meinem Leben noch nie Æbleskiver gebacken.«

»Ich auch nicht.«

»Warum hast du dann die Pfanne dafür?«

»Die hab ich beim Ausräumen des Kellers gefunden. Die ist antik, und ich hätte sie teuer verkaufen können, aber ich hab mir gedacht, eines Tages kommt vielleicht doch mal jemand in mein Leben, und dann brauche ich die womöglich noch.«

Line schluckte. »Okay.« Vielleicht war jetzt eine gute Idee. Sie hatte sich viele Gedanken gemacht in den letzten Wochen. Nicht nur über ihre Zukunft, sondern auch über das Leben, das sie sich gemeinsam mit ihm wünschte. Und zu einem Punkt war sie immer wieder zurückgekommen. Es gab einen Menschen in ihrem Leben, mit dem sie sich alles vorstellen könnte. Eine Familie, eine Zukunft, ein gemeinsames Leben. Vielleicht … »Adam?«

Den Kopf schräg zur Seite gelegt, sah er sie an.

»Ich müsste mir nächstes Jahr ein neues Rezept für die Pille holen.«

Er wartete einen Augenblick, schaute sie an, dann begann er, sehr systematisch weiter seine Tüten auszupacken und alles einzuräumen. »Okay, kein Problem. Das passt gut mit unserer geplanten Reise nach Kopenhagen, oder? Hoffentlich sind die Straßen einigermaßen frei.«

»Hörst du bitte mal kurz auf mit dem Wegpacken?« Sie verschränkte die Arme vor der Brust, wie er das oft tat, wenn er sich verletzlich fühlte und noch nicht wusste, wie er eine Situation einschätzen sollte. Neben dem Vorratsschrank blieb er stehen und wich ihrem Blick aus.

»Ich möchte eigentlich kein neues Rezept«, sagte sie, wobei ihr Herz so schnell schlug, dass sie das Blut in ihren Ohren rauschen hören konnte.

»Wir könnten auf Kondome zurückgreifen«, sagte Adam ruhig.

»Ich will auch keine Kondome benutzen, Adam«, entgegnete sie und versuchte, ruhig zu klingen. Unaufgeregt, auch wenn in ihrem Inneren ein Wirbelsturm tobte. »Ich möchte … Ach, Mensch.« Sie trat auf ihn zu und legte ihre Arme um seine Schultern. Ihr Mund dicht an seiner Nackenbeuge, murmelte sie: »Muss ich es denn aussprechen? Glaubst du, das ist einfach für mich? Du weißt doch, was ich will. Das, was du am Kai in Kopenhagen gesagt hast. Dieser Spruch von dem Konfuzius über das für immer. Ich hätte nie gedacht, dass ich mir mal irgendwann ein Baby wünschen würde. Sobald ich darüber nachgedacht habe, hatte ich sofort meine eigene Kindheit vor Augen, und ich kriegte Panik.« Sie hob den Kopf und blickte ihn eindringlich an. »Aber jetzt ist alles anders. Ich fühle mich sicher und stark. Und ich habe dich. Gemeinsam schaffen wir das. Wenn ich eine Ausbildung anfange, könnte ich das in Teilzeit machen. Dann dauert es zwar doppelt so lange, aber das geht. Das habe ich nachgefragt. Und du arbeitest ja auch von zu Hause aus. Es wäre alles nur eine Frage der Organisation. Lass uns ein Kind haben, Adam.«

Seine Lippen waren schmal wie ein Strich, seine Miene unbeweglich. Natürlich, sie hatten nie davon gesprochen, dennoch wusste sie nicht, wie er reagieren würde. »Du bist wie üblich schneller als ich«, sagte er endlich, seine Hände warm auf ihrem Rücken. Dann küsste er sie auf die Wange und machte sich sehr sanft von ihr los.

»Was meinst du?« Beinahe panisch folgte sie ihm mit ihrem Blick, wie er zurück in den Bauch der Mühle ging und eine der Schubladen des Schreibtisches aufzog. War sie zu weit gegangen? Hatte sie den Verlust unterschätzt, den er erlitten hatte, als er seine ungeborenen Kinder verloren hatte? Hatte sie sein Vertrauen in sie überschätzt, und in Wahrheit waren seine Gefühle für sie nicht so stark wie ihre für ihn?

Aus irgendeinem Grund waren die Schreibtischschubladen für sie nie von Interesse gewesen. Sie enthielten lediglich Dinge, die er für seine Arbeit brauchte.

Ein kleines quadratisches Kästchen in dunkelstem Blau in der Hand, tauchte er schließlich wieder hinter dem Tisch auf. Er lehnte sich mit der Hüfte gegen die Tischplatte und sah sie an.

Mit offenem Mund starrte Line zu ihm und konnte sich nicht mehr bewegen.

Er drehte das Kästchen in der Hand und schaute auf seine Finger. »Ich hatte das hier schon mit in Kopenhagen, als wir dich abgeholt haben«, sagte er, so leise, dass seine Stimme unter dem Ansturm des Winterwindes fast unhörbar blieb. »Aber ich bin ein jämmerlicher Feigling, und jetzt liegt es seit

Wochen hier im Schreibtisch, und ich bringe es nicht fertig, dich zu fragen.«

»Du bist kein Feigling«, sagte Line mit kratziger Stimme. »Und ganz sicher nicht jämmerlich.«

Er hob den Kopf und sah sie an. »Ich würde ja vor dir auf ein Knie gehen, aber die Arthritis …« Seine Mundwinkel zuckten, und seine Augen blitzten.

»Ja, du solltest auf deine Knie gut aufpassen, die brauchst du noch. Wer sonst sollte deinem Sohn beibringen, wie man segelt oder Fußball spielt?«

»Komm her«, bat er leise.

Vor Aufregung zitternd trat sie auf ihn zu. So nah, dass ihre Lippen beinahe seine berührten, als sie das Gesicht zu ihm hob.

»Heirate mich«, flüsterte er. »Ich liebe dich so sehr, Caroline. Egal, was passiert, ich will dich nie wieder gehen lassen, ohne dass du weißt, du hast einen Ort, an den du zurückkehren kannst. Bitte, sag Ja.«

In dem kleinen Kästchen lag ein schmaler Verlobungsring aus Weißgold mit einem Diamanten in eleganter Fassung. Wenn sie die Wahl gehabt hätte, sich aus allen Ringen dieser Welt einen auszusuchen, und obwohl sie sich noch nie Gedanken darüber gemacht hatte, was für einen Ring sie sich wünschen würde, hätte sie sich genau diesen ausgesucht. Natürlich sagte sie Ja, und sie besiegelten ihre Zukunft mit einem Kuss. Schon jetzt konnte sie sich vorstellen, dass ganz Strynø in Aufruhr geraten würde, sobald die Insulaner diese Neuigkeit erfuhren. Diese Insel, sie war ein Dorf. Und dieses Dorf war jetzt ihre Familie. Ihre Hochzeit mit Adam würde ein rauschendes Fest werden, mit Apfelwein und Tanz und ganz viel Liebe.

Line war nach Strynø gekommen, um ihrer Vergangenheit zu begegnen. Was sie gefunden hatte, war ihre Zukunft. Sie konnte es kaum erwarten, diese gemeinsam mit Adam, Louise und all den anderen Menschen, die sie zu lieben gelernt hatte, zu beginnen.

Lesen Sie auch:

Kim Henry

Eine Tüte buntes Glück

9,99 € (D)
ISBN: 978-3-95649-805-3

Flødekarameller – Salz-Sahnebonbons

Aus Rikkes geheimem Rezeptbuch
24. Juni 2000

Flødekarameller

Zutaten:
250 ml Sahne
25 g Butter
120 g brauner Zucker
1 Päckchen Vanillezucker
½ TL grobes Meersalz

Zubereitung:
1. Ein Backblech mit Alufolie auslegen und dünn mit geschmacksneutralem Öl einpinseln.
2. Die Sahne in einem Topf erhitzen.

VORSICHT: Nicht dabei tagträumen und sich fragen, wann endlich dieser wahnsinnig süße Typ auftaucht, auf den man insgeheim die ganze Zeit wartet. Auch dann nicht, obwohl man schon zwei Tage (zwei GANZE Tage!!) wieder in Dänemark ist und ihn noch nicht gesehen hat. Sich den Kopf darüber zu zerbrechen, ob womöglich eine feste Freundin dahintersteckt, führt nur dazu, dass die Sahne überkocht. Das ist eine riesige Sauerei, und Morfar Mikkel, mein Opa, hat jedes Recht zu schimpfen, wenn man seine Küche in ein Schlachtfeld verwandelt. Während Oma Henni bloß lacht. Also: volle Konzentration auf den Kochtopf. NUR auf den Kochtopf!

3. Wenn die Sahne kocht, langsam den Zucker und Vanillezucker hineinstreuen.
4. Rühren, bis sich der Zucker vollständig aufgelöst hat.
5. Nun die Butter dazugeben. Alle Zutaten müssen zu einer glatten Masse verschmelzen.
6. Rühren, rühren, rühren. Die Masse soll köcheln und eindicken, darf aber nicht anbrennen.
7. Sobald die Masse zähflüssig ist, den Topf vom Herd nehmen, das Karamell vorsichtig auf die Alufolie gießen und mit einem Teigspatel verstreichen.
8. Gleichmäßig das Meersalz auf das Karamell rieseln lassen.
9. Warten, bis die Bonbonplatte abgekühlt ist, und anschließend in mundgerechte Stücke schneiden.

Fertig. Lutschen und genießen. So ausgerüstet, können die Ferien beginnen.

Danke für dein herzliches Willkommen, Rendstrup! Das wird der beste Sommer meines Lebens!

1. Kapitel

Frederike schmeckte die salzige Meeresluft. Sofort musste sie an die herrlichen Sahnebonbons aus ihrer Kindheit denken und seufzte laut. Tief vergrabene Erinnerungen an Oma Henni und laue dänische Sommernächte drängten an die Oberfläche. Und an *Morfar*. Wenn sie in Frankfurt war, dachte sie an Opa Mikkel als ihren Großvater. Jetzt, auf dem Weg nach Norden, fielen ihr wieder die dänischen Begriffe ein. Morfar hieß übersetzt der Vater ihrer Mutter. Die Vorstellung von Rendstrup Strand ohne ihn war kalt und grau wie das Wetter. Seitdem Frederike den Nord-Ostsee-Kanal hinter sich gelassen hatte, regnete es. Nein, das war nicht ganz richtig. Es regnete nicht einfach nur. Ein Wolkenbruch folgte auf den nächsten und beschränkte die Sicht auf unter zwanzig Meter. Und das Anfang August.

Dabei war Frederike überzeugt gewesen, dass sie alles ausreichend geplant hatte, um sicher und bequem in Rendstrup Strand anzukommen. Sie hatte den Peugeot noch mal durchchecken lassen, ehe sie am Vortag sorgfältig gepackt und das Auto beladen hatte. Dann war sie ganz früh am Morgen aufgebrochen, lange bevor in Frankfurt der Berufsverkehr einsetzte. Den Schlüssel zu Morfars Haus hatte sie gut sichtbar auf das Armaturenbrett gelegt, damit sie sich nicht alle zehn Minuten fragen musste, ob sie daran gedacht hatte, ihn einzustecken.

Sie war noch nie selbst mit dem Auto nach Dänemark

gefahren. Als sie noch klein gewesen war, hatte ihre Mutter Mathilde sie einige Male, ohne eine Pause zu machen, bis nach Rendstrup kutschiert.

Gleich nach der Ankunft war Mathilde umgedreht, kaum dass sie ihre Tochter praktisch aus dem Wagen geworfen hatte.

Jetzt, wo Frederike selbst hinter dem Lenkrad saß, sah alles anders aus als in der Erinnerung. Zumindest, was man bei diesem Mistwetter erkennen konnte. Das hatte auch dafür gesorgt, dass Frederike erst später als beabsichtigt die Autobahnbrücke über den Kleinen Belt erreichte. Auf dieser Brücke, die die Meerenge überspannte und die Insel Fünen mit dem dänischen Festland verband, begann für sie die Heimkehr.

Gab es noch Leute, die sich an sie erinnerten?

Auf fünischer Seite wurde der Verkehr deutlich weniger. Dennoch merkte Frederike, dass sie immer langsamer wurde. Nicht wegen des Regens. Alles in ihr schien sich zu verkrampfen, weil ihr Herz sich gegen die Weiterfahrt sträubte. Sie stand kurz vor einem Panikanfall. Was, wenn niemand sie mehr hier haben wollte? Nicht mal auf Morfars Beerdigung war sie gewesen. Von einem Tag auf den anderen hatte sie Fünen den Rücken gekehrt. Weil Søren es so gewollt hatte, nachdem sie seinen Heiratsantrag angenommen hatte.

Und nun kam sie zurück. Achtzehn Jahre, vergangen in einem Wimpernschlag.

Ihre Augen brannten. Die letzte größere Ortschaft auf dem Weg nach Rendstrup war Kerteminde, und das Brennen in ihren Augen verschärfte sich, sobald durch das halb offene Beifahrerfenster ein Hauch von Waffelduft hereindrang. Der Geruch ihrer Kindheit. Bilder von glücklichen, unbeschwerten Tagen schossen Frederike durch den Kopf. Mit den Fahrrädern waren Mille, Søren, Rasmus und sie nach Kerteminde gefahren, um sich im *Vaffelhuset* Eis zu holen und auf sonnenwarmen Pflastersteinen zu sitzen.

Welcher Teufel hatte sie geritten hierherzukommen? Sie fühlte sich, als würde sie sich selbst geißeln, und alles nur wegen eines idiotischen Werbeplakats in einem Reisebüro, das sie gesehen und danach nicht mehr hatte vergessen können. Das Werbeplakat. Jeden Tag lief Frederike auf ihrem Weg zur Arbeit an dem kleinen Reisebüro vorbei. Jeden Tag waren die Aushänge eine willkommene Ablenkung von den Gedanken an die acht Stunden am Fließband der Keksfabrik, wo sie seit einem guten Jahr arbeitete. Normalerweise hingen in dem Schaufenster Werbeplakate für Kreuzfahrten oder Urlaube in Südostasien. Doch an jenem Morgen war das anders gewesen. Den einsamen Leuchtturm am Strand hatte sie sofort erkannt. So oft war sie selbst in dem Naturschutzgebiet ganz im Norden der dänischen Insel gewesen, dass sie die Überschrift gar nicht gebraucht hätte.

Willkommen auf Fünen. Wo Dänemark blüht.

Dazu das Bild des Kaps von Fünen mit leuchtend gelbem Ginster, so weit das Auge reichte, und mild in der Meeresbrise wehendem Dünengras, in dem sich vereinzelt violette Lupinen vor dem Wind duckten. Die Sehnsucht war so plötzlich gekommen, dass Frederike stehen bleiben musste, weil ihre Beine drohten nachzugeben. Erst als Passanten sie ansprachen, ob es ihr gut ginge, hatte sie bemerkt, dass sie am ganzen Körper zitterte. Da hatte sie gewusst, dass sie etwas unternehmen musste. Zwei Jahre lang hatte sie den Kopf in den Sand gesteckt. Was genug war, war genug.

Die Durchgangsstraße in Kerteminde führte am Strand vorbei, wo ungeachtet des Regens ein paar Leute mit ihren

Hunden spazieren gingen. Eine Gruppe Kajaks schaukelte auf den Wellen herum, und sogar ein Kitesurfer war unterwegs. Frederike fröstelte bei dem Anblick. Im nächsten Moment ertönte das schrille Quietschen von Bremsen. Sie verriss das Lenkrad, und der Wagen prallte gegen die Bordsteinkante.

Schwer schluckte sie, schüttelte ihre leichte Benommenheit ab und bemerkte jetzt, wovon der Anblick des Strandes sie abgelenkt hatte: Rot-weiße Schranken und Absperrbänder teilten die Straße. Die Gegenspur war gesperrt und der Verkehr rollte auf sie zu. Keine Ampel, die wäre ihr schon weiter weg aufgefallen. Hier setzte man darauf, dass die Verkehrsteilnehmer sich einigten, wer als Erster die Baustelle passieren durfte.

Nur wenige Zentimeter vor ihrer Motorhaube war ein riesiger Volvo zum Halten gekommen, dessen Xenon-Scheinwerfer sie grell anstrahlten.

Ein Mann stieg aus dem SUV, knallte seine Tür zu, offensichtlich wütend auf sie. Mit wenigen Schritten war er neben ihr und klopfte gegen die Scheibe.

Resigniert ließ sie das Fenster runter.

»Haben Sie die Baustelle nicht gesehen?«

Beim Klang seiner Stimme verstärkte sich das Gefühl von Nachhausekommen in ihr. Søren hatte nach ihrer Hochzeit nie mehr Dänisch mit ihr gesprochen, und sie hatte sich so weit von der Sprache ferngehalten, wie es ihr möglich war. In Frankfurt war das nicht besonders schwer. Doch jetzt, hier, mit dem Duft von klarem Regen, der kleine Krater in sauberen Sand schlug, und mit dem Rauschen der Wellen, die an die Küste rollten, erinnerte sie sich mit jeder Faser ihres Körpers.

»Es tut mir leid«, entschuldigte sie sich. »Ich hab nicht aufgepasst«, stammelte sie. Ihr Dänisch war ganz schön eingerostet.

Sie konnte den Fahrer nicht mal anschauen, da ihr die Situation zu peinlich war. Sie hätte nicht hierher zurückkehren dürfen. Schon gar nicht allein mit dem Auto. Was hatte sie denn erwartet? Dass alles sie kaltlassen würde, was sie einmal geliebt und so lange nicht gesehen hatte?

»Rikke?«

Es dauerte, ehe das Wort in ihr Bewusstsein drang. Der Mann, der aus dem Volvo gestiegen war, hatte es gesagt, allerdings dauerte es, ehe sie realisierte, *was* er gesagt hatte. Nur hier nannten die Menschen sie so. Rikke.

Sie hob den Kopf.

Er hatte die Hände ins offene Fenster gestützt, sich vorgebeugt, um sie besser anmotzen zu können, und jetzt ... starrte er sie bloß an, als sei sie ein Geist.

Vermutlich schaute sie ihn genauso an. »Rasmus?« Achtzehn Jahre lang hatte sie sich verboten, an dieses Gesicht zu denken, und nun brauchte es nur einen Blick, einen einzigen Blick, und ihr Herz erkannte ihn. Wenn sie schon etwas fühlen musste, wollte sie ihn wenigstens hassen. Doch nicht einmal das gelang ihr. Er hatte nie etwas falsch gemacht, bis auf das eine Mal. Ihre Finger kribbelten, so sehr wollte sie ihn berühren, sich vergewissern, dass er wirklich echt war.

Seine Augen waren so grau wie früher. Ein bisschen wie die Farbe des Gefieders junger Möwen, aber nicht ganz. Sie hatte Jahre damit verbracht, etwas zu finden, das dieselbe Farbe hatte wie die Augen von Rasmus Martensen. Gefunden hatte sie nie etwas.

Er drückte die Lippen fest zusammen, alle Farbe wich aus seinen hohen Wangenknochen. Sein Gesicht war über die Jahre gereift. Er war nicht mehr der Junge, mit dem sie damals die dänischen Sommer verbracht hatte, er war ein Mann.

Winzige Lachfalten in den Augenwinkeln, Dreitagebart auf den Wangen und dem kantigen Kinn. Ein praktischer rotblonder Kurzhaarschnitt, und oben aus dem dunkelblauen Pullover schaute der Kragen eines Hemdes hervor, das die Farbe seiner Augen hatte. Sie entdeckte einen Wassertropfen, der an seinen langen, rotblonden Wimpern hing, herunterfiel und über Rasmus' regennasses Gesicht rann, als er blinzelte.

»Hej«, stieß er gepresst hervor. »Damit habe ich nicht gerechnet.«

Sie konnte nur schlucken. Ihn nur anstarren, während die Fragen in ihrem Kopf sich überschlugen und gegen die Ketten kämpften, in die sie sie achtzehn Jahre lang gelegt hatte. Warum? wollte sie wissen. *Wieso? Weshalb? Was hat sich zwischen uns gestellt?*

Allerdings hielten die Ketten, und das war gut so, denn das Gesicht des Mannes, den sie als Jungen gekannt hatte, war das eines Fremden.

Er stand wie festgenagelt da, bis ... ja, bis jemand hinter ihnen hupte, weil der Volvo die Einfahrt in die durch die Baustelle verengte Straße blockierte.

»Ist ja gut!« Ohne ein weiteres Wort an Frederike richtete Rasmus sich auf, winkte dem Ungeduldigen zu und kehrte zu seinem Wagen zurück.

Kaum hatte sie den Zusammenprall mit ihrer Vergangenheit hinter sich gebracht, rissen die Wolken auf und gaben den Blick auf einen Himmel frei, der eine sternenklare Nacht versprach.

Rendstrup Strand war für sie der Inbegriff eines dänischen Dorfes. Wo sich ein Stückchen Bauland fand, hatte im Laufe von Jahrhunderten irgendwer ein Haus daraufgesetzt. Entstanden war ein wunderbares Durcheinander aus alten Fachwerkhäusern, modernen Bungalows und allem, was dazwischenlag. Ihr Herz machte einen Satz, während sie sich dem Haus ihres Großvaters näherte. Als sie ihre Mutter Mathilde um den Schlüssel gebeten hatte, hatte diese noch einmal betont, dass das Gebäude in einem erbärmlichen Zustand sei.

Eine buntgescheckte Katze mit einer Maus im Maul kreuzte die Straße. Frederike versuchte sich zu erinnern, wo sie entlangfahren musste. Morfars Heim befand sich hundert Schritte einen schmalen Weg hinunter, der am Dorfplatz begann und hinter dem Haus in weitem Bogen ins Feld hinausführte.

Den kleinen Tante-Emma-Laden am Dorfplatz gab es nicht mehr. Inzwischen war dort offenbar eine Bäckerei eingezogen. Zwei Grundstücke nebenan erhob sich das Fachwerkhaus, in dem Oma Henni gewohnt hatte. Die gesamte Fassade war verändert, ein Schaufenster erstreckte sich beinahe über die ganze Breite des Gebäudes. *Jakobsen & Lindegaard Immobilien* stand in großen schwarzen Lettern über dem Fenster. Und wo lebte Oma Henni jetzt?

Frederike lenkte den Wagen an der Bäckerei vorbei und in die schmale, gewundene Straße hinein, die direkt daneben begann. Der Asphalt war immer noch genauso holprig, wie sie ihn in Erinnerung hatte. Das Herz schlug ihr bis zum Hals. Gleich. Gleich wäre sie an dem Ort, an den sie niemals hatte zurückkehren wollen. Ein Ort, der für sie immer der Inbegriff für Glück gewesen war, ein Glück, das sie nicht mehr ertragen hatte. Die Straßenlampen gingen an.

Sie sah das Haus, das sich am Ende der schmalen Straße befand. Ein klassischer dänischer Dreiseitenhof, mit dem Wohnhaus in der Mitte, einem Stall für Tiere, an den sich ein kleiner Schuppen lehnte, auf der linken und einer Scheune mit großem Tor auf der anderen Seite. Im Hof zwischen den drei Gebäuden hatte es früher mal einen Brunnen mit einer Handpumpe gegeben, doch der war schon zu der Zeit außer Betrieb gewesen, als sie noch die Sommerferien hier verbracht hatte. Der Schuppen mit Brennholz war geplündert worden, der Hof von hüfthohem Gras und Unkraut überwuchert. Aber direkt an den Hauswänden entlang blühten farbenfroh unzählige Stockrosen.

Dunkle Balken, ockerfarbene Wände. Eine niedrige Mauer fasste den Hof ein, von Lavendel nicht nur be-, sondern überwachsen. Hinter dem Mäuerchen stand eine uralte Hortensie in einem tiefen Pink in voller Blüte. Am Haus vorbei konnte Frederike goldenen Weizen entdecken, der auf einem endlos scheinenden Feld im Abendwind wogte.

Hatte ihre Mutter nicht gesagt, dass niemand die Felder, die zum Hof gehörten, pachten wollte? Und dass es Mathilde deswegen nicht gelungen war, den Antrag durchzudrücken, das Gebäude zu einem Ferienhaus umzumelden? Sie hatte ihr erklärt, dass, wenn zu einem Anwesen Felder gehörten, es als landwirtschaftliches Unternehmen galt. Erst nachdem diese Felder veräußert worden waren, durfte das Haus einem anderen Nutzen zugeführt werden. Und Mathilde behauptete steif und fest, dass sie im ganzen Norden von Fünen keinen Landwirtschaftsbetrieb gefunden habe, der sich für die Felder interessierte. Also wem gehörte dann der Weizen?

Frederike parkte den Peugeot vor dem Gebäude am Bordstein und zog den Zündschlüssel ab.

Stille.

Nicht ganz.

Sie schindete Zeit. Eine Amsel hockte auf dem Dachfirst der Scheune und trällerte hingebungsvoll. Ein zweiter Vogel auf dem Dach des Wohnhauses antwortete nicht weniger laut. Als Hintergrundmusik des Amselkonzertes drang das Rauschen des Meeres an Frederikes Ohren. Sie konnte es von hier aus nicht sehen, wusste jedoch, dass es da war. Keine zweihundert Schritte auf der anderen Seite des sanft ansteigenden Weizenfeldes, hinter einem breiten Dickicht aus Flieder- und Holunderbüschen und einer zehn Meter hohen Klippe aus weißem Sandstein, begann der Strand, zu dem ein schmaler, neben dem Getreide kaum sichtbarer Trampelpfad führte.

Sie schluckte schwer und blickte hinauf zum Reetdach. Einer der Vögel schaute zu ihr herab, ehe ein neuerlicher Singanfall der zweiten Amsel ihn herausforderte, sich wieder seiner Aufgabe zu widmen.

Eine Erinnerung an Rasmus und Søren und gemeinsame Abende bei Meeresrauschen und Amselgesang wollte sich vor ihrem inneren Auge abspielen, aber Frederike ließ sie nicht. Sie hatte nicht überlebt, weil sie zu Sentimentalitäten neigte. Sie hatte einfach weitergemacht.

Ihre Finger zitterten, während sie nach dem Schlüssel auf dem Armaturenbrett des Peugeots griff.

Mit wackligen Knien ging sie an der niedrigen Strandrosenhecke, von denen die meisten Blüten sich bereits in Hagebutten verwandelt hatten, entlang zur Haustür.

Eine Stimme hielt sie auf und schenkte ihr noch einmal Aufschub.

»Hej«, sagte die Stimme. »Was tun Sie da?« Es war eine Stimme aus ihrer Kindheit. Eine Stimme, die trotz der Härte der dänischen Worte nach Sahnebonbons mit Meersalz klang, nach zuckerklebrigen Fingern und der Süße von frisch gepresstem Erdbeersaft.

Frederike wandte sich um.

Oma Henni, die nicht wirklich Frederikes Großmutter war, sondern die von Rasmus und dessen Schwester Mille, war immer klein und zierlich gewesen, doch jetzt wirkte sie zerbrechlich. Das früher dunkelgraue Haar leuchtete schlohweiß und das sonnengebräunte Gesicht darunter war faltig. In den Augenwinkeln zeichneten sich Falten ab, aber Hennis Blick war immer noch funkelnd und aufgeweckt. In der Hand hielt sie einen Strauß Wildblumen, die am Rand des Holunderdickichts in großen Mengen wuchsen.

Frederike ließ die Hand mit dem Schlüssel sinken und konnte nichts weiter tun, als zu starren.

»Rikke?« Henni kam näher, ungläubig den Kopf nach vorn gestreckt.

»H-hej, Bedstemor, hvordan går det?«, sagte sie, und wie vorher bei Rasmus wollte ihr die Stimme nicht gehorchen. Vielleicht war es die seit fast zwei Jahrzehnten nicht gehörte und benutzte Sprache und Frederikes Unsicherheit, ob sie sich an alle Wörter erinnerte. Natürlich war das Unsinn. Bedstemor hieß Großmutter, und die Frage danach, wie es jemandem ging, vergaß man nicht so schnell.

Einen Moment lang schauten sie einander nur an. Frederike rechnete mit allem. Unruhig trat sie von einem Bein aufs andere.

Dann breitete sich ein solch strahlendes Lächeln auf dem Gesicht der alten Frau aus, dass die Straßenlampen getrost einpacken konnten. Mit ausgestreckten Armen überbrückte Henni die letzten Schritte und schloss Frederike in die Arme.

»Mein kleiner, kleiner Engel!«, flüsterte Henni, schien eine Sekunde lang loslassen zu wollen, nur um dann noch fester zuzudrücken. »Wie hab ich diesen Moment herbeigesehnt!«

Ich nicht, war alles, was Frederike dachte. *Ich hatte eine solche Angst vor dieser Begegnung, dass sie mir oft die Luft zum Atmen genommen hat.* Aber zum Glück konnte sie immer noch nicht sprechen und lief so nicht Gefahr, Henni zu beleidigen.

Endlich machte Henni sich los. In ihren regengrauen Augen glitzerte es feucht. Sie nahm Frederike den Schlüssel aus der Hand und hielt ihr einen anderen hin. »Der wird besser funktionieren.«

»Du hast das Schloss auswechseln lassen?«, fragte Frederike, froh, über ein unverfängliches Thema zu sprechen.

»Nicht doch«, antwortete Henni, »aber ich komm alle paar Wochen her und schau nach dem Rechten. Aus dem Grund passt mein Schlüssel sicher besser und klemmt bestimmt nicht wie deiner, der ewig nicht benutzt wurde. Ich will ja nicht, dass es einen Rohrbruch gibt oder so was. Stell dir vor, dieser unfähige Klempner, den deine Mutter herbestellt hat, damit er das Wasser abstellt, solange das Haus unbewohnt ist, konnte den Haupthahn nicht finden.«

»Doch du hast ihn gefunden?«

»Ich hab ihn nicht gesucht. Pst.« Sie winkte Frederike mit dem Zeigefinger zu sich und presste ein Ohr an die verschlossene Holztür. »Hörst du das?«

Frederike tat es der alten Frau gleich und lauschte mit ihr zusammen. Ein leises Tröpfeln drang an ihr Ohr.

Henni lachte. »Das ist die Spüle in der Küche. Der Hahn tropft. Deswegen habe ich das Wasser nicht abstellen lassen. So habe ich immer dann, wenn ich hier reinkomme, das Gefühl, es lebt noch jemand hier. Dass dein alter Morfar Mikkel noch da ist. Dein Großvater fehlt uns allen sehr.« Henni zuckte mit den Schultern und schürzte die Lippen. Falls sie es befremdlich fand, dass Morfar Frederike offenbar nicht genug gefehlt hatte, um ihn wenigstens mit zu Grabe zu tragen, ließ Henni es sich nicht anmerken.

»Was soll ich sagen? Ich bin eine sentimentale alte Frau. Wahrscheinlich würde mich der alte Kauz mit seiner Schrotflinte vom Grundstück jagen. Du weißt ja, wie er war. Und seitdem du ihn nicht mehr besucht hast …« Mitten im Satz unterbrach Henni sich, als würde ihr auffallen, dass sie ein heikles Thema anschnitt. Sie straffte die Schultern und nahm das Ohr vom Türblatt. »Wie auch immer. Warum sollte ich das Wasser abstellen lassen? Deine Mutter hat sich nie um irgendwas hier gekümmert und weshalb sollte ich ihr einen Gefallen tun? Doch Strom gibt es nicht mehr.«

Henni wischte sich die Hände an den Oberschenkeln ab, als rüstete sie sich für den Aufbruch. »Hoffentlich brauchst du die Heizung nicht so schnell. Ist ein scheußlicher Sommer bisher. Aber nur kaltes Wasser? Wenn du duschen willst, tust du das bei mir, ja?« Henni zeigte auf einen hässlichen Klotz aus den Siebzigerjahren, der jetzt offenbar ihr Haus war. Oh Gott! Das passte ja überhaupt nicht.

Zu den anderen Dingen wusste Frederike nichts zu sagen. Die schlimmste Kälte kam ohnehin von innen.

Zum Glück übernahm Henni das Weiterreden. »Also ich denke, das Erste, was du morgen machen solltest, ist, den Elektriker und die Stadtwerke anzurufen, damit du wieder Strom und Gas hast. Für heute findest du sicher irgendwo Kerzen und Streichhölzer im Haus.« Jetzt wandte sich Henni allerdings noch einmal zu Frederike und tätschelte ihr die

Wange. »Du schaffst das schon. Falls du immer noch so viel liest wie früher, Mikkels Bücher hat niemand angerührt.«

Traurig lächelte Frederike. Sie konnte sich nicht vorstellen, auch nur eines der geliebten Bücher ihres Großvaters in die Hand zu nehmen. Sie konnte sich nicht einmal vorstellen, diese Tür zu öffnen und über die Schwelle zu treten, aber nun war sie schon hier.

»Alsoooo …« Henni ließ Frederikes Wange los und trat nun endgültig einen Schritt zurück. »Wenn du Bettwäsche brauchst oder was waschen musst, dann schau bei mir vorbei, zumindest fürs Erste. Ich glaube, Mille hat sich vor ein paar Wochen eine neue ultramoderne Maschine gekauft, die so viel gekostet hat, dass sie vermutlich die Wäsche nicht nur selbständig sortiert und einfüllt, sondern auch aufhängt. Ich frag sie mal, ob sie ihre alte Maschine noch hat.«

»Mille wohnt noch in Rendstrup?«

»Oh, sie ist verheiratet und beruflich sehr erfolgreich.«

Frederike fragte sich, ob sie sich den ironischen Unterton in Hennis Stimme einbildete.

»Bedstemor Henni?« Frederike wollte nicht, dass die alte Frau ging. Sie hatte Angst vor dem, was sie auf der anderen Seite der Tür erwartete, Angst vor dem nächsten Schritt oder auch nur vor dem nächsten Wort. Es fühlte sich an, als hätte sie seit Jahren den Atem angehalten und es nicht einmal gemerkt. Doch hier, wo der Regen die Luft sauber gewaschen hatte, war es ihr, als könnte sie keine Sekunde mehr so weiterleben. Sie musste Atem holen, der Drang war einfach zu stark. War das nicht der Grund, warum sie überhaupt hierhergekommen war? Um abzuschließen. Um herauszufinden, wie ihr Leben weitergehen sollte, und um endlich wieder nach vorne sehen zu können.

»Ja?«

»Nichts wird mehr, wie es früher war, oder?«

»Nein, mein Engel. Manches, was man verloren hat, kann man wiederfinden. Aber Jahre bleiben verloren.« Mit dem Zeigefinger deutete Henni auf den Giebel, der sich direkt über ihren Köpfen unter dem Reetdach befand. »Die Zeit liegt nicht dort oben auf dem Dachboden und wartet darauf, dass jemand kommt, der sie entstaubt.«

Aufmerksam betrachtete die alte Frau Frederike. Hennis Augen waren so voller Wärme, als wäre ihr genau bewusst, dass das, was sie sagte, Frederike zutiefst aufwühlte.

»Ich weiß.« Irgendwie schaffte Frederike es, dies zwischen zusammengebissenen Zähnen hervorzubringen. »Vergiss, dass ich das gefragt habe, das war dumm.«

»Das mit Sørens Tod tut mir leid, mein Kleines.« Henni gab vor, nicht zu bemerken, dass Frederike zitterte. »Es ist eine Schande, was das Leben aus den jungen Menschen macht. Wir alten Leute müssen so aufpassen auf euch junges Gefieder. Kein Wunder, dass du ganz durcheinander bist. Aber Søren wollte uns ja nicht auf sich aufpassen lassen. Niemand trägt daran die Schuld.« *Auch du nicht.* Die Worte hingen unausgesprochen zwischen ihnen.

»Leben seine Eltern noch in dem Haus direkt oben an der Küste?«

Henni schnalzte mit der Zunge. »Die sind geschieden. Vor fünf oder sechs Jahren schon. Hat Søren nichts gesagt? Er war doch hier. Ganz kurz, um seiner Mutter beim Umzug nach Kopenhagen zu helfen. Wohin sein Vater ist? Wer weiß das schon.«

»Er hat nie etwas erzählt, nachdem er wegen des Umzugs hier gewesen war.« Frederike fühlte sich wie die größte Versagerin. Als Ehefrau, als Enkelin, als Freundin und Vertraute, sie hatte auf ganzer Linie versagt. Kein Wunder, dass Søren … Nein, sie konnte den Gedanken nicht einmal zu Ende denken. Den Großteil ihrer Kindheit und Jugend hatte sie hier verbracht und war mit offenen Armen empfangen worden, und dann hatte sie alle Brücken hinter sich abgerissen. Wegen eines Mannes.

»Er wird seine Gründe gehabt haben. Genau wie du. Aber jetzt bist du wieder hier. Das ist das Einzige, was zählt.«

Frederike wollte erwidern, dass dies kein *Wieder-hier* war, nur ein Atemholen. Ein Innehalten. Dass sie nur so lange bleiben würde, bis sie das Haus renoviert hatte, damit ihre Mutter endlich damit tun konnte, was auch immer sie plante. Frederike hatte Mathilde nicht lange überreden müssen, ihrem Vorschlag zuzustimmen. Aber sie brachte es nicht über sich, dies auszusprechen. Nicht nachdem Bedstemor Henni sie so freundlich und herzlich begrüßt hatte. »Ich glaub, ich sollte da jetzt reingehen.«

»Das solltest du.«

Frederike machte keine Anstalten aufzusperren. Sie war wie versteinert und klammerte sich an den Anblick von Bedstemor Henni, der kleinen Dame mit einem so großen Herzen.

Als würde Henni spüren, dass Frederike sich nicht bewegen würde, ehe sie selbst weg war, wandte sie sich endgültig ab. »Ich sehe morgen nach dir. Mach dir keine Illusionen, da drinnen wimmelt es von Spinnweben und Staubflocken. Wenn du in diesem Kasten einigermaßen bequem leben möchtest, hast du ab morgen jede Menge zu erledigen. Selbst für das Gröbste hilft nur ein ganzes Besengeschwader.«

»Ich habe zwei gesunde Hände«, rief sie Henni hinterher. Das Gartentor fiel hinter der alten Dame ins Schloss.

Zeit für die Wahrheit.

Sie straffte die Schultern, rüttelte ein paarmal an der Klinke, schließlich gab das Blatt nach.

Zuerst sah sie nur Dunkelheit. Die Dielen unter ihren Füßen knarrten, unter dem Dach raschelte der Wind.

Sie schloss die Tür hinter sich und lief weiter.

Es roch nach Mäuseurin und Staub. Durch den kurzen Flur betrat sie das Wohnzimmer. Da waren die Spinnweben in den Ecken, mit denen sie gerechnet hatte, und eine dicke Schmutzschicht auf dem Kamin, aus dem niemand jemals die zu Asche zerfallenen Reste von Morfars letztem Feuer entfernt hatte. In der Küche erklang in regelmäßigen Abständen das *Plitsch, plitsch, plitsch.* Dunkle Spuren verunzierten die Wände, sicher waren das Wasserflecken.

Unaufhaltsam strömten die Eindrücke auf Frederike ein, und plötzlich war sie unglaublich müde.

Sie trat auf das Sofa zu. Irgendjemand hatte weiße Leintücher über die Polstermöbel gebreitet. Mit einem Ruck befreite sie die Couch von ihrer Schutzhülle. Unzählige Staubpartikel tanzten im durchs Fenster fallenden Abendlicht wie funkelnde Sterne.

Sie sollte ihren Koffer holen und beginnen, wenigstens eines der Zimmer so weit zurechtzumachen, dass sie einen sauberen Ort zum Schlafen hatte. Aber der Knoten in ihrer Kehle, der mit jedem Schritt, den sie weiter in ihre Vergangenheit vordrang, wuchs, war bereits zu groß. Wenn er platzte, würde sie weinen, und sie wollte nicht weinen. Sie hatte nicht mehr geweint, seitdem sie diesen Ort das letzte Mal verlassen hatte. Nicht an Sørens Grab, nicht in der Zeit danach. Nicht, als sie alles verloren hatte. Nicht, als Morfars Todesanzeige in ihren Briefkasten geflattert war, ohne auch nur ein einziges persönliches Wort ihrer Mutter. Wenn die Welt sie niederdrücken wollte, dann zeigte Frederike ihr die Zähne, damit es wenigstens aussah wie ein Lächeln.

Mit steifen Gliedern ließ sie sich auf die Couch sinken, zog die Beine an den Bauch und bettete den Kopf in der Armbeuge.

Morgen, sagte sie sich, morgen war auch noch ein Tag. Dann konnte sie beginnen, aufzuräumen und zu sortieren. Ihr Innenleben ebenso wie dieses Haus.

Der Gedanke hatte etwas Tröstliches, und sie schlief ein.

Informationen zu unserem Verlagsprogramm, Anmeldung zum Newsletter und vieles mehr finden Sie unter:

www.harpercollins.de

Sarah Morgan
Die Stunde der Inseltöchter
€ 14,99, Klappenbroschur
ISBN 978-3-95649-849-7

Lauren liebt ihre Bilderbuchfamilie, ihr organisiertes Leben und ihr Haus in Notting Hill. Nur manchmal, wenn sie über die makellosen Wände streicht, fühlt es sich an wie ein Kartenhaus, das jeden Moment in sich zusammenfallen könnte. Dann denkt sie an die ungeheuerliche Lüge, die sie und ihre Tochter für immer entzweien würde – und an ihre Familie auf der malerischen Insel Martha's Vineyard, der sie den Rücken gekehrt hat. Lauren wahrt den schönen Schein. Doch als eine Tragödie sie für einen Sommer zurück auf ihre Heimatinsel führt, treten schicksalshafte Wahrheiten ans Tageslicht – und Lauren muss herausfinden, was Familie und Liebe wirklich bedeuten …

www.mira-taschenbuch.de

ANDREA RUSSO
SPÄTSOMMER FREUNDINNEN
Roman
mtb